J.O. Alfonzo

La Brecha

José Orlando Alfonzo, 2021

Copyright © 2021

ISBN 9798740340142

Derechos Reservados

Diseño de Portada y artes finales Natalia Alfonzo
Ilustración. Ryan DeLeon   @rdeleon_art
Fotografía.   Trin Schloot   @trinmon

Venezuela,   Abril 2021

Contenido

Capítulo 1 7
Capítulo 2 15
Capítulo 3 19
Capítulo 4 27
Capítulo 5 33
Capítulo 6 39
Capítulo 7 45
Capítulo 8 56
Capítulo 9 63
Capítulo 10 72
Capítulo 11 81
Capítulo 12 87
Capítulo 13 98
Capítulo 14 104
Capítulo 15 110
Capítulo 16 120
Capítulo 17 126
Capítulo 18 132
Capítulo 19 138
Capítulo 20 143
Capítulo 21 151
Capítulo 22 156
Capítulo 23 159
Capítulo 24 163
Capítulo 25 172
Capítulo 26 181
Capítulo 27 184
Capítulo 28 190
Capítulo 29 196
Capítulo 30 202

Capítulo 31 208
Capítulo 32 214
Capítulo 33 220
Capítulo 34 226
Capítulo 35 233
Capítulo 36 241
Capítulo 37 250
Capítulo 38 261
Capítulo 39 271
Capítulo 40 277
Capítulo 41 283
Capítulo 42 290
Capítulo 43 294
Capítulo 44 303
Capítulo 45 310
Capítulo 46 316
Capítulo 47 322
Capítulo 48 330
Capítulo 49 337
Capítulo 50 343
Capítulo 51 349
Capítulo 52 358
Capítulo 53 367
Capítulo 54 374
Capítulo 55 382
Capítulo 56 388
Capítulo 57 400
Capítulo 58 409
Capítulo 59 414

1

Antes de publicar un artículo titulado «El Purgatorio», Alex Dawson era un escritor totalmente desconocido. Dedicado a corregir trabajos y tesis de estudiantes universitarios. Había invertido muchas horas de sus días y noches, frente a un computador, tecleando y reescribiendo muchas páginas, hasta horas tan tardías que algunas veces fue sorprendido por la claridad de un nuevo amanecer, sentado en el mismo lugar en donde el día anterior se había posado.

Fue una tarde de junio, luego de recibir una llamada de la propia secretaría del Editor en Jefe del prestigioso diario EL ECO, que Alex había entrado en un estado de nerviosismo e impaciencia, tal, que no pudo apartar de su cabeza, la idea de publicar para el afamado periódico.

Después de haber atendido en su celular la llamada de aquel número desconocido que ahora sabía que pertenecía a una señora de nombre Gladys, escuchó una voz femenina muy refinada, que sólo le había dicho: «Sr. Dawson, le hablo desde la redacción de EL ECO y le voy a comunicar de inmediato con el Licenciado Samuel Campos, nuestro Editor en Jefe, quien desea hablar con usted». No había tenido tiempo de preguntar, para qué le necesitaban; y enmudecido, sólo pudo agregar un escueto «buenos días», luego de escuchar la voz ronca y estertórea del jefe del rotativo, quien luego de saludarlo fue directamente al grano del asunto y le dijo: «Buenos días joven Dawson, he revisado algunos sumarios y me ha llamado la atención una nota a pie de página que ha dejado la licenciada de recursos humanos en su expediente —guardó un corto silencio y de inmediato continuó—. La nota dice: "Joven con mucha imaginación y poca experiencia" —guardó nuevamente silencio y continuó—. Se nos ha presentado un contratiempo con uno de nuestros narradores y estamos urgidos de una historia que haga temblar a nuestros lectores... Tú me dirás si te interesa, pero creo que podría ser una buena oportunidad para ti y para nosotros —Alex pudo escuchar la respiración del hombre al otro lado de la llamada, quien aguardaba alguna respuesta de su parte, mientras su corazón palpitaba con fuerza». Finalmente, cuando pudo salir de su sorpresa, respondió: «Por supuesto que me interesa». De inmediato, el editor agregó: «Perfecto, perfecto... Lo otro, es que necesitamos la historia para mañana temprano. ¿Crees que la podrás tener lista para las diez de la mañana?». A lo que Alex respondió con inmediatez: «Se la tendré lista, señooorrr...». De inmediato, el editor agregó: «Campos, Samuel Campos, disculpa. Bueno, te espero mañana en mi oficina».

Terminada la corta conversación, Alex se quedó observando la pantalla de su celular y al cabo de algunos segundos procedió a guardar el número en el directorio de su teléfono. En su cabeza daban vueltas aquellas frases que formaron parte de la conversación: «Podría ser una buena oportunidad para ti... ¿Crees que la podrás tener lista para las diez de la mañana?... Una historia que haga temblar a nuestros lectores».

Luego de mucho discurrir y plantearse diferentes posibilidades, había decidido ofrecerle al editor Campos, publicar aquella experiencia personal que ya tenía escrita desde finales del mes de enero de ese mismo año, luego de haber sido afectado emocionalmente por una terrible pesadilla que, para aquel momento no le había encontrado mucho sentido o razón de ser; pero después, había pasado a ser de mucha importancia, no solo por lo inexpugnable del asunto, sino también porque había sido la primera de varias situaciones muy oscuras que le sucedieron por aquellos días, y aun no terminaba de escapar de sus consecuencias. Por alguna extraña razón las percibía como parte de una existencia paralela. Pensó, que aunque algunos no llegasen a entender con exactitud, o creer lo que allí se narraba, sus líneas podrían causar ciertas emociones, o quizás hasta sensación de temor, tal como a él le había causado aquella terrible pesadilla cuando la experimentó. Se dijo en su mente: «Creo que el señor Campos me pidió hacer temblar a los lectores».

Para Alex, esa era la oportunidad que siempre había esperado. El hecho de que un escrito suyo saliera en la sección de crónicas del afamado diario El ECO, sería para él lo máximo en aquel momento de su existencia.

Al día siguiente de haber recibido la inesperada llamada, y a media mañana de aquel jueves, Alex ya se había anunciado en el lobby del rotativo y la joven recepcionista le había dicho que tomara asiento mientras se comunicaba con el departamento. Él se sentó muy cerca del mueble y colocó sobre sus piernas el sobre en donde llevaba impresas las cuartillas del artículo, mientras que el respaldo digital del texto lo llevaba en un *pendrive*, guardado en el bolsillo de su pantalón. Se distrajo un rato viendo el ir y venir de muchos que pasaron frente a sus ojos y le pareció que quizás aquel mundo tan agitado sería un buen lugar para trabajar. Recordó la única vez que había estado allí, unos seis meses atrás, cuando en ocasión de haber leído un anuncio en la página de ofertas laborales del mismo rotativo, él se había acercado. Le habían concedido una entrevista que duró apenas quince minutos, luego de esperar casi cinco horas para ser atendido. La espera se debió a la gran cantidad de aspirantes al cargo, que habían sido mucho más de treinta o cuarenta personas, tal vez. Los aspirantes se habían acercado, cargados de papeles y arreglados con sus mejores vestimentas, a diferencia de él que llegó hasta las instalaciones del rotativo, tal cual como se encontraba vestido para el momento de leer el anuncio; con las manos vacías y el periódico bajo el brazo.

Después de aquello no le habían vuelto a llamar, y Alex pensó que el cargo se lo habían dado a otro; como ciertamente había ocurrido. Pero también pensó que si lo estaban llamando ahora, era porque de alguna manera su expediente había quedado bien archivado y que aquella nota escrita a pie de página por su entrevistadora, había servido para que le estuviesen contactando en esta nueva ocasión.

También recordó, que además de las muchas horas de espera para la entrevista, había una chica que debió haber arribado de las primeras, y se encontraba sentada lejos de donde él logró acomodarse. No podría olvidarla ya que ella al verlo llegar y sentarse en último de la fila, había hecho un gesto que llamó mucho su atención. Quizás pensó en la poca oportunidad que Alex tendría para ocupar el cargo que ofrecían, debido a lo descuidado de su apariencia para asistir a una entrevista de trabajo tan importante. La joven, luego de salir de la entrevista se notó muy contenta cuando pasó frente a la última silla en donde él se hallaba sentado, y Alex, le encontró atractiva al verle tan sonriente. No pudo quitarle la vista de encima y el joven periodista se atrevió a decirle: «Buen día»; a lo que ella de inmediato le respondió: «Gracias, que tengas suerte. Creo que la necesitarás».

Alex salió de sus cavilaciones, cuando al cabo de unos quince minutos la Sra. Gladys se acercó al lobby de la recepción con una amplia sonrisa dibujada en su rostro cincuentón. Llevaba el cabello recogido en un moño alto que le hacía ver más alta y delgada de lo que en realidad era; vestía un atuendo sobrio, unicolor, de un gris claro, hasta las rodillas; gafas de montura plástica y gruesa, ceñidas en la parte alta de su nariz; se veía elegante, además de infundir respeto y rectitud con su sola presencia. Con su mano extendida hacia donde él se encontraba sentado; le dijo con mucha amabilidad.

—Tú debes ser el joven Dawson.

Alex se levantó del asiento, tomó con su mano izquierda el sobre que posaba sobre sus piernas e intentó sonreír, pero sus nervios no le dejaron.

—Mucho gusto, señora —agregó, al momento de estrechar su mano.

A continuación, la secretaria del Editor en Jefe extendió su mano izquierda hacia la recepcionista que estaba observando la escena y de inmediato, la joven le dio un «pase de visitante».

—Colócalo en lugar visible por favor —le dijo la Sra. Gladys, mientras le entregaba el pase—. Sígueme por favor —agregó, antes de darle la espalda—. Mi nombre es Gladys. Yo soy la secretaria del Lic. Campos y fui quien te llamó ayer por teléfono —iba diciendo aquello, mientras caminaba a prisa y sin mirarle a la cara. El joven se dedicó a prestarle atención sin dejar de seguir de cerca sus largos pasos.

Avanzaron por un corto pero amplio pasillo que les condujo hacia las puertas de los elevadores. No habían terminado de acomodarse entre un pequeño corro de personas, cuando una de las puertas se abrió dejando salir a un grupo de periodistas que venían cargados con papeles, cámaras y bolsos, casi empujándose entre ellos mismos, mientras se dirigían con prisa hacia el exterior. Cuando la Sra. Gladys y Alex, ingresaron al interior del ascensor, la ascensorista pulsó el botón identificado con el número veinte, sin necesidad que se lo dijeran, mientras todos los demás que iban entrando al elevador, anunciaban en voz alta el piso al cual se dirigían. Se acomodaron hacia el fondo del recinto, ya que subirían hasta el último nivel del edificio, en donde se encontraba la jefatura de redacción.

Al trasponer el umbral de la puerta de vidrio esmerilado que identificaba al departamento de redacción y edición, Alex quedó sorprendido al ver aquella cantidad de pequeños cubículos con tantas personas dedicadas a sus labores. Apenas, algunos levantaron la vista para verle pasar, cuando siguiendo los apresurados pasos de la Sra. Gladys, avanzaron por el estrecho pasillo central que separaba en dos, el amplio salón muy bien iluminado con luz blanca artificial y colmado de escritorios y ordenadores.

Una vez que la Sra. Gladys llamó a la puerta identificada con un pequeño aviso que decía «Editor en Jefe», ambos escucharon cuando una voz ronca y fuerte respondió desde el interior:

—¡Adelante!

Al ingresar, el licenciado Campos se puso en pie, inclinó su cuerpo un poco hacia delante, y sonriente, extendió su mano al recién llegado, quien de inmediato se acercó con su brazo, también extendido, hacia el reconocido editor.

—Mucho gusto muchacho —dijo Campos, al mismo tiempo que le estrechaba la mano.

—Mucho gusto señor Campos. Aquí estoy como le prometí —agregó Alex con inmediatez.

Campos era un hombre bastante bajo de estatura, casi calvo, regordete y tenía la costumbre de ajustarse los pantalones, aun cuando no lo ameritase. Antes de volver a tomar asiento, sujetó su correa por un costado y la haló hacia arriba, antes de continuar.

—Vamos a ver qué nos traes por ahí, muchacho. Por favor, toma asiento... —le dijo mientras le señalaba una de las dos sillas que se presentaban frente a su amplio escritorio colmado de papeles, y él se acomodaba en un atractivo asiento reclinable—. Gracias Gladys. —Y Gladys los dejó solos —. Quiero que sepas que yo tengo un buen olfato para las buenas historias —continuó el editor—. Y también para los descubrimientos... Vamos a ver, qué me has traído, jovencito.

Alex no supo que agregar a las palabras del famoso editor y solo se le ocurrió extenderle el sobre que traía entre sus manos. El hombre le tomó con cuidado y con sobrio semblante examinó el sobre por fuera, antes de abrirlo por el extremo no sellado. De inmediato extrajo su contenido; tres hojas escritas, en cuyo encabezado el afamado jefe de redacción pudo leer: «El

Purgatorio». El hombre se quedó por algún instante de tiempo con la mirada clavada en aquel título y luego, con rostro circunspecto, se hundió en su mullido sillón antes de comenzar a leer con minuciosidad.

Se dejó llevar por las líneas que le fueron sumergiendo en algo a lo cual no estaba acostumbrado. No le desagradaba para nada lo que sus ojos veían y al cabo de unos cinco minutos, luego de llegar a la última línea asintió con su cabeza unas tres veces seguidas, sin poder quitar la vista de aquellas páginas. A continuación, colocó las cuartillas sobre el escritorio, tomó su bolígrafo, le agregó una nota en el borde de la primera página indicando la fecha y sección de publicación, antes de regalarle una escueta sonrisa al joven.

—Me has impresionado. Es muy interesante tu crónica… Sí. Te daré la oportunidad. ¿Cuál es tu seudónimo, muchacho?

—Muchas gracias por la oportunidad, señor Campos… ¿Seudónimo? Pues la verdad que no venía preparado con un seudónimo, pero podría ser… —pensó por un instante, y finalmente dijo—. ALDO. —El joven había recordado, cuando en años anteriores usó ese seudónimo al participar en un concurso de relatos literarios—. Creo que estará bien Aldo.

Entonces, el jefe de redacción escribió otra nota, luego de la última línea de aquel escrito. Una nota precisa que indicaba su aprobación, la necesidad de adicionar una ilustración, y el seudónimo que debía usarse: «Aldo». Finalmente, le dijo al joven.

—Llévaselas a Roberto Jiménez para que las incluya en la edición de mañana. Pregúntale a Gladys de su ubicación. Y dependiendo de los resultados que obtengamos, te estaré llamando en un de par días o quizás antes, para que nos traigas más de esta historia del purgatorio. ¿Entendido?

—Entendido, señor Campos.

—Bueno, nos estamos hablando muchacho. Te deseo mucha suerte.

—Muchas gracias por la oportunidad, señor.

Alex Dawson era un joven de treinta años de edad, delgado, alto, un tanto desgarbado, soltero, que no había tenido suerte con las puertas laborales que había tocado, y por ello se dedicaba a asistir a jóvenes estudiantes con sus trabajos de grado y tareas especiales. Esa era su manera de sustento y hasta el momento le había ido bastante bien, ya que tenía suficientes clientes como para mantenerse y llevar una vida sin lujos pero cómoda. Aquella mañana, cuando salió de la oficina del Editor en Jefe del afamado diario, sintió que su vida comenzaba a dar un vuelco, que todo sería diferente a partir de aquel momento, y que de allí en adelante podría desempeñarse como escritor, que al final de cuentas había sido siempre su sueño. El editor Samuel Campos, también había percibido en el joven y sus letras, un halo de maestría, una capacidad innata que le había llevado a recordar sus inicios en el campo periodístico.

Un par de días atrás, el cronista oficial del reconocido periódico EL ECO, que apenas llevaba seis meses trabajando en el departamento, había sufrido un fuerte desmayo con pérdida de conocimiento en medio de sus actividades, y el médico de la familia le había recomendado un reposo estricto debido a su delicado estado de salud. Ese era el motivo principal del porqué Samuel Campos había contactado el día anterior a Alex Dawson, un simple desconocido, pero que su instinto y olfato periodístico le habían señalado su nombre para atender la emergencia que se le había presentado.

2

«El Purgatorio»
(Publicado en El Eco el 18 de junio)

«No te logro ver, amigo, pero sé que eres tú... Algunos días atrás, no pude comunicarme contigo, pero te sabía cerca, próximo a mí, a mi desgracia, por más que lo intenté no logré que me escucharas. Luego te fuiste como los días. Sentí el gran vacío de tu larga ausencia. Pero hoy has vuelto nuevamente, lo sé. Te logro sentir, sé que ahora me puedes escuchar. Te pido por piedad que oigas mis lamentos con atención porque eso alivia mi existencia. Y no me abandones, no me vuelvas a abandonar te lo ruego, porque te necesito. Necesito que me escuches, aunque en realidad no sepa a quién cuento mi desgracia.

Soy el mismo de otros días, de muchos días atrás. Te he vuelto a sentir acercándote, he escuchado tu respiración, he percibido tu silencio muy cerca de mí. Hoy todavía me queda un poco de aliento para hablarte, contarte de mí sufrimiento. Soy quien padece y pide ayuda. Mira. ¡Mírame!. ¿Me ves?. ¿No?... No. Entonces me conformo con que me escuches. Tengo anchas heridas alrededor de mis tobillos. Un tiempo atrás fueron leves, pero ahora son profundas llagas al rojo vivo, como mi extenuada existencia. Este brazalete que me mantiene martirizado es grueso y pesado. De allí parte un rosario de eslabones que me atan a un inmenso árbol, tan alto que sus ramas más lejanas logran rozar el exterior. Con estos mismos eslabones he intentado contar los días, las noches de este último abandono, pero no he podido, he perdido la cuenta, son muchos los soles, las noches que llevo aquí, solitario en esta nueva prisión. Ellos se han ido. Me dejaron abandonado y atado, de la manera más cruel que alguien pudiera imaginar. Eran treinta o tal vez cincuenta, ya ni sé. Son ásperos, odian, maldicen como yo ahora, cuidan sus armas como instrumento divino, las acarician, las veneran, son sus cadenas que les sujetan a su miserable existencia. Resienten de su propia vida, de todo tipo de vida.

El dolor en mis tobillos me imprime inmovilidad. Debo tratar de no moverme para evitar que la orilla de este vulgar instrumento de tortura zanje aún más mi herida. De vez en cuando, inmovilizo el tobillo izquierdo y poco a poco contraigo la pierna hacia mí, flexionando con cuidado la rodilla, hasta que logró acercar mis manos a las inmediaciones de la sangrante herida para acariciar con cuidado los alrededores inflamados... En medio de mi dolor recuerdo a mi esposa, feliz, sonriente, quizás ahora no sonría de igual manera. Si pudiera hablar con ella le explicaría muchas cosas, pero no puedo. Que desgracia es no poder. Debo mantener inmóvil mi pierna izquierda, lo más quieta posible, para evitar que este desgarrador instrumento de condena, no penetre más mi piel.

Estoy atado, sujeto a mi prisión, a mi pena, como el más miserable de los animales. ¡Estoy en el purgatorio!. Sí, has escuchado bien, amigo. Estoy en el purgatorio. Por si no lo creías, sí existe, y yo me encuentro inmerso en él, en el mero centro de él.

Debo aclararte que llevo más de cinco años de cautiverio. Antes, días atrás, estaba acompañado por un nutrido contingente de hombres armados que declaraban existir para vivir esta condena al igual que yo. Porque ellos, también, tienen limitada libertad de movimiento... Una libertad condicionada por sus ideales, por sus propios delirios. Como un inmenso elefante verde, barbado, ya muy envejecido y obsoleto, que atado desde una de sus robustas patas traseras a una pequeña estaca, se encuentra aferrado a este mismo purgatorio por otro tipo de eslabones, que no laceran sobre la piel, sino que hieren en sus entrañas, menoscabando la naturaleza de los principios existenciales.

Veo a mí alrededor y solo puedo percibir indiferencia hacia el verdadero mundo, aquel que transcurre en paralelo a este otro, enclaustrado en el interior de una selva salvaje, inmisericorde con todos nosotros quienes nos encontramos presos en su insalvable interior.

¿Estás ahí, amigo? ¿Me escuchas?. Sí, te siento, aún estas ahí, pero no te veo. Solo sé que me estás escuchando y penetras en mi mente y me acaricias con tus manos transparentes. Me gustaría saber quién eres, cómo eres. Me gustaría verte con mis propios ojos. Quizás eres el ángel que Dios me ha enviado para conducir mi camino al más allá, a un mundo en donde pueda descansar en paz.

Debo confesarte algo, algo importante, muy importante, solo a ti, ya que eres tú únicamente quien me escucha: …"Poseo en mi poder una información muy valiosa para todos, para nuestro país. Sí, valiosa…Pero si muero ahora, morirá conmigo.

Aunque creo que eso ya no tiene valor alguno, porque presiento que mi final se aproxima sin remedio. Escucha, solo escucha y deja que mis pensamientos se vayan disipando poco a poco: Aquí,… aquí todo es verde. Es verde todo alrededor. Increíble, ¿verdad?. Aquí acaba toda literatura, todo esplendor de la poesía, aquí culmina la narración de mi vida y de muchos otros. Existo, como existe un advenedizo injerto a un viejo árbol que se extingue, unido a su mismo suelo, pero sin esperanza de poder subsistir, limitado a un reducido ámbito, expuesto a la inclemencia de una naturaleza despiadada, confinado a un espacio demarcado por el odio, el resentimiento y la crudeza de verse con vida en medio de la más miserable existencia.

…Me han dejado solo agua, un balde lleno de agua del río, la suficiente como para que continúe vivo por un tiempo. Por la cantidad parece que no volverán en varios días o quizás no regresen nunca más. Han recogido sus tiendas, sus equipajes, pero esta vez no me han obligado a marchar con ellos y con mi cadena;

no me han hablado, ni me han lavado las heridas, no me han mirado a los ojos, ni me han lastimado más, solo me han dejado la compañía de este viejo árbol.

Mejor así, para qué ver el rostro de mis inquisidores, para qué ver sus desgraciados semblantes, para qué ver sus crudos labios pronunciando inmortales blasfemias en medio de tanta quietud.

Ya está oscureciendo nuevamente. He perdido la cuenta de las veces que ha ocurrido desde que me abandonaron. Vuelve la noche con sus ruidos extraños pero ya no me atemorizan como antes, quizás por tu compañía o simplemente porque me he acostumbrado a ellos. Ahora escucha, escucha con atención. ¿Escuchaste?... Son búhos, nunca antes de llegar a este infierno les había oído con tanta claridad, nunca antes les había sentido tan cerca como esta noche pero no los veo, no logro con exactitud reconocer la procedencia del canto hueco y pausado de sus gargantas.

La luna no ilumina este pedazo de mundo, al parecer no merecemos su presencia. Las estrellas no se ven por lo entramado de la selva y solo el canto de los búhos que esperan ubicar a sus presas, ha vuelto a escucharse con claridad. ¡Árbol! amigo y compañero de esta agonía, volveré a recostarme a la cruda piel de tus raíces que servirán de almohada a mi fatídica existencia».

Aldo.

3

Desde finales de enero, luego de aquella pesadilla tan espeluznante, el joven Alex Dawson comenzó a llevar de manera escrita aquellas extrañas situaciones de su vida. Como buen narrador que era, se dedicó a dejar plasmado en su laptop, todas esas inexplicables experiencias que por algún motivo empezaron a ser parte de sus días.

Su vida había cambiado por completo luego de aquella primera pesadilla. En realidad él no sabía de qué se trataba todo aquello, no tenía ni la mínima idea de aquellas voces e imágenes que aún se le presentaban con alguna frecuencia y sin previo aviso, pero entendía que debía escribirlo todo para no dejar que el olvido pudiera empobrecer los hechos que para aquel momento se mantenían frescos en su memoria.

Aquella mañana del viernes 18 de junio, ya publicado su artículo y distribuido por todo el país, pero aún sin tener idea de la repercusión en el público lector de El Eco, Alex se vistió y salió a la calle en busca del kiosco más cercano a su residencia, con la intención de comprar un ejemplar del diario, como ya era su costumbre.

Una vez lo tuvo entre sus manos, fue directo a la antepenúltima página en donde saldría impresa su historia. Y así fue. Una amplia sonrisa se dibujó en su rostro y un destello de luz pareció brillar en su mirada cuando leyó aquel título en letras grandes y oscuras, acompañado por una ilustración que el editor había recomendado, y que le pareció bastante adecuada. Se paseó superficialmente por aquellas líneas hasta llegar al final y quedó embelesado al leer su seudónimo debajo del punto final; Aldo.

Ahora solo había que esperar la llamada del señor Campos o de cualquier otro representante del rotativo para conocer la receptividad que iba teniendo la historia. Dobló el periódico y lo llevó consigo de vuelta a su apartamento. Se acomodó en su escritorio de trabajo y empezó a revisar la tesis de grado de uno de sus clientes; ya solo le quedaba por corregir los dos últimos capítulos de los veinticinco que se indicaban en el índice de la obra. Al cabo de unos quince minutos el tono de su celular que anunciaba el arribo de un mensaje le sacó de su concentración y le llevó a leerlo.

Mensaje entrante: Buenos días, mi nombre es Raquel y soy cursante del último semestre de periodismo. Un amigo me dio su número y me dijo que me podrías ayudar con la revisión de mi trabajo de grado.

De inmediato, Alex respondió.

Alex: Buenos días. Sí, claro que te puedo ayudar. Cuando creas conveniente nos podemos reunir para revisar lo que tengas avanzado.

Raquel: Y en cuanto a sus honorarios. ¿Cuánto sería?

Alex: Bueno, eso depende de la cantidad de páginas, el tiempo disponible y el trabajo que amerite.

Raquel: Te entiendo… Bueno te estaré llamando para ponernos de acuerdo. ¿Tu nombre es Alex?

Alex: Sí, disculpa. Alex Dawson… Hasta pronto.

El joven Dawson continuó con su trabajo de corrección y en media hora más de dedicación ya había culminado con aquella tesis que tenía frente a sus ojos. Con mucha satisfacción pulsó la tecla «guardar» y miró la luz verde que se iluminó en el extremo del *pendrive* que tenía conectado al puerto *USB* de su portátil. A continuación cerró la pestaña superior de la pantalla y tomó el teléfono celular para enviar un mensaje al estudiante. Le escribió.

<u>Alex</u>: Maria Teresa ya tengo listo tu trabajo. Ha quedado espectacular. Te felicito por lo poco que tuve que corregir. Si lo crees adecuado nos podemos reunir mañana temprano en el cafetín de la universidad para entregarte el *pendrive*.

A los pocos minutos recibió respuesta.

<u>M.T.</u>: Qué buena noticia!!!... Sin falta nos vemos a las 9 am en el cafetín.

Se le ocurrió que sería bueno concertar con la otra estudiante para aprovechar la ida a la universidad. Le escribió a Raquel.

<u>Alex</u>: Hola es Alex Dawson. No sé cómo estarás de tiempo mañana. Yo estaré en el cafetín de la universidad a eso de las 9 am. Si te parece adecuado nos podemos reunir para tener una idea con lo que respecta a tu tesis.

De inmediato tomó otro *pendrive* de algún otro cliente, lo conectó a su *laptop* y abrió el texto para revisarlo. Así pasó casi toda la mañana hasta poco antes del mediodía. Le sonó nuevamente el tono de la mensajería de su teléfono y él pensó que sería la estudiante de nombre Raquel quien le estaría respondiendo. Como estaba muy concentrado en lo que estaba trabajando no miró hacia la pantalla del celular hasta que terminó un quinto capítulo de aquel trabajo que le tenía tan ocupado. Habían pasado más de treinta minutos luego de aquel tono cuando decidió revisar el mensaje, y al ver que procedía de otro número desconocido, se dijo: «Debe ser un nuevo cliente». En aquel mismo instante y con el teléfono entre las manos, le sonó el tono indicativo de una llamada entrante y no le dio chance de leer el mensaje que con anterioridad le había llegado.

De inmediato pulsó la tecla verde para atender la llamada de aquel mismo número desconocido que minutos antes le había enviado un mensaje.

—¡Muchacho! ¿No has revisado el mensaje que te envié? ¡Estoy feliz!... Imagínate que me han llamado hasta de la competencia para preguntar: «Quién es ese tal Aldo que ha puesto a media ciudad a hablar de un tal Purgatorio»... ¡Jajaja! —rió con fuerza, el editor.

A Alex le temblaron las piernas. En un principio no sabía quién era, pero por lo ronco de su voz y sus palabras, de inmediato dedujo que sería el señor Samuel Campos.

—Aah... Buenos días señor Campos. Disculpe no he visto el mensaje —respiró profundo con la intención de controlar la emoción que ahora le invadía—. Que noticia tan maravillosa... Le agradezco mucho que me la haya comunicado, señor. La verdad es que no sé qué decir.

—Bueno, te llamaba para eso. Y vete preparando una continuación porque ahora es que comienza lo bueno. El lunes te espero en la oficina con otra de tus historias.

—¿El lunes?

—Sí, el lunes... Estoy pensando en volverte a publicar el martes. Así que quiero que me vuelvas a sorprender como lo hiciste con El purgatorio.

—Espero poder sorprenderlo, nuevamente, señor.

—Estoy seguro que sí podrás... Hasta el lunes, muchacho.

Tras ese «hasta el lunes, muchacho», se dejó escuchar un profundo silencio en el auricular del teléfono que quedó recostado a la oreja de Alex por un par de segundos adicionales. El joven había quedado impactado por aquella llamada y luego de separar el celular de su oído, agregó aquel otro número al directorio del teléfono. Luego buscó el mensaje que el editor le había escrito previamente.

Samuel Campos: Hola muchacho, es Campos. La botaste de home run. Todos hablan de tu Purgatorio… Jajaja!!!... Llámame que quiero hablar contigo.

Alex se quedó muy pensativo. Influenciado por las palabras escuchadas del propio editor y ahora, por aquellas leídas en su mensaje; primero se imaginó en un estadio de baseball repleto de espectadores y él al bate, mirando fijamente a los ojos del pitcher que sobre la loma se disponía a realizar su mejor lanzamiento; acto seguido se vio bateando fuertemente y botando la pelota de *home run*, tal cual le había escrito el editor. Sonrió a solas, y casi de inmediato se dibujó en su mente la imagen de un montón de personas caminando a ciegas, frente a los periódicos que sostenían entre sus manos, sin poder dejar de leer la historia por él narrada. Se levantó de la silla en donde estuvo postrado casi toda la mañana y con una amplia sonrisa dibujada en sus labios se fue a sentar en el único sofá de la sala. Se acomodó de lado y subió las piernas a lo largo del mueble.

De tanto pensar e imaginar, casi se quedó dormido, pero sabía, como muy bien le había aclarado el señor Campos, que aquello era solo el comienzo.

Luego de aquella excelente noticia recibida con respecto a su primera publicación en el diario El Eco, el joven Alex Dawson sabía que todo aquello apenas comenzaba. Tomó nuevamente su teléfono y pidió una pizza de pepperoni para que le fuera despachada en su residencia y de inmediato se sentó frente al ordenador. Recordó aquel texto que había escrito en febrero, justo la noche de su cumpleaños, luego de ir a visitar a su abuela Sofía y sufrir una terrible alucinación que le llevó a sentarse aquella misma madrugada frente a su laptop para plasmar el detalle de todo aquello, sin dejar nada por fuera.

Buscó en su archivo y encontró la carpeta en donde estaban recopilados todos aquellos escritos de las diferentes situaciones que vivió durante aquellos días a comienzos de año. Entonces, seleccionó el texto que vendría a ser la continuación de El Purgatorio.

Abrió el archivo titulado «Alucinación», leyó y releyó con sumo cuidado cada línea, cada párrafo, mientras iba realizando algunos ajustes y correcciones que pensó adecuadas para la publicación en el diario. Al cabo de veinticinco minutos sonó el timbre de la puerta y dejó el ordenador prendido mientras se iba a atender el llamado. Era el despachador de pizza.

—Aquí está su pedido señor Dawson. Una pizza mediana de pepperoni y un refresco —dijo el joven, uniformado con una camisa de dos colores (rojo y negro) e identificada con el emblema de la pizzería.

—Gracias, llegaste justo a tiempo. Ya no aguantaba el hambre.

El joven sonrió, mientras recibía la propina de parte de Alex.

—Muchas gracias —dijo el despachador, antes de dar la espalda y marcharse.

De inmediato, el joven periodista se arrimó nuevamente a su mesa de trabajo y colocó la caja sobre un espacio vacío de la superficie. Cuando abrió la tapa de cartón, un halo con el aroma del queso mezclado con pepperoni le acarició el rostro e invadió sus fosas nasales. De inmediato, se apresuró a agarrar uno de los *slices* que aún se encontraban calientes, mientras sorbía un largo trago de la bebida. Dio un primer mordisco a aquel trozo de pizza que para él representaba un manjar y lo saboreó con gusto, en completo silencio. No aguardó mucho para darle otro mordisco y tomar más del refresco, hasta que terminado aquel primer slice dirigió su mirada nuevamente hacia su laptop. Sorbió un poco más de la bebida y con su mano derecha alcanzó el *mouse*. Movió el cursor hacia arriba y las líneas del texto se desplazaron con rapidez hacia el principio de la página, hasta que alcanzaron el inicio del relato. Iba a leer todo el texto por cuarta vez. No pudo contenerse de tomar otro *slice* de pizza, y así lo hizo, antes de echarse hacia atrás en el asiento y con cuidado comenzar a releer la historia en la cual trabajaba. Con su mano derecha puesta sobre el *mouse* desplazaba las líneas del texto a medida que iba avanzando en la lectura de la historia que tenía frente a sus ojos. Al cabo de algunos minutos le dio otro mordisco grande al trozo de pizza por el extremo más próximo y lo saboreó con exquisitez. Luego, con una servilleta se limpió los labios y tomó otro trago de refresco, antes de continuar con la lectura.

Continuó leyendo en su ordenador portátil por varios minutos adicionales, recordando, eventualmente, que la pizza le acompañaba. Solo había comido un par de *slices* cuando escribió su seudónimo al final del relato; «Aldo». Entonces, sonrió.

El texto que para aquel momento había terminado de revisar y adecuar, lo había escrito cuatro meses atrás a mediados de febrero de ese mismo año, y ahora, ya estaba preparado para su siguiente publicación en el diario EL ECO. Intentó sorber más de su bebida y sintió el vacío del envase. Se dijo, «ahora trae más hielo que refresco».

Pensó en servirse agua de la nevera y al intentar levantarse de la silla sintió un mareo que le estremeció. Volvió a caer sentado sobre el mismo asiento y aguardó algunos segundos para que le pasara aquella desagradable sensación. «Debe ser porque me he metido demasiado en el relato. Espero que no me regresen aquellas terribles alucinaciones», pensó.

Miró la hora en su celular y vio que aún quedaba noche por delante, así que sin pensarlo demasiado volvió sobre sus escritos y se encontró con aquel titulado «El Tuerto Simón»... Comenzó a leerlo y de inmediato, como un autómata, empezó a realizar algunas correcciones a medida que fue avanzando en su lectura. Al cabo de un par de horas adicionales se sintió satisfecho con el resultado y se dijo, luego de agregar su seudónimo al final del texto, «espero le guste al señor Campos».

4

Aquella misma noche del viernes, cuando salió publicado su primer artículo en el diario El Eco, y luego de haber terminado de realizar los últimos arreglos a los otros dos relatos que le llevaría al señor Campos el próximo lunes, Alex intentó conciliar un sueño que le llevó más de un par de horas en alcanzar. Sus pensamientos giraban inexorablemente alrededor de aquellos extraños recuerdos y el montón de interrogantes que sin respuestas concretas se abarrotaban en el interior de su cabeza.

Finalmente quedó rendido por el cansancio y no faltaron algunas cortas pesadillas que de alguna manera le impidieron descansar adecuadamente.

Se levantó a las siete en punto de la mañana del sábado 19 de junio, cuando su despertador sonó, y como pudo se sentó sobre la orilla de la cama, se llevó las manos sobre su rostro y restregando sus ojos intentó despojarse de una pesadez que aún le afectaba. Con empeño se levantó y fue al baño, lavó su cara con agua fresca y permaneció allí por varios largos segundos hasta que se sintió recuperado. Luego se dirigió a la cocina en busca de algo para comer, puso en funcionamiento la cafetera que había dejado preparada y al cabo de algunos minutos ya estaba desayunando con un emparedado y café.

Mientras comía recordó la cita que tenía en la universidad y fue en busca de su teléfono celular. Revisó los mensajes entrantes y solo tenía dos; uno de Samuel Campos en donde le reiteraba la solicitud de una continuación a su primera crónica publicada; y el segundo mensaje era de la estudiante Raquel, confirmando un encuentro para hablar sobre lo que sería la revisión de su tesis.

Dio otro par de mordiscos a su emparedado y tecleó una respuesta al señor Campos: «Buenos días señor Campos. Para el lunes, sin falta, tendrá la segunda parte». A continuación le respondió a Raquel con otro mensaje de texto: «Sin falta estaré en la universidad a eso de las nueve». De igual manera le escribió a María Teresa confirmando su cita.

A las nueve en punto Alex estaba arribando a los predios universitarios. Siempre que llegaba por cualquier asunto de trabajo, su pecho se llenaba de nostalgia. Nunca podría olvidar aquellos cinco años de estudios que vivió transitando por esos estrechos pasillos repletos de estudiantes, cada quien con sus sueños y aspiraciones. Tampoco podría olvidar todos los esfuerzos que su abuela tuvo que realizar para poder cubrir sus necesidades como estudiante. No fue nada fácil pero ya todo había sido superado y el trabajo que ahora realizaba le había servido para llevar una vida independiente y poder escribir sus relatos o crónicas que a partir de su propia experiencia había vivido.

Luego de caminar por el largo pasillo que dividía a la escuela de medicina en dos grandes mitades, arribó al área de ingeniería, y continuó su andar hasta alcanzar la pequeña escuela de periodismo. El cafetín estaba justo al lado de un amplio boulevard que como de costumbre se encontraba bastante concurrido de jóvenes estudiantes. Al divisar en la corta distancia una mesa desocupada, caminó en esa dirección, se sentó, y sacó su portátil del bolso que traía colgado del hombro. No pasaron más de cinco minutos cuando vio acercarse a María Teresa.

—¡Hola Alex, ¿cómo has estado?! —le saludó con entusiasmo la joven, una vez que estuvo parada frente a la mesa. Extendió su mano, y él le correspondió de igual manera. Solo se habían visto en una oportunidad anterior, un par de semanas atrás, cuando acordaron la revisión del trabajo.

—Hola, amiga. Muy bien. Siéntate por favor... Tu tesis ha quedado espectacular.

Alex ya tenía cargada la información en su equipo y una copia guardada en el *pendrive* que le había suministrado la joven estudiante. María Teresa se sentó a su lado y, hombro con hombro, Alex le fue enseñando las mejoras y correcciones realizadas. A medida que Alex avanzaba en sus explicaciones, la joven estudiante iba quedando muy satisfecha con todo lo que observaba y las aclaratorias que el joven le brindaba.

Cuando ya casi terminaba de darle los detalles de todas las mejoras realizadas a su trabajo, una joven se detuvo muy próxima a ambos. Ella, con su celular en la mano revisó su *WhatsApp* y luego de ampliar la foto de Alex en la pantalla de su teléfono; se dijo: «Sí, debe ser él».

La muchacha se quedó de pie a escasos metro y medio de donde se encontraba sentado el joven periodista brindando sus explicaciones. Alex, al sentir su presencia apartó la vista de la pantalla de su ordenador y se encontró con un rostro juvenil que le sonrió de inmediato. Un mudo silencio se hizo presente entre ambos, mientras se escudriñaban y buscaban qué decir. Así que, casi al unísono se escuchó: «Tú debes ser...» y ambos sonrieron.

—¿Raquel?... Un gusto conocerte —agregó Alex, con inmediatez —. Por favor siéntate —le invitó a sentarse en la misma mesa, en una de las otras dos sillas desocupadas. Ella le hizo caso y se sentó frente a él.

Mientras Alex continuaba dando sus últimas explicaciones a M.T., Raquel se dedicó a curiosear un poco en el semblante del joven periodista. Le llamó la atención sus ojos pardos; el color era entre un castaño claro y un verde oscuro poco común; su cabello revuelto era algo crespo pero de bucles grandes que combinaban a la perfección con su tez clara y la forma alargada de su cara; era delgado, de manos finas, su tono de voz muy varonil, y sus ademanes parecían ser cuidadosamente manejados.

«La verdad es que este Alex es muy atractivo. Ya entiendo porque todas lo buscan para las correcciones», dijo Raquel en su mente, mientras se le escapaba una corta sonrisa. En ese mismo instante, Alex apartó la vista de su laptop y le descubrió mirándole e intentando esconder su sonrisa. Ella se puso un poco nerviosa y desvió su mirada hacia cualquier lado del cafetín.

—Ya te voy a atender, Raquel —le dijo Alex, brindándole una corta sonrisa.

—No te preocupes, tengo tiempo —respondió la joven.

En ese momento interrumpió María Teresa.

—Ya tengo todo claro, Alex. La verdad es que he quedado muy satisfecha con tu trabajo. Dime por favor, cuánto me resta de tus honorarios para finiquitar todo.

—Toma el *pendrive* —le dijo Alex, mientras le extendía el dispositivo de memoria—. Aquí está todo, y más tarde te envío un mensaje con lo que respecta a la diferencia que queda pendiente.

—Okey, perfecto. Chaooo... Nos hablamos —se despidió María Teresa.

De inmediato Alex, cerró su laptop y le dijo a Raquel mirándola a los ojos.

—Bueno, discúlpame de verdad por el tiempo que te he hecho esperar. Pero dime, ¿en qué te puedo ayudar?

En ese momento Raquel empezó a darle los detalles de su trabajo de tesis y mientras el joven periodista le escuchaba con atención, también aprovechó para escudriñar en su rostro y bellos gestos. Era una joven muy simpática de cabellos largos y ondulados hasta más allá de sus hombros; tez morena clara; sus ojos eran oscuros, grandes y redondeados debajo de dos hermosas cejas anchas y bien delineadas; de nariz perfilada y labios pintados de un rojo sutil pero atractivo, le brindaban a sus palabras un gusto que nunca antes había percibido en ninguna otra joven.

Finalmente la estudiante terminó su explicación y Alex le dijo.

—Bueno. Te voy a explicar cómo trabajo yo. En vista que el tiempo que tenemos para realizar las correcciones es bastante corto, ya que lo necesitas listo en un semana, porque la siguiente semana deberías estar llevando la tesis a la tipografía para la impresión de los ejemplares, voy a necesitar que hoy mismo me entregues en un *pendrive* todo lo que tienes avanzado para poder revisarlo esta misma noche y mañana a primera hora te escribo para informarte de cuanto serían mis honorarios y el anticipo que tendrás que realizar al momento de comenzar con mis correcciones.

—Por lo del anticipo no te preocupes, ya tengo hecho el ahorro respectivo y el saldo que quede para la próxima semana, ya mi padre se encargará... Pero, me vas a disculpar; el *pendrive* no lo he traído.

—Sería bueno que me lo entregues hoy mismo.

—¿Cómo podríamos hacer?

—Lo puedes buscar y te espero.

—Es que lo tengo en mi apartamento y en veinte minutos tengo clase, no me daría tiempo. Pero podría buscarlo cuando salga de clases y después te lo llevo a tu casa. Yo tengo carro y no sería ningún problema para mí.

—Okey, está bien. Te voy a enviar por *WhatsApp* mi dirección para que te quede guardada en el celular.

Alex, de inmediato tomó su teléfono y le escribió un mensaje con su dirección. Y en menos de un par de segundos, mientras Raquel esperaba mirando la pantalla de su teléfono, recibió la información.

—Perfecto, ya la tengo... Nos vemos entonces.

—Un gusto conocerte Raquel —Alex le extendió su mano al levantarse de la silla.

—El gusto ha sido mío, Alex —ella le sujetó con delicadeza, mientras le brindaba una dulce sonrisa.

De inmediato la joven le dio la espalda y se dirigió hacia el pasillo que le conduciría al interior de la escuela de periodismo. Alex, se quedó observándola por algunos segundos mientras se alejaba. Luego recogió su laptop, la introdujo en su morral y se marchó.

5

Sábado 19 de junio por la tarde.

Luego de dejar la universidad y dar algunas vueltas por el centro de la ciudad, el joven periodista arribó a su apartamento en el primer piso de Residencias Samanes, nave A, de la avenida Asunción; dejó su bolso a un lado del sofá, se despojó de sus zapatos y franela, antes de echarse a lo largo del mueble. Con el celular en la mano, hizo algunos cálculos mentales antes de escribirle un mensaje a la estudiante María Teresa indicándole cuánto le restaba de sus honorarios. Al cabo de un par de minutos ya había recibido su respuesta: «Sin falta esta misma tarde te estoy haciendo la transferencia. Gracias nuevamente».

De inmediato se levantó, acondicionó la cafetera electrónica que se encontraba en un rincón del tope de la cocina y pulsó el botón de encendido. Ya era más de medio día.

Había decidido ponerse a revisar otra tesis que tenía pendiente acompañado por la taza de café que ya se había servido, cuando su teléfono repicó y al leer de quién era el llamado «Raquel», se quedó observando la pantalla por algún instante; luego pulsó la tecla verde para responder.

—Hola Alex —escuchó del otro lado.

—Hola Raquel —un gusto saludarte.

—Ya llegué.

—¿Cómo?

—Que ya llegué. Estoy aquí abajo frente al bloque A de la residencia Samanes en la avenida Asunción, como me indicaste.

—Aaah, okey. Que pronto arribaste. Ya bajo.

Alex, primero se asomó por la ventana que daba hacia la parte frontal del edificio y la vio. Estaba parada a pocos metros un BMW muy hermoso, color dorado, que nunca antes había visto en el estacionamiento de vehículos. Ella admiraba las flores que adornaban el jardín y en ese momento daba un par de pasos para acercarse a conversar con la señora María, la conserje del edificio quien para ese momento regaba las plantas del jardín.

Alex se puso la misma franela que traía puesta con anterioridad y se colocó con prisa los zapatos de goma. Bajó las escaleras y allí estaba ella. Raquel le sonrió con mucho cariño desde el primer momento que le vio y se acercó para saludarle sin mucha prisa, no sin antes brindarle un «hasta luego» a la señora conserje. Cuando estuvo frente a Alex, él le extendió la mano para saludarla y ella la tomó con delicadeza, pero de inmediato también acercó su rostro para acompañar el saludo con un beso en la mejilla.

Alex se incomodó un poco y ella lo notó. A continuación le dijo la joven.

—Aquí te traje el *pendrive* —se metió la mano en uno de los bolsillos delanteros de su jean y extrajo el dispositivo. De inmediato se lo dio—. Peeero adicional te traje algo… que espero te guste. Ya va, espérate un momento por favor —la joven se dirigió hacia el lujoso BMW que se encontraba estacionado a escasos cinco metros de donde se encontraban parados y luego de abrir la puerta sacó una bolsa de papel que venía identificada con el logo de una de esas grandes cadenas de comida rápida; todo aquello sucedía, mientras la señora conserje no le quitaba la vista ni ningún instante—. Mira lo que te he traído —le dijo cuando estuvo parada, nuevamente, frente a Alex—. Porque me imagino que aún no has almorzado —agregó mientras le extendía la bolsa con un par de hamburguesas y papas en su interior.

Alex tomó la bolsa y la abrió frente a ella. Totalmente sorprendido revisó su contenido, y quedó mudo por algún momento; no porque no se imaginara lo que en el interior de la bolsa iba a encontrar (ya que la bolsa venía identificada en su exterior), sino por aquel gesto tan amable que nunca antes había recibido de algún amigo y mucho menos de una chica casi desconocida por completo... Al ver que eran dos almuerzos los que había en el interior, le dijo.

—Me imagino que me acompañarás, porque yo solo no soy capaz de comerme todo esto —finalmente pudo decir aquello, pero sin apartar la vista del interior de la bolsa, ya que le daba vergüenza que una joven estudiante le estuviera brindando el almuerzo.

—Si no te molesta, me gustaría acompañarte —le escuchó decir, ya mirándole a los ojos.

—En ningún momento sería una molestia.

Luego que subieran por las escaleras al primer piso, Alex le invitó a pasar adelante con un cortés movimiento de su brazo.

—Bienvenida —dijo.

La joven estudiante dio un par de pasos hacia el interior de la vivienda antes de detenerse y con su mirada recorrer el pequeño espacio de un apartamento tipo estudio. Alex avanzó y arrimó las dos únicas bancas de madera que se acomodaban frente al desayunador que separaba la pequeña cocina de la sala en donde se hallaba el escritorio colmado de papeles y periódicos arrumados. A un lado, se podía observar una puerta que Raquel asumió sería de la habitación; el único baño debía tener acceso desde el interior de la alcoba ya que no se observaba ninguna otra puerta de madera. En el fondo un par de puertas corredizas y de cristal, daban acceso a un pequeño balcón.

—Muy acogedor tu apartamento —dijo mientras miraba todo a su alrededor—. ¿Cuánto tiempo llevas viviendo aquí? Esta zona de la ciudad es muy linda y tranquila.

—Llevo viviendo aquí desde que me gradué. Será entonces como siete años.

—Wow... Bastante tiempo... Y lo mantienes bien conservado.

Alex sirvió un par de tazas con café, colocó dos platos sobre el desayunador y se sentaron a comer. Al cabo de algunos segundos, dijo.

—No sé por qué te molestaste en traer almuerzo. Me ha dado vergüenza recibirlo.

—Me di cuenta, pero no te preocupes, yo soy así... Se me ocurrió en el camino... Por cierto, veo que tienes muchos ejemplares de El Eco allí arrumados.

—Sí, todos los días compro la prensa y esa en especial; siempre ha sido mi preferida.

—Pues, ojalá tengas la publicación de ayer viernes, porque necesito revisar algo de ese día.

—¿Cómo así?

—Mi profesor de Análisis Periodístico nos mandó una tarea esta mañana... Él siempre nos dice que tenemos que revisar las publicaciones de los diferentes diarios principales todos los días, y pues yo casi que no logro hacerlo; entre estudiar y hacer trabajos se me van las horas.

—Y qué tarea te mandó el profesor de Análisis.

—Pues debo leer una crónica que alguien publicó ayer viernes en El Eco y de allí debo realizar una descripción psicológica del personaje. ¿Imagínate?

—¿Por casualidad el artículo se llama, El Purgatorio?

—Sí, así mismo se llama. ¿Cómo lo supiste?

—Pues yo también lo he leído y me ha parecido muy interesante.

—Que bueno saberlo. Así que, si necesito una ayudita, te la pediré. ¿Te parece?

—Por supuesto. Después de este almuerzo creo que te debo varias ayudas… jaja. Estas hamburguesas están demasiado ricas.

Una vez terminaron de almorzar y mientras Alex terminaba de recoger la mesa y lanzar los desperdicios al cesto de basura, Raquel se acercó al escritorio y comenzó a hurgar entre la ruma de periódicos, en busca del ejemplar que requería para la tarea que le habían encomendado.

—Aquí está. Déjame ver… —dijo mientras tomaba entre sus manos el ejemplar del Eco fechado, viernes 18 de Junio. Lo ojeó por encima y buscó la página que le interesaba. Luego, leyó—. «El Purgatorio». Aquí lo tengo ya.... ¿No te importa si me lo llevo?

—No. Claro que no. Pero con una sola condición… —agregó Alex, mientras se acercaba hacia la joven con pasos medidos. Y cuando estuvo a escasos dos metros de distancia se detuvo y mirándola a la cara le dijo con cariño—. Con la condición que me lo devuelvas cuando termines de usarlo.

—¿Tanto así, te encariñas con los periódicos?

—No… No con todos. Pero este ejemplar en especial, significa mucho para mí.

La joven hizo un gesto con sus cejas, enarcándolas por completo, y en sus labios se dibujó una pícara sonrisa.

—Wow… De verdad que eres una persona… —dijo esto, mientras apartaba la vista hacia un costado y su mente pareció trasladarse para algún lugar remoto, en busca de algún calificativo adecuado.

—¿Extraña? —agregó Alex mientras se acercaba aún más a ella.

—No, nada de extraña... Interesante diría yo —aclaró la joven.

Con el ejemplar de El Eco en una de sus manos, Raquel dio un par de pasos por un costado de Alex y lo dejó mirando hacia la pared.

—Bueno, ya debo irme —agregó la joven, mientras Alex volteaba a verla y ella avanzaba hacia la puerta—. Te lo devolveré el lunes por la tarde, ya que la tarea debo entregarla el lunes por la mañana... Esta misma noche comenzaré a trabajar en esto de El Purgatorio. Y mañana por la tarde quedé en reunirme con un par de compañeros, así que estaré ocupada por la tarde también; pero no te preocupes el lunes sin falta.

—Sí... Está bien, el lunes —contestó Alex, observándola marchar. Había quedado estático en medio de la sala.

Ella misma abrió la puerta del apartamento y desde el umbral le volvió mirar para despedirse cariñosamente con un guiño de ojo; le dijo.

—Byeee...

6

Domingo 20 de junio

Alex Dawson aprovechó todo el día para trabajar en la tesis de Raquel. Aquella joven desinhibida que había conocido el día anterior. Su trabajo de grado estaba bastante completo y avanzado, y solo requería de pequeñas correcciones de sintaxis a las cuales Alex ya estaba acostumbrado. A medida que el joven periodista iba avanzando en la revisión de los diferentes capítulos, iba descubriendo las capacidades periodísticas y narrativas de la joven estudiante. Entonces, comenzó a admirarla por su excelente talento. No era solo, una joven común y corriente que espontáneamente le había llevado almuerzo para compartir. No. Además de eso, era una chica linda, vivaz y graciosa. Y por encima de todo aquello, era muy inteligente y capaz.

Por un momento dejó de leer el contenido de la tesis y la imaginó sonriente, explicándole algún asunto de la universidad, mientras él la contemplaba y se deleitaba observando sus gestos, sus expresiones, su mirada, sus labios, su gracia. Cuando volvió en sí, sonrió de verse en aquel estado tan banal y se dijo: «Esta chica me pone tonto de verdad».

Retomó su trabajo con mucho entusiasmo y no se levantó del asiento por tres horas continuas cuando sintió la necesidad de prepararse un poco más de café. Puso en funcionamiento la pequeña máquina y revisó el celular mientras esperaba. No había recibido ningún mensaje ni llamada en todo el día y pensó en llamarla, le gustaría escuchar su voz nuevamente, pero de inmediato se contuvo de hacerlo. Luego que el café estuvo listo y se paró frente al amplio ventanal que daba hacia la calle contigua, allí se distrajo como tantas veces, observando el transitar de las personas y admirando el paisaje en la distancia.

Terminada la taza se sentó en el sofá, tomó su celular entre las manos, buscó el nombre de la joven en el directorio, y tecleó.

Alex: Hola… Cómo estás?

Se quedó esperando por algunos segundos, mirando la pantalla, y al no obtener respuesta inmediata, lo dejó a un lado.

Al cabo de unos cinco minutos se escuchó el tono que anunciaba algún mensaje entrante en el buzón de *WhatsApp*. Y Alex se apresuró a leer.

Raquel: Holiiiiss…. :) Contentísimaaa...

Alex: Me alegra que estés contenta. Y se puede saber porqué

Raquel: Pues por dos cosas… la primera que ya terminé la tarea de Análisis Periodístico que te comenté y creo que me ha quedado espectacularísima jaja!!! … debo felicitarme a mí misma hurrraaa!!!

Alex: Te felicito. Estoy seguro que ha quedado como dices… Y la segunda?

Raquel: Pues que tú me has escrito :)

Alex: Bueno, es para decirte y felicitarte por tu excelente trabajo de tesis, que hasta donde he leído, lo encuentro muy bien elaborado.

Raquel: Graciasss… graciasss… Y, más nada?

Alex: Pues…

Raquel: Yo estoy ansiosa de que llegue el lunes.

Alex: Y eso?

Raquel: Pues para que me expliques todo lo que has revisado de mi tesis… y por cierto, llevaré algo para comer, así que no te preocupes :) jajaja

Alex: Tú siempre tan… atenta. Mañana nos hablamos

Raquel: Seguro :) byeeeee

Alex quedó muy satisfecho con aquella conversación. Pudo percibir en cada una de sus líneas escritas, el carisma y gracia natural de su personalidad. Se volvió a sentar frente a su laptop y continuó revisando la tesis. Pasaron algunas horas adicionales y la tarde se fue extinguiendo, hasta que finalmente entrada la noche, terminó de hacer algunos ajustes que no fueron tantos, dando por concluido su labor correctiva a la tesis de Raquel. Respaldó la información nuevamente en el mismo *pendrive* que ella le había llevado y se sintió, además de cansado, muy satisfecho de haber podido terminar en el transcurso de todo el día, aquel trabajo que se había tornado tan especial para él. Miró la hora y ya eran las 9:30 pm.

Al día siguiente, lunes, Alex se había levantado y luego de asearse agarró su pendrive en donde había respaldado las dos historias que tenía preparadas para el señor Campos: «Alucinación» y «El Tuerto Simón». También tomó el sobre en donde había guardado las cuartillas impresas y salió a la calle en dirección a una panadería próxima. Pidió un emparedado y más café, antes de irse a sentar en una pequeña mesa de aluminio de las tres que en línea recta se acomodaban frente al negocio. Dio un primer mordisco y tomó entre sus manos el celular para revisar su agenda y los mensajes. Solo tenía tres mensajes; el primero era de la Sra. Gladys deseándole un buen inicio de semana, el segundo de una joven que le informaba el número de referencia de la transferencia que le había hecho el día viernes por un trabajo que él le había entregado la semana anterior y que para ese día lunes debía hacerse efectivo en su cuenta, el tercer mensaje era de Raquel y decía: «Buen día... Deséame suerte con mi trabajo del purgatorio que presento en un par de horas».

De inmediato respondió a los mensajes y luego dio su segundo mordisco al emparedado relleno con jamón y queso.

Los artículos que había preparado durante el fin de semana para el periódico, daban vueltas en su cabeza y le inducían muchas interrogantes. Finalmente decidió llamar a su abuela. Marcó su número telefónico y luego de unos cuatro tonos, respondió su abuela Sofía.

—Hola hijo, qué bueno que me llamaste... Te he estado pensando mucho. ¿Cómo estás? —escuchó las palabras de su abuela y le imaginó sonriente y muy animada, mientras le hablaba.

—Yo muy bien, abuela. ¿Y tú, cómo has estado? —le preguntó con cariño.

—Estoy muy bien, hijo; y ahora contenta porque me has llamado.

—Me alegra mucho, abuela. Gracias a Dios tu cuentas con una salud envidiable... —Por un corto instante de tiempo, tal vez un par de segundos, Alex se quedó callado y luego continuó— Además de saber de ti, quería ver si me podías ayudar con algunas inquietudes que no puedo sacar de mi cabeza.

—Por supuesto, hijo... Siempre estaré para ti en todo lo que te pueda ayudar.

—Gracias abuela, sé que es así... Estoy escribiendo algunos artículos para el periódico El Eco, y a medida que avanzó con las historias, me van surgiendo interrogantes que quizás puedas ayudarme a aclarar.

—Que bueno que estés escribiendo para un periódico, hijo. Yo sabía que algún día lo lograrías... Y mientras yo tenga aliento, estaré para ayudarte en lo que pueda, pero la verdad no sé cómo podría hacerlo.

—Sí abuela, me han dado un espacio para escribir algunos de mis relatos. Y estoy muy contento por ello…

—¡Te felicito, hijo! ¡Qué alegría!

—Gracias, abuela… Una pregunta, abuela. ¿Cómo ocurrió lo de mi nacimiento?

Ante aquella pregunta la abuela se quedó callada por algún instante, quizás rememorando o sorprendida por lo inusitado de aquel cuestionamiento.

—Hijo, pero qué preguntas haces... Te salvas que aún tengo buena memoria, y puedo darte algunas luces.

—Déjame ver por dónde comienzo… —No pensó mucho y comenzó a narrar—. Tu madre conoció a Alexander un día que la invitaron a una fiesta en una hacienda por los lados de Acarigua. Ella se fue con su amiga Lucía y un par de chicas más, cuyos nombres no recuerdo ahora, y quien las llevó fue el padre de una de ellas... Tengo entendido que allí fue donde se conocieron. Bueno… Después de aquella fiesta que disfrutaron hasta el amanecer, tu madre, y tu padre, a quien yo no conocía para aquel momento, se comenzaron a frecuentar a escondidas como lo hacían la mayoría de los enamorados por aquella época… Hasta que pasado un mes aproximadamente, un hombre muy buen mozo, elegante, y manejando un vehículo costoso, la trajo a la casa… Tu abuelo y yo nos sorprendimos, cuando aquel carro tan lujoso se detuvo frente al porche en donde nos encontrábamos sentados y vimos bajar a nuestra linda Begoña, quien para aquel momento contaba con veinte años de edad. Ella se bajó sonriente y feliz, y no puedo olvidar su cara cuando le dijo al que manejaba el vehículo: «Bájate, que quiero que conozcas a mis padres». El hombre de inmediato se bajó, también sonriente, y con mucha amabilidad se presentó, pero no recuerdo el apellido, solo recuerdo que su nombre era Alexander y por eso te pusimos

Alex... La verdad es que nos causó muy buena impresión... Así fue que lo conocimos. Y al cabo de nueve meses después, aproximadamente, naciste tú, como un bello regalo de nuestro Señor.

—Abuela, espera un momento... Pero debes saber algo más.

—Claro... Lo que sucedió cuando tú naciste, ya te lo he contado otras veces... Tu madre se complicó y pues... Se fue para allá, a donde todos iremos al final de nuestros días.

—Sí, esa parte la tengo clara, abuela... Pero dime: ¿Qué pasó con mi padre?

—Bueno de él no supimos más nada. Esa fue la única vez que le vi... No volvió más por aquí. Solo recuerdo su nombre. Y hombres con el nombre de Alexander hay una infinidad.

—Otra pregunta más, abuela. Y disculpa todo este interrogatorio... ¿Por qué mi padre no habrá estado presente cuando yo nací?... Porque entiendo, que todo padre, siempre desea estar presente al momento que nace un hijo. ¿Será que no me deseaba?

En aquel momento mientras conversaba con su abuela, le sonó el tono de otra llamada entrante en el teléfono. Al revisar, vio que era una llamada del Director y Editor en Jefe del diario El Eco, Samuel Campos. No podía hacerlo esperar, así que le dijo a su abuela.

—Abuela disculpa, tengo que atender otra llamada muy importante, es del editor del periódico, así que te llamaré luego. Gracias por todo abuela, te quiero mucho mucho mucho.

Le dio otro mordisco al emparedado y bebió un poco más de café para tragar con inmediatez. A continuación pulsó la tecla verde para atender la llamada entrante del afamado editor, y dijo con la boca medio llena.

—Buenos días señor Campos.

7

Aquel lunes 21 de junio, Samuel Campos le había llamado para notificarle que estaba terminando de elaborar un contrato de trabajo para él. De inmediato le fue leyendo algunas de las cláusulas del contrato y explicándole el compromiso que entre él y la empresa se formalizaba. Al final le había reiterado lo complacido que se encontraba por los resultados alcanzados con la primera publicación y que esperaba iguales o mejores resultados con las siguientes. Le había dicho: «Deseo que avancemos juntos en este emprendimiento, porque sé que eres muy capaz y lograremos buenos beneficios para todos».

Mientras escuchaba las explicaciones del señor Campos, Alex ya había terminado de ingerir su emparedado, lanzó la servilleta en un cesto de basura contiguo a donde se encontraba sentado y se encaminó hacia la parada bus más cercana que le llevaría hasta el diario. El tráfico vehicular se encontraba fluido, inmerso en una claridad y una suave brisa que hacía de la mañana un momento agradable.

—Bueno muchacho, eso era lo que te quería adelantar. Te espero —le escuchó decir para finalizar la conversación telefónica.

—Sí. Ya voy en camino señor Campos. Nos vemos en media hora aproximadamente.

Cada vez que culminaba de hablar con el licenciado Campos, siempre terminaba con una grata sensación que le llevaba a soñar y sentirse importante a la vez. Invadido por aquella sensación se distrajo mientras caminaba tres cuadras en busca de la avenida Lanceros para desde allí tomar el bus que le llevaría al diario. Al arribar al cruce de la avenida Asunción con la avenida Lanceros, esperó el paso peatonal y cuando la luz cambió al verde, avanzó entre un nutrido grupo de personas quienes como autómatas solo miraban al frente y se desplazaban con pasos uniformes y alargados. Ya del otro lado, caminó en diagonal y cruzó a la otra acera; solo se apresuró cuando vio en la distancia una unidad de transporte público identificada con el número 42 y en cuyo frente desplegaba en letras digitales y grandes, un letrero electrónico cuyo texto parecía desplazarse de derecha a izquierda, e indicaba: «Av. Lanceros».

Tal como lo había calculado, en cuestión de media hora ya se estaba bajando en la parada próxima al diario El Eco. Avanzó sobre la misma acera en medio de muchos que caminaban en ambos sentidos y al alcanzar la entrada principal del diario, se detuvo, miró la puerta de cristal esmerilado identificada con el logo del afamado periódico, sonrió, para de inmediato empujar y pasar al interior del recinto. Había una fila de unas diez personas que ordenadamente esperaban para anunciarse con la recepcionista. Llegado su turno, al cabo de pocos minutos, la joven le sonrió y él se identificó.

—Mi nombre es Alex Dawson y vengo a reunirme con el licenciado Samuel Campos.

Sin dejar de sonreír la joven revisó en su ordenador y asintió con la cabeza. Sí, aquí lo tengo reseñado.

—¿Sabe cómo llegar? —Preguntó amablemente la recepcionista.

—Creo que sí… Piso 20 Departamento de Edición.

—Correcto. Bienvenido —le dijo la joven recepcionista, mientras le extendía el carnet de visitante.

Como en la oportunidad anterior, Alex arribó al último piso de la torre y luego de avanzar hasta el final del pasillo que dividía en dos el amplio departamento colmado de cubículos, extendió su mano a la señora Gladys, quien lucía espléndida y, con los dedos de sus manos entrelazados a la altura de su pelvis, le esperaba de pie al lado de su escritorio.

—Buenos días señor Dawson. Bienvenido.

—Buenos días señora Gladys.

—El licenciado le espera. Sígame por favor.

La señora Gladys lo acompañó hasta la puerta del director del departamento y luego de realizar un sutil llamado con sus nudillos, golpeando con delicadeza la puerta, ambos escucharon la voz del director cuando dijo.

—¡Adelante!

La secretaria abrió la puerta y con un movimiento de su mano invitó al joven periodista para que pasara adelante. Luego que el joven avanzara hacia el interior de la oficina, ella cerró la puerta a su espalda para de inmediato dirigirse a su escritorio.

—Un gusto verte Alex... —le dijo el director, mientras le extendía la mano y le invitaba a sentarse frente a su amplio escritorio colmado de carpetas y papeles. Antes de volverse a sentar, el jefe de edición tiró hacia arriba de la correa de su pantalón y finalmente se echó sobre el mullido asiento.

—Buenos días... —saludó Alex, mientras tomaba asiento, luego que Campos se sentara—. El gusto es mío, señor

—De verdad que me has permitido disfrutar de un excelente fin de semana. No he podido dejar de figurarme los buenos momentos que de aquí en adelante podríamos compartir... Como te comentaba por teléfono, ya tengo avanzado el contrato de trabajo pero lo dejaremos para otra oportunidad —agregó con una amplia sonrisa dibujada en su rostro—. En estos momentos lo que más me interesa es ver, qué es lo que me has traído hoy.

Alex sacó del sobre las cuartillas del relato «Alucinación» y se las extendió al licenciado Campos. Él las tomó con sobriedad, se pasó la mano libre por su lisa cabeza, y se arrellanó en su asiento antes de acomodarse las gafas y comenzar a leer con detenimiento. Al cabo de algunos minutos apartó su vista de las páginas y pareció sonreír. Miró hacia el techo de la oficina, se llevó un dedo a los labios como discurriendo en algo, y el joven pensó que le sugeriría algún cambio a su relato.

Alex continuó observando con detenimiento cada uno de sus gestos, que eran casi nulos, mientras sentía que los nervios se iban apoderando de su cuerpo; y por un instante, tuvo el terrible presentimiento que no le había gustado la historia... Siempre le había causado nervios, enfrentarse a alguna sugerencia por más simple que esta fuera. Y eso era lo que parecía venir cuando Campos finalmente bajó su mirada y la enfrentó con la suya.

—Excelente. Excelente... Ésto viene muy bien, después de El Purgatorio. Te felicito, muchacho... Estoy seguro que volverás a lograr una muy buena receptividad de parte de nuestros lectores.

A continuación, el licenciado tomó su bolígrafo y escribió una nota al pie de la página, indicando la fecha y sección en que debía publicarse el relato; además de sugerir una ilustración que fuera lo más impactante posible.

───────

Luego de despedirse del licenciado y haber dejado con el señor Roberto Jiménez la información de su próxima publicación: «Alucinación». Alex caminó de vuelta a su apartamento con la convicción de que sus publicaciones en el diario continuarían teniendo el éxito que tanto el editor como él esperaban.

Al bajarse del bus sobre la avenida Lanceros, caminó nuevamente hacia el cruce con la avenida Asunción, avanzó hacia las Residencias Samanes, cruzó la doble calzada de cuatro canales y al divisar el estacionamiento de vehículos se dirigió por la misma acera hacia la puerta de entrada peatonal. No pudo contener una leve sonrisa que se dibujó en su rostro, mientras su imaginación extendía sus alas, justo en el momento cuando pasaba por un lado de la señora María, conserje del edificio, quien le venía observando con curiosidad desde la distancia... Le escuchó decir: «El que solo sonríe, de su picardía se acuerda»; le dijo, sacándolo de sus cavilaciones. Sorprendido por su presencia y por aquella frase que le sacó de su ensimismamiento, el joven Alex se detuvo y sin desprenderse de la sutil sonrisa que iluminaba su rostro, le preguntó.

—¿Por qué dice eso, señora María?

—Tendrías que verte en un espejo, muchacho.

—Jaja... Es que vengo del periódico y me han felicitado por mi trabajo, cosa que me hace muy feliz.

—¿Del periódico?... Jaja, eres muy gracioso, muchacho.

En ese momento le volvió a sonar el teléfono a Alex y al ver el nombre de quien llamaba, volvió a sonreír pero ahora con mayor amplitud.

—Quizás ahora si tenga algo de razón, señora María.

—Ves... Más sabe el diablo por viejo, que por diablo.

—Jaja... Muy cierto ese refrán, jajaja... Hasta luego —le dijo Alex, mientras le decía adiós con la mano, y antes de continuar su camino para poder conversar por el teléfono.

Alex había pulsado el botón para atender la llamada de Raquel, quien no pudo dejar de escuchar el final de la conversación que había sostenido con la conserje del edificio. La joven le preguntó.

—¿Y con quién hablabas tan animadamente?

—Aaah, era la señora María. Tú la conociste el día que viniste a traerme el *pendrive*; la conserje del edificio.

49

—Claro, claro. La recuerdo perfectamente... Se ve muy atenta.

—Y, ¿cómo te fue con tu tarea? —le preguntó Alex denotando interés.

Ante aquella pregunta, la joven cambió el tono de su voz y se escuchó muy animada. Alex detuvo su avance y sonriente prestó atención a sus palabras.

—¡Espectacular!... —le escuchó decir—. Me tocó presentar mi trabajo y al final todos, hasta me aplaudieron... Imagínate lo contenta que estoy. Y eso hay que celebrarlo... Así que para el medio día, como te había prometido llevaré algo para almorzar en tu apartamento.

—Te felicito de verdad... No te imaginas lo contento que me hace saber que te haya ido tan bien en tu trabajo y la exposición; además, también me alegra mucho que quieras celebrar en mi compañía. Pero lo que no me gusta, es que... Vamos a hacer una cosa; te espero al medio día, pero yo voy a comprar para almorzar y celebrar. ¿Te parece?

De inmediato ella lo interrumpió.

—Okey... Estoy de acuerdo. Acepto. Pero si no te importa, yo escojo lo que quiero almorzar.

—Por supuesto. Adelante.

—Deseo comida china... jajaja.

Alex le escuchó reír con aquella dulce gracia y le imaginó muy feliz, con su cabello revuelto y sus hermosos ojos casi cerrados por completo.

—Así que tenemos gustos muy similares... Me encanta eso. Además, voy a comprar una botella de vino.

A lo que la joven estudiante respondió con inmediatez.

—Uuumm... Yo no tomo... Quizás en otra oportunidad. Con una limonada, té, café o agua, estaré bien. Gracias.

—Okey, comprendo. Lo que usted diga, señorita —agregó Alex con gracia y amabilidad.

—Nos vemos entonces. *Bye*

Alex se quedó un poco desconcertado por el rechazo a la sugerencia del vino. Había pensado que con un poco de vino podría haber logrado un mayor acercamiento con ella, pero en realidad eso no importaba; lo importante era que volverían a compartir juntos.

Siguió caminando hacia la edificación de cuatro pisos identificada con la letra A, luego subió las escaleras hasta el primer piso y cuando arribó al interior del apartamento se sirvió un vaso con agua, se quitó la franela y los zapatos, antes de tumbarse en el único sofá de la sala; desde allí encendió el televisor en el canal de noticias.

Al cabo de una hora, aproximadamente, apagó la tv y se sentó frente a su portátil para revisar una tesis que tenía pendiente. El tiempo transcurrió con prisa y cuando apartó la vista de la pantalla se percató que ya eran pasadas las doce del mediodía, así que tomó su teléfono y marcó el número de un restaurante chino que hacía despachos a domicilio. Luego de ser atendido, realizó el pedido y cerró la pantalla del equipo, antes de volverse a echar sobre el sofá.

En cuestión de veinte minutos sonó el timbre de su apartamento y a toda prisa se dirigió a recibir el pedido, pero se encontró con la sorpresa de que era Raquel, quien de inmediato le observó sorprendida de arriba a abajo, le encontró con el pecho descubierto y los pies descalzos.

Apenado por aquello, Alex corrió hacia el banco del desayunador en donde había dejado colgada la franela, y con una estúpida sonrisa en los labios e intentado encontrar alguna explicación que le compensara aquel descuido, se empezó a colocar de inmediato la franela, dándole la espalda, mientras le decía.

—De verdad, disculpa... Estaba esperando al despachador del restaurante; y pues, has llegado tú primero... ¿Por qué no me avisaste que venías?

En ese preciso instante pasaba la señora María por el pasillo frente al apartamento y al ver la puerta abierta miró hacia dentro, observó a la joven cuando se acercaba hacia Alex mientras él intentaba acomodarse la franela. Y con suspicacia, dejó escuchar, cuando con fuerza se aclaraba la garganta, mientras torcía la boca con una mueca muy expresiva.

—¡Ejemm!..¡Ejemm!... Deberían mantener cerrada la puerta.

Ambos voltearon hacia la señora conserje, quien siguió adelante con sus quehaceres. Entonces Raquel, le respondió a Alex.

—Creo que ya te había dicho que vendría, pero no te preocupes, me gustó ver tus pectorales y abdomen. Al menos tenías puestos los pantalones jajaja... Por cierto, aquí tienes tu ejemplar de El Eco, me fue de mucha ayuda y creo que también me dio suerte.

—La verdad me siento apenado —dijo Alex, mientras tomaba el periódico en sus manos, luego de haber cerrado la puerta del apartamento. Dio algunos pasos hacia su escritorio y dejó el ejemplar sobre el montón que se aglomeraba sobre la mesa.

—Ya te dije, que no te preocupes... Además, te voy a ser sincera; me gustó verte.

Alex volvió a mirarla y apreció la belleza de sus ojos negros, grandes y redondeados, su cabello largo y ondulado que caía sobre sus hombros, ella también miraba a sus ojos claros que le observaban fijamente a la cara. Le iba a decir algo, cuando escuchó nuevamente el timbre y pensó que era la señora conserje que vendría a decirle algo; salió de su embeleso al escuchar el timbre por segunda vez; entonces caminó hacia la puerta, pero no, ahora era el despachador del restaurante. Finalmente Alex sonrió.

—Pensé que nunca llegarías.

—Disculpe… —El joven despachador revisó la hora en su reloj y dijo—. Pero solo he tardado veinticinco minutos y lo máximo es treinta, así que estoy en hora. Si gusta puede escribir la hora aquí, en este espacio del recibo.

—Sí, sé que… Tienes razón, llegaste a buen tiempo. Lo decía por otra cosa. Gracias —dijo Alex despidiendo al joven luego de tomar la bolsa del pedido y cerrar la puerta.

Se dirigió al desayunador, acomodó primero las bebidas sobre la superficie de granito, luego sacó los tres envases plásticos contenidos en la bolsa y los dispuso, uno al lado del otro. De inmediato se dirigió hacia la despensa en busca de los platos, cubiertos, y le dijo a Raquel.

—Por cierto, no me llamaste para consultarme nada sobre tu tarea.

—Sí, tienes razón… Fue que me metí tanto en la historia, que me pareció estarla viviendo mientras la leía, y te confieso que disfruté mucho estudiando al protagonista y la estructura del texto… Se me hizo fácil y no necesité molestarte.

—Que bueno… Pero sabes que nunca hubiese sido una molestia para mí.

—Sí, lo sé… Gracias por tu disposición —agregó la joven haciendo un gesto de cariño.

Se sentaron frente al desayunador que separaba la cocina de la sala, y mientras comían, fueron platicando de todo lo referente a la exposición que Raquel tuvo que hacer en la clase de análisis periodístico, sobre el artículo El Purgatorio. Ya casi terminaban de ingerir la comida china acompañada con té frío, cuando Raquel le preguntó a Alex.

—¿Eres fanático de El Eco? Porque veo que guardas todos los ejemplares —preguntó Raquel mirando hacia la mesa en donde se apilaban los periódicos.

—Pues, la verdad siempre me ha agradado ese diario y me gusta guardar por un tiempo los ejemplares; uno no sabe cuándo necesita revisar alguna información para completar las ideas... Y adicional, desde la semana pasada he comenzado a colaborar con el periódico.

—¡Wow!... ¡Qué bueno!... No me habías comentado nada.

—Pues creo que no había encontrado el momento adecuado para decírtelo.

—De verdad que te felicito... ¿Y en qué forma estás colaborando?

En aquel momento Alex tuvo que discurrir con rapidez. Pensó que todavía no era el momento de decirle que el autor de aquel artículo en el cual ella había estado trabajando durante todo el fin de semana y que había expuesto en clases de análisis periodístico, era suyo, escrito por él, usando el seudónimo de Aldo. Así que le respondió.

—Eeeh... Me han pedido que colabore revisando y corrigiendo. Ya tú sabes, algo parecido a lo que hago con las tesis... Creo que ese es mi fuerte.

—Está muy bien... Quizás más adelante te pidan que le escribas algo tuyo en lugar de solo corregir lo que escriben los demás. Porque me imagino que te gustaría escribir algún artículo y que este sea publicado... Creo que para eso estudiamos tanto.

Alex calló por un instante, mientras le veía sorber del té que sujetaba entre sus manos. Admiró nuevamente, su capacidad de razonamiento y la manera tan libre y espontánea de expresarse.

—Con el favor de Dios así ocurrirá algún día... Y para serte sincero; amo escribir.

—Entonces me imagino que tendrás muchos artículos o historias escritas y guardadas por ahí, ¿o me equivoco? —interpuso la joven con curiosidad.

—Sabes una cosa, Raquel... Eres muy inteligente y esa es una virtud que yo admiro mucho.

—Muchas gracias... Pero no me considero tan inteligente. Creo que soy una chica normal. Y... No has respondido a mi pregunta.

Alex volvió a pensar, antes de continuar.

—Pues la verdad es que sí tengo varios textos escritos; son de experiencias que me han sucedido. Y los guardo como un tesoro.

—Así como alguno de tus periódicos... Me encantaría, si algún día me los pudieras mostrar.

—Sí, claro. Uno de estos días —respondió Alex un poco incómodo.

—Sabes una cosa... —continuó Raquel—. Ese tal Aldo que escribió el relato El Purgatorio debe ser una persona interesante, con una vida interesante también.... No he podido sacarlo de mi mente ni dejar de imaginarlo. No sé porqué me ha impresionado tanto... Es la primera vez que me sucede algo así.

—Y, ¿cómo lo has imaginado?, si se puede saber.

—No sé... Debe ser alguien especial que valdría la pena conocer. ¿Cuántos años tendrá? ¿Será joven? ¿Por qué tendrá esas alucinaciones?... Por cierto, ya que has comenzado a trabajar en El Eco quizás un día lo conozcas y pudieras presentármelo.

—Claro que sí. Si llegara a conocerlo te lo presentaría. No lo dudes.

Siguieron conversando animadamente, hasta que luego de una hora, aproximadamente, Raquel se despidió de Alex con un beso en la mejilla. Le dijo que se dedicaría a estudiar el resto de la tarde y noche, ya que en un par de días debía presentar un examen y no deseaba bajar el buen promedio que hasta aquel momento traía.

8

«Alucinación»

(Publicado en El Eco el día martes 22 de junio)

«Si esta no es la locura que alguien me explique cómo escapar de esta trampa alucinante. Primero, esas punzadas que me agobian y me van a volver loco, o tal vez, ya lo estoy. ¡Me duele la cabeza al extremo! Parece como si me fuera a explotar en mil pedazos.

Ahora logro percibir algo... Allí viene la oscuridad otra vez y con ella, se va apaciguando el dolor intenso que me ha hecho caer sobre el suelo frío de mi habitación. Logro ver la hora en mi teléfono que se ha desprendido de mi mano y ha caído cerca de mi rostro; marca las 4:20 pm. Con las sombras, se comienzan a distender los músculos de mi rostro que se mantenían rígidos. Regresa la calma a mis pensamientos a medida que se ennegrecen mis sentidos bajo la oscuridad que como un inmenso animal hambriento corre hacia mí, arrastrándose por el mismo suelo en donde me encuentro tirado.

Ya se ha aliviado el dolor intenso que agobiaba mi cabeza y cunde una calma falsa, una calma volátil, llena de un frío intenso que abarrota mis entrañas de angustia y pesimismo, mientras las oscuras sombras terminan de arropar mi cuerpo por completo, con misterio e impaciencia. Esta oscuridad total durará muy poco, lo sé. Respiro con profundidad buscando sosiego en mi alma, sin conseguirlo. Intento limpiar con un movimiento intermitente de mis párpados la negra cortina de la nada que me enceguece y no puedo percibir ninguna claridad a mí alrededor. Vuelvo a respirar profundamente y con calma cuento: uno... dos... tres... cuatro, simulando los segundos que transcurren, segundos de un tiempo indeterminado, de un tiempo diferente a ese otro que voy dejando atrás, el real para muchos, el falso para otros… cinco… seis… Cuando repentinamente, comienza a retornar a mí; mis sentidos menguados. Siento que el aire que respiro va tomando un cuerpo diferente, ahora puedo verlas alejarse desde donde estoy, son negras como el vacío, finas como el viento, suaves como la nada. «¡Adiós desgraciadas, váyanse al infierno y no vuelvan más a mí!», les grito desde mi mente y mis palabras rebotan como ecos en el interior de mi cabeza, sin hacerse audibles a un nuevo exterior que se aproxima. Desde aquí, a ras de piso, donde quiera que me encuentre ahora, percibo sus ligeros pasos, son muchos, los escucho con claridad. Sus pasos crujen sobre la hojarasca. Tal vez son cientos que se mueven sobre estas mismas hojas secas que me rodean y lo invaden todo, también escucho sus respiraciones alteradas mientras la mía se hace intensa y recobra como un río, su cauce, su curso en el interior de mis pulmones que se hinchan transformándose, recuperando su vitalidad con este nuevo aire que inunda ahora, mi cuerpo extendido.

Ha desaparecido por completo el dolor, ha retornado la claridad a mis ojos, vuelven las fuerzas a mis piernas, a mis brazos, los siento como antes, logro moverlos con dificultad, es cierto, pero ya responden a mi autoridad. Ahora haciendo un poco de esfuerzo, logro arrastrarme sobre un suelo terroso, lleno de hojas que no recuerdo antes de caer. Mis extremidades parecen haber recobrado sus fuerzas plenamente y apoyándome en el suelo húmedo intento izar mi cuerpo con premura pero mis piernas me fallan en un primer intento y vuelvo a caer sobre las hojas que crujen bajo mi peso. No me amilano, respiro hondo y en un segundo aliento logro levantarme y escuchar con mayor claridad los pasos que se intensifican mientras las sombras se han alejado por completo, y me dejan ver por entero, un mundo extraño… Ya no estoy en mi habitación, estoy en algún otro lugar muy lejos de allí.

Escucho de nuevo los pasos de muchos. Apoyando mi brazo sobre un inmenso árbol busco desplazarme del medio de un angosto sendero de tierra cubierto de hojas resecas. Doy algunos pasos con dificultad y me movilizo unos metros para esconderme detrás de un manojo de arbustos que abundan por doquier en medio de una selva agobiante. Empiezo a sudar como un animal acorralado y mi corazón palpita con fuerza mientras observo alrededor el nuevo mundo en donde me hallo ahora. Árboles inmensos intentan esconder la luz solar que penetra entre las altas ramas con dificultad. Ida la oscuridad ahora me invade el temor y la desesperación. ¿Dónde estoy? ¿Qué he hecho para merecerme esto?.

Ahora se escuchan, muy de cerca, los muchos pasos machucando la hojarasca que cubre el escueto camino que se va abriendo entre arbustos y árboles en medio de esta repugnante selva. Allí están, allí les veo. Son muchos vestidos de uniforme verde como su mundo, armados con fusiles que cuelgan de sus hombros sudados, tal como sus asquerosas axilas y sus escuetas espaldas. Transpiran como animales, caminan como las sombras de mis pesadillas, huelen como las bestias de carga en medio de un mundo camuflado. Ya se alejan. Ya se van alejando con su pisar, con su hedor, con su fuerte respiración de animales enjaulados. Y quedo nuevamente solo en medio de un bosque milenario.

Debo moverme, debo continuar sobre la senda en donde he caído. Así que vuelvo sobre ella y con paso cauteloso me voy desplazando hacia no sé dónde. El cielo azul casi no se logra percibir a través del tupido follaje de las inmensas ramas verdes. Los árboles parecen inmensos soldados congelados que custodian un mundo olvidado. Solo la suave brisa es capaz de rozar sus ramas más lejanas y moverlas con levedad. Solo algunos animalejos que se esconden tras grandes hojas apolilladas intentan comunicar algo indescifrable para mí. Las hojas crujen bajo mí andar que cada vez se hace más apasionado. Luego de varios minutos de un extraviado transitar volteo mi mirada hacia atrás y logro ver mi cuerpo etéreo tirado en el piso de mi habitación. «Ese soy yo», me digo. Entonces palpo con mis manos mi pecho, mis brazos, mi rostro sudoroso y me siento; percibo con mi tacto, mi cuerpo por entero. Pero allí estoy también, como en otro espacio, lívido como los pensamientos, ajeno a este otro mundo en donde estoy ahora. Vuelvo a mi andar y de vez en cuando volteo a verme, siempre allí, inmóvil sobre el piso liso de mi habitación.

Calculo que he andado por más de una hora hacia un destino que desconozco pero hay algo en el aire que me dice que debo continuar, que falta poco que no huya de aquella nueva realidad. Sí, debo estar cerca ya. Mi corazón se acelera, gotas de un sudor frío que brotan desde mi frente me anuncian algo. Volteo nuevamente hacia atrás y me veo como antes en el piso de mi habitación. Indago con la vista entre los arbustos abriendo espacio con mis manos que se lastiman con el filo de algunas hojas alargadas o con las diminutas espinas que brotan de extrañas plantas. Es entonces, cuando escucho un leve quejido. Un cercano pero tenue lamento. Detengo mi respiración para que no me estorbe y presto toda mi atención a los ruidos que percibo. Vuelvo a escuchar el leve quejido y esta vez logro inquirir la dirección de su procedencia. «Es por allí», me digo. Y con pasos lentos y seguros me adentro entre algunos arbustos más grandes, hasta alcanzar un pequeño claro en donde un hombre encadenado a un inmenso árbol se lamenta sucesivamente, una y otra vez. El miedo me invade pero tomo la decisión de acercarme a él. Una vez allí, a su lado, logro apreciar el deprimente estado en que se encuentra, le acaricio el cabello y me parece verle sonreír, pero no logra abrir los ojos, solo hace un movimiento con su ceja como intentando abrirlos, pero no logra verme, solo me siente. Hurgo en sus bolsillos en busca de algún documento de identidad y no logro conseguir ninguno. Vuelvo mi vista hacia al rostro del que agoniza y le pregunto: «¿Eras tú quien me pedía auxilio?». Él sonríe, mueve su ceja en un nuevo intento por abrir sus ojos pero no lo logra. Le digo: «No se preocupe más, veré como le ayudo». Entonces me digo en la mente, «debo liberarlo de la cadena», así que busco en los alrededores una piedra filosa con la cual golpear el candado que lleva cerca de su tobillo. Me separo de su cuerpo y comienzo a hurgar en la cercanía, pero en esos momentos escucho otros pasos un tanto apresurados que se aproximan. Corro hacia otros arbustos que se elevan como a diez metros de distancia y me escondo nuevamente. Desde allí les observo cuando llegan hasta el prisionero. Son dos, también armados de fusiles y sudados como perros de caza. Exclaman «¡Allí está!», traen agua en cantimploras y uno de ellos le da de beber como puede. El otro se quita su alargado fusil y con el ceño fruncido le observa con amargor. Pienso que le va a disparar cuando la punta del arma que sujeta con ambas manos sobrepasa el cuerpo del que yace en el suelo. Tiemblo. Mi corazón palpita con tanta intensidad que siento en mis tímpanos sus fuertes golpes con demasiada potencia. Deseo gritar: «¡No lo haga señor, por piedad de Dios!,... No ve que va morir de todas maneras"», pero me retraigo por miedo a perder también la vida. Finalmente el hombre que se encuentra de pie frente al moribundo dirige el cañón de su arma hacia el candado que encierra la larga cadena alrededor de un tobillo herido, sangrante, lleno de mugre. Luego dispara, De un solo tiro vuela el candado que le aprisiona. Un trueno seco retumba entre los árboles y su eco huye de inmediato, ahogando su tono entre las verdes ramas que intentan retenerlo.

Una vez despojado de la tortuosa cadena, le levantan entre ambos hasta recostarlo, como pueden, al mismo árbol en donde estaba antes encadenado. Sobre mi zapato siento un cosquilleo y bajo la vista. Es un inmenso ciempiés casi del tamaño de una serpiente, que me irrita y me hace actuar de manera imprevisible. De una patada al aire lo mando lejos de mí, pero he hecho tanto ruido que los hombres se han alarmado y con fusil en mano se acercan hacia donde estoy escondido. Volteo mi vista hacia atrás y me veo en el piso de mi habitación. Algo me dice que corra hacia allí y así lo hago.

La carrera fue muy corta y larga al mismo tiempo. Correr hacia donde me encontraba tirado en el piso de mi habitación me tomó solo unos pocos pasos que me parecieron una eternidad.

Mientras corría, una luz intensa muy diferente a la solar, aumentaba su brillo alrededor de la forma que yacía en el suelo. A medida que me acercaba hacia mi propia imagen tirada en el piso, la luz que encerraba mi cuerpo aumentaba aún más su brillo, además del vacío que le rodeaba. El verdor que a mis espaldas me perseguía iba desapareciendo por completo con cada paso, con cada centésima de segundo que transcurría, y el aire se aliviaba de la humedad y del ruido, de la naturaleza salvaje que me agobiaba.

Mis pasos se hacían más tardos y ondulantes, cargados de una lentitud angustiosa, a medida que intentaba intensificar la fuerza motora de mis piernas, debido a la urgencia de la situación. Por más que intentaba apresurarme, no lograba avanzar con rapidez sino que mis movimientos se atenuaban como en cámara lenta, como si el aire fuera tan denso, a pesar de su diafanidad, que impidiera cualquier premura diferente a la del pensamiento. Volteé a ver a mis perseguidores y estos aún no habían comenzado su avance hacia mí, algo les mantenía estáticos frente al hombre moribundo como si el tiempo se hubiese detenido para ellos, mientras el mío transcurría a cuenta gotas. Por algún instante pensé que quizás no se habían percatado de mi existencia, sino hubiese sido porque sus ojos miraban a los míos con desconcierto.

Cuando estuve muy cerca de mí, tropecé con algo que no logré ver en el suelo y perdí el equilibrio de mi cuerpo en medio de la aletargada carrera. Intenté interponer la fuerza de mis brazos para no golpear mi otro cuerpo que se encontraba en medio de mi caída; pero no pude, y caí sobre mí mismo, sin lastimarme.

Ahora, en este otro momento, me hallaba nuevamente en mi habitación. Mi mirada se encontraba a ras del piso. Podía ver las patas de mi cama. Las conté: «Seis». «Allí está la puerta del baño, aún abierta... Estos son mis dedos —sonreí tontamente al mirarlos—. ¡Qué vaina tan rara! —Exclamé en voz alta, y me alegré de escuchar mi propia voz—. Luego grité de alegría en el interior de mi mente: «¡Estoy de vuelta, estoy de vuelta... Gracias a Dios!».

Entonces empecé a llorar como un niño, como un pequeño desgraciado que ha vuelto a nacer. Y allí mismo, tirado en el suelo de mi habitación permanecí tomé el teléfono y miré la hora, eran las 4:20 pm. Quedé allí sollozando, por lapso de algunos minutos recordando tantas cosas extrañas que había vivido no solo en ese otro momento, sino también durante mi niñez. Extrañas vivencias, sombrías en su mayoría, que al parecer ahora retornaban a mí con más fuerza, con más entereza y repitencia. Con la cruel intención de acabar con mi vida. Con la malvada intención de atormentarme, sin compasión. O tal vez de enseñarme algo diferente, un mundo diferente que siempre había coexistido conmigo».

Aldo

9

Jueves 24 de junio.

Luego de haber revisado nuevamente el artículo titulado «El Tuerto Simón», Alex se vistió y salió a la calle con el sobre en su mano. Caminó con cierto apremio hacia la parada de buses y al ver una unidad que en la distancia se aproximaba, apresuró su andar, alzó su brazo y el vehículo se detuvo a escasos cinco metros por delante de donde él se encontraba, justo frente a una señora mayor que llevaba varios minutos esperando allí. El bus abrió sus puertas delanteras y Alex, con amabilidad, le tendió la mano a la señora para ayudarla a subir al transporte público; ella le correspondió con una bella sonrisa. La acompañó hasta que la dejó sentada en un puesto disponible detrás del conductor, de esos reservados para las personas mayores, para luego avanzar por el pasillo, entre las filas de asientos, en busca de alguno que estuviese desocupado y alejado del resto de los pasajeros, que no eran muchos. Luego, se sentó junto a la ventana que daba hacia la acera más próxima y se distrajo viendo a través del vidrio a las personas que transitaban a pie, cada quien con sus prisas y destinos. En su mente se repetían algunas frases de la publicación que llevaba en el sobre y respaldada en su *pendrive* personal. Repentinamente sonrió y casi rió, cuando entre sus pensamientos se dibujó la imagen del licenciado Campos, felicitándolo por el logro alcanzado con las publicaciones anteriores.

Al cabo de poco más de media hora de recorrido a lo largo de la extensa y amplia avenida Lanceros, finalmente llegó a la parada correspondiente, caminó por algunos minutos y se detuvo frente al edificio de veinte pisos en cuya parte más alta se podía observar un aviso grande de neón que identificaba al prestigioso diario, y que por las noches se iluminaba de un color tan intenso que se podía observar desde muchos metros a la redonda, de la gran ciudad.

Parado allí, observó hacia esa parte más alta y suspiró con profundidad. Se sentía muy feliz de poder ser parte de aquella maquinaria tan reconocida nacional e internacionalmente. Luego avanzó con el sobre entre sus manos, empujó la puerta batiente de vidrio que permitía la entrada al lobby del prestigioso diario y se acercó a la recepción. En esta oportunidad la sala de espera se encontraba prácticamente vacía, si no fuera por un par de hombres muy bien arreglados que se encontraban sentados con sus maletines sobre las piernas y a la espera de ser atendidos.

—Buenos días señorita —dijo Alex a la joven recepcionista que de inmediato levantó la vista y le sonrió—. Soy Alex Dawson y vengo a reunirme con el licenciado Samuel Campos.

—Por supuesto. Le están esperando. Pase adelante —agregó la joven recepcionista mientras le extendía un pase.

Los dos hombres que se encontraban sentados esperando, se vieron las caras y luego hicieron un gesto desaprobatorio.

Alex se colocó el pase en un lugar visible sobre su pecho y se dirigió por el pasillo hacia los ascensores. Se paró detrás de un grupo de personas que también esperaban y al cabo de un par de minutos se abrieron las puertas.

—Piso veinte —dijo Alex a la ascensorista cuando pasó a su lado, luego que la mayoría de personas habían ingresado. Ella le miró de arriba a abajo y algunos otros que ya se encontraban en el interior del aparato, también voltearon a verle. Muy pocos subían hasta ese último piso, a esa hora de la mañana.

Luego de vaciarse el ascensor a medida que se fueron bajando los usuarios en los diferentes niveles, finalmente arribó al último, y Alex escuchó de la ascensorista.

—Último piso. Has llegado… Suerte.

Alex pensó: «¿Por qué será que cada vez que estoy por aquí, alguien me desea suerte?».

Al llegar a la entrada del departamento de redacción y edición, haló la puerta de vidrio esmerilado en el instante que también el señor Roberto iba de salida.

—Aaah… Hola muchacho —le dijo de inmediato el señor Roberto, mientras posaba su mano sobre el hombro del joven—. Un gusto verte de nuevo por aquí... ¡Felicitaciones! Fue espectacular, de verdad.

—Muchas gracias señor Roberto. Yo me encuentro muy feliz, también, por los resultados —agregó Alex con inmediatez y sorprendido por aquel maravilloso saludo.

—Sí. No es para menos. Logramos mucha receptividad de parte de nuestro público lector. No quedó ni un solo ejemplar en los quioscos. ¿Te imaginas eso? —dijo esto último, el señor Roberto, mientras se alejaba.

Una vez en el interior del departamento de redacción, Alex caminó por el pasillo que separaba en dos partes iguales el amplio salón colmado de pequeños cubículos de media altura, desde cuyos interiores algunos levantaron sus miradas cuando sintieron sus pasos avanzar. Una joven periodista que se encontraba sentada hacia el otro extremo y que le había estado observando cuando se cruzó con el señor Roberto, se levantó de su asiento y le sonrió en la distancia. Aunque Alex no supo quién era, le devolvió el saludo con otra sonrisa.

Después de avanzar unos treinta metros se detuvo frente al escritorio de la señora Gladys. Allí estaba ella, siempre tan elegante, formal, con aquel moño que le brindaba carácter e infundía respeto. Ella le miró a través de sus gafas y le sonrió.

—Buenos días señora Gladys.

—Has llegado a buena hora, muchacho. Ya el licenciado ha preguntado por ti un par de veces. Y como lo conozco muy bien, sé que... —decía la señora Gladys, cuando se empezó abrir la puerta de la oficina del jefe del departamento.

Al entornarse por completo la puerta, se pudo escuchar en casi todo el recinto, cuando el licenciado Samuel Campos dijo en voz alta, y sin aún mirar hacia el escritorio de la señora Gladys que se encontraba a escasos cinco metros de la puerta y a un costado de la pared.

—Gladys, por favor llama a...

Pero al voltear la vista y encontrarse con el rostro del joven Dawson, su semblante, inmediatamente, cambió por completo y sonrió.

—Aaah... Pero si estás por aquí, jovencito... Estaba a punto de decirle a Gladys que te fuera a buscar, si no respondías al teléfono.

—Sí, aquí estoy como le había prometido, señor Campos.

El Lic. Campos miró su reloj pulsera y vio que eran apenas pasadas las nueve de la mañana.

—Tienes razón muchacho, son solo las nueve y cinco de la mañana, es una buena hora para reunirnos. Pasa adelante por favor.

Alex miró al rostro de Gladys luego que Campos le diera la espalda y avanzara hacia el interior de su oficina. Entonces, ella le dijo en voz baja para que nadie más escuchara: «A eso era lo que me refería; no le gusta esperar»

—Por favor siéntate —le dijo el licenciado, una vez estuvo frente a su sillón.

Alex hizo caso y se acomodó en la misma silla en donde se había sentado en las dos ocasiones anteriores. Le vio pasarse la mano por su calva, como si intentara acomodar un cabello inexistente.

—Como le prometí, aquí le traigo la continuación de mis crónicas.

—Vamos a ver qué nos has traído. Espero que sean tan buenas como las anteriores —dijo mientras recibía de manos del joven, el sobre—. Veamos... —y con calma extrajo su contenido del interior.

Se reacomodó sobre su cómoda butaca, tal como lo había hecho la última vez, pero en esta oportunidad giró media vuelta hacia su costado derecho, antes de ajustar sus gafas con elegancia, sobre la parte más alta de su nariz. El silencio lo inundó todo, y Alex, quien seguía con detenimiento los gestos y actitud del director, le pareció percibir en un par de oportunidades, una leve sonrisa que intentaba escapar por la comisura de sus labios enmudecidos.

Finalmente, el joven, quien estuvo aguantando la respiración durante, casi, todo el tiempo que el licenciado se tomó para leer el artículo, pudo exhalar y luego respirar adecuadamente, cuando Campos, sonriente, le miró a la cara y le dijo.

—Creo que estás a punto de batear tu tercer home run, muchacho... Esto está estupendo, y si mi instinto no se equivoca, vamos por excelente camino, jajaja... —rió con ganas y con mucho ánimo. Era una risa que parecía salir del alma. Se levantó de su asiento y se acercó a una moderna copiadora que se acomodaba en un rincón de la oficina y sacó copia al escrito que él le había llevado. De inmediato se volvió a sentar en su sillón y continuó—. Es más. Te voy a confesar algo... —Acercó su rostro hacia donde se encontraba sentado Alex y le dijo—. Voy a aumentar el tiraje de mañana viernes en un diez por ciento, y si tenemos suerte, nos quedaremos cortos.

Alex sabía lo que significaba aquello. Sus historias habían vendido todos los ejemplares del viernes anterior y el martes; ahora el espíritu emprendedor del jefe de redacción se aventuraría a aumentar la producción con la fe puesta en su historia. Eso era maravilloso.

—Mira Alex. De verdad que me siento muy orgulloso de tu trabajo y deseo que sigamos trabajando juntos por largo tiempo. No te digo que te vengas a trabajar para acá, porque creo que lo estás haciendo perfectamente desde la tranquilidad de tu residencia, pero si en algún momento deseas o piensas, que necesitas estar más cerca de nosotros, pues las puertas de mi departamento están abiertas y siempre habrá un lugar para ti... Pero prefiero que lo sigas haciendo desde tu residencia y quiero pedirte algo muy importante... "Confidencialidad"; es de suma importancia para todos. Necesito que guardes en secreto la identidad de Aldo. Nadie, además de Gladys, Roberto, su asistente y yo, puede saber quién eres en realidad. —El jefe calló por un momento mientras abría una de las gavetas de su escritorio para extraer de su interior una chequera que colocó sobre la superficie, luego de abrir un espacio entre el montón de papeles que se aglomeraban. Tomó su bolígrafo, llenó un cheque, y se lo extendió a Alex antes de decirle—. Este es tu pago por los dos artículos anteriores y de acuerdo al resultado que obtengamos mañana, entonces te lo podría aumentar.

Las cejas de Alex se enarcaron al ver el monto de su pago, y no pudo contener una amplia sonrisa que de inmediato se dibujó en su rostro.

—De verdad se lo agradezco señor Campos. Es usted muy amable.

—Nada de amable, muchacho. Te lo has ganado —agregó Campos, totalmente complacido de ver la receptividad que había logrado en el joven. De inmediato escribió la nota respectiva al final de las páginas del nuevo artículo y le dijo—. Ve con Roberto y déjale la historia con el *pendrive*, por favor. Y no olvides lo que te acabo de pedir... "Confidencialidad".

—No se preocupe, soy una persona muy reservada por naturaleza. Pero... Acabo de ver salir al señor Roberto, justo cuando yo entraba.

—Aaah, de seguro fue a la línea tres para ver cómo va marchando la producción. Entonces déjalo con Rebeca, su asistente. Su escritorio está próximo al de Roberto.

—Entendido, ya se lo llevo... —agregó mientras se ponía de pie—. Hasta luego señor Campos —dijo finalmente, extendiendo su mano hacia el jefe de edición.

—Mañana te estaré llamando, muchacho.

Cuando Alex se dirigió hacia la puerta de la oficina del jefe, el señor Campos avanzó tras él y una vez que estuvo afuera, le dijo a la señora Gladys.

—Hazme pasar a los dos señores del Times.

Al escuchar aquellas palabras, Alex perdió la coordinación de sus pasos y casi tropieza al intentar voltear para ver el rostro de la señora Gladys. Ella le sonrió y con las cejas en alto le hizo un gesto aprobatorio, que para el joven fue como ganarse un trofeo. Nunca imaginó que aquellos señores que esperaban en el lobby pudieran venir de tan prestigiosa revista y estuvieran aguardando a que el señor Campos le atendiera a él, primero.

Alex caminó por uno de los pasillos interiores del departamento en busca del escritorio del señor Roberto (jefe de producción). Cuando ya estuvo muy próximo, una joven cuyo rostro le pareció ahora familiar se levantó de su asiento y le extendió la mano. Había sido la misma joven que se había levantado cuando él entró al departamento, luego de cruzarse con el señor Roberto.

—Mi nombre es Rebeca y soy la asistente del señor Roberto Jiménez... Un gusto conocerte.

—El gusto es mío... Eeeh... Te voy a dejar este sobre para el señor Roberto, y en este *pendrive* está respaldado el artículo.

—Okey, perfecto... Por cierto toma el *pendrive* que dejaste la semana pasada y déjame bajar de una vez la información que me estas entregando, para que te puedas llevar este, también. —La joven introdujo el dispositivo en el puerto *USB* de su computadora y de inmediato bajó la información. A continuación se paró frente a Alex, le entregó los dos *pendrives* y le dijo mirándole a la cara—. ¿No me reconoces?.

Aquella pregunta le sorprendió por completo, y solo se le ocurrió decir.

—Pueess, la verdad, me pareces familiar pero me vas a disculpar que no recuerde muy bien de dónde te conozco.

—Fíjate, que tu rostro nunca lo podría olvidar a pesar de que te he visto solo en un par de oportunidades. —La joven pareció rememorar algo y luego sonrió con sutileza—. Es que aquel día traías una cara, así como de perdido, como si no supieras a qué venías. A diferencia de la semana pasada que te vi marcharte muy entusiasmado, tal como estas ahora.

—Aaaah... Ya recuerdo. El día que vine a la entrevista... Pues, tienes razón, no sabía muy bien a qué venía, y tampoco vine lo suficientemente preparado. Pero bueno, por aquí estoy de nuevo... Y ya recuerdo; tú fuiste la que me deseó suerte, cuando salías, luego de tu entrevista.

De inmediato, y sonriente, ella le hizo con su mano esa señal de aprobación muy común por estos tiempos mientras le guiñaba uno de sus ojos.

—Que bueno haberte conocido en aquella ocasión —continuó la joven—. Jamás pensé que alguien como tú... Disculpa, primero debo felicitarte por tu gran logro... —decía la joven en aquel momento. Pero de manera tajante interrumpió su conversación, cuando vio a su jefe, el señor Roberto Jiménez, entrar en compañía de aquellos dos hombres que antes esperaban en la recepción—... Debo ocuparme de un asunto. Disculpa ¿cuál es tu nombre?.

—Alex... Bueno, yo también debo seguir —agregó el joven, al ver que ella se acomodaba en su lugar de trabajo, y afanada, comenzaba a arreglar algunos papeles que tenía sobre su escritorio.

—Sí, hasta luego Alex... Te estaré llamando, si no te molesta —le dijo en voz baja antes de que Alex se comenzara a alejar.

—No, no me molestaría... En ningún caso —dijo aquello, también en voz baja. Le había parecido muy gracioso su comportamiento.

10

Jueves 24 de junio

Luego de haber dejado con la joven asistente de nombre Rebeca, todo lo que se refería al tercer artículo titulado «El Tuerto Simón», que el afamado periódico publicaría de su autoría con el seudónimo de Aldo; Alex salió de las instalaciones, inundado de una mezcla de alegría e incertidumbre que le colmaba el pecho y le robaba un poco la respiración.

Se paró en medio de la acera a un costado de la amplia avenida, dando su espalda hacia el imponente edificio, y respiró hondamente al verse rodeado por aquella realidad que ahora le abrumaba. La calle estaba colmada de vehículos que intentaban superar un escollo que se había formado pocos metros adelante; un taxista hizo sonar con estridencia el claxon de su vehículo y muchos de los otros conductores le reclamaron con vehemencia su ineptitud, mientras un bus que intentaba superar a otro que se encontraba mal aparcado, maniobraba con maestría en medio de aquel caos. Finalmente, Alex, sonrió cuando una señora cargada con bolsas de mercado le tropezó por un costado y le dijo; «disculpa hijo, lo siento». Se sintió vivo e inmerso en una realidad que prefería, a aquella otra que le arrastraba entre pesadillas hacia un mundo sin límites definidos.

Avanzó a pie y cruzó la esquina en sentido norte. Caminó un par de cuadras en busca de otra parada de bus que no estuviese tan congestionada, pero al cabo de algunos minutos decidió detenerse junto a una librería que vio. Parado frente al cristal de exhibición se distrajo observando la variedad de ejemplares que se mostraban, hasta que finalmente se decidió a pasar al interior del establecimiento.

Desde una ventana del piso veinte de la torre El Eco que daba hacia la avenida Lanceros, la joven periodista Rebeca, le siguió visualmente hasta que le perdió de vista al cruzar en una esquina.

«La verdad que este tal Aldo es muy interesante y me trae de cabezas» , dijo para sí misma mientras retornaba a tomar asiento frente a su escritorio.

Al voltear nuevamente hacia el espacioso recinto, vio cuando el licenciado Campos abrió de par en par la puerta de su oficina, y desde su lugar de trabajo pudo observar a los dos recién llegados junto a su jefe el señor Roberto, sentados frente al escritorio del reconocido editor. Desde la puerta, Campos le hizo una señal a su secretaria para que también pasara hacia el interior de la oficina. Entonces Rebeca, se dijo; «creo que este es el momento».

Con prestancia y sin llamar la atención de ninguno de los demás empleados que también trabajaban en el departamento, se acercó al escritorio de Gladys y revisó rápidamente sus contactos, reordenando el directorio del computador por orden alfabético, luego pulsó en el buscador la letra: A. Habían muchos nombres que comenzaban por la A: Abelardo Martínez, Abraham Hassam, Adrián Sánchez... Así que terminó de escribir Alex, y la pantalla arrojó primero Alex Bohórquez (publicista) y a continuación Alex Dawson (*outsourcing*)... «Este tiene que ser él: Alex Dawson». No fue nada difícil encontrar en el archivo de contactos de Gladys, el número telefónico de Alex Dawson. Luego de memorizar el número, se encaminó nuevamente hacia su escritorio. Cuando arribó a su lugar de trabajo, tomó su celular y guardó la información en su agenda de contactos. De inmediato, se volvió a acercar hacia la ventana que daba hacia el exterior del espacioso departamento y echó otro vistazo a través del cristal contiguo a su escritorio y sonrió al imaginar a Aldo, totalmente sorprendido de recibir su llamada.

El teléfono interno del señor Roberto sonó tres veces, antes de que Rebeca atendiera la llamada desde su extensión.

—Buenos días —dijo amablemente Rebeca.

—Hola Rebeca es Luis, necesito hablar con Roberto. Tenemos un problema en la línea tres y requiero consultarle algo.

—Creo que va ser muy difícil Luis, él se encuentra en una reunión importante y me ha dejado dicho que estaría ocupado.

—Lo siento Rebeca pero vas a tener que molestarlo; es que tenemos problemas con el rotor principal de la *calandria* y necesito comenzar la producción de mañana.

—Okey déjame intentarlo. Te llamo en un ratito.

Rebeca tomó su celular y le escribió un mensaje a su jefe.

Rebeca: Disculpe señor Roberto, pero hay un problema en la línea tres y no pueden arrancar la producción. Luis requiere su presencia.

El móvil de Roberto Jiménez vibró sobre un costado del escritorio del Editor en Jefe, y este lo tomó con prisa; no porque estuviese esperando alguna llamada, no, sino para que aquel sonido no molestara a los presentes. Al ver reflejado en la pantalla el nombre de su asistente, pulsó la tecla verde y buscó el mensaje. De inmediato lo leyó e hizo un gesto desaprobatorio con sus labios. Guardó el móvil en su bolsillo y meditó por algunos segundos. A continuación y aprovechando un instante en que Campos revisaba en unos papeles; dijo.

—Discúlpenme un momento, caballeros; debo atender un asunto que no me llevará más de un corto momento.

—No tardes Roberto —le respondió Campos sin quitar la vista de los papeles que revisaba.

Rebeca que desde su escritorio estaba pendiente de su celular y la puerta cerrada de la oficina de Campos, vio cuando esta se abrió y cruzó miradas con el señor Roberto quien le hizo una señal para que se aproximara. De inmediato, Rebeca se levantó de su asiento y a toda prisa se acercó a su jefe.

—Jefe, disculpe, pero Luis me ha insistido tanto que no pude evitar molestarlo —le dijo en voz muy baja, parada frente a la puerta que se encontraba entreabierta.

—La verdad es que no me gusta para nada este tipo de interrupciones. Déjame llamar a Luis y ver, qué es lo que sucede.

El señor Roberto dio un par de pasos hacia un costado, mientras llamaba a Luis por su celular, dejando sola a Rebeca quien permanecía parada junto a la puerta semi abierta de la oficina del licenciado Campos. En ese momento fue cuando Rebeca pudo escuchar con claridad, al máximo jefe del departamento de edición, decir.

—Aaaah ya lo encontré... Aquí está la continuación del artículo de la semana pasada y que saldrá mañana. Estoy seguro que será otro home run... Si gustan pueden echarle un vistazo.

Uno de los visitantes de la revista Times apellidado Smith, tomó las cuartillas entre sus manos y se dedicó a leer en silencio por algunos segundos. Solo habría leído un párrafo o tal vez dos, cuando dijo con un gesto aprobatorio al señor Campos y con acento extranjero.

—Esto se ve muy interesante... Veo que usted tiene bien fundadas sus expectativas con su nueva adquisición, señor Campos... y conozco de su buen olfato; así que solo me queda felicitarlo y desearle mucho éxito.

En aquel momento, el otro representante que había llegado con Smith, agregó.

—¿Y cuándo conoceremos a este tal Aldo, que ha logrado cautivar la atención de tantos?

—Pues... —pensó con rapidez Campos, antes de responder—. Por ahora no será posible. Él se encuentra fuera de la ciudad y no tiene precisada fecha de retorno. Pero en cuanto pueda acordar una reunión con él, les estaré avisando.... Pero volvamos a lo nuestro, amigos...

En ese momento el señor Roberto se acercaba hacia donde se encontraba parada Rebeca, mientras con el celular apoyado a su oído terminaba de darle algunas indicaciones a Luis que servirían para poner en marcha *la calandria*. Ella se apartó un poco de la puerta para disimular que había estado escuchando la conversación, y cuando su jefe estuvo a su lado pudo escuchar cuando le dijo a Luis antes de despedirse; «no olvides aumentar la producción en un veinte por ciento, Campos lo acaba de confirmar. Así que busca una bobina adicional en el almacén y tenla a mano». Rebeca enarcó las cejas y le sonrió a su jefe dándole a entender que le encantaba escuchar aquello. Entonces Roberto se acercó a su asistente y le dijo.

—Solo si Luis vuelve a llamar, me avisas. Pero estoy seguro que no lo hará, porque ya le di las instrucciones que necesitaba.

—Entendido señor Roberto.

Roberto Jiménez pasó al interior de la oficina de Campos y cerró la puerta tras de sí. Mientras Rebeca se fue a su puesto con todas aquellas palabras escuchadas, dando vuelta en su cabeza. Se sentó mirando hacia la pantalla de su ordenador y en su mente solo se repetía: «Wow... Este Aldo de verdad que la ha hecho de maravillas. Si estos señores están preguntando por él, es porque vale mucho más de lo que el propio Alex se imagina».

Pasaron los minutos y un par de horas, cuando Gladys salió de la reunión y fue directo a su escritorio. Cuando movió unos papeles y tropezó el mouse de su computador la pantalla se encendió automáticamente y pudo leer el nombre de Alex Dawson y algunos datos personales adicionales. Se quedó sorprendida mirando la pantalla tratando de recordar si ella había buscado algo de él antes de entrar a la reunión, y no recordó que lo hubiese hecho. Así que se dijo; «creo que alguien estuvo revisando mi agenda». Miró por encima de los cubículos y nadie le observaba; ya Rebeca se había agachado y simulaba estar concentrada en su trabajo. Gladys buscó y extrajo de una de las gavetas de su escritorio, una carpeta repleta de documentos legales y la posó sobre sus piernas mientras introducía una clave de seguridad en el sistema de su computador, luego, volvió a entrar en la oficina.

Al cabo de media hora, aproximadamente. Tanto Campos, como Roberto, y los dos visitantes, salieron a almorzar a eso de la una de la tarde y Gladys volvió a ocupar su lugar en su elegante escritorio con una extraña sensación de que alguien le estaba espiando y hurgando en su computador.

Rebeca, al ver marcharse a sus jefes se fue directo al baño de damas y desde allí marcó el número telefónico de Alex Dawson.

Alex estuvo escudriñando entre los diferentes estantes de la librería por más de una hora. Revisó minuciosamente una serie de ejemplares de suspenso, hasta que finalmente se decantó por uno que le llamó mucho la atención. Le pareció tan interesante aquel primer capítulo que ya había leído parado entre los pasillos de la librería, que decidió comprarlo. Luego de pagar y sin salir de las instalaciones se dirigió al área de esparcimiento y lectura, para allí mismo, acompañado con un café, sentarse y continuar con su lectura.

Atrapado en la lectura de aquel libro, no notó cuando los minutos pasaron tan inadvertidos, como pasa el agua debajo de algún puente abandonado. Su lectura, solo se vio interrumpida cuando al cabo de más de una hora, vibró su teléfono celular en el interior de su bolsillo. En un primer momento pensó en no atender y continuar con su esparcimiento, pero luego recapacitó presumiendo que podría ser un llamado de la señora Gladys o del mismo licenciado Campo.

Al revisar su móvil, observó que la pantalla decía: «Número desconocido». Se quedó observando y nuevamente pensó en no atender, pero ya se había desconectado de su lectura. Entonces, pulsó la tecla verde y acercó el teléfono a su oído.

De inmediato escuchó una voz femenina muy llamativa.

—Alex, a que no adivinas quién soy…

Dawson guardó silencio y automáticamente trató de relacionar aquella linda voz con algún rostro, pero fue infructuoso su esfuerzo, por más que se empeñó, no le vino ningún rostro conocido a la mente.

—¿Estás ahí?… Holaaa.

—Sí, sí estoy aquí… Solo que me vas a disculpar pero no reconozco tu voz.

—Bueno te voy a ayudar… Soy delgada, no muy alta, me considero atractiva, ojos marrones, cabello un poco rizado y… para ayudarte; soy periodista.

—Aaaah… Entonces debes ser Rebeca.

—¡Hurrraaa!... Así es… —dijo tapando sus labios con la palma de su mano, para no hacer bulla.

—Y ¿cómo obtuviste mi número?

—Tú muy bien sabes que soy periodista, y nosotras tenemos mucho de investigadoras.

—Jaja… Entiendo —rió Alex en voz baja.

—¿Cómo estás?… Me imagino que muy contento.

—Pues no te equivocas. A pesar de que estoy cansado, me siento feliz —respondió Alex.

—No es para menos. Eres famoso, aunque nadie sepa quién eres.

—No lo digo por eso, sino porque es muy satisfactorio que mis artículos tengan la receptividad que hasta el momento han tenido.

—Sí, debe ser una bella sensación. Y además, eres famoso.

—Y ¿por qué insistes en decir eso?

—Pues porque he escuchado algo interesante de una conversación que se llevó a cabo hoy en la mañana en la oficina del jefe máximo, luego que te marcharas.

—Aaah… Ya veo que te gusta bastante la investigación.

—Jajaja… Eres gracioso Alex. ¿Cómo prefieres que te llame Alex o Aldo?

—Sabes muy bien que mi nombre es Alex.

—Entonces te llamaré Alex.

—¿Y qué fue eso tan importante que escuchaste?. —No pudo dejar de preguntar.

—Pues no te lo puedo contar por teléfono, me gustaría personalmente.

—Bueno, tú dirás.

—¿Qué tal si nos vemos ahora mismo en una cafetería que queda a dos cuadras y media del periódico. Se llama «Crema Café». ¿Estás muy lejos?

—Sé cuál es... Estoy cerca, en una librería a solo un par de cuadras de allí.

—Perfecto. Entonces voy saliendo de inmediato para Café Crema.

—Okey nos vemos ahí.

Luego de aquella conversación, Alex sintió el vacío del silencio en el que quedó inmerso en medio de la sala de lectura de la librería. Le pareció que su voz era muy melodiosa y su manera de actuar dejaba en claro su capacidad investigativa y esa chispa periodística que ya no era tan común por aquellos tiempos. La curiosidad la había arrastrado a informarse de cualquier manera, y quizás la había llevado también, a hacerse algunas conjeturas sin validez del todo real. Alex volvió a introducir su teléfono en el interior de su bolsillo, se levantó de la silla en donde se encontraba sentado y sin prisa se dirigió hacia la salida del establecimiento, no sin antes marcar la página del libro con la factura de la compra realizada.

11

Era la 1:20 de la tarde cuando Alex llegó a Crema Café. Un pequeño expendio de reconocida trayectoria que se acomodaba en medio de una estrecha calle muy concurrida en las proximidades de la misma avenida Lanceros en donde a más de dos cuadras se levantaba el imponente edificio de El Eco.

Al divisar desocupada una pequeña mesa para dos, se acercó y luego de colocar sobre la lisa superficie el libro que traía, pidió un *guayoyo* al primer mesero que pasó a su lado. Con el móvil en la mano se dedicó a revisar en las redes, haciendo tiempo hasta que llegara Rebeca. Entró en twitter y buscó las últimas informaciones de El Eco. Allí pudo apreciar algunos buenos comentarios que habían hecho a su última publicación y se quedó abismado al ver la gran cantidad de *likes* que giraban alrededor de sus publicaciones. Entonces sonrió y leyó varios buenos comentarios. Finalmente pensó «Campos ya debe haber leído todo esto y estará muy contento». Y no se equivocaba, la eficaz secretaría del editor le mantenía informado de los asuntos más importantes del diario, y entre esos asuntos se encontraba todo lo que se refería a las publicaciones de Aldo, además de los resultados que se iban alcanzando a través de las redes sociales.

Ya habían pasado algunos minutos cuando Alex revisó la hora en su teléfono. Vio que ya era las 1:35 y se dijo: «Que raro que Rebeca no ha llegado. Solo tiene que caminar un par de cuadras para llegar aquí». Entonces pensó en llamarla, pero dudó. «Y si está ocupada en el periódico».

Siguió revisando en su teléfono y al cabo de unos cinco minutos adicionales escuchó una voz femenina y juvenil, que saludaba a los presentes en voz alta: «Buenas tardes». De inmediato, Alex levantó la vista y se cruzó con la mirada de Rebeca, quien se acercaba a pasos agigantados.

—Disculpa de verdad Alex, se me complicó un poco la salida pero ya estoy aquí —le dijo la joven al arribar a la mesa en donde él le esperaba.

—Buenas tardes Rebeca. No te preocupes aproveché para revisar algunas cosas en twitter, que tenía días sin hacerlo.

—Fíjate... Justo cuando salía de la oficina, el señor Roberto me llamó por teléfono para decirme que le enviara por correo una copia de un par de artículos deportivos que había enviado Rafael Sánchez la semana pasada. Bueno, tú quizás no sepas quien es él, pero es un narrador deportivo de la tv que nos colabora con sus reseñas de fútbol y otros deportes... —decía la joven periodista, mientras se acomodaba en una silla frente a Alex—. Total que me tuve que poner a buscar los artículos y, finalmente, cuando los encontré y se los pasé por correo.

—Me imagino que esa vida en el interior del periódico es muy agitada.

—Pues no te equivocas. Es súper agitada... Pero bueno, ya estoy aquí sentada, justo enfrente de mi admirado escritor —dijo esto último mirándolo a los ojos y con una dulce sonrisa dibujada en los labios.

—Gracias... Pero... —Alex se puso un poco nervioso al recibir aquel halago de una chica tan simpática como lo era Rebeca.

—No te pongas así... Es que de verdad te admiro mucho, porque yo sé lo difícil que es lograr la aceptación de un público que ni te conoce.

Rebeca colocó sobre la mesa para dos, la vianda en donde traía su almuerzo. De su interior sacó un emparedado, mientras le hacía señas al mesonero para que le trajera dos cafés. A continuación separó en dos el emparedado que ya estaba picado por la mitad y le ofreció una parte a Alex.

—Oooh... No, gracias... Yo estoy bien —dijo aquello por educación, pero también era cierto que él, algunas veces ni almorzaba, cuando estaba muy metido en sus correcciones o haciendo alguna diligencia importante.

—Yo sí tengo hambre —agregó de inmediato la joven periodista y le dio su primer mordisco al medio emparedado que sostenía en sus manos. Alex aprovechó para beber el resto del café que le quedaba en la taza. Luego de tragar, agregó—. Esa corredera en el periódico me abre el apetito, menos mal que no engordo... jajaja —dijo con gracia, antes de continuar—. Mira Alex, recuerdas esta mañana cuando en la oficina entraron dos señores acompañados por mi jefe y se dirigieron a la oficina del licenciado Campos.

—Sí, lo recuerdo perfectamente... Creo que fue la razón por la cual te despediste de mí, tan apresuradamente.

—Exacto... Así fue —Rebeca calló repentinamente, cuando en ese momento el mesero trajo los dos cafés adicionales y los colocó sobre la mesa antes de retirarse. Entonces, continuó—. Pues esos señores son del «Times», imagínate.

—Creo que escuché algo de eso, también.

—Pero lo que tú no sabes, son las razones por las cuales vinieron. Bueno, te las explico: ellos vinieron porque querían realizar un recorrido por las instalaciones del periódico, ya que estas son consideradas de las más modernas de Sudamérica; además, también querían acordar con el licenciado una fecha para hacerle una entrevista formal por su amplia y reconocida trayectoria periodística y de esa manera resaltar sus logros empresariales, alcanzados al frente del periódico en los últimos años.

—Eso me parece estupendo no solo para el periódico, sino también para él como persona.

—Sí... Pero lo mejor de todo y ahí es donde entras tú, fue que el tal Smith preguntó por ti... Imagínate.

—¿Por mí?... ¿Y qué tengo que ver yo ahí?

—Bueno, preguntó por Aldo... por sus artículos y el repunte que ha tenido el periódico a raíz de ellos.

—¿De verdad? No estarás jugando conmigo... La verdad no sé si alegrarme, pero lo cierto es que estoy sintiendo unos nervios enormes.

—Pues debes alegrarte, porque una gente tan importante no pregunta por cualquiera, nunca.

—En eso tienes mucha razón. ¿Y cómo se habrán enterado de Aldo?

—Esa es la magia de las redes sociales... Solo basta con revisar la tendencia en twitter y ya sabes de qué es lo que la gente habla... Es que acaso no lo has revisado.

—Sí, claro, ayer justamente, y hoy también me he puesto a revisar, y ya he visto la cantidad de *likes* y buenos comentarios que hay alrededor de mis publicaciones.

Siguieron platicando animadamente por más de veinte minutos adicionales y la joven periodista ya había terminado de consumir su emparedado, cuando dijo.

—Se me acaba el tiempo y ya debo regresar a mis labores. El señor Roberto o Gladys, en cuanto ven que no he llegado, empiezan a preguntar por mí y si no consiguen respuestas, entonces agarran sus teléfonos y empiezan a llamarme.

Rebeca tomó su vianda y se levantó de la silla. De inmediato Alex la emuló. Ella le miró a los ojos y acercó su rostro para despedirse con un beso en la mejilla. Él no pudo evitar brindarle un sustancioso beso muy cerca de sus labios que ella pudo apreciar. Y con un gesto de agrado le dijo.

—Gracias por toda la información que me has dado Rebeca. Aunque me siento un poco nervioso; ahora, tengo más claro en dónde me encuentro parado.

—De nada... Sabes una cosa... Me caes demasiado bien, desde el primer día en que te vi.

Rebeca regresó a sus actividades en el periódico. Luego de terminar una serie de requerimientos que el señor Roberto le había pedido desde tempranas horas, revisó la hora en su ordenador. Faltaban solo cinco minutos para la culminación de las labores en el departamento, cuando en ese preciso momento vio entrar al licenciado Campos acompañado por su jefe inmediato. Campos avanzó hacia su oficina y ya iba a entrar, pero Gladys le detuvo y le comentó sobre lo ocurrido con su computador y la sospecha que, tenía de que alguien le estuvo revisando sus archivos.

Así que el máximo jefe de la editorial, de una vez y en voz alta, convocó a una reunión urgente. Parado allí mismo frente a la puerta de su oficina y al lado de su secretaria, se fueron acercando todos los empleados, entre ellos Rebeca. Sin dar muchas explicaciones les dijo con clara elocuencia

—Es mi deber como jefe del departamento y director de la empresa, recordarles algo que ya hemos conversado en oportunidades anteriores y que bien conocen.... Toda la información que se maneja en el departamento es confidencial, es el resultado de un trabajo arduo de investigación y esfuerzo. Así que, por ética profesional debemos respetar, tal cual como lo establece el código periodístico y se les ha inculcado en la cátedra de Derecho Comunicacional que la mayoría de ustedes cursaron durante sus estudios universitarios... Debemos consideración y respeto, al trabajo de nuestros colegas... Les pido y exijo confidencialidad a toda información que se maneja en nuestros predios... Muchas gracias. Ahora se pueden retirar y que disfruten de una excelente noche. Mañana será un gran día.

Rebeca se emocionó por aquellas palabras. En el fondo no le dio nada de vergüenza escucharlas; más bien se sintió halagada de haber logrado una importante investigación personal dentro de un mundo de investigadores.

12

«El Tuerto Simón».
(Artículo publicado en El Eco el viernes 25 de junio).

«A mediados del mes de febrero, cuando cumplí treinta años de edad, me sucedió algo que nunca podré olvidar. Y no lo podré olvidar, no solo por lo extraño de aquel encuentro, sino también por algo que logré descubrir.

Primero debo decirles que soy huérfano de padre y madre. Mi madre falleció cuando me dio a luz y a mi padre nunca le conocí. Así que mi infancia completa y años juveniles, los viví en un pequeño pueblo llamado El Rastro, en donde aún vive mi abuela materna, quien fue la persona que me crió y lo dio todo por mí, desde aquel penoso y trágico día del cual no tengo recuerdos propios, sino solo aquellos que algunas personas, incluida mi abuela, me han contado.

El día que cumplí treinta años de edad, decidí ir a visitar a mi abuela y compartir con ella, aquel día tan especial. Era especial, no solo por el hecho de cumplir años, sino también, porque la noche anterior había soñado con mi abuela y mi abuelo sosteniéndome en brazos, luego de haber nacido en un pequeño hospital. Bueno, eso fue lo que pude recordar de aquel bello sueño tan en contraposición a las alucinaciones que por aquellos mismos días me agobiaban.

Así que me levanté temprano, tomé mi pequeño bolso viajero, metí un par de prendas, y salí a la calle en busca de un transporte que me llevara a la terminal de pasajeros. Cuando crucé la calle eran recién las seis de la mañana de aquel día sábado y una tenue claridad lo invadía todo. El aire fresco que a esa hora aún se podía respirar, brindaba un ambiente muy acogedor y me hacía sentir muy agraciado de vivir aquel momento tan espléndido, hasta que sentí una fuerte punzada a ambos costados de mi cabeza. Fue tal la intensidad de aquella terrible sensación que tuve que apoyarme en una pared contigua para no caer al suelo. Al cabo de unos cinco segundos ya todo había pasado y pude continuar mi camino pero acompañado por la preocupación que me dejó aquel dolor pasajero.

Me tomó un poco más de una hora para arribar al terminal. Estando allí, busqué el andén de las rutas interregionales. Revisé los letreros que se iban secuenciando sobre la parte alta de los pilares que escoltaban el pasillo central, en donde se indicaba la zona geográfica y el lugar hacia donde partirían los buses. Finalmente encontré el que indicaba Región-Occidente. Tomé un nuevo andén y me detuve al final, frente a una pequeña buseta que tenía un cartelito hecho a mano que luego de enumerar tres poblaciones importantes, finalmente decía: El Rastro. Allí hice una fila que en cuestión de unos treinta minutos, me llevó a ingresar en el interior del vehículo. Ya pasados unos quince minutos adicionales, partimos, dejando atrás; la ciudad con sus edificios, las amplias avenidas, el tráfico incesante, los vendedores ambulantes y un montón de casitas improvisadas, surcadas por calles de arena y barro, que hacia las afueras de la ciudad, parecían cobijarse tras los altos matorrales.

Al cabo de seis horas de travesía por los llanos centro occidentales del país y luego de subir, por más de dos horas adicionales, a través de la cordillera andina, el conductor anunció que habíamos llegado. Tomé mi pequeño bolso que había acomodado debajo del asiento y lo apoyé sobre mis piernas mientras esperaba sentado para poder bajarme. Al pisar suelo andino, levanté la vista y me vi rodeado de aquellas hermosas y altas montañas, respiré con profundidad de aquel aire fresco y sentí un gran placer de estar inmerso en ese otro mundo, casi extraviado dentro de la geografía de mi país. Bajé la vista y miré mi reloj pulsera, ya eran las tres de la tarde. Caminé en dirección a la casa de mi abuela, a quien llevaba un par de años sin visitar, y cuando arribé a la puerta de su casa, le encontré allí sentada, esperándome con una amplia sonrisa en los labios.

—¡Abuelaaa! ¡¿Me estabas esperando?! —exclamé a viva voz, totalmente emocionado de verla allí tan paciente y radiante, como siempre.

Se levantó con mucho entusiasmo y extendió los brazos para recibirme entre ellos.

—Sí, sí, te estaba esperando. Llevo aquí sentada casi desde esta mañana… —me dijo mientras nos abrazábamos—. Sabía que vendrías —contestó con esa bella sonrisa dibujada en su rostro, que jamás podría olvidar.

—Pero si ni siquiera te había avisado, abuela. Eres una verdadera pitonisa… Jajaja.

—Recuerda que eres mi sangre y somos lo único que nos tenemos.

Nunca me dejó espacio para la duda o el vacío de la soledad. Compartimos una tarde maravillosa. Ella y yo, solos. Hablando de todo y tantas cosas de mi niñez y juventud. Porque ella tiene una memoria maravillosa, pienso que es mejor que la mía. Me había comprado una botella de un whisky barato que consiguió, y con esa sola compañía departimos hasta muy entrada la noche, cuando finalmente me dijo: «Ya tengo sueño, me voy a acostar».

Me dio un beso en la mejilla y sin mediar más palabras se marchó. Le observé diluirse tras la penumbra oscura que también se tragaba el alargado corredor que conducía a las habitaciones… Fue entonces cuando caminé hacia el porche de la vivienda con mi trago en la mano; pero cuando ya estaba cerca, volví a sentir aquellas mismas punzadas que me habían afectado a horas muy tempranas de aquel mismo día. Me apoyé en la pared y con dificultad me senté en una de las dos sillas que adornaban la entrada de la casa. A tientas coloqué el vaso que traía, sobre la mesita que separaba las dos sillas y con ambas manos apreté los lados de mi cabeza.... Pude ver cuando una fuerte oscuridad, arrastrándose por el suelo, se venía acercando hacia donde me encontraba. Con las manos presionando a ambos costados de mi sien, intenté apaciguar el dolor que me agobiaba, mientras las sombras terminaban de arropar por completo mi cuerpo paralizado. Mis músculos se encontraban, ahora, totalmente envarados y mi boca era incapaz de pronunciar palabra alguna. Así que intenté mantener la cordura por algún momento más, esperando que todo aquello pasara; y sí, todo fue pasando, y mi ansiedad fue mermando, cuando vi que aquellas temibles sombras se alejaban de mí, llevándose consigo las terribles punzadas que herían en el interior de mi cabeza.

El dolor fue menguando, mientras los músculos de mis sienes, de mi rostro, y del resto de mi cuerpo, se fueron distendiendo hasta relajarse por completo, permitiendo así mi movilidad. Con ello, regresó la calma y respiré con profundidad. Percibí un gran alivio y una fuerte paz interior. Había vuelto mi visibilidad por entero y me quedé observando el vacío de la calle oscura, y escuché la mudez de una noche adormecida tras la fatiga de un largo día; una noche que parecía invitarme a que la disfrutara... Fue entonces cuando miré la hora en mi reloj pulsera; eran las doce en punto de la noche.

Algo me inducía a que me fuera a pasear en medio de aquella quietud, para estirar un poco las piernas y tratar de relajarme de las punzadas que había sentido. Tomé un largo sorbo del vaso que reposaba en la mesita, pero cuando lo volví a colocar nuevamente sobre la superficie de madera, me pareció que su nivel no había bajado. Me incorporé, di un par de pasos, halé la reja que daba hacia el exterior, y de pie sobre la acera inhalé con mayor profundidad el frío y húmedo aire que se dejaba correr desde lo alto de las montañas hasta las calles dormidas del pueblo.

Eché una última mirada al interior de la vivienda. Allá en el fondo la penumbra pareció agudizarse y no me permitió ver más allá del comedor. Creí escuchar un suave murmullo. Agudicé mi oído y mi vista, pero no volví a escuchar nada. Miré nuevamente hacia la profundidad de la calle y me dejé llevar por mi instinto. Luego de algunos minutos, mis pasos me condujeron en dirección a la entrada del pueblo.

Mientras caminaba, trataba de repetir en mi mente los gratos momentos que había compartido con mi abuela durante toda la tarde; pero mis sentidos, indefectiblemente, intentaban conducirme hacia extrañas sensaciones que así como llegaban también se esfumaban. Por allí deambulé algunos minutos adicionales, hasta que me llamó la atención un letrero que decía: «Bienvenidos a El Amparo». Me quedé observando el aviso a escasos tres metros de distancia, y luego me dije a mi mismo: «Pero aquí debería decir Bienvenidos a El Rastro». De inmediato me llamó la atención una luz que en la corta distancia que se mostraba parpadeante y deduje que el pequeño bar del viejo Ramón estaría abierto, así que decidí acercarme hasta allí con la intención de tomarme otro trago y tratar de distraer la mente. Caminé en esa dirección y encontré muy cambiado todo aquello. Un pequeño grupo de cuatro hombres desaliñados y bastante pasados de trago, caminaban por el otro andén de la calle en sentido contrario al mío, dando traspiés entre abrazos y conversa. Uno de ellos pareció gritarme algo que no comprendí, mientras los otros rieron a carcajadas.

Al llegar al bar me llamó la atención que la puerta se encontraba cerrada. Observé el reloj y constaté, las doce y quince. Me pareció extraño que a esa hora ya estuviese cerrado el negocio. Así que golpeé la puerta de madera con mi puño y solo recibí como respuesta, una desagradable pregunta en voz alta y alterada: «¿Qué quiere a esta hora?», gritó alguien desde el interior del recinto. Entonces respondí un tanto nervioso por lo poco cordial del recibimiento: «Soy yo, Alex... Alex Dawson». Todo quedó nuevamente en silencio y luego de algunos segundos se abrió la ventanita que se dibujada en el centro de la puerta de madera, y mi rostro se encontró de frente con el de un señor tuerto que en nada se parecía al rostro del viejo Ramón. Sus cejas pobladas y despeinadas una encima de un parche negro y debajo de una frente arrugada y semicubierta por una cabellera también desordenada y oscura, me hizo dar un paso atrás y esbozar una sonrisa estúpida, ó más bien temerosa. El hombre tuerto pareció reconocerme o más bien confundirme con alguien más. Sonrió, antes de decir: «Alex... Claro, Alex». De inmediato abrió la pesada puerta de madera que dejó escuchar un desagradable crujido.

Al entrar al bar noté que este se encontraba ausente de clientes. Las cuatro mesas de madera con sillas forradas en cuero de res, clavadas con gruesos clavos oscuros, que rellenaban la pequeña sala con piso de cemento pulido, se encontraban vacías. Frente a la corta barra de bloque y cemento, tras la cual se había introducido El Tuerto, luego de haber cerrado nuevamente la puerta, se encontraban tres taburetes altos, también de madera. Arrimé uno de ellos y me senté junto a la barra apoyando ambos codos y cruzando los dedos de mis manos frente a mi rostro. El Tuerto levantó la vista y en son de broma me dijo: «Y qué. ¿Ahora vas a rezar?». No pude más que reírme... «Jajaja». Él también lo hizo, pero solo consiguió que yo dejara de reírme al ver sus dientes cariados impregnados de chimó mezclado con saliva. Creo que notó mi contrariedad porque escupió al suelo y no volvió a sonreír.

Casi de inmediato me sentí en confianza al verme dentro de aquel espacio tan silente y apartado del resto del mundo. El extraño hombre se agachó detrás de la barra para continuar con su labor, de ir llenando el refrigerador con cerveza para el día siguiente.

—Disculpa por mi mal recibimiento. Eres nuevo por aquí, ¿verdad?. Aunque tu cara me parece familiar. No sé, creo que te he visto antes —el tuerto le extendió la mano para presentarse—. Mi nombre es Simón.

—El mío es Alex. Bueno, tenía tiempo que no venía al pueblo. Para ser exacto, como un par de años que no venía a visitar a mi abuela.

—Y… ¿Cómo encontraste a tu abuela? —preguntó el hombre, como para hacerse una idea de quién era el joven que había llegado.

—A mi abuela la he encontrado muy bien. Está muy lúcida y saludable. Su mente es una biblioteca de recuerdos, jajaja. No te imaginas lo grato que lo he pasado junto a ella desde el primer momento que la encontré sentada en el porche, esperándome… Pero para decir la verdad, en este pueblo siempre se está bien. ¿No es cierto? —indagué.

—Bueno, creo que en otros tiempos se vivía mejor. Imagínate —levantó su rostro emparchado sobre el tope cementado de la barra—. Mira a tu alrededor. Tú eres el único que ha llegado a esta hora. Años atrás, a esta misma hora, y viernes como hoy, esas sillas —señaló con desgano las sillas que rodeaban las escasas mesas de madera— se encontraban repletas de hombres e inclusive con algunas mujeres.

—Pero Simón —le interrumpí—. No todos los viernes son iguales —dije lo primero que se me ocurrió, con la noble intención de no pecar de imprudente.

—Eso es verdad. Pero yo creo que ya nunca más volverán a ser como los tiempos de antes de... —Se detuvo por algún instante y me pareció ver que su mente viajó para algún otro momento, como rememorando algo.

—¿Antes, de qué? —indagué nuevamente, pero ahora con mayor curiosidad.

—Fíjate Alex, tú me has hecho recordar algo que al mismo tiempo servirá de aclaratoria a tu pregunta —agregó El Tuerto apoyando sus gruesas y velludas manos sobre el cimiento y la fuerte mirada de su único ojo, se clavó sobre mí rostro. No puedo negar que se me erizó la piel, y el corazón me palpitó con más fuerza.

Mientras el hombre rebuscaba en su memoria, guardé silencio para no perturbarlo. Además, que había algo que me decía que aquello sería interesante.

—Bueno... Eso fue muchos años atrás. Estarías demasiado pequeño... Por cierto, ¿a qué te dedicas, muchacho?.

—Soy periodista.

—Así que eres periodista... Bueno, entonces me imagino que todo lo que te voy a contar, te interesará más de lo que le podría interesar a cualquier otra persona... Fíjate, hay muchas noticias que ocurren en pueblos tan alejados de la capital, como este, que nunca llegan muy lejos y luego se pierden en el olvido... Yo te voy a contar algo que ocurrió justo en este bar hace exactamente veinticinco años atrás, el 25 junio de 1996, y lo sé con certeza, porque cuando ocurrió aquello, acababa de casarme con Casilda la noche anterior; yo tenía veinte y ella dieciocho. Además, recién había comenzado a administrar este negocio que había heredado de papá, luego que se fuera para no sé dónde.

El hombre pareció rebuscar en su memoria, nuevamente. Guardó silencio por algún momento y luego continuó.

—Fíjate, qué cosas tiene la vida. Tú me has traído a la mente aquel suceso cuando golpeaste esa puerta de la manera como lo hiciste. ¿Por qué?. No sé... ¿Cuántos años es que tú tienes, muchacho?

—Estoy cumpliendo hoy, treinta años exactamente.

—¡Oooh felicitaciones! —estiró su brazo para brindarme un par de palmadas sobre mi hombro—. Que de casualidades tiene la vida. ¡Viste!, ya te lo había dicho... Mañana me juego el treinta, por ambas loterías... Fíjate, entonces tú tendrías como cinco años de edad por aquel tiempo. Era imposible que te enteraras de algo... Bueno, continúo. Aquella noche de miércoles, pasados algunos minutos de las cuatro de la mañana, ya los clientes que habían abarrotado este pequeño espacio desde tempranas horas, se habían marchado por completo. Las puertas del negocio ya estaban cerradas, había terminado de recoger el reguero de botellas que quedaba, había sacudido las sillas y terminado de colocarlas patas arriba sobre las mesas, cuando manguera en mano estaba lavando el baño. De pronto, sonó un golpe seco en la puerta, igual al que tú has hecho, hace instantes… En un primer momento pensé que había sido idea mía, así que continué echando agua al baño, haciéndome el desentendido pero como al cabo de algunos segundos, volvió a sonar el llamado, esta vez con mayor fuerza. Pensé que era algún borracho retrasado y le grité desde donde me encontraba: «¡Está cerrado!». Por algunos instantes no recibí respuesta hasta que escuché una voz que insistió en voz alta: «¡Necesito ayuda amigo. Se lo suplico!». Las palabras de aquella frase se escucharon tan sinceras y solemnes, a esa hora de la noche que te podría jurar que nunca antes, en todos los años que tengo trabajando en este lugar, había recibido un llamado como aquel desde el otro lado de esa puerta de madera.

Cerré la llave del agua con cuidado y solté al suelo la manguera, tomé el garrote que guardo tras la nevera y cauteloso me acerqué a la puerta. Primero abrí la ventanita y tras ella descubrí el rostro de un hombre que por su aspecto tan descuidado parecía complementar la solicitud de ayuda. Le pregunté tras la ventanilla: «¿Qué desea amigo?». Y me respondió casi suplicando «Hacer una llamada telefónica, por favor. El que me guió hasta aquí, me dijo que aquí conseguiría un teléfono». Sus palabras me parecieron sinceras, su mirada y la expresión de su rostro me llevaron a abrir las puertas de inmediato, permitiendo la entrada a aquel extraño. Al señalarle el lugar en donde estaba el teléfono, sin soltar mi garrote que apretaba nerviosamente, el hombre se quedó estático, miró a mi mano empuñada y luego miró mi rostro con una paz, que me hizo despojarme del garrote de inmediato y ofrecerle una moneda de mi bolsillo para realizar la llamada, ya que me imaginé que no tendría una.

Luego de marcar en el dial, logré escuchar parte de la conversación, ya que el silencio lo inundaba todo... «Estoy libre, mi amor —dijo—. Te voy a pasar a un amigo quien ha tenido la amabilidad de ayudarme prestándome su teléfono y una moneda para llamarte. Toma nota de la explicación que el señor te de mi ubicación».

Me pasó al teléfono y lo primero que escuché fueron unos sollozos indetenibles, acompañados por ahogos de una respiración femenina que lloraba del otro lado del teléfono. Comprendí todo de inmediato.

Luego de tomar el teléfono, le dije: «Disculpe señora. Le voy a explicar en donde se encuentra el señor... Este pueblo se llama El Amparo y está ubicado...». Le di una corta referencia geográfica y finalmente le expliqué: «Soy dueño de un pequeño bar que está justo a la entrada del pueblo. ¿Me escuchó bien señora?». Seguí oyendo los sollozos que nunca pararon, y en medio de ellos, finalmente escuché: «Gracias, señor... Ya tengo la ubicación, muchas gracias, le agradezco en el alma su consideración para mi esposo».

—¿Qué te parece Alex? Eso fue hace veinticinco años, exactamente. ¿Tú lo sabías?... No, claro que no, ustedes allá en la capital no se enteran de nada de lo que ocurre por estos lados.

Bueno, estaba claro que era un secuestrado y que por algún motivo, el hombre había logrado su libertad y se encontraba aquí mismo frente a mí. ¡Qué vaina verdad! Imagínate las penurias por las que habrá pasado ese señor.

—Sí, claro, yo sé algo de eso... Bueno, la verdad muy poco de eso —aclaré de inmediato.

—Que vas a saber de eso, muchacho. Solo sabe, el que ha padecido. El que ha sido víctima de esos desalmados... Pero todo esto que te he contado es con la intención de aclarar de alguna manera, del porqué este negocio lo cierro a las doce de la noche. Como en todo pueblo pequeño, los chismes corren con ligereza pero además de eso la gente es muy supersticiosa e imaginativa. Entonces, a partir de aquel día y con el pasar de los meses se empezó a correr la voz de que había aparecido otro hombre, como aquel primero, pidiendo ayuda luego de escapar de la guerrilla. Cosa que no era cierta. Total que al cabo de un par de años, siguientes al suceso originario, supuestamente aparecieron como cuatro o cinco hombres en diferentes puntos del pueblo escapados de la guerrilla, o más bien escapados de la imaginación de la gente, y siempre a partir de la media noche. Que si a la una, que a las dos apareció uno por las orillas del Arauca, o a las tres de la madrugada de otro día cualquiera apareció alguno caminando descalzo por los lados de la manga de coleo… Bueno, ya te imaginarás...

———————

Repentinamente, la voz del tuerto Simón se fue apagando, y el silencio que rondaba el exterior pareció introducirse por el resquicio de la puerta y comenzaba a arroparnos con su mudez. Yo quise hablar y no pude, él me había dado la espalda y tampoco parecía prestarme atención. Entonces sentí la necesidad de marcharme de allí. En cierta forma me sentí agobiado en aquel pequeño espacio y me dirigí a toda prisa hacia la puerta. Una vez la abrí, me encontré en el porche de la casa de mi abuela y me vi sentado en la silla con las manos a los costados de mi cabeza, a un lado del trago que había dejado casi intacto. Entonces me acerqué con cuidado a mí mismo y cuando me fui a tocar, me encontré sentado mirando hacia la oscuridad de la calle. Bajé mis manos y miré mi reloj pulsera; vi que eran las doce en punto de la noche».

Aldo.

13

Viernes 25 de junio

Llegado el día viernes, Alex se despertó temprano sin ayuda de la alarma. Miró la hora en su móvil y vio que eran pasadas las seis de la mañana. Luego de levantarse y asearse, se dirigió a la cocina y preparó su acostumbrado café. Cuando ya estuvo listo, buscó en la despensa unas galletas de soda, tomó el envase de queso fundido para untar, antes de dirigirse hacia el sofá y encender la tv en el canal de noticias. Se acomodó y dejó que los minutos pasaran mientras iba consumiendo el aperitivo y al mismo tiempo se iba informando de los principales acontecimientos regionales. La mayoría de las noticias eran casi una repetición o más bien una extensión de otras que ya conocía y que habían acaecido en el transcurso de la semana. Al cabo de algunos minutos adicionales que ante sus ojos pasaron desapercibidos, los periodistas que alternadamente brindaban las diferentes informaciones se despidieron de los televidentes ofreciendo un «muy buenos días para todos», acompañado de unas amplias sonrisas; no sin antes anunciar, posibles chubascos en el transcurso del día. Alex volvió a revisar la hora en su teléfono y vio que iban siendo las siete de la mañana. De inmediato apagó la tv con el control remoto, se levantó, y se dirigió a su habitación para arreglarse. Al cabo de cinco minutos ya iba en camino al kiosco para comprar su ejemplar de El Eco.

Luego de caminar una cuadra y media, observó que el señor Julián ya tenía su negocio abierto.

Y al acercarse, pudo apreciar que tenía una pila de ejemplares acomodados sobre el tope frontal del pequeño comercio. Él se encontraba de pie y hacia un costado, arreglando las revistas sobre un paraban hecho de finas varillas en donde las iba colgando, sujetándolas con ganchos de ropa.

—Buenos días señor Julián, ¿cómo amanece?

—Estupendamente, muchacho… —le respondió, luego de girar su rostro y observarle por algún instante, para de inmediato seguir con su labor.

Alex agarró de la pila un ejemplar de El Eco y le extendió un par de monedas.

—Tome… Aquí tiene.

Julián volvió a voltear y de inmediato recibió las monedas para introducirlas en uno de sus bolsillos delanteros del pantalón, antes de continuar arreglando las revistas sobre el paraban.

Alex se quedó parado allí mismo frente del kiosco y empezó a hojear el periódico.

—No te vayas a perder la tercera parte de la crónica —le escuchó decir al señor Julián sin que este dejara de acomodar las revistas de manera metódica y ordenada.

—¿Cuál crónica? Preguntó Alex, a sabiendas que se refería a su propio artículo.

—La que escribe ese tal Aldo… Está espectacular. Ya yo me la leí. Fue lo primero que hice al llegar… jajaja —rió con entusiasmo el hombre.

—No sabía que le gustaba lo de…

—Creo que a muchos nos ha llamado la atención. Todo el mundo habla de eso. Y el periódico como que también lo sabe, porque me han llegado más ejemplares de lo acostumbrado. Tenía tiempo que no recibía tantos.

—Pues verdad que se ve más alta la ruma de ejemplares —agregó Alex, mientras recordaba las palabras del jefe Campos cuando le dijo; «voy a aumentar en un diez por ciento la producción... Pero al parecer fue más del diez por ciento».

—Sí... Y estoy seguro que se venderán todos —escuchó aquellas palabras de labios del señor Julián y a Alex le pareció escuchar al propio señor Campo.

El kiosquero sostuvo aquella plática hasta que terminó de acomodar todas las revistas. A Alex le llamó la atención el ejemplar de la revista Times que ocupaba un lugar privilegiado en el estante, y lo observó. En su portada se hacía referencia a una entrevista realizada a un importante empresario, y aparecía la foto de aquel hombre muy bien arreglado y sonriente. Entonces, Alex imaginó la foto de un señor Campos muy feliz y también sonriente, mostrado en la portada de la afamada revista.

—El Times es una gran revista —dijo Alex en voz alta, y Julián le respondió casi de inmediato.

—Debe ser de las más importantes; no solo en América, sino también a nivel mundial.

—Sí, por supuesto —Alex respiró con profundidad antes de suspirar, luego de abrir la página en donde se encontraba publicado su artículo, y ver el título.

El señor Julián notó de inmediato aquel suspiro y le dijo con gracia.

—¿Y ese suspiro a estas horas de la mañana? jajaja... Alguna joven de seguro, porque entiendo que aún estas soltero.

—Jajaja... pues no se equivoca, aún lo estoy. Es usted muy suspicaz señor Julián.

—La verdad es que trabajando aquí uno va agarrándole el gusto a ciertos aspectos de la vida que nunca se podrían apreciar encerrado entre las cuatro paredes de una oficina.

—Tiene usted mucha razón... Bueno le dejo. Que tenga buenas ventas, además de un excelente día.

—Amén, muchacho. Feliz día y suerte con esa chica que roba tus suspiros… jajaja.

En aquel momento sopló una fresca brisa que acarició el rostro de Alex y agitó levemente algunas páginas de los diferentes ejemplares que embellecían con su colorido el trabajo que ya casi terminaba Julián en el paraban. El hombre levantó su rostro hacia el cielo y Alex le imitó.

—Pareciera que viene algo de lluvia —dijo el comerciante.

—Sí, se logran ver algunas nubes grises por allá del lado del Ávila —agregó Alex levantando su brazo derecho y señalando hacia el este, en donde se podía apreciar la belleza y majestuosidad de aquel precioso regalo de la naturaleza y emblema de la ciudad; para aquel momento arropado por un extenso manto de color grisáceo.

—Pero no creo que sea mucha la lluvia… —interpuso Julián de inmediato—. Cuando las nubes vienen por el este, normalmente no llueve mucho por acá. Pero adicional el invierno aún no ha entrado por completo.

—Bueno, esperemos que no llueva mucho, para que usted pueda vender todos sus ejemplares.

—El interés puede más que el tedio. Eso te lo aseguro… Ya verás que como para el medio día se habrán acabado todos estos ejemplares —dijo aquello con mucha seguridad, mientras colocaba su mano sobre la ruma de periódicos de El Eco.

—Admiro su positivismo señor Julián... Bueno, le dejo. Que tenga un excelente día —agregó Alex para despedirse y antes de darle la espalda y caminar hacia su residencia.

Caminó lentamente mientras echaba una hojeada a su artículo y se detuvo a examinar el excelente trabajo del ilustrador. Había realizado una labor verdaderamente espectacular. Alex quedó impresionado no solo por lo bien ejecutado del dibujo que se mostraba en diferentes tonalidades del negro; si no también, porque aquella imagen representaba con exactitud, inclusive en el aspecto y rasgos del tuerto, lo que él había vivido y percibido de aquel extraño encuentro. Pareciera como si el ilustrador hubiese sacado una imagen fotografiada del interior de su cabeza y sus recuerdos... El trabajo había quedado espectacular.

Alex sonrió, y con esa grata sonrisa llena de satisfacción siguió caminando hacia su residencia. Cruzó la calle y como era costumbre a esa hora, vio a la señora María en la corta distancia, limpiando la orilla del estacionamiento de vehículos. Iba con una escoba y una especie de carrucha de dos ruedas que portaba un cesto grande con una bolsa negra en su interior.

—¡Buenos días señora María! —le dijo en voz alta y con el brazo en alto para que ella escuchara.

De inmediato ella volteó en su dirección y también levantó su brazo para saludarlo, mientras le brindaba una amistosa sonrisa.

La mañana sería fresca, lo anunciaba la suave brisa que soplaba. Alex volvió a mirar hacia el este y ya no pudo apreciar la belleza del elegante pulmón verde, que como un guardián milenario custodiaba la ciudad, ya que un conjunto residencial próximo le obstaculizaba la vista, pero sí pudo apreciar las nubes grises que ahora se acercaban intimidantes.

Subió a su apartamento y comenzó a revisar todo el periódico, fue página por página, leyendo algunos artículos y noticias importantes, mientras los minutos fueron transcurriendo como transcurre el agua de un arroyo. Allá afuera, algunas gotas minúsculas de lluvia comenzaron a caer y Alex sintió una tranquilidad especial. Luego de haber revisado buena parte del ejemplar, arribó a su artículo y lo leyó nuevamente. Le gustó la manera como había quedado y finalmente cerró las páginas del periódico y lo colocó doblado sobre la ruma de ejemplares de El Eco que tenía acomodado sobre su escritorio.

Sintió algo de angustia y se fue a preparar más café en su pequeña máquina. Al cabo de diez minutos ya se estaba sirviendo en una taza grande con una cucharadita de azúcar. Caminó hacia el amplio ventanal que le daba buena vista hacia el exterior y allí estuvo parado observando la suave lluvia que caía sin prisas ni desespero, mojando las calles, los techos, las vidas de los citadinos de la gran capital. Recordó cuando pequeño le gustaba mojarse y entonces sonrió, tomó otro trago de café, se acercó a la cocina para dejar la taza a medio consumir, la colocó junto a su teléfono celular que reposaba en el desayunador, buscó un paraguas que siempre tenía a un lado de la nevera... Y salió a caminar.

14

Cuando pasó frente a la ventana del apartamento en planta baja donde residía la conserje, esta le pudo ver y se preguntó: «¿A dónde irá ese muchacho con esta lluvia?».

Bajo el velo del paraguas caminó hacia la salida y con paso cadencioso avanzó sobre la acera que llevaba en sentido contrario a donde se encontraba el kiosco de revistas. Este lado le condujo primero hacia un pequeño parque infantil que para aquel momento se encontraba vacío, no solo por la hora, sino más bien por la lluvia que aunque no era muy fuerte, sí era un impedimento para que los niños disfrutasen de aquellas instalaciones; siguió caminando frente a un largo conjunto residencial cuya estructura era muy parecida al de su residencia, pero en este, los vehículos se resguardaban en puestos privados bajo techo y los jardines eran un poco más amplios y acogedores.

Los carros que transitaban por la calle a un costado de su andar, lo hacían con cierta precaución dejando escuchar el ruido del agua que desplazaban a medida que avanzaban por la calzada. En cambio, la lluvia que caía sobre la superficie de su paraguas era silenciosa y se escurría sobre el fino nylon hacia sus orillas, dejándose caer en muchas gotas que por su continuidad formaban una especie de cortina alrededor de su cuerpo.

Sus pasos avanzaban sin prisa y con una secuencia metódica. Empezó a contarlos entre las divisiones que dejaban las consecutivas lozas de concreto que formaban la larga acera; y así, en su mente, iba repitiendo numéricamente cada uno de ellos... «Uno, dos, tres...». En la siguiente loza comenzaba de nuevo, y así, distraídamente, fue recorriendo su trayecto, estirando los pasos cuando parecían no alcanzarle, y recorriendo los metros junto a los minutos que se fueron consumiendo. Avanzó tanto y tan descuidadamente que al cabo rato llegó a una esquina un tanto apartada de su residencia, en donde había un pequeño y acogedor local comercial que había visitado en una oportunidad, y en donde vendían unos exquisitos dulces.

Leyó el letrero en la puerta que decía «abierto» y decidió pasar adelante. Se acercó, y bajo un pequeño toldo de lona color fucsia, que tenía inscrito el nombre «Recetas de Mi Abuela» cerró su paraguas y lo sacudió, antes de restregar la suela de sus zapatos sobre una pequeña alfombra improvisada que reposaba frente a la entrada. Haló la puerta de cristal y escuchó el tintineo de las campanitas que colgaban en la parte alta tras la puerta, y observó, ahora sí, una pequeña alfombra muy elegante en donde se volvió a secar los zapatos, mientras dejaba su paraguas en una especie de cajón a un lado de la entrada.

La tendera era una señora joven y le sonrió con cariño al verlo entrar, llevaba el cabello recogido bajo un gorro de cocina color blanco al igual que su bata. Pudiera haber sido la misma que le atendió la única vez que había estado allí, aproximadamente unos tres meses atrás, pero no importaba, él también le sonrió como si la conociera de siempre. Alex miró a los costados y vio que no había más clientes.

—Buenos días —le escuchó decir.

—Buenos días —replicó Alex cuando avanzó hacia el mostrador sin dejar de mirar hacia el suelo, esperando no mojarlo todo—. Disculpe si le mojo el piso, pero…

—No se preocupe, pase adelante. Es un gusto que haya llegado.

—Esta lluvia es muy bella, pero nunca deja de causar incomodidades —agregó Alex.

—Cierto; pero es más, lo agradable, que las incomodidades que ocasiona.

—Sabias palabras. —Alex levantó la vista y miró hacia el vistoso menú que se mostraba en la parte alta y tras el elegante mostrador en donde se presentaban muestras de las diferentes opciones—. Veo que tiene una amplia gama de dulces... Me va a disculpar, pero cuál me podría recomendar.

—Le confieso que no es fácil recomendar entre tantos buenos sabores... Pero, me voy a declinar por este —la mujer señaló hacia uno de los tantos dulces—, el *tres leches*; a mi hija le encanta, y además, está recién elaborado. Estoy seguro que le gustará.

—Pues entonces quiero uno.

La señora le sirvió en un plato desechable, acompañado de una pequeña cucharilla y una servilleta. Alex, pagó con un billete, tomó la porción y se dirigió hacia una mesa contigua al amplio ventanal. Allí se sentó y empezó a consumir del dulce que le pareció exquisito desde el primer bocado. En algún momento que cruzó miradas con la señora, le hizo una señal aprobatoria con su mano, que la mujer le correspondió de igual manera.

Entonces recordó algo y palpó su bolsillo en donde acostumbraba llevar su teléfono, y no lo sintió. De inmediato palpó sus otros bolsillos y se percató que no lo llevaba consigo; recordó cuando lo colocó sobre el desayunador antes de ir en busca de su paraguas y finalmente hizo un movimiento con sus hombros como dándose a entender a él mismo, que no importaba.

En aquel momento, la señora que atendía detrás del mostrador se acomodó en una pequeña banqueta que usaba para descansar y tomó entre sus manos un ejemplar de El Eco que tenía acomodado a un lado de la caja registradora. Alex la observó y sonrió. De inmediato tomó otro trozo del dulce y se lo llevó a la boca.

Mientras saboreaba de aquel exquisito aperitivo, se distrajo mirando hacia el exterior y observó que la suave lluvia que le había acompañado desde su apartamento hasta allí, era ahora más fuerte, y sus gotas golpeaban el cristal de la tienda ocasionando un rumor que permeaba a través del vidrio, además de cubrirle con un manto traslúcido lleno de imprecisiones que distorsionaba por completo el paisaje exterior. Enmudecido intentaba descifrar lo espléndido del momento, cuando sentado en aquel lugar tan distante a los hechos acaecido durante su cumpleaños, retornó el recuerdo de aquel encuentro que en medio de una alucinación o visión, había tenido con el tuerto Simón... Recordó claramente cuando al salir de aquel bar se encontró repentinamente en el porche de la casa de su abuela y notó que al parecer, el tiempo no había transcurrido de manera clara. Y no había podido hacer otra cosa, a esa hora de la noche, que ir en busca de su laptop y sentarse a escribir, por al menos dos horas continuas, todo aquello que vivió y conversó con el tuerto en el interior del bar. El resultado de toda aquella experiencia se había transformado en el artículo que en aquel momento, quizás, estuviesen leyendo muchas personas.

Nunca podría olvidar lo que su abuela le había dicho la mañana siguiente, luego de haberle contado sobre aquella alucinación que había vivido: «Hijo, por acá nunca ha habido un Tuerto Simón, ni ningún bar con ese nombre. Pero sí supe una vez, de un tal tuerto que si mal no recuerdo se llamaba Simón como tú dices... Pero no aquí. No... Eso fue, cuando el finado Ramón Peñaloza, quien fue el más grande productor de café de la región, luego de regresar del Amparo por donde vendía su mercancía, me llegó con una historia muy parecida a esa que me has contado; pero no sé más nada... Esos son cuentos de camino muy comunes por aquellas tierras». Alex se había quedado sumergido en aquellos recuerdos por algún momento, y de inmediato rememoró la pregunta hecha a su abuela en aquel momento: «Abuela ¿porqué será que me llegan todas esas alucinaciones que te he contado?. ¿Qué tendrá que ver todo eso conmigo?». A lo que la anciana le respondió a manera de consejo, mientras le acariciaba cariñosamente la frente, como intentando apartar todos esos extraños pensamientos de su cabeza: «Debes descansar más, quizás trabajas demasiado y te preocupas mucho por cosas que no deberías».

Sentado en aquel asiento de la dulcería, también pudo rememorar con claridad, cuando luego de aquella conversación sostenida con su abuela, había tomado su teléfono celular e indagado por internet, dónde quedaba El Amparo; el resultado de su búsqueda le arrojó que era un pequeño pueblo ubicado en el extremo occidental del estado Apure, muy cerca de la frontera con Colombia y cuya demografía era aproximadamente de unos 1300 pobladores, muchos de ellos de tránsito. Así que, luego de despedirse de su abuela Sofía con la promesa de visitarla con más frecuencia, se marchó, pero no de regreso a su residencia en Caracas. No. Tomó un bus que le había llevado hasta el estado Apure, en busca de mayor información con respecto a ese episodio que había vivido entre ensoñaciones. En aquel momento, su curiosidad le reclamaba indagar más a fondo todo ese asunto, ya que según lo contado por aquel señor Peñaloza a su abuela, un hecho muy similar a su alucinación había acontecido en realidad, en aquel lugar tan alejado.

Así que aquella mañana se había trasladado hasta San Fernando de Apure, y estuvo allí casi por un par de días. Pero solo había llegado hasta la capital del estado porque no contaba con el tiempo suficiente para acercarse hasta El Amparo, ya que tendría que recorrer 450 km adicionales por una carretera que no estaba en muy buen estado y además, tenía trabajos pendientes que le reclamaban en su residencia. Prefirió buscar la biblioteca principal del lugar en donde podría encontrar la información que necesitaba. Y así hizo, luego de indagar sobre los hechos, pudo descubrir un acontecimiento muy peculiar ocurrido veinticinco años atrás, tal como le había explicado el Tuerto Simón.

Inmerso en sus cavilaciones, suspiró al rememorar, cuando habiendo retornado a su apartamento en la capital, puso a funcionar la máquina de café, colocó su laptop sobre el amplio escritorio en medio de un montón de papeles y se acomodó para releer, lo que había escrito la noche anterior de aquel febrero, sobre su encuentro con el tuerto, y luego se había abocado a escribir todo lo que había descubierto en una biblioteca escondida en el interior del país.

Solo cuando una camioneta doble cabina con cauchos anchos y rines más grandes de los originales, que transitaba por la avenida próxima al local comercial en donde se encontraba ingiriendo aquel *tres leches*, hizo sonar con estridencia su bocina en el momento que un carro se le atravesaba, Alex pudo salir de sus lucubraciones. La lluvia había mermado un poco y solo una llovizna caía en el exterior. Miró hacia el postre que reposaba sobre la mesa y tomó otra cucharada que de inmediato introdujo en su boca. Miró a la señora que aún permanecía detrás del mostrador inmersa en la lectura de alguna reseña, cuando ella también volteó hacia donde él se encontraba sentado, le preguntó en voz alta.

—¿Qué tal, el, *tres leche*?

A lo que Alex le respondió sonriente.

—Estupendo. Les felicito de verdad... Y, ¿qué tal su lectura?

A lo que ella le respondió.

—Este Aldo me trae de cabeza.

Alex sorprendido por aquella respuesta, solo pudo sonreír y calladamente ingirió lo que le quedaba de aquel rico postre, antes de levantarse de su asiento para despedirse de la atenta señora, tomar su paraguas y marcharse.

15

La lluvia había mermado bastante cuando Alex salió de la dulcería. Caminó bajo su paraguas de vuelta a casa y al cabo de algunos veinte minutos ya estaba arribado a la esquina del conjunto residencial, cuando se detuvo y miró a lo lejos el kiosco de periódicos del señor Julián; ya era casi media mañana y decidió acercarse hasta allí para saber cómo había ido con la venta del ejemplar de aquel día. Cuando arribó al lugar pudo ver el paraban de revistas cubierto por un amplio manto de vinilo traslúcido.

—¿Cómo está señor Julián? —le dijo apenas arribó al kiosco.

—Aquí. Resguardado bajo techo.

Alex miró por los alrededores en busca de la ruma de ejemplares de El Eco que había visto poco más de dos horas atrás; y no la consiguió. Así que le preguntó con curiosidad, indagando con su mirada en los alrededores cercanos.

—¿Y los periódicos?... ¿En dónde los guardó?

—Jajaja... Si eres gracioso, muchacho. No te dije que los vendería todos.

—¿Y los vendió tan rápido, a pesar de la lluvia que ha caído?

—Sí... Los seguidores de El Eco no se detienen por esas tonterías jaja —dijo muy contento, mientras se burlaba de la expresión de sorpresa que pudo apreciar en el rostro de Alex.

—Fíjese que yo pensé que la lluvia le afectaría las ventas, pero me alegro mucho que no haya sido así... Bueno continuaré mi camino. Feliz día.

—Igualmente, muchacho.

En cuanto arribó a su apartamento, Alex tomó su teléfono y vio que tenía varios mensajes. Los dos primeros eran de unos jóvenes de la universidad interesados en solicitar sus servicios de corrección de tesis. Después venía un mensaje de Raquel, saludándolo.

Raquel: Holiiisss… Espero que estés bien. Llámame o escríbeme porfa :)

Después venían tres mensajes seguidos de Rebeca.

Rebeca: Hola. Cómo estás?

Rebeca: Ya revisaste twitter?!!!!... Wow!!!

Rebeca: Porqué no me escribes?… Esto hay que celebrarlo!!!

De inmediato, Alex revisó twitter, *@elecoaldo*, y vio la gran cantidad de comentarios que habían alrededor de la cuenta que el diario le había abierto a Aldo. Totalmente sorprendido pulsó el botón de tendencias y leyó: 435.000 tweets.

Con la mirada fija en aquel número, enmudecido por completo, sintió una extraña sensación de asombro, alegría, y un algo que le aprisionaba en el pecho. Caminó hacia el centro de la pequeña sala y se sentó en el sofá totalmente sorprendido. No sabía si gritar o llorar de contento. Le inundaba una maravillosa sensación de placer que le colmaba por completo. Se sentía feliz... Finalmente se dijo en voz alta: «Gracias Dios, gracias... Que maravillosa sorpresa». Se recostó a lo largo del mueble y apoyó el teléfono a su pecho, pero casi de inmediato le sonó un tono que anunciaba una llamada entrante; al mirar en la pantalla leyó: «Llamada de Rebeca». Casi automáticamente pulsó la tecla verde para contestar.

—Hola corazón. Que bueno que me contestaste. Te he estado llamando y hasta ahora es que logro comunicarme contigo —dijo, casi sin respirar y denotando mucho entusiasmo—. Cuéntame, ¿cómo te sientes con este nuevo logro de Aldo?

—Hola Rebeca... De verdad que me he sentido muy feliz y al mismo tiempo totalmente sorprendido. Acabo de revisar twitter y me he encontrado con unos números maravillosos... —respiró con profundidad para luego exhalar—-. Resulta que salí y se me quedó olvidado el teléfono aquí en el apartamento. Y hasta ahora es que estoy revisando todo.

—Yo también me siento feliz, porque soy afortunada de conocerte y ser tu amiga... Ya tengo comprada una botella de vino y unos aperitivos bien ricos; así que para celebrar, dime dónde vives para acercarme, o si prefieres nos reunimos aquí en mi casa.

Alex quedó callado por algún momento. Le pareció muy interesante la propuesta y no podría negarse de ninguna manera. Pero Rebeca, al sentir aquel silencio tan evidente, pensó que lo había incomodado con su iniciativa tan directa e intentó enmendar su espontaneidad. Por eso, de inmediato le dijo con mucho tacto.

—Disculpa que haya sido tan impulsiva y me haya tomado la ligereza de no consultarte antes... De verdad discúlpame si te he incomodado —dijo intentando ganárselo—. Ni siquiera sé si tienes novia o compañera... —agregó esto, mientras hacía un gracioso gesto apretando sus labios, como intentando esconder su picardía a sabiendas que él no le estaba mirando—. O si vives con tu mamá... Ha sido un atrevimiento de mi parte.

—La verdad no tengo novia ni compañera. Soy un solterón, jajaja... —finalmente rió Alex.

—Entonces no habrá ningún problema. ¿Cierto?

—Claro que no hay ningún problema en que nos reunamos. Pero sería muy descortés de mi parte si te hago venir hasta acá. Así que seré yo quien me acerque hasta tu casa.

Del otro lado del teléfono Rebeca sonrió ampliamente, antes de responder.

—Perfecto. Entonces te envío la dirección enseguida y me voy arreglando.

—Okey... Bye

Una vez que Alex recibió la dirección en un mensaje, le escribió: «Salgo para allá en cinco minutos».

Rebeca estaba feliz. Luego de culminar la conversación dejó el teléfono sobre un mueble a un costado de la sala, metió la botella de vino en la nevera y de inmediato avanzó hacia su habitación para buscar la prenda de vestir que luciría ante Alex. Fue sacando del ropero varios vestidos casuales y se los probó uno a uno frente al espejo. También se colocó un par de shorts cortos a la moda con una blusa que dejaba al descubierto su abdomen, pero pensó que enseñaba demasiado y era poco romántico. «Aaah ya sé», se dijo. Y de inmediato se recordó de un vestido color marfil que no había encontrado ocasión para estrenarlo. Se lo colocó y frente al espejo lo lució para ella misma; era corto, le llegaba a la mitad de sus muslos, también era holgado y le caía bien sobre sus caderas; el escote, dejaba ver buena parte de sus senos juveniles, y no se pondría brasier.

Era viernes y aún no era la hora pico, así que en cuestión de unos treinta y cinco minutos Alex ya estaba arribando a las proximidades del urbanismo de donde residía Rebeca. Se bajó de la unidad de transporte público y caminó en sentido este por una calle repleta de acacias que brindaban mucha sombra y frescor al sector. En la esquina próxima cruzó a la derecha y luego revisó los números que identificaban las viviendas. Al cabo de caminar cinco minutos adicionales, ya se encontraba frente a la residencia de la joven. En el estacionamiento de vehículos se podía observar su Mazda color azul. Caminó por la corta senda que dividía en dos el engramado frontal y luego de corroborar el número de la vivienda, pulsó el timbre. De inmediato le pareció escuchar la voz de Rebeca.

—¡Ya voy!

La joven tardó unos quince segundos adicionales en abrir la puerta. Se encontraba terminando de ordenar algunos trastes que se encontraban acumulados en la cocina.

—¡Voy! —volvió a decir, cuando cerró la puerta de su habitación y echó un vistazo al retrete del baño. Ya todo estaba en orden.

Se paró tras de la puerta, respiró profundo, y cuando la abrió de par en par, de inmediato brincó encima de Alex para abrazarlo con efusividad. Se colgó de su cuello y el joven sintió el roce de todo su cuerpo sobre su torso. No pudo menos que abrazarla y cruzar los brazos por su espalda a la altura de su cintura, intentando corresponder su efusivo saludo.

—Felicitaciones... Eres maravilloso, Alex —le dijo al oído, antes de separarse de su cuerpo.

—Gracias Rebeca... De verdad me siento muy halagado por tus tantas demostraciones de cariño.

Pasaron al interior de la vivienda y cuando estuvieron en medio de la sala, Alex agregó observando todo alrededor.

—Es muy bella tu casa... He traído esto para compartir —le dijo, mientras le extendía una bolsa con algunos aperitivos que había comprado en el camino.

—No te hubieses molestado... Gracias —le respondió, mientras tomaba la bolsa, y de inmediato fue a colocarla sobre el desayunador, antes de distribuir los aperitivos sobre una bandeja colorida que sacó de la parte alta de un estante contiguo.

—Bueno, ya sabes donde vivo... Pero toma asiento por favor —le señaló el único sofá que se acomodaba a un lado de la sala y frente a una amplia pantalla de un plasma de 52 pulgadas. Más allá había un pequeño y moderno amplificador de sonido sobre un mueble de madera que contaba con algunos adornos.

Mientras Alex hacía un recorrido visual de la sala, mantuvieron una conversación intermitente sobre algunos asuntos del periódico. Finalmente le preguntó.

—Por cierto, ¿y no deberías estar trabajando a esta hora?

—Jajaja… Tienes mucha razón. Pero me inventé que mi mamá se sentía muy mal y debía acompañarla al médico.

—¡Ooooh! Entiendo... ¿Y vives aquí con tu mamá?

—No. Pero, como el próximo fin de semana vendrá a visitarme, esa fue la excusa que se me ocurrió luego que vi cómo se iban generando los comentarios alrededor de tu escrito, y me dije... Esto hay que celebrarlo, jajaja.

En aquel momento Rebeca se acercó al pequeño amplificador y le preguntó al joven periodista.

—¿Quieres escuchar un poco de música?. Tengo unas bellas canciones en mi celular.

—Por supuesto. Me encantaría.

—Bueno, pondré algo suave.

Tomó su celular de la superficie del mueble en donde lo había dejado y buscó en su administrador de canciones. En pocos segundos el pequeño alto parlante que estaba cerca del plasma empezó a brindar una hermosa y romántica melodía en una voz femenina muy encantadora con acento francés.

—¿Te gusta? —le preguntó Rebeca

—Sí… Se escucha hermosa.

—Perfecto. Ahora ya estamos listos para compartir el vino —agregó Rebeca.

—Por favor permíteme descorchar la botella —dijo Alex, mientras se dirigía hacia la cocina.

—La botella está en la nevera y el descorchador está sobre el desayunador.

—Ya la encontré —agregó el joven mientras la sacaba del enfriador para dirigirse hacia el desayunador. Ella se dedicó a observarle, después de tomar asiento en medio del sofá.

Alex palpó la superficie del cristal e hizo un gesto aprobatorio, agarró el descorchador y con gran maestría la destapó generando un sonido seco y claro que se esparció en el acogedor recinto. A continuación sirvió las dos copas que ya estaban dispuestas en la superficie del desayunador y, acompañado por una amplia sonrisa, las llevó hasta donde ahora se encontraba sentada Rebeca. Se acomodó junto a ella y le dijo, mientras le entregaba una de las copas.

—Bueno... Ahora sí estamos listos.

—Salud y muchos éxitos más, mi querido Alex.

—Gracia Rebeca... De verdad, agradezco mucho este gesto tan bello que has tenido conmigo... Salud.

Sonaron las copas en medio de aquel placentero espacio y un brillo en la mirada de ambos les dejó enmudecidos mientras saboreaban aquel exquisito vinotinto. Rebeca no sabía que agregar y Alex mucho menos. Él siempre había sido un poco retraído y cuando se encontraba en situaciones de ese tipo, mucho más. Finalmente Rebeca retomó la conversación hablando de los alcances que había logrado, la publicación de Aldo en twitter. Esto motivó al joven a tomar su teléfono e ir leyendo en voz alta, algunos de los comentarios que su crónica había recibido. Así que entre animados comentarios y tragos de aquel exquisito vino, fueron pasando los minutos y los jóvenes periodistas fueron consumiendo sus copas, disfrutando de aquel momento de éxito que les envolvía. Al vaciarse las copas, Rebeca dijo.

—Voy a traer la botella.

En ese momento, la joven estiró su brazo para colocar su copa sobre la mesita redonda que decoraba el centro de la sala, y al ver que estaba un poco alejada se levantó e inclinó su cuerpo hacia delante con la intención de sujetar la mesa para arrimarla hacia donde ellos se encontraban sentados.

Al inclinarse, el corto vestido color marfil se subió un poco en su parte posterior, dejando ver mucho más de sus hermosos muslos. Alex no pudo dejar de fijarse y con su boca abierta se imaginó acariciando aquella parte de su cuerpo. También pudo notar cuando sus senos se movieron con libertad, al momento que haló la mesita hacia el sofá.

Luego de haber acercado la mesa y dejado su copa sobre ella, Rebeca fue a la cocina y trajo la botella y los aperitivos, sirvió las dos copas y colocó la botella en el centro de la superficie redondeada.

Al volverse a sentar, notó cuando Alex le miró las piernas. Entonces sonriente se arrimó más a él, y le dijo.

—¿Te gustó el vino que escogí para ti?

—Está divino de verdad —dijo mientras tomaba otro trago; un poco más largo que los anteriores, consumiendo casi la mitad de lo que la joven le había servido.

De inmediato Rebeca agarró la botella y le sirvió nuevamente, colocando más vino del que le había servido inicialmente.

—Puedes tomar todo lo que quieras, hoy es tu día de suerte —le dijo con picardía mientras ella sorbía de su copa.

Así pasaron los minutos, envueltos en una conversación que más que amena parecía un acto de seducción por parte de Rebeca. El borde de las orejas de Alex ya estaban un poco coloradas cuando la joven, sonriente, se las palpó y le dijo con cariño.

—Las tienes un poquito rojas… Me encanta verte así.

En ese momento Alex no se aguantó más y con delicadeza le quitó a Rebeca la copa que sostenía entre sus manos, antes de colocar ambas sobre la mesa. Ella se quedó callada y quieta esperando lo que vendría. Solo observaba sus movimientos, pero cuando sintió la tibieza de sus manos que se posaron sobre su cuello, y su mirada enfrentada a la suya, supo que había llegado el momento que tanto deseaba. Acercaron sus rostros sin aclaratorias ni permisos, solo la música de fondo brindaba sus melodías cuando el roce de sus labios le indujo a cerrar sus ojos para sentir el dulce beso que en aquel momento se apoderaba por completo de sus sentidos hasta hacerle erizar la piel.

Sin separar los labios, sus rostros se movían acompasados, alrededor de aquel beso que se brindaban. Ella llevó sus manos hacia la espalda de Alex y le intentó presionar hacia su cuerpo. Luego le clavó un poco las uñas y él entendió aquello, como una señal para no detenerse y avanzar... Entonces, Alex separó una de sus manos y la llevó hacia el muslo de la joven que rozaba con el suyo. Partiendo de la rodilla le fue acariciando y desplazando la corta falda hacia sus caderas, hasta que sintió cuando la joven apretó sus muslos para impedir que avanzara tanto. Allí, próximo a sus caderas, siguió acariciando hasta que sus labios se separaron y Alex bajó a besar su cuello con vehemencia. Al sentir que ella aflojaba sus piernas, continuó acariciándola con mayor profundidad. Y de inmediato, Rebeca gimió de placer y se echó un poco para atrás.

Con los ojos abiertos y una sensual sonrisa en los labios, Rebeca se echó sobre el sofá y Alex aprovechó para acomodarse, acercó sus manos sobre los hombros descubiertos de Rebeca y con sutileza bajó las tiras de su vestido, dejando al descubierto sus hermosos senos. De inmediato comenzó a besarlos, y vio a Rebeca estremecerse de placer, mientras con su mano no dejaba de acariciar su humedecido sexo.

Entregados al deseo y el fervor que brindaba aquel momento, pasaron los minutos inmersos en las melodías de aquella voz afrancesada que impregnaba el espacio de un bello romanticismo, mientras ambos se brindaban caricias y besos… Pero repentinamente aquellos minutos tan apasionados se vieron interrumpidos, cuando el timbre de la puerta sonó.

Rebeca apartó la mano de Alex, se incorporó y acomodó su vestido, antes de pasarse los dedos por sus cabellos, para ordenarlos.

—Quién será —se dijo extrañada, la joven—. Y a esta hora —agregó mirando la hora en su celular; era casi mediodía.

Alex permaneció callado y sentado, mientras ella se acercó a la puerta. También se pasó las manos por el cabello y ajustó su camisa.

16

Cuando el rumor de un motor se escuchó en la distancia, el Comandante Raúl volteó hacia la ventana que daba vista hacia el ancho caudal del río Arauca que circulaba apacible a sus espaldas. Se encontraba reunido con tres hombres, también uniformados de verde, con quienes repasaba la estrategia a emplear durante un asalto a un puesto policial de un pueblo ubicado a unos doscientos cincuenta kilómetros de donde se encontraban acampados en aquel momento.

Al no lograr ver en la distancia a la embarcación, le hizo una seña con su mano a uno de los guardias que estaba custodiando afuera, junto a la entrada, para que fuera a ver quién se acercaba.

El joven guardia encaramó la correa de su AK–47 Kalashnikov sobre su hombro y caminó hacia la orilla del caudaloso río, tomó sus binoculares y revisó en la distancia. Por allá en la curva cerca de donde se cruzaban unos manglares pudo observar la forma de una pequeña embarcación. Ajusto los lentes y logró identificar algunos de detalles del bote, reconociendo de inmediato el banderín, enarbolado en la parte posterior y más alta de un fino mástil, con los colores cruzados negro–rojo del contingente, y distinguiendo también la sola presencia de dos tripulantes; uno parecía ser El Mensajero y el otro su ayudante. De inmediato regresó a la cabaña improvisada y luego de apartar la cortina que hacía de puerta, dijo.

—Es nuestra, mi Comandante. Debe ser Teo El Mensajero, con los víveres.

Los hombres miraron y escucharon las palabras del guardia, pero no agregaron nada, solo el comandante haciendo un ademán con su mano le dio a entender que se marchara. De inmediato voltearon hacia lo que les ocupaba y siguieron planificando y trazando sobre un mapa algunos puntos con un lápiz de color rojo y azul, luego unas rayas.

Al cabo de algunos minutos.

—Bueno ya tenemos bastante avanzada la estrategia y la cantidad de hombres que necesitamos. Solo faltaría conformar la escuadra.

—Sí, mi Comandante —dijo uno de los hombres; era joven pero se veía mayor por lo descuidado de su semblante—. Si me otorga la encomienda, mis doce hombres y yo, podemos ejecutar el asalto con dignidad. No fallaremos.

El Comandante Raúl se acarició la barba y luego de pensar durante algunos segundos mientras miraba hacia el mapa que permanecía expuesto sobre la mesa, dijo.

—Déjame pensarlo Chino; tus muchachos son muy jóvenes aún, y no estoy muy seguro.

Chino era un joven luchador muy apasionado, de unos treinta y cinco años de edad, de cabello liso y grueso, siempre lo llevaba muy corto, era lampiño en su rostro y pecho, nunca se le vio sombras de algún bigote o barba en su rostro. Los muchachos que dirigía eran todos jóvenes; el mayor tendría unos veintidós años y el más joven catorce.

—Permítame demostrarle de lo que somos capaces, Comandante.

Afuera se escuchó cuando finalmente la pequeña embarcación arribó al muelle elaborado con troncos y palos que esos mismos hombres de aquel contingente habían montado dos semanas atrás, cuando arribaron a ese rincón de la selva amazónica surcada por el majestuoso río Arauca, luego de andar a pie por sendas casi impenetrables para muchos, pero ya conquistadas desde años atrás por esas mismas fuerzas rebeldes de las cuales formaban parte importante.

—Salgamos —ordenó el Comandante.

Los tres hombres se levantaron luego que el Comandante lo hiciera y salieron hacia el muelle que se encontraba a escasos cincuenta metros de la tienda principal en donde habían estado reunidos.

Teo se saludaba con varios guardias que le recibieron amistosamente, cuando el comandante Raúl y los tres hombres se aproximaban hacia el muelle. A unos diez metros de distancia se detuvieron para desde allí observar el desembarco de las provisiones. El Mensajero Teo venía acompañado de un campesino nada joven; debía tener cerca de cincuenta años; de contextura robusta; cabellos largos que se le derramaban por los costados de un sombrero ancho y roto; su vestimenta parecía un cúmulo de andrajos; su semblante era de un hombre parco y de pocos amigos; en el cinto llevaba un cuchillo largo y filoso que podría cortar hasta una rama gruesa de un solo tajo. El campesino parecía mudo y se dedicó solo a pasar las cajas y bultos a los hombres armados que desde el muelle se las recibían y las iban llevando hasta una tienda próxima que fungía de almacén. El contenido de las cajas eran alimentos de diferentes tipos, en su mayoría granos, verduras y legumbres frescas; también traían harina, café, chocolate... El campesino sólo se bajó de la embarcación hacia al final del desembarco, cuando se encaramó sobre su espalda un cochino entero de unos ochenta kilos, recién sacrificado, y por cuyo costado, fosas nasales y boca, aún corrían hilillos de sangre.

Teo, luego de saludar a todos, volvió a su bote y buscó una bolsa plástica en donde traía envuelto algunos papeles bien resguardados de la humedad. Con la bolsa bajo el brazo se dirigió hacia donde se encontraba parado el Comandante en compañía de sus tres jefes de tropa.

—Comandante Raúl. Aquí le traigo los ejemplares del Eco; de los que tanto se habla por todos lados.

—Sí, los estaba esperando. Me han comunicado por radio, que debía estar enterado del asunto, ya que nos incumbe… A ver, deme.

En ese momento El Mensajero le extendió la bolsa sellada y Raúl rompió el plástico para tomar los ejemplares. Eran tres; uno del día 18 de junio, el segundo del 22 y el tercero del día 25; las fechas en que se habían publicado los artículos de Aldo.

Se retiró a solas hacia su tienda y allí sentado fue leyendo los diferentes titulares hasta que finalmente se encontró con los relatos que le interesaban: El Purgatorio, Alucinación y El Tuerto Simón.

Luego de haberlos leído un par de veces y con mucho detenimiento, se dijo: «Definitivamente. Tenían razón. Este Aldo tiene relación con el espía que nos ha estado robando información desde mucho tiempo atrás»

En ese momento entró Chino a la tienda.

—Disculpe que lo moleste mi Comandante pero deseaba recordarle mi propuesta. Me gustaría anunciarles a mis hombres que tenemos una importante tarea que ejecutar.

El Comandante levantó la vista de las páginas del periódico y mirándole a la cara le dijo.

—Es tuyo el trabajo.

—Muchas gracias mi Comandante. Verá que no se arrepentirá.

—Pero antes de marcharte… Quiero que me contactes a Santino y le digas que tengo un trabajo para él.

—Como usted ordene mi Comandante.

Chino dio media vuelta y salió de la cabaña. Se fue a la estación de radio principal y le dijo al operador. Comunícame con Santino. De inmediato el joven se puso los auriculares, acercó el micrófono y pulsó una tecla en la parte baja del dispositivo.

—Gato Pardo a Santino... Cambio.

Casi de inmediato.

—Adelante. Aquí Santino. Cambio.

Chino apartó con su brazo al operador y se acercó al micrófono para decir.

—El Comandante quiere hablar contigo. Cambio.

A los pocos minutos, repicó el celular del Comandante Raúl.

—Mis saludos Comandante. ¿En qué puedo servirle?

—Primero, te llamo para confirmar la entrega... La debes dejar con El Mocho Sánchez a las 11:00 pm en el callejón detrás del bar de la vieja Julia. Él te debe entregar 550 de los grandes y tú los dejarás con el contador esa misma noche. El mismo contador te dará tu pago y unos viáticos.

—Conozco el lugar y a los personajes. Ya antes hemos despachado allí... ¿Y a qué vienen los viáticos, mi Comandante?

—Es un trabajito nuevo que necesitamos y creo que tú y tus hombres son los más indicados para llevarlo a cabo... Necesito aclarar un asunto que me tiene pendiente, desde cuando se perdió una información importante unos cuantos años atrás —contestó el comandante ante la pregunta de Santino.

El Comandante Raúl era un hombre de más de cincuenta años. Había incursionado en la guerrilla desde muy joven, cuando apenas tenía trece años de edad y fue arrancado de los brazos de su madre junto a un par de hermanos mayores que ya habían entregado su vida a la revolución. Su desempeño y batallas libradas con éxito, le fue llevando a escalar posiciones, hasta que finalmente había logrado afianzarse en lo más alto de la élite revolucionaria. Ahora era el reconocido Comandante Raúl a quien mucho respetaban y admiraban... Luego de leer en los ejemplares del El Eco, aquellos relatos tan vivenciales, además de evidentes, pudo recordar con claridad algunos eventos que sucedieron en el pasado de aquella lucha emancipadora de la cual siempre había participado de manera absoluta.

—Usted dirá mi Comandante.

—Quiero saber quién es Aldo y para quién trabaja; si para el gobierno vecino, o para el de acá. En definitiva quiero que cuente todo.

—¿Aldo?

—Sí Aldo… Acaso no lees los periódicos.

—Por supuesto que los leo, señor… —Guardó silencio por algún momento, mientras pensaba y finalmente agregó—. Aaah Aldo, el del periódico. Muchos hablan de él. Pero disculpe, ¿qué tiene de especial ese tal Aldo?.

—Pues eso es lo que quiero aclarar… Quiero saber quién nos viene espiando de años atrás. Y a dónde fue a parar la información que nos robaron.

17

Cuando Rebeca revisó por la mirilla de la puerta, pudo reconocer a Luis, el joven técnico que trabajaba bajo las órdenes de su jefe el señor Roberto. De inmediato abrió la puerta.

—Hola Luis. ¿Qué te trae por aquí?

—Pues nada en especial —dio un par de pasos hacia el interior de la casa—. Solo me... —Iba a continuar, cuando se encontró con la mirada de Alex, quien en ese momento se levantaba del sofá en donde se encontraba sentado—. Ah, pero no sabía que tenías visita.

—Es Alex, un amigo —dijo la joven, señalando con la palma de su mano hacia donde se encontraba Dawson. Luis aprovechó para dar un par de pasos más hacia el interior de la vivienda. De inmediato Rebeca agregó—. Alex, él es Luis, encargado del mantenimiento mecánico y eléctrico de las líneas de producción del periódico.

Luis avanzó hacia donde se encontraba Alex, y él también se aproximó con su mano extendida.

—Mucho gusto —dijo Alex Dawson. Mientras Luis asentía con la cabeza y estrechaba su mano, mirándolo con curiosidad.

A continuación, al recién llegado le llamó la atención la botella de vino a medio consumir y el par de copas que posaban sobre la superficie de la mesita que adornaba el medio de la sala.

—Ah veo que están celebrando. Espero no interrumpirles —dijo en un tono un tanto sarcástico.

—Para nada Luis… Bueno en realidad, sí, estamos celebrando —respondió Rebeca. No encontró otra respuesta que se adecuara a lo que estaba a la vista.

—Y se podría saber el motivo. Que yo sepa ya cumpliste años hace un par de meses atrás.

—No te equivocas, ya cumplí años. Pero en esta ocasión mi amigo Alex quiso que le acompañara a celebrar que… —En aquel momento la joven trastabilló en su explicación—. Bueno, que él…

—Me han dado la oportunidad de trabajar como corrector suplente en el diario —interpuso Alex con inmediatez, muy sonriente. Intentando aclarar la situación, sin comprometer su verdadera relación con El Eco.

—¿Ah sí? ¡Qué bueno de verdad! Te felicito… Así que ahora somos del mismo equipo.

—Bueno, la verdad es que mi trabajo en el diario no es fijo, será a tiempo parcial y según las necesidades del departamento. Me darán oportunidad las veces que lo amerite la redacción. Cuando ellos requieran de mis servicios.

—Entiendo, entiendo… Es un buen comienzo… Aunque te confieso que las remuneraciones en el diario no son del todo espectaculares.

—Sí, me he dado cuenta. El ofrecimiento no ha sido tan atractivo, pero he aceptado por el simple hecho de trabajar para el diario. Siempre he admirado al periódico.

—Bueno en eso tienes mucha razón. El prestigio de El Eco es ampliamente reconocido.

En ese momento Luis se dio vuelta sobre sus pasos y mirando a la cara de Rebeca levantó su mano para acariciar su barbilla. Ella reaccionó instintivamente, apartando su cara con delicadeza. Entonces, Luis sonrió con malicia.

—Estas muy linda como siempre Rebe —le dijo con cariño.

—Dios me hizo así... —Rebeca, sonriente, aclaró su garganta y agregó con frialdad, mientras Alex observaba la escena—. No sé si querías decirme algo adicional, o...

—No, solo pasaba para saludarte pero veo que estas ocupada y puedo volver otro día.

—Okey... Pero cuando vayas a venir, llámame primero por favor.

—No sabía que ahora eres tan exigente.

—Siempre he sido igual —le respondió tajantemente y con el ceño fruncido. A Rebeca le había parecido de muy mal gusto aquel comentario.

De inmediato Luis se dirigió hacia la puerta y se marchó sin despedirse de Alex.

—Creo que es un poco mal educado y pretencioso, tu amigo —agregó Alex, luego que Luis se marchara y Rebeca cerrara la puerta.

—Para serte franca, es la primera vez que lo veo con esa actitud. Siempre había sido muy amable.

—Quizás se puso celoso de encontrarnos aquí, con una botella y un par de copas; los dos solos.

—Pues, yo también creo que esa ha sido la razón —dijo Rebeca y de inmediato se acercó a Alex con una dulce sonrisa, levantó sus brazos y los posó sobre sus hombros—. ¿Dónde íbamos?

En ese mismo momento sus labios se juntaron nuevamente y sus cuerpos se arrimaron el uno al otro.

No habían comenzado a acariciarse cuando el teléfono de Alex anunció una llamada entrante del jefe de redacción del diario El

Eco. Sus labios se separaron de inmediato y sonrieron antes de reír.

—Jajaja… Creo que hoy no avanzaremos más de aquí.

—Pienso que tienes mucha razón Rebeca. Debo contestar al jefe.

Alex tomó su teléfono del tope del desayunador en donde lo había dejado y leyó el nombre de Samuel Campos antes de pulsar la tecla verde para atender la llamada. Rebeca le había seguido de cerca y parado junto a él, le sonrió. También acercó su oído al teléfono, luego que Alex lo posara sobre el pabellón de su oreja.

—Muchacho me imagino que estarás feliz al igual que yo —escuchó Alex, con contundencia, al otro lado de la comunicación. Era la voz ronca del afamado editor, quien se mostraba y escuchaba muy contento.

—No se equivoca señor Campos, ya he visto algunos comentarios en las redes y pues, me ha contentado muchísimo saber que nos ha ido tan bien, con esta tercera parte de la historia.

—¡Jajaja!… ¡Así es muchacho!. Te llamaba para decirte que a esta hora se han agotado ya todos los ejemplares y hemos recibido llamadas para ver si nos queda algo en el almacén; pero nada, ya todo estaba en las calles… Así que has logrado, nuevamente, botar la pelota de home run jajaja... Además de felicitarte, quería recordarte algo.

—Usted dirá señor Campos —dijo Alex con amabilidad.

—No olvides tener lista para el lunes la siguiente parte. De aquí en adelante seguiremos publicando los martes y viernes, así que no quiero que te desconcentres mucho… Pero también te recomiendo que salgas a celebrar con alguna amiga y disfrutes de todos estos logros. Te lo mereces.

—Le haré caso señor. —En ese momento, Rebeca, quien escuchaba la conversación arrimada al teléfono, se tapó la boca para que no se escuchara su risa.

—Perfecto. Bueno... Cualquier cosa que necesites me avisas. Si requieres un adelanto me lo pides, pero la próxima semana ya te estaré bonificando por tu excelente trabajo.

—Es muy amable señor. Gracias.

—Nos vemos la próxima semana. Bueno, eso es todo... ¡Y vete a celebrar muchacho! Consíguete una chica y vete a celebrar, que te lo mereces.

Una vez que Alex colgó la llamada, la joven le abrazó y le dio un par de cortos besos en su mejilla. Ambos estaban muy contentos. Luego, la joven le dio la espalda y fue en busca del par de copas que reposaban sobre la mesa, con la intención de seguir la celebración que unas horas atrás habían comenzado, pero en aquel preciso momento Alex sintió un leve mareo y tuvo que apoyarse con su mano izquierda al desayunador para sostenerse. Su rostro se descompuso y no escuchó cuando la joven le preguntaba algo con respecto a su bebida.

Pasados un par de segundos, Rebeca se acercó a Alex con ambas copas y al notar su aspecto fuera de lo normal; le preguntó, extrañada.

—¿Qué te sucede? ¿Te sientes mal?

En la entrañas de su cabeza, Alex escuchó aquellas palabras que resonaron como un eco en la lejana profundidad de su cerebro.

—Estoy un poco mareado, solamente... —logró decir mirando hacia algún punto distante de la sala—. Ya se me está pasando —agregó, sin dejar de apoyarse con su mano izquierda. De inmediato Raquel dejó ambas copas sobre la superficie del desayunador y con sus manos palpó el rostro de Alex.

—Estás frío. Creo que se te ha bajado un poco la tensión… Y un poco pálido, también… Voy a buscar agua para que tomes.

Se dirigió hacia la nevera y con rapidez llenó un vaso con agua.

—Aquí tienes. Toma agua. Te sentará bien.

Alex, en tres tragos ingirió todo el contenido del vaso y luego de colocarlo sobre la superficie del desayunador, eructó.

—Disculpa, creo que eran gases —agregó aún desconcertado.

De inmediato se sintió un poco mejor y Rebeca le llevó, tomado del brazo, para que se sentara nuevamente en el sofá.

—Voy a prender la tele y buscaremos algo para que te distraigas. ¿Te gustaría ver algo de deporte? ¿Qué tal, fútbol?

—Sí, claro, es una buena idea.

—Okey, entonces vamos a buscar algo bueno —Y así hizo. Sintonizó un juego de la semifinal de la Champions que en aquel preciso momento iba apenas por el minuto quince del primer tiempo.

Luego de dejar acomodado a Alex frente a la tv, Rebeca se levantó, agarró la botella de vino que aún permanecía sobre la mesa y se fue a la cocina para arreglar un poco las cosas. Buscó su celular para pedir una pizza, y al cabo de veinticinco minutos ya se la estaban despachando. Así que aprovecharon el receso del medio tiempo del partido para almorzar y comentar del juego. Pasaron buena parte de la tarde viendo y disfrutando del partido hasta que aquel mal momento que afectó a Alex quedó superado y en el pasado.

A eso de las 5:30 de aquella tarde, Alex se marchó para su apartamento con el dulce sabor de haber disfrutado de un día muy diferente, lleno de bellas emociones y agradables momentos compartidos con la linda periodista de nombre Rebeca.

18

Cuando Santino recibió el mensaje de Gato Pardo, se encontraba en el interior de una escueta vivienda de un pequeño poblado muy cerca de la frontera pero del otro lado del Arauca. Con el pecho descubierto y vestido con un short y un par de alpargatas caminó hacia el patio trasero de la vivienda con su celular en la mano, en busca de buena señal, antes de llamar al Comandante Raúl.

Debajo de un cobertizo con techo de zinc y suelo arenoso, uno de sus hombres, mentado Camilo, se hallaba junto a Perico dando los últimos retoques de pintura a una camioneta de último año, que habían hurtado del otro lado de la frontera y habían logrado pasar sin problemas con la complicidad de los guardias nacionales. Al jefe Santino le gustaba el color negro ya que el blanco original hacía ver el vehículo muy femenino y familiar. Así que ya casi estaba lista; las placas de identificación eran de este otro país y la documentación fue amañada de acuerdo a sus requerimientos.

Cuando el jefe Santino logró, desde lo alto de una pequeña loma, captar la señal en su móvil, se comunicó con el Comandante y recibió de él sus instrucciones; le había confirmado la hora y el lugar del despacho de la mercancía; pero además, le había encomendado un nuevo trabajo. Sabía a qué se refería cuando le dijo: «Quiero saber quién es Aldo y para quién trabaja». Las palabras del Comandante habían sido claras y contundentes; así que aquello indicaba, que luego de transportar la mercancía que tenían resguardada en el cuarto posterior de la vivienda, debían ir hasta Caracas, y averiguar primero quién era ese tal Aldo que trabajaba para el diario El Eco.

Luego de concluir la llamada, el jefe se dirigió hacia el cobertizo y le dijo a sus compañeros.

—Mañana por la noche debemos despachar los 300 kilos y luego seguir para Caracas.

—¿Para Caracas? —preguntó el más joven de los dos.

—Sí, tenemos una tarea que realizar. Así que debemos ponernos presentables para la ocasión. Saldremos a las 21:00 horas de mañana para estar en la capital, al amanecer del día siguiente.

—Entendido jefe —dijo Perico, el más joven, mientras el otro escuchaba las directrices sin dejar de revisar los diferentes fluidos del vehículo, cerciorándose así que todo estaba en regla para emprender las tareas requeridas por el Comandante.

Dadas sus instrucciones, el jefe retornó al interior de la vivienda y luego de apartar una cortina, entró en una habitación en donde había una jovencita desnuda, solo cubierta por una pequeña sábana.

—Ya te puedes ir —le dijo cuándo se encontraron sus miradas, y mientras tomaba un pantalón para ponérselo.

La jovencita se levantó de la cama y en silencio tomó el bikini y el vestido estampado que estaba tirado en el suelo a un lado de la cama. Se lo colocó, buscó unas chanclas que estaban debajo, se calzó, y aguardó parada.

En ese ínterin el jefe ya se había colocado el pantalón y por el espejo le volvió a mirar. Era una joven india muy linda, de piel morena y una prodigiosa manera de desempeñarse en la cama a pesar de su corta edad y poca experiencia, no debía tener más de quince años.

El jefe sacó de su billetera un par de billetes y se los arrojó a la cama. De inmediato la chica se abalanzó sobre el dinero y apretándolo en su mano salió casi en carrera de la habitación.

Afuera se escuchó cuando Perico le gritó a la jovencita al verla pasar.

—¡Dile a tu hermanita que la quiero mucho... jajaja!

Santino se terminó de colocar una franela unicolor verde antes de tomar su Magnum 357, la examinó y calzó con el cargador para de inmediato meterla en su cinto. Luego tomó su chaqueta color verde que guindaba de un clavo, se la colocó, y se encaminó hacia la entrada de la vivienda.

Cuando salió y avanzó hacia la estrecha calle de arena, Perico le observaba en la corta distancia y le preguntó en voz alta.

—¿A dónde va, jefe?

—Creo que eso no te interesa —le respondió con arrogancia— Ocúpense de tener todo listo para salir mañana por la noche.

Avanzó por el medio de la calle y dos cuadras más adelante, un par de chicos, malas mañas, le saludaron con respeto.

—Buen día jefe —dijeron ambos con semblante circunspecto.

Él los miró y con sobriedad les correspondió el saludo con un leve movimiento de la cabeza.

A cincuenta metros había un bar. Avanzó hasta allí y cuando estuvo próximo se detuvo. Desde afuera pudo escuchar con claridad una música vallenata que le intentó robar una sonrisa. Se aproximó a la entrada y estirando su brazo corrió una especie de cortina hecha de muchos filamentos colgantes y pelotitas coloridas, que dejaron escuchar la levedad de un sonido casi imperceptible envuelto en las melodías del vallenato que sonaba. El hombre que estaba tras la barra fumando un habano, lo miró y de inmediato apagó el tabaco, al mismo tiempo que Santino se pasaba la mano por la nariz y hacía un gesto de desagrado. Ya en su interior, el jefe miró hacia donde sabía que había una especie de pequeño altar de madera, la tablita fijada a la pared estaba cubierta por una mantilla blanca de flecos dorados y sobre ella se exhibían un par de santos, además de la estatuilla del Negro Primero; hasta allí se acercó para apreciarlos de cerca, y luego de balbucear algo, acarició con sus dedos los pies desnudos del negro, antes de santiguarse.

En la mesa del rincón estaban tres jovencitas vestidas con minifalda y maquilladas con exagerado colorido, habían seguido con respeto aquel ritual al que ya estaban acostumbradas. El jefe las miró y se fue a sentar en una mesa desocupada al otro extremo de donde se encontraban.

Una de las jóvenes mujeres se levantó del puesto que ocupaba y se acercó sonriente hasta donde se había sentado Santino.

—¿Qué desea tomar, jefe?

Él le tomó de la mano y la haló hacia sí. La joven se rió y cayó sentada sobre sus piernas. Entonces le besó por el cuello y la mujer volvió a reír, pero ahora con mayor gracia e intensidad.

—¿Deseas tomar algo o vamos a la habitación? —le preguntó la joven mujer con coquetería.

—Tráeme una cerveza bien fría... Ya Juanita me descargo todo durante la noche, y hasta el amanecer.

—¿Juanita, la de doña Carmen? —preguntó la prostituta.

—Sí, esa misma.

—Veo que también te gustan las niñas.

—Ese no es tu problema... Ve y tráeme la cerveza.

La mesera le trajo la cerveza y cuando se fue a sentar nuevamente sobre sus piernas, el jefe la empujó para un lado, perdiendo el equilibrio de inmediato fue a caer al suelo con las piernas abiertas. Entonces, se levantó en silencio y fue a ocupar un lugar junto a las otras dos que no se perdían detalle de lo que ocurría.

En solitario, Santino sacó su arma y la colocó sobre la mesa, sorbió un poco de su cerveza mientras su mente le llevó hacia algunos recuerdos de su infancia. Recordó cuando recién había incursionado en las fuerzas rebeldes y contaba aproximadamente con doce años de edad. Para ese entonces vivía junto a su madre y sus cinco hermanos menores... Por aquellos días, había arribado al caserío un contingente de hombres armados que llegaron para reclutar, tanto a jóvenes, niños como él, así como a jovencitas. Entre ellos se lo llevaron a él. Su madre lloró mucho y luchó con sus manos y dientes para que no se lo arrancaran de su vida, pero uno de ellos le dio un fuerte culatazo en el estómago que la dejó tendida en el suelo y sin posibilidades de rescatarlo. Así comenzó aquella travesía por la selva que le había llevado a enfrentar muchos peligros de los cuales había salido airoso y finalmente había alcanzado aquella posición privilegiada de la que ahora disfrutaba. Tenía dinero, las mujeres que quisiera y, a su cargo, dos hombres, o los que necesitara para llevar a cabo sus tareas de la manera que él solo sabía realizarlas.

Ya había olvidado su verdadero nombre y apellido, había olvidado aquel caserío en donde vivió su niñez, nunca había vuelto a ver a su madre, solo se encontró hace algunos años atrás con un par de sus hermanos cuando huían despavoridos de un ataque con coche bomba que él mismo había perpetrado en un pueblo muy alejado de donde ahora se encontraba. El saldo de aquel trabajo había sido cinco policías muertos, y un pequeño, que por casualidad había estado en el momento menos indicado.

Santino entendía, porqué el Comandante necesitaba a ese tal Aldo. Con él se podrían aclarar muchas situaciones que no se pudieron esclarecer en su preciso momento. Las fuerzas rebeldes necesitaban saber en definitiva, quién había sido aquel osado espía que había robado toda aquella información que les había llevado a perder diez enfrentamientos seguidos en las regiones controladas por años y que les obligó a ceder espacios importantes en diferentes zonas del país; además de las bajas sufridas en aquel terrible ataque en la frontera con Ecuador, en donde perdieron la vida un gran número de camaradas y dos de los más grandes comandantes de la historia revolucionaria.

«Aldo debe saberlo todo —se dijo en la mente, mientras sorbía su cerveza—, si no, cómo ha podido escribir todo eso; la historia de ese ganadero cuando lo dejamos abandonado, luego de mantenerlo resguardado por años; el rescate; su aparición en El Amparo... La única manera de escribir eso, es haberlo visto desde muy cerca. Yo también pienso que fue él quien robó el *microchip de memoria*».

19

«Ardua Investigación».

(Artículo publicado en El Eco el martes 29 Junio)

«La curiosidad innata del periodista, le impide a este, quedarse con dudas por mucho tiempo. Así que al día siguiente de mi cumpleaños número treinta me desplacé a San Fernando, la capital del estado Apure, y luego de algunas preguntas me fue fácil encontrar la biblioteca principal de la ciudad llanera, que lleva por nombre Biblioteca Pública José Manuel Sánchez.

Cuando llegué al sencillo y muy bien conservado recinto, fui atendido muy amablemente por la Sra. González, una dama de unos setenta años de edad, bastante delgada, cabello prácticamente blanco y con unas gafas minúsculas que parecían querer precipitarse desde la punta de su corta y refinada nariz, hacia el vacío que nos separaba.

La señora bibliotecaria desde un principio me pidió que durante mi estadía en el recinto, mantuviese apagado el teléfono celular en caso de portar alguno. Solicitud que atendí de inmediato; saqué mi celular del bolsillo del pantalón y lo apagué frente a ella. Necesitaba ganarme toda su confianza para poder recibir la mayor colaboración posible. Luego de escuchar cuidadosamente mi explicación, en lo que se refería a mi interés por indagar en las publicaciones de los diarios de la región de principios de la década del 90, la señora González me guio hasta un amplio salón, contiguo, en donde se encontraban almacenados sistemáticamente y por orden cronológico las publicaciones de los diarios regionales más importantes, que para el momento eran solo dos; El Regional y La Verdad. Hice un recálculo rápido y aproximado de la fecha que me interesaba, «treinta años atrás (1991)» y constaté que había suficiente material de investigación.

—Muchas gracias, creo que podré encontrar aquí, la información que busco.

—Pero si desea realizar una búsqueda inicial, más rápida y efectiva —aclaró de inmediato la amable dama — . Le informo que contamos con una Sala de Informática, disponible, y un archivo con copia resumida de las informaciones más relevantes publicadas en los diarios regionales del estado —hizo una pausa, mientras hacía un recorrido visual de aquel montón de periódicos muy bien organizados y acomodados, para luego continuar su explicación—. En dichos archivos se ha recopilado buena parte de todos estos ejemplares, y por la fecha que me está indicando, estoy casi segura que podrá encontrar allí, lo que busca.

—Ooh, qué interesante... Sí, claro. Prefiero indagar en la sala de informática primero —aclaré con entusiasmo.

La Sra. González me condujo hasta la sala y me encontré con un pequeño recinto en donde se aprovechaba muy bien el espacio; estaban acomodados seis ordenadores, tres y tres, de espaldas y en medio del reducido cuarto. Un jovencito de unos doce años de edad estaba realizando alguna tarea escolar y tomaba notas en su cuaderno del otro lado de los tres computadores que apuntaban hacia la puerta de acceso. Me senté frente a la primera máquina y fue entonces, cuando la señora me dejó solo. Luego de encender la máquina tuve que esperar algunos minutos hasta que mostró la pantalla con los diferentes iconos y panel de búsqueda. Allí estuve indagando por más de tres horas continuas, hasta que me topé con el título "Liberado en El Amparo, hombre secuestrado por más de cinco años". Se me escapó un «¡Por fin!...» en voz tan alta, que llamó la atención no solo del jovencito cibernauta que se encontraba sentado del otro lado, sino también el de la bibliotecaria, quien a los pocos segundos se acercó a la sala con el ceño fruncido, y desde la puerta, mirándome a la cara, cruzó sobre sus labios su dedo índice para indicarme que debía guardar completo silencio. En ese momento el muchacho recogía sus pertenencias y no pudo esconder una pícara sonrisa de burla hacia mí. Luego que la señora se marchó el jovencito me dijo casi en susurro, «no se preocupe, ella es así».

Leí el escueto resumen de la reseña periodística y tomé nota de la fecha exacta. Luego me dirigí al salón de la hemeroteca y ubiqué los diarios impresos a la fecha, y también los de los días previos y posteriores. Logré toda la información posible y necesaria para hacerme una mejor idea de lo ocurrido aquella noche del 25 de junio de 1996 y lo pude relacionar todo con la vivencia acaecida la noche del sábado cuando me reuní, de alguna manera, con el Tuerto Simón.

Al salir de la biblioteca, luego de despedirme y agradecer a la Sra. González por sus servicios, me encontré con que ya la tarde lo abarcaba todo. El calor sofocante del mediodía había menguado con la suave brisa vespertina que ahora sentía rozar mi rostro. En la espesa lejanía, se observaban oscuras, las primeras lomas de cordillera que brotaban de aquel suelo plano para erigirse con armonía e intentar conformar en la distancia, una especie de escalera natural que parecía levantarse con la intención de ofrecer un camino o senda, hacia lo desconocido. Recordé que mucho más allá, no tan arriba, se encontraba el pueblo en donde debía estar mi abuela, extrañándome, al igual que yo lo hacía en ese momento. Caí en cuenta que llevaba el teléfono apagado y lo encendí para llamarla de inmediato.

—Hola abuela. ¿Cómo estás?

—Yo bien, ¿y tú?… ¿Hace cuánto llegaste?. ¿Por qué tardaste tanto en avisarme? —me reclamó mi abuela.

—La verdad abuela, aún no he llegado. Me vine a Apure para averiguar más sobre lo que hablamos, y sí, pude averiguar más del asunto ese del secuestrado que se escapó. Después te cuento.

—Muchacho, pero para qué te pusiste en eso. Acaso, te estas volviendo loco —me recriminó con dureza.

—Ya averigüé lo que necesitaba. En minutos salgo de regreso hacia Caracas.

—Bueno... deja de hacer tonterías y vete para tu casa. Y me avisas en cuanto llegues, por favor.

—Así lo haré abuela. No te preocupes.

En el transcurso del viaje de regreso que fue de ocho horas aproximadamente, fui repasando todas las anotaciones (que fueron claras y suficientes) encontradas durante mi investigación. En fecha miércoles 26-06-1996 se reseñó en la última página del diario El Regional: «Jesús Santos un hombre de cuarenta y cinco años de edad aproximadamente, fue recuperado de un cautiverio contra su voluntad que duró más de cinco años, luego que fuera raptado por un grupo de antisociales en una zona próxima a la ciudad de San Cristóbal a trescientos veinte kilómetros de donde fue encontrado». También en fecha jueves 27- 06-1996 salió publicada una corta reseña en el dorso de la última hoja del mismo tabloide El Regional, que decía: «Según información suministrada por el dueño de un pequeño bar, de quien se reserva el nombre, conocimos que... "El martes pasado 25 de junio, durante las primeras horas de la madrugada se acercó a la puerta del bar, un hombre, en un estado físico tan deplorable que más bien parecía un indigente... El recién llegado, solo pidió prestado el teléfono de alquiler para comunicarse con su esposa, y al cabo de media hora, aproximadamente, llegaron las autoridades que se encargaron del asunto"».

Dos días más tarde salió otra pequeña reseña en el mismo tabloide, en donde se explicaba que Santos se encontraba en buen estado, luego que se le practicara una serie de exámenes médicos de urgencia en una reconocida clínica de Caracas, poniendo un poco en dudas las declaraciones del dueño del bar sobre su apariencia deplorable... Eso fue todo lo que conseguí pero me pareció suficiente para lo que mis cuestionamientos solicitaban. Toda esa información se compaginaba perfectamente con la conversación que yo había tenido con el Tuerto Simón en el interior de su bar.

La oscuridad ya casi se había apoderado por completo del paisaje exterior y se había enfriado el aire que respiraba a través de la ventana del bus, mientras aquel nombre descubierto, «Jesús Santos» se repetía incansablemente en mi cabeza. Un frío extraño me invadió de repente y me hizo temblar un poco, llevando mis pensamientos a recordar mis pesadillas. Eran estas las que al parecer guiaban por completo mis movimientos desde mi infancia».

Aldo

20

Miércoles 30 de junio.

Alex se despertó de un profundo sueño, luego que la claridad de la mañana irrumpiera a través de la ventana de su habitación. Con los ojos semiabiertos, estiró su brazo hacia la mesita de noche y tomó el teléfono para revisar la hora. Eran las 8:30 am. Había dormido más de la cuenta y se sentía bastante descansado. También leyó que tenía cinco notificaciones de mensaje. Volvió a colocar el teléfono en el mismo lugar de donde lo había tomado y se sentó algunos segundos a la orilla de la cama. Al cabo de algún momento y sin apuro, se encaminó hacia el baño en donde primero orinó antes de acercarse al lavabo para asearse. Luego de secarse con una toalla que colgaba detrás de la puerta, se dirigió a la cocina para poner en funcionamiento la máquina de café, no sin antes tomar su celular que reposaba sobre la mesita de noche.

Mientras el pequeño aparato hervía el agua y colaba el café, leyó los mensajes que tenía en espera. El primero era de un estudiante de la universidad solicitando sus servicios de corrección. Lo pasó y siguió al segundo. Este era de Rebeca dándole los buenos días y pidiéndole que le llamara en cuanto pudiera. El tercero era un número desconocido solicitando también sus servicios de corrección. El cuarto era de Raquel. Allí se detuvo y a su mente llegaron recuerdos del primer momento cuando le conoció en el cafetín de la universidad; cuando él conversaba con la estudiante de nombre María Teresa, y al voltear hacia ella, que se encontraba sentada enfrente, le había encontrado mirándole fijamente a su rostro, como queriendo descubrir más de él... De inmediato abrió el mensaje, y leyó.

Raquel: Holaaa… días sin saber de ti…: (Estas bien?... Por qué no me has llamado? : (

Alex sonrió, mientras la cafetera emitía unos borbotones anunciando que el café ya estaba casi listo. Se acercó a la máquina y antes de que sonara el tono, avisando que el ciclo de preparación estaba completado, tomó una de las dos tazas que siempre estaban junto a la máquina y se sirvió; a continuación acercó el pequeño tarro de porcelana identificado con la palabra *sugar* que había comprado un par de años atrás junto a las tazas y la máquina, en una oferta de *viernes negro,* y se sirvió doble porción de azúcar. Con una pequeña cucharilla mezcló el contenido de la taza por algunos segundos mientras la imagen de Raquel se paseaba por su mente. Finalmente tomó el primer sorbo con cuidado de no quemarse. Volvió a agarrar su teléfono y escribió a Raquel.

Alex: Disculpa, he estado ocupado con unas correcciones. Pero de verdad, me ha gustado saber que estás pendiente de mí.

Casi de inmediato la joven le respondió.

Raquel: Hurraaa!!! Por fin te encuentro. Me alegra que estés bien… Deseo verte :) ¿Dónde estás?

Alex: Aquí en casa. Aún.

Raquel: Perfecto. Espera que en quince minutos estoy allí. Tengo en manos unos exquisitos croissants que acabo de comprar y sé que te gustarán.

Alex: Bueno… Claro que sí; te espero.

Alex se vistió con un short y una franela. Y al cabo de unos veintidós minutos, arribó Raquel en su BMW color dorado. Él se había acercado a la ventana y le pudo ver desde la distancia, cuando cruzaba la esquina e ingresaba al conjunto residencial. Se estacionó casi enfrente, en un puesto desocupado que encontró.

Al bajarse, ella miró hacia arriba y se encontró con que Alex le estaba observando desde la ventana. La joven levantó la mano en la que traía sujeta una bolsa y le sonrió con cariño. Él no pudo dejar de sonreír y levantar su mano también, para corresponder su saludo. Sintió que su sola presencia le alegraba la mañana. No pudo dejar de detallarla mientras se encaminaba hacia la entrada principal del edificio en busca de las escaleras que le conducirían hasta el primer piso en donde residía. Le siguió con la vista hasta donde pudo.

Se acercó a la puerta del apartamento y la esperó parado en el umbral. Como en aquella otra oportunidad anterior, Raquel, una vez le vio, apresuró sus pasos y con los brazos en alto le abrazó por el cuello con un entusiasmo único, mientras Alex le sujetaba por la cintura y le arrimaba hacia su cuerpo. Pasaron un par de segundos antes de que la joven dejara de abrazarlo, pero Alex, ensimismado, no le soltó su cintura y la mantuvo arrimada a su cuerpo. La joven, al ver el comportamiento de su amigo, con sus propias manos y con delicadeza, le tomó por sus antebrazos y se los retiró, antes de apartarse un poco… Al reaccionar, Alex le dijo.

—Disculpa es que… Creo que aún estoy un poco dormido.

—Bueno, ya es hora que te espabiles por completo —le dijo la joven con picardía, mientras caminaba por un lado y avanzaba hacia el interior del apartamento. Alex no pudo dejar de mirar sus piernas y la corta falda que de manera delicada le resaltaba sus caderas y glúteos—. Mira lo que te traje. Sé que te encantarán —agregó Raquel desde la encimera de la cocina, cuando abrió una gaveta.

Dio la vuelta y ella misma colocó la bolsa sobre el desayunador antes de dirigirse a la despensa en busca de un par de platos. Alex, luego de haber cerrado la puerta se acercó a la cocina y le observó mientras revisaba los compartimientos. Ahora, admiró su cabello que cubría el escote de la frágil blusa que cubría su dorso y dejaba al descubierto buena parte de su espalda. «Hoy como que amanecí deseoso», se dijo en su mente. Al encontrar los platos, la joven los dispuso sobre la superficie de granito y sirvió dos croissants para cada uno. De inmediato tomó la otra taza que permanecía al lado de la cafetera, se sirvió café y completó la taza de Alex.

—Ya estamos listos —dijo con gracia, mientras se dirigía hacia una de las dos sillas para sentarse.

Cuando pasó a su lado para sentarse, el joven estiró su brazo con la intención de tomarla nuevamente por su cintura, pero ella, al ver sus intenciones, se apartó un poco y le eludió.

—Es admirable cómo te desenvuelves en mi apartamento —agregó Alex—. Parece como si lo conocieras de tiempo atrás; y esta, es solo la segunda vez que me visitas... Ni siquiera conoces la habitación —dijo esto último con picardía, mientras ella terminaba de sentarse en la banca frente a él, y con coquetería acomodaba su falda

—Me gusta tu entusiasmado... —agregó la joven, y estirando su brazo le acarició en el rostro con cariño—. Pero vamos a comernos estos croissants antes de que se terminen de enfriar.

Degustaron de aquel desayuno y parte de la conversación se desarrolló alrededor de las actividades de Raquel en la universidad, ya que las clases habían culminado por completo la semana anterior. Esa misma semana había hecho las publicaciones respectivas de su trabajo de grado y también las había consignado en la dirección de la escuela de periodismo; así que la fecha para la defensa, ya estaba programada para el día viernes y sus padres vendrían a verla. Llegarían el jueves por la noche.

—Me gustaría que tú también estuvieses en mi defensa.

—¡Me encantaría! Por supuesto. ¿Y cuándo es? —respondió Alex, demostrando mucho interés.

—El viernes.

—¡Oooh!... ¡Pasado mañana! Claro. Creo que sí podré. ¿Y a qué hora es?

—Soy la tercera. Así que debe ser como a las once de la mañana.

—Allí estaré.

Después de comer, Alex se dedicó a recoger y lavar los pocos enseres, mientras Raquel se sentó en el mueble de la sala y tomó el ejemplar de El Eco del día anterior que reposaba a un lado. Desde allí le preguntó a Alex.

—¿Leíste a Aldo?

—Por supuesto —le respondió Alex, desde la cocina.

—¿Qué te ha parecido Alucinación?

—Pues muy bueno; ese asunto de unos hombres armados y el rescate del tipo en cautiverio me mantuvo en suspenso a lo largo de toda la lectura —dijo con disimulo.

—A mí también me mantuvo en suspenso hasta el final —dijo Raquel cómo rememorando algunos aspectos del relato. Pero de inmediato preguntó—. ¿Y el de ayer?... Ese Tuerto Simón me ha parecido espectacular... De verdad que ambas historias me han cautivado de principio a fin... Aldo viene a ser como un hipnotizador, con sus historias.

—¡Jajaja! —rió con gracia, Alex—. Sería una muy buena definición del alcance de sus letras... Un hipnotizador... A mí también me ha gustado mucho ese encuentro de El Tuerto Simón. Fíjate que en ese relato comenzó a dar algunas pistas del asunto; porque hasta el momento había estado un poco intrincado.

—Cierto. Ahora ya se pueden vislumbrar algunos aspectos de un secuestro... Me encanta... —Raquel calló por algún momento y luego preguntó—. ¿Has visto los twitter que le comentan?

—La verdad, no esta vez —respondió Alex luego de dar un par de mordiscos a su croissant, intentando hacerse el desentendido.

—Y cuando fuiste al periódico, ¿no le has visto?... ¿Preguntaste por él? —Insistió Raquel, antes de comer de su emparedado—. Me imagino que debe ser muy conocido en el diario.

—Si supieras que nadie lo conoce personalmente. Claro, supongo que el jefe sí debe conocerlo. Pero tienen todo en un completo anonimato —respondió Alex como si nada.

—Entiendo... Sí, claro, tiene sentido —agregó la joven como pensando en voz alta—. Deben cuidarlo. Me imagino que le está trayendo buenos beneficios al periódico... —En ese momento, ambos dieron un par de mordiscos finales a su desayuno y volvieron a quedarse callados por algún corto momento. Raquel se levantó de su asiento y caminó hacia la sala—... Y cambiando de tema, ¿cómo van tus correcciones en el diario? —preguntó mientras se sentaba en el sofá.

En aquel instante Alex sorbió lo que le quedaba de su café y tragó el último bocado de su croissant antes de levantarse de su banca. Se acercó al lavaplatos y agarró un paño húmedo que estaba a un costado. Comenzó a pasarlo sobre la superficie del desayunador mientras pensaba en su respuesta y Raquel le observaba con interés desde el medio de la sala.

—Bien. —Hizo un gesto de complacencia con su rostro, mientras ella no le quitaba la vista de encima—. Me han asignado varias correcciones y he cumplido con los tiempos de entrega requeridos —iba diciendo, cuando finalmente dejó de limpiar la superficie del desayunador y luego de arrojar el paño junto al lavaplatos se dirigió hasta donde Raquel se encontraba sentada—. Así que creo que están contentos con mi trabajo —sonrió con gracia y ella también le emuló—. Ya me hicieron el primer pago.

—¡Qué bien! Te felicito. Así, poco a poco, irás ganándote la confianza y quizás algún día te den la oportunidad de publicar tus propias historias, y puedas llegar a ser tan famoso como Aldo.

—Veo que admiras mucho a Aldo —dijo Alex, sonriendo, mientras se acomodaba junto a ella sobre el sofá. Le arrimó el cabello que parcialmente caía sobre sus hombros y miró a su cuello con embeleso.

Ella miraba su rostro, detallando sus movimientos y gestos. Le pareció que la atracción era mutua y mirándole a los ojos volvió a acariciar su mentón para decirle.

—Sabes, Alex… Eres un tipo encantador. Me gusta tu manera tan sencilla y dulce de ser… Creo que son pocos los hombres, en la actualidad, que se pudieran encontrar con esas cualidades. No sé si me explico.

—Por supuesto que te explicas muy bien —y Alex aprovechó el momento para pronunciarse, mientras le tomaba la mano.

—Y tú eres preciosa... además de encantadora e inteligente —agregó, imprimiendo a sus palabras la profundidad adecuada para que llegaran a acariciar la entrañas de la joven. En ese momento se atrevió a darle un dulce beso en el cuello por debajo de su oreja.

Ella sonrió, antes de reír con dulzura, pero de inmediato se apartó un poco.

—Me hiciste cosquillas, jajaja... Pero espérate por favor... No vayas tan...

—Es que tú me aceleras. El simple hecho de tenerte tan cerca... me acelera.

Ella le miró sonriente y le recorrió con la vista. Pero al sentir ese entusiasmo fuera de lo normal que solo se percibe cuando el deseo te ronda y te quiere atrapar, entonces, prefirió levantarse del sofá, y arreglando su falda le dijo con cierto nerviosismo.

—Todavía me quedan algunos asuntos por arreglar con respecto a los refrigerios y el alquiler del *video beam* para la presentación de pasado mañana. Así que debo continuar.

—Y te vas a ir así, tan... —dijo Alex totalmente desconcertado por aquella reacción.

—Sí, discúlpame Alex pero... Después de la tesis te prometo que...

—Está bien. No te preocupes. Sé que estas muy atareada y debo respetar tus compromisos y responsabilidades... Nos vemos el viernes —agregó esto último con cierto tono pesaroso.

21

El señor Miguel Oviedo era el director en jefe de El Mundo. Un periodista muy conocido en el medio y mayor accionista de aquel rotativo que dirigía tenazmente desde cuarenta años atrás, cuando heredó de su padre aquel valioso bien; además, era poseedor de una sagacidad muy especial y dueño de ciertas artimañas con las que lograba apartar del camino a otros diarios que intentaran competir, infructuosamente, por un espacio que ya les pertenecía. Solo El Eco había podido superar con verdadera ética profesional y noticias fehacientes, la tenacidad periodística que como un tren empujaba a aquel equipo tan competitivo que siempre pugnaba por abarcar el mayor espacio posible del mercado. El Mundo era un periódico muy conocido en la ciudad por sus noticias amarillistas y sensacionalistas, cosa que llamaba mucho la atención de buena parte de los ciudadanos.

Reunido con sus editores, además del jefe de producción y un par de periodistas, Oviedo analizaba y discutía acerca del mercado que habían perdido en las últimas semanas, todo debido a las nuevas publicaciones de su principal competidor; El Eco. Ya llevaban más de dos horas dilucidando maneras de parar aquella situación que les había llevado a perder más del cinco por ciento del mercado, de un treinta y dos que poseían.

—¡Si esto continúa así, no sé dónde iremos a parar! —agregó casi gritando, el señor Oviedo muy molesto. ¡Necesito soluciones! —dijo esto último, golpeando la mesa con la palma de su mano abierta.

—Ya hemos intentado publicar un par de historias similares a las alucinaciones de ese… —se explicaba uno de los editores del rotativo—. Y no hemos podido captar la atención de muchos; lo han dicho las redes sociales. Usted sabe que ese es el verdadero termómetro de toda información.

—Yo sé a qué te refieres... Tengo bien clara la situación. Lo que necesito son respuestas que nos lleven a recuperarnos. Soluciones. Algo que nos haga salir de este atolladero en donde nos ha metido El Eco —continuó el máximo jefe del rotativo con aspereza y contundencia—. ¡Si en esta empresa no hay nadie capaz de atraer la atención con sus publicaciones como ese tal Aldo! —dijo en voz alta, mientras con la palma de su mano, volvía a golpear con fuerza la superficie de su escritorio—. Entonces, la única manera es traerlo hasta aquí y que escriba para nosotros.

—¿Y cómo podremos hacerlo?, si es un completo desconocido —preguntó uno de los presentes.

—Pues arréglense ustedes —agregó Oviedo con contundencia y decisión—. Ahí les dejo esa tarea, y quiero la solución lo antes posible, así que pónganse a trabajar en ese asunto de inmediato. Muevan todos sus contactos y tráiganme el nombre de ese sujeto. Quiero saber quién es. Quiero ver el rostro a quien me enfrento. Habrá buena compensación monetaria, se los aseguro.

Aquellas palabras expresadas con tanto fervor, retumbaron no solo en el interior de la oficina del máximo jefe de El Mundo, sino también en el interior de todos aquellos que como fieles empleados del rotativo habían asistido a aquella importante reunión.

Julio Parada fue uno de los periodistas que estuvo en la reunión. Era un tipo maduro y comedido, pero aún lleno de muchas aspiraciones. Ya llevaba veinte años trabajando para el periódico y deseaba congraciarse de alguna manera con el máximo jefe para así lograr un ascenso, acompañado de una mejor remuneración. Entendió que aquella situación podría ser la oportunidad que necesitaba. A pesar de ser un periodista raso, había sido invitado a la reunión por su astucia y buen desempeño en encontrar noticias sensacionalistas que en muchas ocasiones habían engalanado la primera página del diario, alcanzando muy buena receptividad de los lectores. Pero a pesar de todos esos logros, su salario seguía siendo el mismo de otros periodistas de calle que aportaban al periódico, según él, mucho menos o casi nada, en comparación a todo aquello que él ofrecía gracias a su labor investigativa.

Aquella mañana cuando Parada se levantó de la última silla que había ocupado detrás de los demás asistentes a la reunión, en donde había permanecido silente durante toda la discusión de aquel asunto; ya en su mente se había forjado una idea de cómo descubrir quién era ese tal Aldo. Mientras Oviedo, un hombre muy observador, había seguido con mucha atención aquel inusual comportamiento que acompañó al periodista durante toda la reunión.

Luego de verle levantarse de su asiento, Oviedo siguió sus movimientos cuando se dirigía hacia la puerta, y pudo apreciar en su rostro una sensación de satisfacción acompañada de esa malicia que en algunas oportunidades anteriores ya le había visto expresar, y que el periodista era incapaz de disimular. Oviedo pensó en llamarle a parte, pero se contuvo y no le dijo nada, dejándolo marcharse calladamente.

En la mente de Parada se fueron ensamblando las piezas, una a una las visualizó, y como en un rompecabezas, sintió que había encontrado la solución a toda aquella pesadilla que intranquiliza tanto a su jefe y, ahora, a todos ellos.

Con cierta parsimonia caminó hacia su cubículo de trabajo y observó un roto que surcaba su sillón. Sonrió para él mismo y se dijo; «lo primero que voy a pedir es un sillón nuevo y más grande que este... Más grande que el de los demás, porque a partir de ese día todos me admirarán y desearán, ser Don Julio Parada».

Sacó de su bolsillo su celular, se sentó en la silla rota y buscó en la agenda de su teléfono. Al parecer no encontró el nombre que buscaba. Se rascó la cabeza y luego de reclinarse sobre el asiento, pensó por un rato... «Ya está», se dijo. Volvió a revisar en su teléfono y marcó para llamar.

—¿Carlos Ramírez? —preguntó Parada, una vez escuchó una garganta que se aclaraba del otro lado de la llamada.

—Sí. ¿Quién habla?

—Aaah, ya no reconoces la voz de un viejo amigo... Es Parada, de la universidad.

—¡Ooooh... Julio Parada! ¡Qué grato saludarte!... ¿Cómo has estado?, amigo —respondió con mucho entusiasmo aquel viejo amigo desde el otro lado de la llamada.

—Muy bien... Bien. Jajaja... Fíjate que he estado recordándote —mintió—, desde hace varios días atrás. Me han venido a la mente las tantas veces que compartimos aquellas estupendas juergas en nuestros días de estudiante, con chicas que se rendían ante tus halagos jajaja. Tu labia siempre ha sido espectacular, debo reconocerlo... Siempre me llevaste la delantera.

—Fueron maravillosos momentos, amigo. Claro, eso ha quedado en el pasado. Luego de casarme se acabó todo aquello y ahora mi mayor satisfacción es mi familia, y mi revista por supuesto... Pero no creo que me hayas llamado, solo, para contarme de nuestro pasado jajaja.

—Pues la verdad, también quería saber cómo te va con tu revista, siempre que la veo en los kioscos me enorgullece saber que conozco a su editor... Por cierto, en una oportunidad me contaste que cuando comenzaste con tu emprendimiento, tenías un técnico muy bueno que conocía y manejaba la imprenta como un verdadero sabio del asunto, pero que después te lo robó El Eco.

—Cierto. Imposible olvidar a Luis. Pero de inmediato conseguí a otro muy bueno también, que hasta el sol de hoy me ha acompañado y hemos hecho muy buena amistad... Dios nunca desampara.

—¡Maravilloso!… Dios es grande… Por cierto; ¿tú tendrás por casualidad, el número telefónico de ese técnico de nombre Luis?

—Por supuesto, siempre guardo todos los números. Es una vieja costumbre. Déjame terminar con un asunto que estoy concluyendo y te lo envío por WhatsApp.

—Claro... No te quito más tiempo, mi gran amigo. Espero la información, y ya sabes… Estoy siempre a la orden para lo que sea. Abrazos —concluyó la conversación Parada.

Se reclinó hacia atrás sobre su sillón, estiró un poco las piernas y sonrió mirando hacia el techo de la amplia oficina que compartía con un buen número de otros periodistas. Esperó varios minutos hasta que finalmente su móvil anunció la entrada de un mensaje. No se equivocó era el número de ese mecánico de nombre Luis Sevilla que había trabajado para su amigo en la revista Sorbos y que ahora debía estar trabajando para El Eco. «Así como abandonó la revista Sorbos para irse a trabajar con El Eco por algo más de dinero, también podría suministrarnos alguna buena información por algún dinero adicional», se dijo Paraba, en la mente.

22

Chino y sus hombres ya se encontraban en sus respectivas posiciones, según la estrategia establecida. Habían llegado al pueblo luego de recorrer 350 km por senderos improvisados a través de la selva. Todo se iba desarrollando según lo programado y establecido en la reunión que la semana anterior se había llevado a cabo en la cabaña de su Comandante Raúl y en compañía de sus principales camaradas de lucha.

Cuatro de sus hombres se encontraban en un bar ocupando una mesa muy cerca de la puerta de acceso al establecimiento que estaba a sólo ochenta metros de la estación de policías. Otros cuatro estaban repartidos en los alrededores de la plaza, y Chino llegaba en una camioneta jeep 4x4 sin puertas, junto a otros tres de sus hombres, avanzando por la estrecha calle que daba al puesto policial.

Cuando ya se encontraban a escasos veinte metros de las precarias instalaciones, Chino apretó la cacha de su pistola que llevaba sobre sus piernas y la apuntó hacia el exterior del vehículo en dirección a la comisaría. De inmediato hizo el primer disparo.

Ante aquella señal, los hombres que viajaban en el asiento trasero del vehículo halaron los seguros de las granadas que traían empuñadas y las arrojaron con fuerza hacia el puesto policial pintado de verde con blanco. De inmediato, la camioneta se detuvo por un instante mientras los hombres se bajaban de su interior y comenzaban a disparar sus Ak–47. A continuación, la camioneta siguió avanzando y se detuvo a unos treinta metros al lado de otra jeep de similares características. Al escucharse las fuertes detonaciones de las granadas que llovieron sobre el pequeño cuartel, los escasos transeúntes corrieron despavoridos, mientras algunos se lanzaban al suelo; los cuatro del bar salieron a toda prisa del establecimiento y desenfundaron sus armas que llevaban resguardadas bajo sus chaquetas y corrieron hacia su objetivo; los de la plaza también corrieron hacia la comisaría con sus pistolas en mano, y de inmediato todos los hombres comenzaron a disparar desproporcionadamente sobre las instalaciones.

Con las explosiones, una de las paredes del puesto se vino abajo por completo y de aquel montón de escombros y polvo salieron tres policías que intentaron escapar del ataque mortal, pero antes de que pudieran reaccionar y defenderse fueron acribillados por quienes no dejaban de disparar. Un par de policías intentaron escapar, luego de saltar una valla posterior, pero también fueron aniquilados por la pareja de guerrilleros que se acercaban en carrera desde la cara este de la plaza.

La estación policial estaba completamente rodeada y los guerrilleros, sin escatimar, descargaron sus municiones durante largos minutos. Finalmente, cuando los agresores terminaron de disparar, Chino se acercó para revisar el resultado final de la operación. El silencio lo inundaba todo, solo algunos leves quejidos se escuchaban desde el interior de los escombros. Pudo contar unos ocho cuerpos sin vida. La inmensa nube de polvo que se había formado fue cediendo espacio y al cabo de algunos segundos dejó ver el endeble cuerpo de un muchacho, no uniformado, quien a rastras intentaba salir hacia la calle. Cuando ya estuvo sobre la acera y a escasos diez metros de los cuatro del bar, el joven sin poder levantarse del suelo alzó la vista y con el rostro mugriento y sus manos apretadas a su estómago, intentando detener el flujo de sangre que emanaba de sus entrañas, suplicó ayuda diciendo: «Ayúdenme por el amor de Dios»... Chino le miró con desprecio, dio un par de pasos en su dirección y apuntando con su arma hacia la frente del muchacho, dejó escuchar un seco disparo que terminó con su existencia.

Todos los vecinos y curiosos habían huido o se habían lanzado al suelo. Un campesino de aspecto fuerte, cabellos largos y mirada profunda bajo un sombrero desaliñado, lo observaba todo desde el suelo a escasos veinte metros de donde ocurría el asalto. Estiró su mano hacia el largo cuchillo que colgaba de su cintura y apretó su empuñadura al igual que sus dientes, cuando se decía en voz baja: «Tendrás tu merecido, maldito Chino».

23

El técnico de El Eco, Luis Sevilla, se encontraba en plena faena laboral cuando sintió vibrar su móvil en el interior de su bolsillo. Justo en aquel momento estaba debajo de la *Calandria* ajustando el sistema de detección de doble laminado que en cuestión de milisegundos debía accionar una alarma al momento de descubrir alguna anomalía, evitando así un posible atascamiento que podría conllevar a una paralización de la producción. Algo inconcebible.

Hizo caso omiso y continuó en compañía de otros dos técnicos, realizando los últimos ajustes al dispositivo que se encontraba en un lugar bastante incómodo para trabajar. Así que al cabo de unos treinta minutos adicionales, ya tenían todo completado y luego de salir de debajo de la máquina, los tres especialistas chocaron sus puños en señal del excelente trabajo en equipo que habían ejecutado.

—Nos merecemos un buen café —dijo Luis a sus compañeros, antes de encaminarse hacia la oficina del departamento de mantenimiento que se encontraba en el mismo piso de las tres principales líneas de producción.

En el camino se cruzaron con el señor Roberto Jiménez, jefe de producción, quien estaba muy atento a todos los avances y contratiempos del momento.

—Ya tiene a su niña consentida lista para la batalla señor Roberto —le dijo Luis con gracia y lleno de satisfacción.

—Perfecto. Ya llamo a los operarios y empezamos de inmediato. Muchas gracias, muchachos, Les felicito.

Al cabo de unos segundos, mientras se servían café en el interior de la oficina de mantenimiento, los técnicos vieron pasar casi en carrera a cuatro de los operarios de la gran *Calandria*. Lo que indicaba que en cuestión de pocos minutos la línea principal del rotativo comenzaría a operar a cientos de revoluciones por minuto.

Después de algunos sorbos al exquisito café que la señora Gladys les preparaba en dos o tres tandas por día, Luis recordó la llamada que había recibido. Colocó la taza en un amplio escritorio que se enseñaba en medio del amplio salón y sacó su teléfono. Pulsó el botón de encendido para revisar y de inmediato la pantalla se iluminó mostrando un aviso que decía: «Llamada perdida de número desconocido». No le prestó mucha atención al asunto, pero al cabo de unos diez minutos adicionales el teléfono volvió a vibrar en el interior de su bolsillo. En esta oportunidad sí lo sacó y volvió a leer: «Llamada de número desconocido». A continuación pulsó la tecla para responder.

—Sí... Diga.

—¿Señor Luis Sevilla? —preguntó una voz masculina y seca del otro lado del auricular.

—Sí. Al habla.

—Buenas tardes. Disculpe que le moleste a esta hora, soy amigo del editor Carlos Ramírez quien me ha permitido su número, y pues, me he tomado el atrevimiento de llamarle por un asunto que le pudiera interesar.

—¿De quién ha dicho, que es amigo?, disculpe.

—De Carlos Ramírez. Usted trabajó para él en la revista «Sorbos» de su propiedad, unos años atrás.

—¡Aaaah!... Ya le recuerdo!. Una gran persona, muy amable y caballerosa.

—Sí lo es. Nosotros guardamos una bella amistad desde que nos conocimos en nuestra vida estudiantil universitaria. Ambos somos periodistas de profesión.

—Entiendo... Disculpe, ¿cuál es su nombre? —preguntó con curiosidad, el técnico.

—Discúlpeme usted, a mí. Me llamo Julio Parada, y quisiera conversar acerca de un asunto que creo le va a interesar.

—Pues usted dirá —agregó ahora con mayor curiosidad, Luis.

—La verdad, no es algo que quisiera explicarle por teléfono. Creo que lo mejor sería reunirnos y así podría aclararle cualquier duda que se le podría presentar en lo referente al asunto en cuestión.

Luis guardó silencio por un rato y en su mente se pasearon una serie de imágenes o recuerdos de aquellos años cuando trabajó en la revista. Pero la voz de aquel hombre le sacó de sus cavilaciones cuando le preguntó.

—¿Está usted ahí, señor Sevilla?

—Sí... Claro. Podríamos reunirnos mañana por la tarde luego de salir de mis labores —respondió, finalmente, Luis—. ¿Le parece bien, vernos en un pequeño café ubicado frente a la «Plaza Las Esculturas»?

—Me parece muy apropiado el lugar que ha escogido, señor Sevilla. Nos vemos a las seis treinta de la tarde, si le parece.

—Sí, esa hora es adecuada para mi también... Será hasta mañana.

—Hasta mañana.

Luis volvió a tomar la taza que había dejado sobre el amplio escritorio y sorbió un poco más de café; le pareció que se había enfriado un poco y se dirigió pensativo hacia el microondas que se acomodaba muy cerca del dispensador de café. Lo introdujo y escuchó la máquina funcionar. En su cabeza daban vueltas las palabras de aquel hombre: «Quisiera conversar acerca de un asunto que creo le va a interesar»... «¿Qué me podría interesar de un extraño?», se preguntó en la mente.

—¿Quién era? Luis —le preguntó con gracia uno de sus compañeros técnicos al verlo tan ensimismado—. De seguro una chica, jajaja.

—Jajaja... No vale. Era solo... alguien.

—¿Alguien?... Jaja, pero ese alguien te dejó muy pensativo.

—Pues sí. Parece que alguien; un hombre de apellido Parada, si no me equivoco, quiere hacerme una propuesta.

En ese momento el microondas se detuvo y dejó sonar un silbido que indicaba que había terminado su corto ciclo de calentamiento.

—Pues hay que tener cuidado con las propuestas de extraños, Luis.... Por allí hay muchos estafadores buscando a quien embaucar.

Luego de escuchar el consejo de su amigo, Luis volteó hacia el aparato y abrió la compuerta para agarrar su taza de café. Ahora si estaba caliente como a él le gustaba. Olió el aroma de aquel café y sorbió un corto trago, antes de responder a su compañero.

—Tienes mucha razón. Pero yo no soy de estar aceptando extrañas propuestas. Me siento bien con la vida que llevo; tengo un buen trabajo, algunas chicas de vez en vez, y buenos amigos como ustedes jajaja... —En ese momento levantó en alto la palma de su mano izquierda y la chocó amistosamente con sus compañeros de labores, mientras sonreían al unísono.

«Mañana sabré a qué viene todo ese asunto tan misterioso de ese tal Parada», se dijo en la mente, mientras sorbía más de su café.

24

«La Cabaña».
(Publicado en El Eco el día viernes 02 de julio)

«Dos semanas después de mi cumpleaños número treinta sufrí otra crisis muy parecida a aquellas que me afectaron tanto durante mi infancia. Presentía que algo fuerte se acercaba ya que llevaba más de tres días con dolores de cabeza que se fueron intensificando hasta que una tarde, a eso de las cinco, cuando regresaba del centro, me afectó una brutal punzada frente a un callejón de una zona desocupada y muy usada por mendigos para guarecerse. Tan fuerte fue la intensidad del dolor en mi cabeza que solo me permitió estirar mis brazos hacia un costado, con la intención de amortiguar mi irremediable caída al suelo. De inmediato, aquellas terribles sombras que ya conocía, fueron nublando mi vista y el ruido automotor fue desapareciendo por completo. Todo se tornó oscuridad, el silencio apagó mis sentidos y me invadió la nada, de una manera espeluznante, acompañada de un frío intenso que hizo temblar mis entrañas, mientras me sentía transportado hacia algo desconocido, lejano, e inesperado.

Al cabo de algunos instantes que percibí como cortos, las sombras se escabulleron como fieras malditas, dejándome abandonado en aquel otro mundo extraviado en el tiempo. Ya los dolores y punzadas que inicialmente me habían atormentado, habían desaparecido por completo, obsequiándome a cambio una paz inusitada pero cargada de intriga y terror.

Mi vista se fue aclarando y mis oídos percibiendo en la distancia, el murmullo de una brisa que agitaba unos árboles que no lograba ver. Me encontraba en el suelo de una pequeña casucha; el suelo era de arena y el sudor que corría por mi frente y mejillas, sirvió para que mi rostro se maquillara con aquel grumo amarillento y húmedo, en donde me encontraba tirado.

No había nadie más que yo en el rancho con techo de palma y paredes elaboradas con barro y caña. Me levanté con dificultad cuando mis fuerzas me lo permitieron y apoyándome en una banqueta de madera logré incorporarme hasta alcanzar una ventana, la única del pequeño aposento. Desde allí pude apreciar en todo su esplendor una zona selvática, al parecer inhóspita, en donde la brisa y el canto esporádico de algunas aves invisibles rompían el silencio inmaculado.

Me vi en la corta distancia proyectado sobre una especie de pantalla que brindaban algunos matorrales; pude apreciar cuando un par de mugrosos indigentes me halaban por los brazos hacia el interior de un callejón próximo al lugar en donde había caído, para de inmediato proceder a revisar los bolsillos de mi pantalón y camisa, pero en ese momento también se acercaba, en carrera, un trío de muchachos que provocaron la huida de los indigentes.

Casi de inmediato, escuché desde el exterior de la cabaña una voz que gritaba: «¡Buenas!... ¡Buenas!». No sabía qué hacer. Miré a mí alrededor en busca de un lugar en donde esconderme, pero no había donde hacerlo. Cuando cuidadosamente se fue abriendo la única puerta del aposento, acompañado de otro «bueeenas», pero ahora en un tono más bajo, me encontraba en una esquina del cuartucho, erguido como un tronco, con los brazos extendidos a ambos lados, sudando brutalmente como el propio animal acorralado. A continuación, el rostro demacrado de un hombre asomó tras la puerta entornada, tratando de esbozar una tímida sonrisa que no logró expresar por completo. «Hola», dije tímidamente... Pasó adelante. Su vestimenta se encontraba desgarrada como si se hubiese arrastrado por alguna superficie muy áspera; venía descalzo con los pies negros de mugre; sobre sus tobillos brotaban costras que cubrían parcialmente unas heridas o llagas circulares producto de algún maltrato extremo; sus dedos eran largos y delgados, parecían huesos cubiertos por una delgada película de pintura en lugar de piel; su rostro barbado, escondía sus labios, mientras sus ojos hundidos denotaban curiosidad, además de un extremo agotamiento.

—Buenas... —le dije, intentando buscar una conversación, al entender, por la manera que miraba el interior de la cabaña, que él no era el dueño de aquella rudimentaria vivienda.

—Me regala un poco de agua —preguntó mientras señalaba hacia una cantimplora que colgaba de un clavo y que yo no había visto.

—Claro, tome la que desee.

Se dirigió hacia la cantimplora y bebió de su interior con apremio. También se lavó el rostro. Luego volvió hacia mí y me sonrió, ahora con espontaneidad. De inmediato le acerqué la banqueta para que tomara asiento pero prefirió agacharse de cuclillas. Entonces yo también hice lo mismo y de cuclillas frente a él y le pregunté.

—¿Dígame usted, amigo, qué le ha sucedido?

Sentado frente a aquel extraño, una paz me invadió. Desde cerca su rostro se veía aún más deteriorado, desgarbado, sus labios que antes no había podido observar con claridad, ahora les pude detallar. Enseñaban una fuerte deshidratación, su respiración era fatigosa, cosa que llamó mucho mi atención, pero en ningún momento me provocó rechazo alguno, sino que más bien despertó en mí un interés que nunca antes había sentido por un extraño. Respiró profundo, luego me dijo.

—Amigo, creo conocerle, aunque no sabría decir de dónde. Quizás de alguna de mis pesadillas —sonrió con desgano—. Me parece conocerlo de algún otro lugar muy lejano a este, o tal vez cercano, no sé, me encuentro confundido —volvió a respirar hondamente y miro el techo de palmas como buscando en el entramado, sosiego, o tal vez, hurgaba en sus recuerdos—... Usted me pregunta, ¿qué me ha sucedido? Yo en cambio quisiera borrar de mi memoria todo lo que he sufrido, quisiera lanzar a lo más profundo del olvido, lejos de mi existencia, esta parte de mi vida. Pero ahora, al encontrarme con usted, me siento mejor, me siento como aliviado de tanto sufrimiento y algo me dice que le narre mi historia, esta, la que no podría desearle ni al más desgraciado de mis enemigos. A cambio le suplico que me ayude a terminar de salir de este infierno en el que he vivido por largos años.

Se sentó en el suelo y se rodó hasta apoyar su espalda en la pared de barro. La tarde se esfumaba, la claridad se extinguía, la curiosidad por conocer de labios de aquel desconocido su drama, me invadía. En ese momento se le aguaron los ojos y la claridad del lugar reflejó un bello brillo en su mirada. De inmediato continuó.

—Quizás, mi pesadilla le parezca irreal y absurda, pero ha sido tan real como este encuentro en esta cabaña en medio de este lugar desconocido para mí. Ahora que me siento próximo a mi entera libertad, porque usted así me lo transmite, debo confesarle que... Hace algunos años, fui llevado a la fuerza por cuatro hombres fuertemente armados, con sus rostros cubiertos con pasamontañas, al interior de un automóvil rústico cuyo color no recuerdo ahora, en donde luego de darme algunos golpes para aquietarme e infundirme temor, me ataron las manos y piernas con cabuyas bien ajustadas que imposibilitaron por completo cualquier intento de huida. Me taparon los ojos con un vendaje oscuro y me sellaron la boca con una cinta adhesiva gruesa...

—Luego de una larga travesía, primero por una carretera muy larga que asumo asfaltada y en la que hubo una sola parada, aproximadamente a mitad de camino, en donde creo haber notado que algunos de los que inicialmente me llevaban se habían quedado en aquel paraje y en su lugar, a partir de aquel momento, no eran todos los mismos quienes me acompañaban. Los dos que ahora iban a mi lado en el asiento trasero tenían un acento distinto a los otros dos que iban delante y hablaban muy poco; solo en un par de oportunidades abrieron la boca para dar alguna indicación de donde debían cruzar o reducir la velocidad.

El hombre respiraba con profundidad y también con cierta dificultad; no solo con la intención de llenar sus pulmones de aquel aire; tal vez, también, con el propósito de poder soportar con estoicismo el recuerdo de todo su sufrimiento.

—La carretera que inicialmente supuse de asfalto o cemento —continuó con su narración—, luego de algunas horas se hizo muy irregular. La velocidad que inicialmente traíamos se redujo significativamente y el vehículo se detuvo un par de veces para revisar algo en el motor y surtir de gasolina; esto lo pude percibir por el olor y lo poco que dejaban escuchar de sus conversaciones... Nunca me hablaron, ni se dirigieron a mí para ofrecerme agua o alimento. No me volvieron a golpear ni dar explicación alguna de lo que ocurría, y yo solo permanecía completamente inmóvil, no solo por las ataduras, sino también por el terror que me invadía y no me abandonaba...

—Cuando finalmente aliviaron mis ojos de la venda, ya todo estaba oscuro y el vehículo continuaba en marcha. No podía distinguir nada, daba brincos en el interior del carro rústico y al principio no me atreví a mirar los rostros de quienes me sometían. Pero transcurridos algunos interminables minutos y ajustadas mis pupilas a aquella nueva penumbra, aproveché un claro de luna para detallar todo aquello que me circundaba. Pude apreciar entonces que llevaban uniformes verdes, tres de ellos tenían barba, uno solo usaba anteojos, llevaban sus fusiles entre las piernas, apuntando hacia el techo, además de pistolas en sus cinturones, escondidas bajo las faldas de sus camisas. Resignado, apoyé mi cabeza sobre mis muslos e intenté rezar... Cerrando los ojos, elevé mis plegarias por largos minutos mientras las lágrimas escapaban entre mis párpados e iban a mojar mis pantalones... Pasaron algunas horas más y antes del amanecer cuando apenas la suave claridad del alba intentaba enseñarme algunas aristas del intenso verdor de la selva tropical, llegamos a una especie de campamento repleto de muchas tiendas de campaña bastante rudimentarias, trípodes elaborados con palos y cabuya, de donde pendían ollas grandes muy manchadas de hollín, bidones con gasolina o algún tipo de combustible se apilaban lejos de la tienda más grande; ropas, en su mayoría uniformes verdes, colgaban de un cordón de lado a lado, de árbol a árbol, y algunas linternas a gas o mecheros con brea aún encendidos alumbraban con cuidado los límites del amplio descampado que resguardaban con sus fusiles cuatro o seis guardias del mismo o similar aspecto a aquellos quienes me acompañaban…

Volvió su vista hacia mí, y sentí que podía ver en mi interior.

—Esto que le he contado hasta ahora fue solo el principio de mi sufrimiento. El intentar contarle día a día mi angustia sería imposible, ni siquiera podría contarle año a año toda mi calamidad en tan corto tiempo del que dispongo… Me tuvieron prisionero como un animal, me trasladaban de campamento en campamento por medidas de seguridad, me imagino; cambiaban de ubicación cada tres semanas o cada mes, las movilizaciones las hacíamos a pie y cada quien tenía que cargar con su equipaje. Aquí debo aclararle que mi equipaje era único, era una pesada cadena que debía arrollar en el interior de un morral que me habían proporcionado y que siempre debía llevar sobre mi espalda, además de una cobija para abrigarme del frío en las noches, un plato hondo de latón y una cuchara… Me alimentaban como a un perro, me tiraban la comida en mi plato inmundo que no lograba lavar a diario. Pero debía alimentarme, debía comer si quería continuar con vida. Muchas veces enfermé, muchas veces sufrí de alucinaciones febriles producto de infecciones. No le voy a detallar aquellos delirantes momentos porque sería como revivir mi sufrimiento al hacerlo pero le voy a agregar algunos detalles de estos últimos días.

El hombre respiró con profundidad nuevamente, antes de continuar.

—Hace como dos semanas atrás, he sufrido los más terribles momentos de mi existencia en medio de una selva indomable. Me dejaron definitivamente atado con mi cadena a un inmenso árbol por muchos días que con su transcurrir me parecieron los últimos de mi vida. Allí sufrí de continuas alucinaciones… Luego que se me agotó el agua que aquellos desalmados me habían dejado, no sé cuántos días habrían pasado cuando perdí cualquier tipo de conciencia de mí mismo. Existe en mi memoria un vacío extraño en el cual no puedo comprender si estuve dormido o muerto en realidad. Tuve muchos recuerdos o alucinaciones de mi infancia, de cuando era joven pero momentos que antes no recordaba y ahora sí los logro plasmar en mi mente con claridad. Lo más extraño de todo, es eso, que ahora, luego de caminar tantas horas por estos rumbos desconocidos, después de haber transitados por estos senderos tan intrincados, he podido recordar situaciones que se han proyectado en mi mente como una película sin igual, de principios de mi vida; situaciones que antes no podría haberlas incluido como vivencias mías porque no las recordaba ni las imaginaba... Bueno, esto es un simple comentario que lo puede tomar como quiera…

—Retomando lo ocurrido... Recuerdo claramente cuando al abrir mis párpados, un sol intenso maltrató mi vista, luego que sentí caer sobre mi rostro y mis labios, un agua, que como una divina cascada llegó para revivir mis sentidos. Sí, se activaron de inmediato mis sentidos y tosí, en un esfuerzo por tragar desmedidamente el torrente que sentía rebozar en mi boca y que al poco tiempo descubrí su procedencia... Eran un par de hombres, también de uniforme verde, portando armas largas quienes me estaban proporcionando de sus cantimploras un poco de agua que para mí significó un río sobre mis labios, un manantial a mi garganta seca y resquebrajada. En un primer momento sentí desprecio por aquellos dos, ya que eran muy parecidos en su fisonomía y comportamiento a aquel grupo de desalmados. Pero al notar que me habían liberado de la cadena sentí un gran alivio. No las picaron, ni abrieron el candado con alguna llave. No. El candado se encontraba destrozado a un lado de mi pierna, le habían disparado. Me acompañaron por un buen rato, me dieron algo parecido a carne de res que traían en una vianda y no me hablaron sino luego de algunos minutos. Esperaron a que mis fuerzas se repusieran y luego me dijeron que ya se había concretado la liberación y que debía caminar durante diez horas sin parar, hacia el norte y que allí me encontraría con un río bastante ancho que debía bordear siempre hacia el norte, a lo largo de unos cinco kilómetros, allí encontraría una pequeña cabaña en donde debía preguntar por un tal Rogelio quien me podría ayudar y dar alimento.

A continuación, el hombre calló, cuando se empezaron a escuchar unos pesados pasos que parecían brotar de los matorrales cercanos. Por un momento le miré fijamente a sus ojos y pensé en abrazarlo, en señal de solidaridad y cariño que en aquel momento había surgido y nos unía por el hecho de haber compartido tan desgarradora vivencia... Ambos nos pusimos nerviosos y yo le dije: «Debe estar llegando Rogelio».

El hombre, al escuchar mis palabras, entendió de inmediato que yo no era Rogelio. Se extrañó y se levantó de prisa dirigiéndose hacia la puerta entornada. Yo en cambio me dirigí hacia la única ventana de la escueta cabaña de barro y por allí salté al exterior. No volteé en ningún momento, iba con la cabeza llena de interrogantes y con un hondo sentimiento de melancolía y desdicha, aprisionado en el pecho. Me busqué en la corta distancia y me vi tendido en el suelo de un etéreo callejón rodeado de contenedores repletos de basura... Corrí hacia mí.

Cuando regresé, me encontraba en el sucio suelo del callejón. Mis músculos retomaron sus fuerzas y me levantaba con calma viendo a los indigentes huir mientras se acercaban los tres muchachos en carrera... «¿Se encuentra bien?», me preguntaron.

«Sí estoy bien, gracias», les respondí a los muchachos. Sacudí con mis manos mi ropa, al terminar de ponerme de pie y choqué sus manos en señal de agradecimiento, antes de marcharme».

Aldo.

25

Viernes 02 de julio

Como de costumbre, Alex, luego de levantarse había ido al kiosco del señor Julián con el propósito de comprar el periódico. Parado allí mismo revisó algunas páginas antes de llegar a aquella que mostraba su publicación, acompañada con una excelente y llamativa imagen que enseñaba a un hombre corriendo desesperadamente, mientras dos uniformados y armados, le observaban extrañados en la corta distancia. El joven sonrió, pero de inmediato salió de sus cavilaciones cuando alguien, desde un vehículo que se detuvo enfrente, dijo en voz alta y con estridencia, quizás por la música en alto volumen que venían escuchando.

—¡Un Eco por favor!

Después que el señor Julián les despachara un ejemplar, el vehículo se fue de inmediato y otro más se detuvo, pidiendo el mismo periódico. Una pareja que Alex conocía solo de vista, se acercó, y luego de saludarlo a él y al señor Julián con un «buenos días», el hombre colocó un par de monedas sobre el mostrador, después de tomar él mismo, un ejemplar del periódico. Dieron la vuelta y se retiraron, pero a escasos cinco metros se detuvieron y empezaron a hojear sus páginas. Alex no pudo dejar de observarlos, cuando sonrieron al encontrar la publicación de Aldo.

Él también sonrió sin que ellos lo notaran, y con esa misma sonrisa en su rostro, levantó su mirada hacia lo alto de un cielo azul claro, totalmente despejado, y le dijo al señor Julián.

—Creo que hoy será un lindo día.

—No te equivocas muchacho —agregó el señor Julián, mirando hacia el cielo, también—. El cielo está despejado por completo y desde ya hay mucho movimiento en la avenida.

Alex dobló el periódico y se encaminó por la acera hacia su residencia. Como de costumbre, a esa hora de la mañana, la señora conserje barría por los alrededores y una pareja de la tercera edad que vivían en una torre adyacente a aquella en donde él vivía, caminaban a buen ritmo por los alrededores del amplio estacionamiento para ejercitarse y tomar un poco de aquel sol benigno de la mañana.

Sentado en el mueble de su sala, se dedicó a leer las noticias por más de dos horas continuas, hasta que el contundente golpe de una avecilla que chocó contra el cristal del ventanal que daba vista hacia la avenida, le apartó de su lectura. Alex volteó su mirada en aquel sentido y pudo ver cuando el ave que inicialmente iba en caída libre hacia el suelo, reaccionó como por arte de magia, recuperando sus fuerzas y sentido, y logró aletear con el suficiente vigor, como para alejarse de aquel espejismo con el que había tropezado. Así que al cabo de algunos segundos, el ave ya se había perdido de vista entre el entramado de una arboleda próxima.

Cuando Alex revisó la hora en su teléfono, ya eran las 10:10 am, y pensó que sería buena hora para acercarse a la universidad y asistir a la defensa de tesis de Raquel. Nunca podría defraudarla en un momento tan importante para cualquier estudiante, que luego de cinco años de arduos esfuerzos, estudios, y trasnochos, finalmente veía realizado el sueño de ver culminada su formación académica.

Se vistió con unos jeans y una franela unicolor, marrón clara; luego tomó del closet una chaqueta de color marrón oscuro que tenía muchos meses sin usar, y se la colocó. Se observó frente al espejo, y se dijo: «Creo que me queda bien». Así salió con cierta prisa hacia la parada del bus y en cuestión de cinco minutos logró montarse en una unidad que venía llena. No tenía tiempo de aguardar otra que viniera un poco desocupada, así que tuvo que ir parado en el pasillo central del vehículo.

Le tomó más de media hora en arribar a los predios de la universidad. Ya eran casi las once de la mañana cuando a pasos agigantados avanzó por los pasillos de las diferentes escuelas hasta que finalmente entró al Departamento de Periodismo. De inmediato se acercó a la primera oficina que encontró y le preguntó a una oficinista gorda que sentada frente a un ordenador, mordisqueaba un lápiz que sostenía entre sus labios mientras miraba hacia el techo y sacaba alguna cuenta en su mente.

—Disculpe... ¿Usted sabrá indicarme, en dónde están defendiendo las tesis en estos momentos?

La mujer pareció bajar de algún lugar en donde sus pensamientos se encontraban atrapados y con cierto desconcierto o sorpresa, quizá... Finalmente pudo decir.

—¿Cómo?

—Que... ¿Dónde estarán defendiendo las tesis en este momento?

—Aaah... Hubieses comenzado por ahí, muchacho. En el aula 6–C, al final del pasillo a la derecha.

Así que Alex se encaminó a toda prisa en esa dirección. Luego de cruzar al final del pasillo y después de revisar varias puertas, finalmente leyó 6–C. Con cuidado abrió un poco la puerta y asomó la cabeza. El aula estaba bastante concurrida, miró hacia la ponente y pudo ver a Raquel mientras señalaba hacia una imagen proyectada en la pared del fondo. Ya había comenzado y al parecer no había donde sentarse. Entró con sumo cuidado y tras cerrar nuevamente la puerta a sus espaldas, se fue arrimando por la pared, pidiendo disculpas a algunos estudiantes que permanecían parados en el camino, y cuando estuvo cerca, a escasos diez metros de donde la expositora se encontraba, se detuvo... Ella de inmediato sintió su presencia y le vio. Alex sonrió y ella le correspondió con una leve inclinación de su cabeza.

Una pareja de señores y un joven que se encontraban sentados en primera fila, muy bien trajeados y arreglados, voltearon hacia donde él se encontraba, cuando notaron el gesto de la joven. Alex supuso que eran sus padres, pero el joven que les acompañaba y con quien sus padres cruzaron algunas palabras no tenía idea de quién podía ser. Ella nunca le había dicho que tenía un hermano.

La exposición transcurrió a la perfección. Raquel se expresó de la mejor manera, demostrando un completo dominio del tema, con una soltura envidiable supo manejar los términos y explicaciones que fue dando una tras otra sin parar. El jurado calificador conformado por cinco profesores de reconocida trayectoria, le seguían con detenimiento, tomando las notas correspondientes al desarrollo de la tesis y asintiendo con sus cabezas y gestos, eventualmente, cuando le parecía que aquello que explicaba la ponente era acertado e irrefutable. Total que al cabo de unos cuarenta y cinco minutos aproximadamente, Raquel proyectó en la pared del fondo, una serie de conclusiones a las que había llegado luego de su labor investigativa de casi un año. Terminadas de mencionar y explicar, todos los presentes se desbordaron en aplausos; incluidos los profesores del jurado, y Alex.

Alex estaba muy emocionado y aplaudía con fuerza. La mirada de Raquel se desviaba eventualmente hacia aquel costado del aula en donde él se encontraba, pero ninguno de los dos se percataba, que aquel joven quien junto a sus padres estaba ahora parado, no dejaba de escudriñar al afamado periodista que a escondidas publicaba para el diario El Eco.

Luego de terminada la exposición de Raquel, ella extendió una invitación al jurado, allegados y algunos amigos, para que se acercaran a un pequeño refrigerio que tenía organizado en el salón adjunto.

Alex esperó que la mayoría de los asistentes se retiraran y vio cuando Raquel era efusivamente felicitada entre abrazos y besos, por quienes debían ser sus progenitores, algunos compañeros de estudio, y también por aquel quien había estado sentado junto a sus padres durante la presentación. Notó cuando el joven de cabello rubio y cuerpo atlético tomó su mano y no se la soltó hasta que Raquel cruzó miradas con Alex, y ella, disimuladamente se la apartó.

—Vayan acercándose a la degustación de aperitivos y ya les alcanzo —le dijo Raquel a sus padres brindándoles una dulce sonrisa. De inmediato se acercó a la mesa del jurado en donde se encontraban charlando los profesores y compartieron algunas palabras.

Ella se encontraba muy feliz. Sentía que su exposición había estado a la altura. Y luego de recibir tantos aplausos y elogios por parte de algunos otros profesores presentes, sentía una gran satisfacción en su interior. Volteó nuevamente hacia donde Alex se encontraba parado y le hizo una seña con su mano para que se aproximara. De inmediato el joven periodista se encaminó en esa dirección y cuando estuvo junto a ella, le abrazó con mucho cariño.

—Felicitaciones. Estuviste espectacular... Estoy completamente seguro que te otorgaran la máxima calificación —le dijo Alex, mientras le brindaba un cariñoso abrazo.

—Gracias Alex... Gracias por acercarte y acompañarme —le respondió luego que separaran sus cuerpos.

—Gracias a ti por invitarme.

—Vamos. Vamos a tomarnos un refrigerio —continuó Raquel, tomándolo por la mano y halándolo en dirección al salón adjunto.

Cuando estuvieron allí. Raquel ubicó a sus padres y junto a Alex, se acercó a ellos.

—Papá, mamá... Les presento a Alex. Él es el amigo que les comenté, que me ayudó con los detalles finales de mi tesis.

—Mucho gusto —agregó Alex de inmediato, extendiendo su mano hacia los padres de la joven, quienes se la estrecharon con amabilidad; primero el papá y a continuación la mamá—. La verdad que fue muy poco lo que tuve que ajustar de la tesis... —En ese momento Alex volteó hacia ella—. Raquel tu trabajo ha sido impecable.

—Y además de corregir tesis, ¿a qué se dedica, joven?. Porque entiendo que eres periodista —preguntó el señor Ismael Gómez (como se llamaba el padre de la joven), quizás intentando menospreciar aquel oficio de corregir tesis de grado al que se dedicaba Alex.

—Bueno. En realidad ese es mi principal trabajo —respondió Alex con una tímida sonrisa.

En ese momento les interrumpió Raquel.

—Papá, Alex acaba de comenzar a trabajar, también, en El Eco. ¡Imagínate! —agregó animadamente en un intento por brindarle apoyo al periodista.

El padre de Raquel se veía un hombre de negocios, de muy buena estampa, elegante y culto. La madre estaba un poco callada pero su elegancia le hacía ver muy llamativa; de ojos claros y delicados, observaba con detenimiento al joven periodista.

—Ese es un gran diario. Es mi preferido —agregó el señor Gómez.

—Es el preferido de la mayoría, papá. Yo también quisiera trabajar allí algún día.

—Seguro que lograrás alcanzar esa meta, hija. Eres muy inteligente y tengo algún conocido allí. Así que cuando menos acordemos podré leer tus trabajos en las páginas del periódico.

—Bueno —interpuso Raquel, sonriente—. Vamos a tomar algunos refrigerios antes de que se acaben, porque miren lo concurrida que está la mesa jajaja…. Y allí está Leo.

—Leo ha querido venir con nosotros. Sabes que él te quiere mucho y nunca podría abandonarte en un momento tan importante como este —dijo la madre, mientras le acariciaba el cabello a su hija. En ese momento se le acabó la sonrisa a Raquel.

Todos avanzaron en dirección a la larga mesa en donde estaban dispuestos varios aperitivos como; sushi diminutos, brochetas con tomate y albahacas, canapés variados... Cuando estuvieron junto al joven, el padre de Raquel le dijo a Alex.

—Alex, te presento a Leo; es el novio de Raquel, y es un gran muchacho, muy inteligente, acaba de recibirse de odontólogo y es de una familia de reconocida trayectoria en nuestra ciudad.

—Alex… —dijo el joven periodista, totalmente desconcertado con aquella presentación, mientras estiraba su mano hacia Leo—. Mucho gusto.

—Leonardo Pereira. Un placer… —Después de estrechar las manos, acarició el mentón de la joven, que permanecía enmudecida—. Raquel me ha hablado de ti y agradezco toda la ayuda que le has prestado... Por cierto cariño. —dijo volteando hacia la joven—. Todos estos aperitivos están exquisitos. ¿Ves?, es que los pasteleros que trabajan para mi padre son de primera.

De inmediato el padre de Raquel agregó.

—Sin duda, Leo... *Delicateses Gourmet* es la mejor y más elegante pastelería de la ciudad.

Alex no supo que agregar. Hasta que finalmente dijo, revisando la hora en su teléfono.

—Bueno, creo que ya es hora de marcharme. Tengo que revisar algunos trabajos que debo estar entregando el lunes y solo me queda este fin de semana.

—No se preocupe joven... La responsabilidad ante todo —dijo de inmediato el señor Gómez mientras le extendía nuevamente la mano.

Alex se despidió de todos y cuando le tocó el turno a Raquel, le extendió la mano también, así como lo había hecho con el resto. La joven se la tomó y aprovechó para decirle.

—Te acompaño a la salida.

Así que caminaron hacia la salida tomados de la mano, y cuando ya estaban afuera, Alex le dijo apesadumbrado.

—Nunca me dijiste que estabas comprometida.

—Es que no estoy comprometida con nadie.

—Y entonces qué significó todo eso.

—La verdad, ni yo sé... No sé porque mis padres tenían esa actitud. Él ya no es novio mío.

—¿Era tu novio?

—Pues sí. Pero eso ya se acabó.

—Y se puede saber, cuándo se acabó para ti, porque al parecer para él, ni para tus padres, se ha acabado.

—La semana antepasada.

—¿La semana antepasada?

—Sí.

—Woow... pero eso está bastante reciente. Y yo creyendo que...

—¿Qué estabas creyendo?

—Pues, que eras solterita, sin compromisos, y podríamos...

—¿Podríamos, qué?

—Podríamos tener algo nosotros —se atrevió a decir, sin pensarlo.

—Pues, no estas equivocado; no tengo ningún compromiso con nadie.

—¿Y qué hay de él?

—Tendré que hablarle más claro de lo que ya le he hablado, porque al parecer no me ha comprendido.

26

Después que Alex se retirara, un poco pesaroso, del departir que tuvo, luego de la presentación de tesis de su amiga Raquel; ella se fue en compañía de sus padres y Leo, a almorzar en un restaurante para seguir con la celebración.

Raquel hubiese querido que en lugar de Leo, hubiese estado acompañada por Alex, pero las cosas no habían ido del todo como ella esperaba. Jamás se imaginó que sus padres llegaran a la presentación, acompañados por aquel joven con quien solo le unía una simple amistad. Ahora, solo esperaba el momento adecuado para aclarar algunos puntos de ese asunto que al parecer habían quedado inconclusos. Así que luego de comer, cuando su padre pidió una media botella de su whisky preferido, Raquel ya intuía que en cualquier momento se le podría presentar la oportunidad. Sí su madre o su padre preguntaban algo referente a la relación que ellos mantenían, ella aprovecharía para informarles que entre Leo y ella, no quedaba más que una simple amistad; que si alguna vez hubo algo, fue por mera confusión e inmadurez juvenil; porque después de haber visto otros ángulos de la vida, ahora tenía en claro, como ya se lo había hecho saber a Leo, que lo de ellos no tenía futuro y había que dejarlo relegado en el pasado, como una simple experiencia juvenil.

Ella no tomaba y había pedido más cóctel pero sin alcohol, mientras el de su madre si venía cargado. Leo estaba acompañando a su padre, bebiendo *whisky on the rocks*.

Al cabo de unos treinta minutos, aproximadamente, de estar bebiendo, conversando de múltiples asuntos, Leo ya estaba bastante animado y quiso tomar la mano de Raquel, pero ella se la apartó con frialdad, bajo la mirada de sus padres que prefirieron no opinar. Casi de inmediato, Leo, acercó aún más su cuerpo al de la joven y le volvió a tomar la mano, pero esta vez se la sujetó con fuerza, con la finalidad que no se pudiera desprender. A continuación, el joven acercó su rostro al de Raquel y quiso besarla por el cuello, quizás a modo de comprometerla frente a sus padres y demostrarse a él mismo, de la buena relación que aún mantenía con la bella joven; pero Leo, estaba tan animado que nunca pensó que Raquel se le apartaría con inmediatez y le propinaría una cachetada con la mano que tenía libre, frente a la vista de sus progenitores y de algunos comensales de las mesas contiguas que al escuchar el golpe, voltearon en aquella dirección para enterarse de lo que ocurría... Ya ella venía un poco molesta por las tantas tonterías que el joven decía con respecto a su relación; y pues, no se pudo aguantar.

Los padres enmudecidos no salían de su asombro y en aquel instante no pudieron agregar nada. Hasta que Raquel dijo.

—Cómo se te ocurre intentar besarme de esa manera, como si yo fuera una cualquiera —espetó Raquel, airadamente, sin levantar la voz, para evitar mayor espectáculo, mientras el joven se llevaba ambas manos a su mejilla enrojecida.

—Perooo, amor... es solo un beso —intentó decir Leo con la intención de buscar una reconciliación y acomodo, en la penosa situación en que se encontraba envuelto.

—Nada de amor. Yo no soy ningún amor tuyo —continuó Raquel su arremetida, mientras se levantaba de la mesa. Y de inmediato intervino su madre.

—Hija, tranquilízate... No ves que Leo te quiere mucho.

—Él me puede querer mucho... Pero yo a él, lo quiero solo como un amigo. Ya yo había aclarado ese asunto con él.

—Cierto amor... —Quiso intervenir nuevamente Leo. Pero cuando iba a seguir explicándose, ella le interrumpió con dureza.

—Y no me vuelvas a decir amor. Que yo no soy ningún amor tuyo…

—Bueno, discúlpame, no volverá a ocurrir… Raquel.

—Y espero que te haya quedado claro, todo este asunto… —volteó hacia sus padres y agregó—. Y a ustedes también.

Allí fue cuando intervino su padre, el señor Gómez. Se levantó de su asiento que estaba del otro lado de la mesa y luego de circundar, se acercó a su hija y le abrazó.

—Tranquilízate hija. Discúlpame. Yo no sabía que ustedes tenían algún problema —le dijo con sincero cariño, mientras le acariciaba el cabello. Y ella le respondió al oído.

—Papá, Leo y yo no tenemos nada. Ya terminamos.

—Entendido. Yo no tenía ni idea. Discúlpame. Sabes que yo apoyo todo lo que tú desees… Tú siempre serás mi niña, y entiendo que tú misma tendrás la sabiduría suficiente para escoger tus amistades y compañero de vida.

27

Cuando Luis se estacionó a un costado de la acera y a escasos diez metros del pequeño café llamado Café y Cultura, ubicado frente a la Plaza Las Esculturas, ya aquel periodista que le había contactado vía telefónica se encontraba sentado en una de las mesas para dos que se acomodaba hacia el extremo más alejado del mostrador, leyendo un periódico y con su celular reposando sobre la lisa superficie. Luego de bajarse de su Volkswagen del año 90, Luis tomó su teléfono y revisó la hora; eran las 6:35 pm. A continuación buscó en las llamadas recibidas y marcó el número con el cual el hombre le había llamado el día anterior. El celular de Parada emitió un tono, además de vibrar sobre la mesa de aluminio, y lo tomó.

—Buenas tardes señor Parada... Creo que ya lo he ubicado. Estoy llegando, justo ahora.

—Sí. Aquí estoy —le respondió mientras levantaba su brazo en alto para indicarle dónde se encontraba sentado.

—Voy —agregó Luis antes de terminar la llamada.

El joven técnico avanzó sin prisa, un cierto temor se había acumulado en su pecho desde la tarde anterior, y la verdad no le había permitido dormir del todo bien, ya que una serie de conjeturas se habían empeñado en interrumpir su descanso.

Al arribar a la mesa en donde ahora el señor Julio Parada se encontraba de pie, esperándolo, Luis le extendió la mano para saludarlo y le brindó una escueta sonrisa obligada. A cambio, el reconocido periodista de El Mundo, le ofreció una espléndida sonrisa acompañada de un fuerte apretón de mano.

—Un gusto conocerte Luis... Eres más joven de lo que me imaginaba.

—Pues sí, aún me queda mucho trecho por delante; bueno, eso espero.

—Siéntate por favor —le dijo Parada con amabilidad, mientras le señalaba con su brazo extendido la silla que se mostraba del otro lado de la pequeña mesa.

Ambos hombres se sentaron y de inmediato Parada levantó su mano para hacer un llamado al mesero que les seguía con su vista desde el primer momento.

—Por favor tráeme otro *guayoyo*... ¿Y tú qué deseas?, Luis.

—Para mí un marrón, por favor —agregó el joven técnico, mirando al mesero.

—Gracias por atender mi solicitud. Te lo agradezco... —intervino Parada, al ver cuando se alejaba el mesero—. Como te venía contando ayer, por teléfono, yo soy muy amigo de Carlos Ramírez, y pues, ha sido él quien me ha proporcionado tu número. No creas que es fácil contactar a alguien y llegar así no más y proponerle algo. No. No es fácil.

—Pues le confieso que todo esto me tiene muy confundido y a la expectativa. Anoche no pude dormir bien, tratando de imaginar a qué se viene todo este asunto —intentó explicarse Luis.

—No es para tanto Luis. No es para preocuparse de esa manera jajaja —rió con delicadeza y elegancia, el hombre—. Nada para quitar sueños, ni generar mayores inquietudes que las que pudiera avivar el interés. —En ese momento apartó la taza que reposaba frente a él—. Pues, te cuento que es algo muy sencillo... —Pero cuando iba a continuar, se acercó nuevamente el mesero y Parada guardó silencio por un corto momento adicional. Una vez servidos, ambos acercaron las tazas hacia sí y tomando los pequeños sobres de azúcar que venían junto al café para endulzarlo, se sirvieron su contenido.

—Fíjate Luis —continuó Parada—. Yo te vengo a proponer algo de lo cual nos vamos a beneficiar ambos. Es muy sencillo, ya que como entiendo tu trabajas en El Eco; si me equivoco corrígeme por favor.

En ese momento el hombre levantó la vista hacia el rostro de Luis para observar su reacción.

—No se equivoca —agregó Luis dubitativo.

—Bueno. También sé que eres un excelente técnico porque ya Carlos me lo ha hecho saber. Cosa que debe haberte permitido ganar el aprecio de tus compañeros de labores, así como, estoy seguro, que también el de algunos de tus superiores

—No se equivoca señor Parada, siempre me ha gustado hacer bien mi trabajo y dejar en alto el apellido de la familia.

—Eso vale mucho... El apellido siempre hay que llevarlo en alto —agregó Parada antes de sorber un poco de su café y Luis le emuló—. Bueno, continúo... El asunto es que yo necesito una información que quizás tú ya la conozcas y me la podrías proporcionar.

—¿Dígame qué es lo que necesita saber?

—Quiero saber, ¿quién es ese tal Aldo que publica los martes y viernes en El Eco?

—Pues... —dudó, Luis.

—Te pagaré. No creas que esto es gratis.

—Le voy a ser sincero señor Parada; no sé quién es Aldo. Y creo que solo el editor en jefe es el único que lo conoce. Bueno eso es lo que dicen.

—Te pagaré quinientos, por saber su verdadero nombre —le insistió Parada.

—¿Cinco grandes? —preguntó Luis, abriendo los ojos.

—Sí.

—Pues la verdad que me hacen falta esos cinco jajaja… No tengo idea de quién sea. Pero quizás pudiera indagar un poco. —rió con nerviosismo el joven técnico.

—Pues ahora tienes la oportunidad de ganarlos —agregó el hombre esbozando una extraña sonrisa que conjugaba cierto afán o quizás era simple malicia.

Conversaron unos minutos más, mientras terminaban de consumir los cafés. Cuando finalmente Luis se levantó para sacar su billetera y pagar su parte de lo consumido, Parada le dijo.

—Nooo… Cómo se te ocurre, la cuenta corre por El Mundo.

—¿El Mundo?

—Sí, yo trabajo para El Mundo

—Aaah, ahora entiendo el interés. Está bien… Veré que puedo hacer para conseguir la información que desea.

Se despidieron y Luis se dirigió hacia su vehículo. Cuando se montó en su Volkswagen y accionó el encendido, el motor no arrancó. Volvió a intentarlo, y nada. Entonces le dio un golpe al volante y dijo: «Mierda, no me vayas a dejar aquí».

Luego que el señor Parada cancelara la cuenta, caminó hacia su vehículo que se encontraba estacionado frente al café. Sentado frente al volante, miró por el espejo retrovisor, se percató que Luis se encontraba en ese momento revisando algo en el motor de su vehículo, sonrió y se repitió en voz baja: «Muchacho, creo que te hacen mucha falta esos quinientos». Parada accionó el *switch* de encendido y se marchó. Al cabo de unos veinte minutos ya Luis había encontrado un cable que se había aflojado, lo ajustó, y de inmediato el motor rugió. Sentado en el interior de su vehículo, miró la hora en su teléfono y vio que eran ya las 7:30 pm, observó sus manos un poco sucias de grasa, y se dijo en voz baja: «Esos quinientos me caerán muy bien».

A esa hora aún quedaban vestigios de las largas colas que se hacían en la avenida a partir de las 6:00 de la tarde. A medida que fue avanzando hacia su casa en donde vivía con su madre, Luis fue pensando en la manera de cómo averiguar quién era Aldo. Aquella propuesta le había parecido interesante y podría ser una manera fácil de hacerse con una buena cantidad de dinero. Durante todo el trayecto fue pensando en cómo averiguar la identidad del escritor, y luego de pasearse en su mente por una serie de rostros, finalmente concluyó que la persona con quien debía contactar debía ser la secretaria del editor en jefe; Gladys. «Claro, ella debe conocer la verdadera identidad de Aldo. Mañana iré más temprano al periódico y subiré hasta el departamento de edición para indagar con ella».

Al llegar a su casa y guardar el vehículo en el estacionamiento, se acercó a la cocina y allí encontró a su viuda madre. Le abrazó por la espalda y le dio un beso en la mejilla.

—Ya te iba a llamar por teléfono. Hace más de media hora que tengo lista la cena —le recriminó su madre.

—Mamá, te he dicho que algunas veces me salen cosas por ahí y pues me distraigo.

—Sí, yo sé… Pero creo que no cuesta nada tomar el teléfono y avisar que llegarás un poco tarde.

Luis miró la hora en su teléfono y vio que eran apenas las 8:10 pm

—Pero mamá si solo son pasadas las ocho.

—Estamos acostumbrados a cenar de siete a siete y media. Tú lo sabes muy bien… Bueno, cuando tienes el primer turno en el periódico.

Se sentaron a la mesa y Luis estuvo más callado de lo normal. En su cabeza daba vueltas la propuesta de Julio Parada.

—Llegué tarde porque me reuní con un tipo de El Mundo —le contó a su madre.

—¿De la competencia?

—Sí.

—¿Te ofreció algún puesto allí?.

—No, no es nada de eso.

—¿Entonces?

—Quiere una información —le dijo la verdad. Tenía confianza con su madre y única familia.

—Uuummm… Pues eso, no es muy leal.

—Lo sé, pero necesito dinero. Mi carro ya está fallando mucho. Fíjate que hoy casi me deja en la calle.

—Y por qué mejor no pides aumento o algún préstamo.

—Tienes razón mamá, es muy buena idea. Mañana voy a hablar para ver cuánto puedo reunir con mis prestaciones.

28

Lunes 05 de julio

El lunes siguiente, luego de reunirse con el periodista Julio Parada en Café y Cultura, ubicado frente a la Plaza Las Esculturas, Luis Sevilla llegó más temprano que de costumbre a las instalaciones de El Eco. Él sabía muy bien que la secretaría del editor en jefe, siempre llegaba media hora antes de las ocho. Así que aquella mañana él también llegó mucho antes de las ocho y sentado frente a la recepción del diario, le esperó. No pasaron muchos minutos cuando le vió trasponer el umbral de la puerta de cristal esmerilado que daba acceso a las instalaciones del periódico; como siempre, venía muy bien arreglada con un vestido de colores sobrios, su moño alto y gafas de corrección ajustadas a la parte alta de su nariz perfilada. De inmediato se levantó y se acercó a su encuentro.

—¿Cómo estas Gladys?. Te ves muy elegante esta mañana.

—Un gusto saludarte Luís. Yo muy bien, gracias.

—Fíjate que te estaba esperando, porque quería consultarte algo —le dijo Luís, muy animado.

—Sí, muy bien. Subamos a la oficina.

Así lo hicieron. Una vez arribar al último piso de la emblemática torre, identificada en lo más alto con el aviso «El Eco»; Gladys, con sus llaves, abrió las puertas del departamento, encendió las luces, y se encaminaron a lo largo del pasillo central hacia su lugar de labores. Ella se sentó detrás de su escritorio y él enfrente.

—Gladys. Yo creo que a lo largo de estos diez años que llevo trabajando para el periódico he demostrado un buen desempeño y he resuelto tantos problemas como se han presentado; esto sin quitarle méritos a mis compañeros del departamento que son todos, unos excelentes técnicos —se explicaba Luis, y la secretaria le prestaba toda la atención debida—. Además, le guardo mucho respeto y aprecio al señor Jiménez, al licenciado Campos, y a ti por supuesto.

—Sin duda Luis. Eres una excelente persona y gran trabajador. Jamás hemos tenido queja alguna de tu desempeño, y te aseguro que el aprecio es mutuo. Eso tenlo por seguro —le correspondió con amabilidad la señora Gladys.

—Deseo consultarte algo... Yo quiero adquirir un vehículo nuevo. Ya llevo más de diez años trabajando para el periódico y creo que con lo que pueda reunir, luego de vender mi viejo Volkswagen, sumado a mis prestaciones acumuladas, puedo alcanzar una cantidad de dinero suficiente para cambiar a un vehículo nuevo. Pero quisiera saber, si en caso de faltarme un adicional para completar una buena inicial... ¿Crees que la empresa me lo pudiera facilitar?.

—Yo creo que sí, Luis. Claro habría que tener los números en la mano y evaluar la situación.

En ese momento sonó el teléfono celular de Gladys que se encontraba en el interior de su bolso. De inmediato ella tomó su cartera, la apoyó sobre sus muslos y Luis guardó silencio.

—Buenos días señor Campos —Luis le escuchó decir a Gladys—. Sí... Como no. De inmediato se lo busco.

A continuación Gladys colgó la llamada.

—Me vas a disculpar un momento, debo buscar una información para el jefe. La necesita de inmediato —le dijo a Luis, mientras se levantaba de su silla y emprendía sus pasos hacia el interior de la oficina del Editor en Jefe.

—No te preocupes. Yo espero que te desocupes —agregó Luis, mientras le observaba por su espalda. Y no pudo disimular una escueta sonrisa que se le escapó instintivamente.

Luego que Gladys avanzara hacia el interior de la oficina del licenciado Campos, Luis se levantó con sumo cuidado de donde se encontraba sentado y empezó a revisar entre un montón de papeles que se hallaban en una esquina del escritorio. La mayoría eran facturas por pagar o de algunas compras de papelería y utensilios de oficina. «Aquí no hay nada que me dé alguna pista sobre Aldo», se dijo en la mente.

Gladys se había llevado su teléfono en la mano y en menos de un minuto aproximadamente le volvió a sonar. Al parecer era nuevamente el licenciado Campos explicándole algo. Luis continuó revisando, ahora en el interior de las gavetas del escritorio de la secretaria. Finalmente encontró algo que le pudiera dar una pista. Una especie de recibo de pago que decía: «Aldo. Depositar en Banco Unido. Cta. Número... 486. Total honorarios 1.500, correspondientes a la segunda semana de julio...».

Al ver aquella cantidad, Luis quedó con la boca abierta. Según entendía. A ese tal Aldo iban a depositarle 1500 por su trabajo. Iba a recibir en una semana lo que él ganaba en un mes completo. Dejó todos los documentos ordenados de la misma manera como los había encontrado y cayó sentado sobre la silla frente al escritorio de Gladys. Unos segundos después se acercó la secretaria.

—Ya encontré lo que me solicitaba el licenciado... —dijo sonriendo—. Disculpa por hacerte esperar tanto, Luis, pero tú sabes cómo es el jefe, hay que hacerle los mandados de inmediato, sino se vuelve energúmeno.

Luis había quedado inmerso en sus pensamientos e impresionado por el monto reflejado en el *recibo de pago* que había encontrado. Solo buscaba un nombre y halló algo que le había dejado una dura sensación. No había escuchado con claridad lo que le había dicho la secretaria y solo le pudo responder.

—Yooo, ya me tengo que presentar en la planta… Gracias Gladys.

La secretaria un tanto sorprendida por aquella inesperada despedida, se le quedó observando cuando le vio levantarse, y notó algo más que un extraño nerviosismo en su actitud.

—Okey, pero no olvides traerme los números para que evaluemos lo del vehículo —le dijo, al ver que el joven le daba la espalda luego de levantarse de la silla, en un intento por recuperar algo de lo conversado. Pero Luis pareció no escuchar—. ¡Estoy seguro que el licenciado estará dispuesto a ayudarte! —agregó esto último en un tono tan alto que casi fue un grito; y Gladys, al no recibir respuesta, pensó que no le había escuchado por estar ya un poco alejado de su escritorio.

Cuando Luis arribó a la oficina de mantenimiento en planta baja, se sentó en una banca que se encontraba recostada al amplio ventanal que daba vista hacia las líneas de producción. Volteó hacia afuera y su mirada se perdió en la corta distancia, entre los inmensos rodillos que giraban rutinariamente, mientras sus pensamientos viajaban hacia otros lugares. «Ese tipo escribe un par de tonterías a la semana y gana en pocos días, más de lo que yo gano en todo un mes. No puede ser». Se levantó y caminó hacia la cafetera que siempre estaba llena de café y cuando se fue a servir, estaba vacía. Se volvió hacia la banca y se dijo en voz baja: «Esto quiere decir que este Aldo vale más de 500, porque a alguien que le paguen 6000 al mes, seguro que produce a la empresa mucho más de 300.000».

En ese momento llegaron un par de técnicos, compañeros de labores y entre risas se acercaron a su amigo.

—Epa Luis, como que te caíste de la cama. Ya Gladys nos dijo que llegaste temprano... Y aquí está el café. Nos lo dio cuando nos cruzamos en el pasillo.

—Sí, me vine temprano... ¡Amo esta empresa! —dijo sarcásticamente.

—Y porqué ese tono —preguntó el otro técnico.

—Pues para ser sincero, me siento mal pagado.

—Jaja... Bueno creo que así nos sentimos muchos para no decir todos.

—Sí... —continuó Luis—. Todo lo que me esfuerzo y logro, para mantener estas líneas produciendo y mira que hay otros que...

—Bueno —le interrumpió el otro técnico—. Eso de estarse comparando nunca trae buenos consejos, así que es mejor que tomemos un poco de este buen café y cambiemos de tema.

—Yo pienso que... —se explicó el primer técnico, intentando expresarse con sabiduría y mesura—. Mientras el periódico esté operando bien y vendiendo bastante, nosotros tenemos este buen trabajo que nos proporciona el sustento familiar y también nos brinda la oportunidad para irnos de juerga de vez en cuando. Yo me siento muy bien así.

—Cada quien con sus aspiraciones —agregó finalmente y con tosquedad, Luis.

Ambos técnicos se miraron a las caras y el que traía el café, empezó a servir las tazas. Un silencio lo inundó todo y ambos recién llegados, se quedaron extrañados, cuando vieron salir a Luis del salón, inmerso en sus pensamientos y con la taza de café arropada entre sus manos.

Horas más tarde. Poco antes del receso del mediodía, Luis recordó que la que hacía los depósitos en el Banco Unido que quedaba a la vuelta de la esquina del periódico, era su buena amiga Rebeca, la secretaria de su jefe el señor Roberto Jiménez. Con ella había compartido muy agradables pláticas en varias oportunidades e inclusive una vez vieron juntos un juego de fútbol en la tv de su casa. La habían pasado muy bien entre algunos tragos y picadillos. Era una chica muy atractiva y desde el primer día cuando la conoció le había llamado la atención. Tomó su teléfono y le marcó. Una vez escuchó su saludo le dijo.

—Hola Rebe. ¿Cómo estás?... Será que nos vemos para almorzar juntos, ya estoy cansado de verle la cara a mis compañeros jajaja.

—Claro… Yo traje almuerzo

—Yo también. Si quieres nos encontramos en recepción y luego nos acercamos hasta la feria de enfrente.

—Me parece buena idea —respondió Rebeca.

Así hicieron. Cuando Rebeca bajó por el ascensor desde el piso veinte de la torre, Luis también arribaba a la sala de recepción del diario luego de lavarse las manos en el baño de caballeros que se hallaba a la salida del departamento de mantenimiento. Al encontrarse se saludaron con un beso en la mejilla y atravesaron la sala de recepción platicando de asuntos cotidianos. En aquel momento la señora Gladys se encontraba despidiendo, muy cerca de la salida, a un proveedor de tintas que le había traído un catálogo con especificaciones de sus productos, y al ver a la pareja de jóvenes salir, les dijo.

—Buen provecho, muchachos.

—Gracias... —contestaron al unísono y rieron.

29

El teléfono celular que reposaba en el desayunador vibró y Alex escuchó cuando le anunció el nombre de su amiga Rebeca. Era casi mediodía y no hablaba con ella desde la semana anterior. En ese momento, él se encontraba reposando sobre el sofá y tenía la tv sintonizada en un canal de videos musicales. A esa hora estaban presentando una entrevista compartida con video clips de un grupo de jóvenes cantantes que para aquel momento sonaba mucho en la radio. Eran tres muchachas en edad adolescente que cantaban y bailaban, vestidas con una indumentaria moderna que les identificaba a cada una por separado, con colores de cabellos diferentes y maquillajes vistosos y exagerados. Eran un producto de la industria discográfica del momento, y sus interpretaciones eran muy llamativas, así como sus atractivos físicos.

Al cabo de algunos segundos el teléfono dejó de sonar, pero Alex no se levantó para agarrarlo hasta que terminó de ver la explicación que daba una de las chicas que parecía ser la líder de las tres intérpretes. Con el celular en la mano se volvió a sentar sobre el sofá, chequeó las llamadas entrantes y comprobó que era Rebeca la que llamaba. Recordó su último encuentro con la chica y estuvo a punto de devolverle la llamada pero por su mente se cruzó la imagen de la bella y dulce Raquel. Le recordó exponiendo su tesis, muy animada y llena de tanta seguridad; una cualidad que ya conocía en ella. Era una chica muy capaz y tenía un carisma especial. Luego le llegó a su mente, la imagen de aquel amigo rubio que le trataba con demasiada confianza y cariño, y que cuando tuvo la oportunidad de tomarla por la mano, no dudó en hacerlo, e inclusive parecía ser su novio; pero ella le había aclarado que no tenían nada con él. «Me gustas mucho, Raquel»; se dijo en voz baja, y sonrió.

En su apartamento, Raquel se sentía un poco apesadumbrada, no podía apartar de sus pensamientos la imagen de su amigo periodista, Alex. Le parecía un tipo espectacular y deseaba compartir con él, algo más que aquellos saludos y citas amistosas. Pero ella misma le había esquivado en un par de oportunidades cuando le vio acercarse con el deseo de abrazarla o besarla tal vez. Le había dado cierto temor ceder ante sus pretensiones, pero en el fondo deseaba que le abrazara, le besara y consintiera.

En aquel momento ella se encontraba recostada, también, a lo largo del sofá de su sala, vestida en ropa íntima, con el celular entre sus manos, y confidencialmente pensando en él. «¿Por qué no me has llamado, Alex?», se preguntó. «¿Será que no te atraigo lo suficiente?. ¿Será que te has decepcionado de mí, por lo del estúpido de Leo?», se reclamó. Entonces revisó el directorio de contactos de su teléfono para ubicar su nombre y cuando iba a pulsar para llamarlo se iluminó la pantalla de su celular, mostrando su foto, sonriente; debajo, pudo leer: «Llamada entrante de Alex Dawson». De inmediato hubo un drástico cambio en su nostálgico semblante y una bella sonrisa se dibujó en su rostro. No atendió de inmediato, quizá para que no notara su apuro por contestar, y esperó que el aparato sonara unas cuatro veces. Finalmente pulsó la tecla para atender y se quedó callada por algún segundo, hasta que escuchó aquel timbre de voz que tanto le agradaba.

—Holaaa… Buenos días.

—Buenos días Alex... Ya casi buenas tardes —dijo Raquel con naturalidad, para que no notara el pesar que segundos antes le invadía.

—Tienes razón. ¿Cómo has estado?

—Bien, bien… Que gusto volver a saber de ti.

—Tienes razón. No hablamos desde el viernes. Pensé que estarías muy ocupada con la visita de tus padres.

—Pues tienes razón. Estuve con ellos hasta el domingo, que se marcharon.

—La habrán pasado muy bien, me imagino.

—Bueno, sí, hasta cierto punto.

—Y eso porqué. Siempre es buena la visita de los padres. Debes disfrutarlos, ya que no todos podemos hacerlo.

—Si te cuento... Después que salimos de la universidad y fuimos a almorzar, terminé dándole una cachetada al tonto de Leo en pleno restaurante.

—¡Wow!... ¿Y eso por qué?

—Pues porque quiso darme un beso en el cuello, el estúpido ese. Y tú sabes que yo no soporto los abusos.

—¿Y tus padres que dijeron?

—En un principio se quedaron boquiabiertos, pero después que les expliqué que yo no tengo nada con él, me comprendieron y apoyaron. Y esa misma tarde Leo se fue para su casa y mis padres se quedaron conmigo.

—De verdad que te diste a respetar. Fuiste muy contundente... jajaja —rió Alex, feliz y emocionado. Sabía que aquello que acababa de escuchar era una muy buena noticia.

—Jajaja... Se lo merecía. Y en especial por aparentar tener algo conmigo, solo para hacerte sentir mal frente a mis padres.

—Y lo logró.

—Lo sé. Mejor dicho; me imagino... Por eso te pedí disculpas ese mismo día y te dije que aclararía todo ese tonto asunto— Raquel guardó silencio por algún instante y luego agregó—. ¿Te gustaría venir a mi apartamento y compartir conmigo un rato?

—Por supuesto. ¿Y qué te gustaría comer... Y tomar? —Preguntó dudoso. Alex.

—Sabes que yo no tomo bebidas alcohólicas, pero por ti y por todo lo que hemos pasado te voy a aceptar un vino, pero que sea tinto y dulce.

—Claro, dulce como tú.

—Jajaja… A veces no soy tan dulce, ya lo has visto.

—Sí pero conmigo eres muy dulce.

—Jajajaja… Mientras te portes bien, lo seré. Te voy a buscar para vernos.

—Ok, aquí estaré esperándote.

Al cabo de unos veinte minutos, Raquel estaba arribando al estacionamiento. Se estacionó y tomó su teléfono para avisarle a Alex que había llegado. Al repicar el celular del joven periodista, este leyó su nombre en la pantalla, se acercó a la ventana y allí estaba ella saludando desde el interior de su BMW.

—Ya bajo —fue lo único que contestó Alex.

Se encontraba listo, así que salió de su apartamento, bajó las escaleras con apremio, y entró al vehículo luego que la joven subiera el seguro de las puertas. De inmediato estiró su rostro hacia ella.

—Buenos días —le dijo mientras le daba un beso en la mejilla.

—Buenos días corazón —respondió la joven con dulzura— Pensé que nunca me volverías a llamar.

—Cómo vas a pensar eso. Solo esperaba no molestar la visita de tus padres y…

—De eso otro, te agradezco que no volvamos a hablar. Fue muy desagradable lo que pasé y lo que tuve que hacer para quitármelo de encima. Pero bueno, ya todo pasó.

—Qué te parece si almorzamos una comida colombiana que acabo de ver en un aviso de especialidades...Y la acompañamos con un buen vino.

—Me encanta esa idea —contestó cariñosamente Raquel.

—¿Cuál?

—Ambas... Jajaja.

Alex colocó el GPS de su celular y Raquel emprendió la marcha de su vehículo. El día estaba soleado. Y él se dedicó a apreciar la belleza de su amiga, pero disimuladamente. Dirigía su mirada hacia el exterior y luego de algún par de segundo volteaba a verle, mientras le hacía algún comentario superfluo con el solo propósito de observarla. Le gustaba su cara angelical, sus delicados hombros, sus brazos, sus alargadas piernas que se mostraban descubiertas desde la corta falda que vestía.

Ella había notado que Alex le estaba observando demasiado y le preguntó con malicia más que por curiosidad. Además que se le escapó una pequeña sonrisa que no pudo disimular.

—¿Te hice falta?

—Sí... Me hiciste mucha falta.

—Y entonces, porqué no me habías llamado, ni para saludar.

—Estaba molesto.

—Aaaah... Con que estabas molesto. Y ¿cómo crees que yo me sentía?

—Pero es que yo no sabía lo que había o estaba sucediendo entre ustedes.

—Pero has podido llamar para averiguarlo.

—Ya te dije que estaba molesto.

—Creo que no era tanto lo molesto que estabas; sino, celoso.

—Pues, tienes mucha razón. Estaba muy celoso, y...

En ese preciso momento se cruzó una bicicleta en la esquina próxima, a escasos diez metros por delante del vehículo, y Raquel tuvo que aplicar los frenos con fuerza. Alex se apoyó en el panel frontal y dijo en tono alto y preocupado.

—¡Cuidado!

—Sí, ya lo vi... Ese tipo no sabe conducir una bici o está loco de remate —dijo Raquel presionando los frenos hasta el fondo.

—Creo que es lo último. Está loco... Jajaja —agregó Alex, una vez que pudo apreciar que el peligro había pasado.

Parados en la esquina, revisaron el GPS y este les indicó que a escasos cincuenta metros se encontraba el restaurante que buscaban, así que cruzaron a la derecha y de inmediato leyeron un aviso indicando el estacionamiento del lugar.

30

Lunes 05 de julio al mediodía.

Luego que Luis y Rebeca se encontraron en la sala de recepción y saludaron a la señora Gladys, salieron de las instalaciones de la torre. La intensa claridad del sol del mediodía les lastimó en los ojos y les hizo apretar sus párpados mientras bajaban la vista por un instante. Rebeca se colocó la palma de su mano sobre la frente y dijo.

—Uy... ¡Qué sol!

—De verdad que sí —agregó el técnico.

Caminaron por la acera en dirección a la esquina y al cabo de pocos segundos ya sus ojos se habían adaptado a la nueva claridad exterior.

—Ha sido un día muy ajetreado, Luis —decía la joven mientras caminaban—. Figúrate que los reporteros andan, aún, para arriba y para abajo, buscando mayor información con respecto a ese asunto del asalto de la guerrillera a una estación de policía por allá en la región amazónica de Colombia.

—Sí, todo eso parece un rompecabezas. Por un lado se habla de ajusticiamiento y por otro lado de enfrentamiento.

Llegaron al extremo de la calle y esperaron a que la luz del paso peatonal se hiciera verde para entonces cruzar rodeados de un grupo de transeúntes que llevaban prisa como siempre.

Una vez que cruzaron la avenida se dirigieron hacia la feria de comidas de un centro comercial muy modesto que tenía casi los mismos años del diario, y donde solían reunirse periodistas y reporteros a horas del mediodía o hacia el final de la tarde. Se ubicaron en una mesa para dos que se acomodaba hacia un costado de la fuente central que expelía un conjunto de pequeños chorritos de agua que formaban una especie de abanico en movimiento. Casi al mismo tiempo que sacaban del interior de sus viandas, los envases en donde traían sus almuerzos, un mesero de corbatín en el cuello, se acercó y les preguntó.

—Buenas tardes, ¿desean algo del restaurante? —señalando hacia uno de los pequeños restaurantes de comida rápida que estaban enfilados hacia un costado del amplio espacio y alrededor de la fuente central. A Luis le pareció extraño que aquel mesero se acercara. Lo usual era que los clientes se acercaran a los diferentes expendios de comida para comprar.

Entonces, Luis, agregó.

—Ya que te acercaste... Sí, vamos a querer un par de jugos. ¿Tú de qué lo quieres, Rebe?...

Luego que hicieran sus pedidos, procedieron a disponer de sus alimentos. Al cabo de algunos segundos adicionales, después del primer bocado, Luis inició la conversación.

—Rebeca... ¿Tú eres la que hace los depósitos en Banco Unido, verdad?

—Sí, Luis... ¿Y a qué viene esa pregunta?

—Pues, que estoy pensando abrir una cuenta en ese banco. Es que quiero comprar un vehículo nuevo y para poder adquirirlo necesito solicitar un crédito. Y quizás la referencia del periódico me pueda servir de mucho.

—Tienes razón, Luis. En el Unido se mueven cuentas importantes del periódico. Allí se manejan las de todos los directores y otros más.

—Tengo que hablar con Gladys —continuó Luis—, para ver si el licenciado Campos me da una buena referencia y abrir la cuenta lo más pronto posible.

—Me parece muy buena idea —agregó Rebeca, antes de ingerir un poco más de su almuerzo. Y Luis la emuló.

Comieron por algunos largos segundos, mientras el joven técnico pensaba en el modo de sacar alguna información adicional de su amiga. El asunto de la compra del vehículo le iba sirviendo y le abría un camino en su indagación.

En ese momento se acercó nuevamente el mesero con el par de bebidas y un servilletero muy curioso que colocó en el centro de mesa. A Rebeca le pareció muy lindo, ya que estaba adornado con pequeñas flores artificiales de varios colores y se notaba que estaba recién elaborado, con mucho esmero.

Una vez el mesero dejó las bebidas, se encaminó por entre las mesas en dirección a la puerta lateral del restaurante que daba acceso a la cocina. En el interior del recinto un hombre de chaqueta verde y de extraño aspecto, escuchó en un radio portátil cuando se accionaba la señal. Para el momento que el mesero entró en la cocina, ya se escuchaba la conversación.

—Y quizás tú… —agregó, Luis—, me puedes ayudar con algún contacto que tengas en el banco; porque he sabido que conoces a varias personas, incluyendo al gerente.

—Pues sí, conozco al gerente y algunos más.

—¿Y qué tanto vas para el banco? ¿Semanal o diario?

—Una o dos veces a la semana, por diferentes motivos.

—¿A depositar cheques?

En ese momento a Rebeca le pareció que aquel cúmulo de preguntas no era normal. Se dijo en su mente; «¿Qué será lo que en realidad quiere saber? No me gusta esta preguntadera».

—Pues sí... Muchas veces a depositar los cheques.

—Cambiando de tema, Rebe. ¿Tú conoces a ese Aldo que escribe los martes y viernes?

Por un momento Rebeca se quedó callada. Ingirió un poco más de su almuerzo y bebió jugo antes de contestar. Mientras en el interior de la cocina el mesero y el hombre de la chaqueta verde que escuchaban la conversación a través de la radio, se vieron las caras sin decirse nada... Finalmente Rebeca tragó, tomó un poco más de su bebida y dijo.

—Si quieres saber la verdad; sí le conozco. Pero como muy bien sabes, está prohibido divulgar su nombre. Ahora te pregunto, yo a ti: ¿Y para qué quieres saber quién es él?

—Es solo por curiosidad... Me imagino que debe ganar muy bien. —continuó Luis, antes de guardar silencio por algún momento, mientras ambos tomaban un poco más de sus alimentos. Luego, agregó—. Me dijeron que ganaba hasta 1.500 semanales.

Al escuchar aquel monto, Rebeca enmudeció y sin mirarle siguió comiendo, como para no darle importancia a lo que acababa de escuchar. Luego agregó con cierta dureza.

—Y si ya sabes cuánto percibe ese tal Aldo, para qué me lo preguntas... Además, ¿se puede saber quién te ha dado esa información?

—Pues si tú no me dices tus fuentes yo tampoco te diré las mías.

En ese momento Rebeca se sintió molesta y empezó a recoger su comida. Y cuando empezó a cerrar el envase plástico para introducirlo en el interior de su vianda, le interrumpió Luis.

—¿Qué estás haciendo?... Creo que somos amigos y podemos confiarnos información —le dijo Luis intentando calmarla y ganarse su confianza.

—Nada. ¿No ves? Ya perdí el apetito... No sé qué es lo que pretendes o qué es lo que quieres averiguar; pero no me ha gustado para nada todo este asunto.

Luis extendió su mano y la tomó por el antebrazo buscando calmarla y aquietarla. Ella pareció aceptar y se quedó sentada pero con el rostro circunspecto.

—Déjame explicarte Rebe... Te voy a ser sincero. Sabes que somos amigos desde el primer día que comenzaste a trabajar en el diario y te mereces todo el respeto y aprecio que te tengo, porque eres una chica espectacular. —Luis tomó un poco más de su bebida, mientras Rebeca no le quitaba la vista de encima—. Me han ofrecido dinero por la identidad de Aldo. Ese tipo vale plata... Dinero.

Rebeca continuó enmudecida, en el interior de su mente, quizás, se fue forjando alguna suma de dinero ya que ella sabía exactamente cuánto percibía el periodista con quien había compartido bellos momentos. Entonces, Luis continuó.

—La persona que me contactó, de apellido Parada, Julio Parada, trabaja para El Mundo y me ofreció cierta cantidad, que ahora me ha parecido insignificante. —El hombre de la chaqueta verde que escuchaba en el interior de la cocina sonrió con malicia al oír aquel nombre e inmediatamente tomó nota—. Fíjate Rebeca, con la cantidad que le pienso pedir a cambio de la identidad de Aldo, nos podemos tomar unos días de vacaciones en algún lugar; además, podré completar la inicial que necesito para mi vehículo nuevo. Y aquí es donde entras tú... Si me proporcionas su nombre, más la información que ya conozco y algo más que podamos averiguar, pues podemos hacernos con unos 10.000 o más, para partirlos a medias. ¿Qué te parece?

Algo en el interior de Rebeca le decía que aquella propuesta era atractiva. Ella no deseaba comprarse ningún vehículo nuevo, ya que tenía uno de modelo reciente, pero sí soñaba con adquirir un pequeño apartamento tipo estudio de las tantas promociones que en obra se ofrecían hacia el este de la ciudad. Con aquel monto, más todos sus ahorros, y lo que sus padres podrían aportarle como ayuda; pensó que podría reunir la cantidad suficiente para la inicial. Además que ya contaba con los contactos suficientes en el banco… Entonces sonrió.

—Luis, tu propuesta me parece interesante… ¿Y hasta cuánto crees que podamos pedir?

—Creo que si logramos averiguar, dónde vive, qué vehículo tiene, información personal, podríamos pedir hasta más de 10.000. Es más, no sé si me quedo corto.

Cuando el mesero observó que el par de comensales terminaron de ingerir sus alimentos y Luis levantó su mano haciéndole un llamado. El hombre joven se acercó con prisa y le extendió la cuenta que ya tenía preparada.

—Muchas gracias —le dijo Luis, luego de dejar un billete sobre la factura. De inmediato se marchó en compañía de su amiga en dirección al diario para continuar con sus labores.

A continuación, el mesero recogió la factura junto con el pago y el servilletero, y conteniendo una extraña sonrisa se dirigió nuevamente hacia el interior de la cocina mientras se aflojaba el corbatín de su cuello.

31

Lunes por la tarde.

Poco después que el par de hombres escucharan a través de un radio portátil la conversación que sostuvieron Luis y Rebeca, mientras almorzaban, ambos individuos salieron del centro comercial en sentido sur e ingresaron en una camioneta color negro con los vidrios tapizados de oscuro, en donde había otro hombre sentado tras el volante. Santino, el de chaqueta verde, se sentó en el asiento posterior y sacó su celular, mientras Perico, el más joven, que había hecho el papel de mesero se sentó al lado del conductor.

—Comandante, ya tenemos una buena pista —dijo el de chaqueta a través de su teléfono.

—Excelente. Sabía que eras la persona indicada —le respondió el comandante Raúl del otro lado de la comunicación.

—Creo que en un par de días más, podré lograr nuestro objetivo.

—Procura no llamar la atención, ni dejar ningún rastro. Que todo parezca un caso del hampa común... Creo que así le dicen por allá.

—Como usted mande mi Comandante. No se preocupe.

De inmediato terminó la llamada y volvió a introducir el teléfono en el mismo bolsillo de la chaqueta de donde lo había sacado. A continuación le dijo al conductor.

—Da la vuelta completa y ubícate en diagonal a la salida del estacionamiento del periódico.

—Como usted mande, jefe —respondió el que estaba sentado tras el volante.

El chofer, encendió el motor de la camioneta, tomó la calle posterior y en la primera esquina cruzó a la derecha, siguió adelante dando la vuelta completa al centro comercial hasta que arribó a la avenida que se extendía frente a la torre del diario El Eco. Redujo bastante la velocidad del vehículo mientras buscaba un lugar para estacionar y cuando vio a una señora que se disponía a subir a su vehículo para irse, entonces se detuvo a escasos cinco metros detrás de su coche. Finalmente la señora salió, dejando desocupado el puesto, justo frente a la salida del estacionamiento del diario.

Allí se estuvieron apostados hasta que a eso de las 5.30 pm vieron salir a la joven Rebeca en su mazda. Ella aceleró al montarse sobre la avenida, y el jefe del grupo que la vigilaba dijo en voz alta.

—Es ella. ¡Síguela!

Estaban estacionados en sentido contrario al que había tomado el mazda. Así que el chofer, encendió la camioneta y como pudo se abrió paso entre los vehículos que a su lado le entorpecían la salida. Cuando pudo hacerse con un espacio, aceleró más y dio la vuelta en U, en medio del tránsito que a esa hora se comenzaba a congestionar. El mazda ya había avanzado más de una cuadra, pero los hombres no le perdían de vista. El chofer de la camioneta aceleró al ver que la avenida en ese sentido estaba más despejada. Y en cuestión de algunos segundos, sólo un par de coches se interponían ante su objetivo.

Cuando Rebeca vio el aviso que indicaba que ya estaba próxima la salida hacia la autopista, redujo un poco la velocidad pero una vez superar la curva que le dio acceso a la amplia calzada, volvió a acelerar con fuerza. Se sentía muy animada, le había ido muy bien en su trabajo y la idea que rondaba en su cabeza con respecto al dinero adicional que podría lograrse de solo dar información acerca de Aldo, le hacía sentirse afortunada. Subió el volumen a la radio, zigzagueó entre un par de vehículos que tenía por delante y al abrirse paso aceleró aún más, su mazda. El jefe del grupo que la seguía, dijo al chofer.

—No la pierdas. Acércate más.

Y así lo hizo Camilo, el chofer de la camioneta. También zigzagueó entre el par de vehículos y aceleró lo suficiente, como para acercarse hasta unos treinta metros detrás de ella. En ese momento Rebeca miró por su retrovisor y le llamó la atención la camioneta que llevaba atrás, le pareció haberla visto a la salida del estacionamiento, frente a la torre. Entonces bajó lo suficiente la velocidad que traía para que el vehículo le pasara. Y así sucedió, la camioneta negra le pasó por un lado, pero, debido a la oscuridad del papel que protegía los cristales no pudo ver hacia el interior del vehículo.

A continuación, los perseguidores se ubicaron en el canal más próximo al hombrillo y también redujeron la velocidad. Cuando Rebeca leyó el aviso que indicaba la salida de la autopista que debía tomar para llegar a su casa, colocó la señal de cruce de su coche y se cambió al canal de la derecha detrás de sus perseguidores. El jefe, que mirando hacia atrás, seguía con detenimiento los movimientos del mazda, le dijo al chofer.

—Puso la señal de cruce... Salte en esta.

Pero Rebeca, al ver que la camioneta empezaba a tomar la salida, realizó un repentino giro de su volante, volviéndose a cambiar de canal, entorpeciendo a otro vehículo que también pretendía salir de la autopista, y que tuvo que accionar sus frenos con fuerza para así evitar colisionar con el mazda. Rebeca siguió derecho, y dijo: «Si me venían siguiendo, ya los perdí jaja».

En realidad su instinto no le fallaba; le venían siguiendo y había logrado perderles de vista. Pero sus perseguidores, al verse burlados le maldijeron, y de inmediato el chofer dio la vuelta en U debajo del puente de la autopista, pasando por el frente de todos los vehículos que en ese momento iban a arrancar con la luz del semáforo en verde, obligándolos a frenar abruptamente y ganándose algunos improperios, así como también el estruendo de los cláxones que parecían gritar obscenidades. Luego, el vehículo pasó por encima de un pequeño brocal que hizo brincar a sus ocupantes y tomó el retorno hacia la autopista nuevamente. Así que en cuestión de algunos segundos ya estaban de vuelta sobre la amplia calzada. Pero por más que aceleraron y rebasaron muchos vehículos, no pudieron dar con el mazda de Rebeca. Ella se había salido en un atajo que conocía muy bien y usaba algunas veces cuando el tráfico en la autopista lo ameritaba.

Una vez en su casa, la joven avanzó hacia su habitación, cerró la cortina de la ventana y se desprendió de su ropa. Se paró frente al espejo completamente desnuda y se observó. «No estoy nada mal», se dijo dando un medio giro sobre sus pies. A continuación se metió en el baño y abrió la ducha. Palpó el agua y la sintió muy fría, así que abrió un poco la caliente hasta que finalmente logró la temperatura deseada. Se introdujo bajo el amplio chorro y levantando el rostro con los ojos cerrados, aguantó un poco la respiración, mientras dejaba que el agua temperada le acariciara y recorriera el cuerpo. Luego apartó la cabeza, respiró con profundidad, se dio la vuelta y sintió cuando el agua recorrió toda su espalda, glúteos y la parte posterior de sus muslos. Tomó la pieza de jabón y comenzó a pasarla por entre sus senos, su plano abdomen juvenil, y recordó a Aldo, brindándole aquel beso tan exquisito que le había atrapado por completo mientras con sus manos le acariciaba los muslos. Bajó el jabón hacia sus muslos y se acarició recordándole.

No podía sacarse de la cabeza la imagen de Aldo. Le gustaba el periodista. Le atraía su sencillez y sobriedad, su amabilidad y ese gran talento que poseía.

Luego que salió de la ducha se secó, y así como estaba se recostó a lo largo de la cama con la espalda apoyada en la cabecera. Tomó su celular y le marcó. Luego del tercer tono, Alex le contestó el llamado.

—Buenas… Hola.

—Hola cariño. ¿Cómo estás? —Le saludó Rebeca con cariño.

—Bien. Un gusto saludarte. Aquí terminando de revisar un trabajo pendiente.

—Qué bueno que nunca te falte trabajo… Me gustaría verte. Te he estado recordando, y creo que dejamos algo pendiente la última vez que nos vimos.

—Eeeeh… Sí, jajaja… Me imagino que te refieres a cuando llegó tu amigo. Llegó justo en el momento menos indicado.

—Y me quedé… Bueno tú sabes. Me imagino que tú, igual.

—No te equivocas. Pero, son cosas que pasan… Yo disfruté mucho la tarde contigo.

—¿Qué tal si nos vemos? —agregó con entusiasmo la joven,

Alex se quedó callado por algún momento y discurrió con rapidez antes de contestar. No quería hacerla sentir mal porque le tenía mucho cariño, pero ahora sus pensamientos y deseos tenían otra persona a quien dedicarle su tiempo.

—Puesss… Si lo deseas podemos salir y tomarnos un café

—¿Un café?

—Sí, un café… Y charlamos de lo que desees.

—Uuummm… ¿No quisieras venir a mi casa y charlar aquí?

—Quizás más adelante…

—Entiendo. Okey, entonces un café… ¿Qué te parece mañana a las 5:30 de la tarde en el mismo café cerca del periódico?

—Me parece muy bien. Nos vemos mañana.

—*Bye*.

A los pocos minutos de haber colgado la llamada y con su teléfono en la mano, Rebeca revisaba las redes sociales, cuando sonó el timbre de la puerta. Miró su reloj y eran las 6:45 de la tarde. «¿Quién será?», se preguntó… En ese momento recordó cuando aquella misma mañana había recibido un mensaje de voz en donde su mamá le avisaba que la visitaría por un par de días. «Debe ser ella», se dijo mientras se vestía con unos shorts y una blusa corta.

El timbre volvió a sonar ahora con mayor insistencia, y Rebeca reconoció el rostro de su madre cuando revisó por la mirilla de la puerta.

—¡Mamaaaa…! ¡Qué alegría verte!… ¿Por qué no me llamaste para recogerte en la terminal?.

—Pues te confieso que se me acabó la batería del celular —le decía mientras se abrazaban con cariño—, y pues tomé un taxi hasta aquí. Sabes que yo resuelvo a mi manera.

—Claro que lo sé mamá… Qué bueno que me has venido a visitar.

32

La camioneta color negro que minutos antes había perseguido a Rebeca desde que salió de su trabajo en el periódico, se encontraba parada esperando la luz verde de un semáforo cuando el jefe de chaqueta verde, le dijo al que conducía.

—Allí hay un hotel. Acércate.

Así lo hizo el chofer. Ya todos estaban más calmados y cuando la luz cambió al verde, el hombre aceleró con prudencia, miró por el espejo retrovisor y se cambió de canal hacia la derecha para al cabo de cincuenta metros, cruzar y estacionarse en una de las vacantes que se mostraban frente a un anuncio de neón intermitente que identificaban al Hotel Chalet Inn. Se bajaron, y tanto el chofer como el joven se colocaron las chaquetas que traían colgadas detrás de sus asientos para evitar que se vieran las armas que portaban. Los dos hombres escoltaron de cerca al jefe, hasta que arribaron al mostrador.

El de la chaqueta verde le dijo al joven recepcionista que se encontraba atendiendo una llamada telefónica en ese momento.

—Buenas...

—Un momento, ya le atiendo —le dijo el joven tapando la bocina del teléfono.

A un costado había una puerta de vidrio identificada en su parte superior con un letrero que decía: «Bar–Restaurante», y dejaba ver hacia el interior algunas mesas ocupadas. Del otro costado se podían apreciar las escaleras que conducían a los pisos superiores. El más joven de los tres se acercó a la puerta del restaurante y la abrió para pasar adelante. Revisó visualmente el lugar y vio algunos comensales, pero le llamó la atención un par de mujeres que sentadas en la barra le miraron con curiosidad en cuanto dio un par de pasos hacia el interior del recinto. Algo percibiría de su singular aspecto que el joven sonrió y se acercó a ellas.

—Señoritas, buenas noches.

Sonrieron las mujeres y sorbieron de sus bebidas con picardía, mientras una, la más coqueta le miró de arriba abajo como examinándole.

—¿No serás policía, verdad?

—Jajaja... Muy lejos de eso.

—Te lo digo porque no tienes cara de ejecutivo, y llevas chaqueta... —la mujer se llevó la mano a la quijada y sonriendo, hizo como si estuviese pensando—. Uuummm... Déjame adivinar... Podrías ser mesero jajaja.

—Pues tienes hasta un poco de razón jajaja... A veces me toca hacer de mesero.

El hombre joven se ajustó la chaqueta y se incomodó un poco.

—Estoy buscando compañía para esta noche —le dijo, sonriente, y a continuación les hizo un guiño con el ojo.

—Pues podríamos... —agregó la otra que hasta el momento estuvo callada, observando—. ¿Cuántos son ustedes?, porque me parece que vi pasar a otros dos, contigo.

—Ah nos estaban espiando.

—Siempre estamos pendientes de posibles clientes.

—Sí, somos tres.

—Bueno sería 100 por cada uno, y por adelantado... Me traes los trescientos y me das el número de la habitación. Solo una hora, y ustedes pagan la bebida, por supuesto. Tomamos champaña... Te gustará nuestro show.

Cuando las dos mujeres llamaron a la puerta de la habitación 212 en el segundo piso del hotel, venían acompañadas por otra más, que completaba el trío. Desde afuera, las mujeres pudieron escuchar una música a mediano volumen y algunas risas. Cuando la puerta se abrió frente a ellas, el hombre joven pudo apreciar que se habían arreglado y venían cubiertas con abrigos de piel que le llegaban por encima de las rodillas; sus cabellos de diferentes colores parecían pelucas muy bien entalladas y caminaban sobre tacones que le hacían ver mucho más altas de lo que en realidad eran.

El jefe estaba sentado en una butaca fumando un habano mientras parecía escuchar complacido algunos boleros. El otro, que se ocupaba de manejar la camioneta, se estaba sirviendo un trago de whisky, mientras el joven solo se dedicó a apreciar la elegancia exagerada de aquellas tres mujeres que apenas entraban.

Sobre la barra de un pequeño bar que se apreciaba en un rincón, también estaban inmersas en tres cubetas repletas con hielo; tres botellas de una champaña barata pero que para aquella ocasión estaban muy acorde.

—¡Adelante! —les dijo el jefe desde la butaca, y haciendo un gesto con la misma mano que sujetaba el habano, les invitó a pasar. Las mujeres le sonrieron y le hicieron una especie de reverencia. De inmediato entendieron que ese sujeto mal encarado era el jefe de aquel grupo de hombres armados. Porque cada uno, ahora sin chaquetas, dejaban ver sus armas que traían enfundadas en sus respectivos estuches.

Una de las mujeres; la que había iniciado la conversación en el bar, volteó hacia el más joven que lo tenía al lado, y le dijo en voz baja,

—Me dijiste que no eran policías.

—Es la verdad.

La mujer quedó intrigada, y la otra, de rasgos más elegantes y la más alta de la tres, quien escuchaba la conversación con detenimiento, dijo en voz alta.

—Bueno. No queremos nada de armas por aquí… Así que si no las guardan en lugar seguro, nos marchamos de inmediato y aquí están sus… —iba diciendo aquello mientras sacaba del bolsillo de su abrigo de piel un pequeño monedero en donde tenía guardado los tres billetes de cien que el joven le había entregado en el bar, antes de subir.

—No se preocupen señoritas, pero primero enséñenos la mercancía —agregó el jefe mientras echaba una calada a su habano.

La misma mujer que había sacado el monedero de su bolsillo, lo volvió a guardar en su lugar y sonriente dijo en voz alta, también.

—Chicas hagamos lo que nos pide el caballero.

Las tres, como en una coreografía, sujetaron sus abrigos por el extremo inferior de la larga solapa y los abrieron como se abre el telón de un gran escenario. Paradas una al lado de la otra, mostraron la belleza de sus cuerpos. Las tres eran diferentes y cada una era hermosa a la vez. Solo estaban vestidas por unos diminutos bikinis, rojo, azul turquesa y el de la más joven de un fucsia tenue. Los hombres quedaron impactados por la escultural belleza de aquellos cuerpos y de inmediato el jefe desenfundó su *magnum* y la coloco en el interior de una gaveta que abrió de una mesa contigua, mientras los otros dos lo emulaban.

El que hacía de chofer, descorchó una de las tres botellas de champaña y un sonido seco inundó el vacío de la habitación, mientras la espuma de la bebida se derramaba por los costados de la botella. El jefe, con un control remoto que tomó de la mesa contigua, aumentó el volumen de la música y la mujer del medio, la que le había confrontado, se quitó su abrigo de piel y se fue a sentar sobre sus piernas. De inmediato el jefe acarició su rostro y le dio un beso en los labios para después recorrer con sus dedos, su cuello y el contorno de sus senos.

El de la barra repartió la champaña a todos y se acercó a la mujer que quedaba libre, y aun vestida con su abrigo. Acercó su rostro al de la mujer y en voz baja le dijo al oído.

—Me dejaron la más preciosa de todas.

—Jajaja... —rió la mujer con coquetería—. Y la más ardiente también.

—¡Maravilloso! Me encanta jugar con fuego —dijo el hombre muy entusiasmado.

Pasaron los minutos y luego de más de media hora. La música había aumentado de volumen y también de ritmo. Ahora escuchaban *reggaetón* y las mujeres hacían gala de sus habilidades artísticas. Se desenvolvían magistralmente en medio de la sala, bailando afanosamente y haciendo alarde de varias coreografías que parecían dominarlas a la perfección, mientras no paraban de beber, reír, y dar algunos gritos que se ganaban de inmediato el aplauso de aquellos tres pistoleros.

El jefe, luego de pasarse el dedo índice por un costado de su nariz, le hizo una señal a uno de sus hombres, el más joven del grupo; y este fue a buscar algo en un maletín que estaba acomodado en un rincón de la habitación. De su interior sacó una pequeña bolsa transparente, contentiva de varios gramos de cocaína, se acercó a la barra y la vació con cuidado sobre una bandeja que reposaba a un lado de las cubetas. La esparció y organizó en pequeñas hileras sobre la lisa superficie de cristal y colocó seis pitillos alrededor de la sustancia. De inmediato, se la acercó a su jefe y este fue el primero que aspiró; después le emularon los demás, tanto los hombres como las mujeres.

Así que al cabo de un par de minutos ya todos estaban viajando en sus alucinaciones y las mujeres se terminaron de desprender de sus diminutas prendas para irse a arrojar sobre aquellos que les esperaban con ansias.

La noche se hizo larga y el deseo sexual se consumó por completo, una y otra vez, hasta que los efectos del alcohol y la droga se disiparon por completo.

33

«La Cabaña II»

(Artículo publicado en El Eco el martes 06 de julio).

«"«Ahí vienen nuevamente...» me dije, en voz baja, echado sobre la cama de mi habitación, mientras un leve dolor se apoderaba de mis sienes. Ya llevaba varios minutos concentrado en aquel último encuentro que tuve con un hombre desconocido en una cabaña en medio de la selva.... «¡Ya les he perdido el miedo! ¡Vengan, vengan rápido que llevo prisa!», agregué ahora en voz alta, completamente seguro de que lo lograría.

Entonces sentí el frío de la oscuridad que me arropó por completo, que se apoderó de mi cuerpo con vanidad, cegándome, paralizándome. Quedé mudo. Ya no percibía la quietud de mi cuarto. Ya no escuchaba ningún ruido; solo el silencio en su mayor expresión se había apoderado de todo el espacio a mí alrededor. Pero sabía que duraría poco. Entonces esperé con paciencia.

En instantes, logré percibir una lejana claridad muy sutil que parecía hacerme señas en el vacío. Me concentré en la cabaña, en donde estuve la vez anterior; su suelo de arena amarillenta, el techo de palma, la cantimplora, los árboles alrededor, el aspecto de aquel hombre. Y supe que lo lograría... Ya escuchaba la brisa rozando las hojas de los inmensos árboles, ciertamente eran muchos y muy altos, robustos, verdes, como el agua pantanosa de un viejo estanque. Ya lograba palpar la arena del suelo en donde nuevamente me encontraba acostado. Abrí los ojos con confianza y pude apreciar un par de hojas secas que se encontraban frente a mi rostro, sobre la arena, y habían rodado unos centímetros empujadas por mi fuerte respiración. Mi corazón latía con contundencia y una leve sonrisa escapó de mis labios. Las fuerzas de mis músculos fueron retornando a mi cuerpo con prontitud y me levanté con cuidado mientras revisaba con la mirada, todo, alrededor.

Mi intuición me indica que debía caminar unos metros hacia unos pequeños árboles que se entrelazan en la cercanía. Así lo hice y al apartar con dificultad sus ramas, logré apreciar en la corta distancia la cabaña, la misma en donde estuve unos días atrás. Otra sonrisa se me escapó al darme cuenta que había logrado alcanzar mi objetivo. Pero cuando intenté dar unos pasos para acercarme a ella, escuché una conversación y me detuve.

Aquel hombre que estuvo secuestrado y con quien había compartido tan interesante conversación había salido de la choza al encuentro del recién llegado y le observaba de frente a escasos dos metros de distancia de la única puerta que daba acceso al rudimentario aposento. Este otro no parecía ni alegrarse ni molestarse por la presencia del extraño, ni por las condiciones tan indeseables en que se encuentra. Le extendió la mano en señal de bienvenida y le ha dicho su nombre: «Rogelio».

—Ah... con que usted sí es Rogelio. Y entonces quién es ese otro que está adentro —su rostro denotó un gesto de extrañeza y de inmediato se dirigió hacia el interior de la cabaña seguido por Rogelio, pero al no encontrar a nadie quedó totalmente confundido—. Aquí había un joven con quien conversé antes de que usted llegara —agregó desconcertado. Se acercó a la ventana y con la vista hizo un recorrido rápido de los alrededores mientras se le escapaba de los labios una mueca de incomprensión.

—La verdad es que no creo que alguien pueda haber estado aquí antes de que usted llegara, señor —respondió el campesino, de nombre Rogelio. Su rostro era ancho y redondeado, casi cubierto por un vello oscuro y rizado; el cabello ensortijado y abundante, le hacía ver la cabeza de un tamaño desproporcionado; la pelambre de su barba se confundía con los vellos del pecho que se prolongaban hacia su abultado abdomen; los brazos también muy poblados, eran gruesos, terminando en unos dedos rollizos de uñas mugrientas; al cinto, un machete; en los pies, un par de alpargatas oscuras al final de un pantalón jean, sujeto por una cabuya—. Yo no recibo visita de nadie por aquí. Ni nadie llega hasta aquí por sí solo —agregó el ermitaño cuyo aspecto corpulento mostraba una mejor condición de salud física que la del visitante.

—Será que no me he podido librar de tantas alucinaciones —se preguntó en voz baja el hombre, mientras no dejaba de revisar visualmente los alrededores como buscando algo que demostrara que no estaba alucinando... Se palpó el doblez de la camisa e hizo un gesto de resignación.

De repente el extraño visitante se apretó con ambas manos el estómago y dobló su tronco hacia delante lamentándose de alguna punzada. El ermitaño se le acercó e hizo un intento de asirlo por el brazo, pero el hombre le dijo.

—No... No se preocupe, lo que sucede es que tengo necesidad de evacuar.

—Vaya afuera. Le espero, para marcharnos de inmediato.

Luego de salir de la cabaña y esconderse detrás de unos matorrales por algunos minutos, el hombre se volvió a subir sus pantalones y ya se encaminaba de regreso hacia el interior del humilde recinto, cuando di un par de pasos desde la parte posterior de la cabaña en donde me había escondido, y acercándome le dije a sus espaldas, en voz muy baja: «Hola, amigo. Aquí estoy de regreso». Al voltear, se encontró de frente conmigo.

—Tuve que ausentarme porque no sabía quién era el que llegaba —me expliqué.

—Te entiendo... Pero es Rogelio, el hombre que me dijeron que me sacaría de aquí —dijo en voz baja, también.

—Perfecto. Te deseo suerte. Ojalá nos podamos volver a encontrar.

—Sí... Pero antes de que te marches quiero entregarte esto —agregó el hombre, bajando aún más el tono de su voz.

De inmediato revisó en el doblez interior de su camisa y con sumo cuidado extrajo de su interior un pequeño dispositivo que había guardado a través de una pequeña rotura de la tela.

—Esto contiene información muy valiosa. Tómalo, guárdalo, y si tienes oportunidad, entrégalo a alguna autoridad que sea confiable.

Era muy pequeño... Lo tomé con cuidado con mi índice y pulgar derecho. Luego, lo coloqué sobre la palma de mi mano izquierda y la cerré como para no perderlo.

—¿Y por qué a mí...? —le pregunté con curiosidad.

—He leído en tus ojos algo que me ha llevado a confiar en ti... La verdad no confío en ninguna de esta gente, aun cuando ahora me estén guiando hacia mi libertad... ¿Cuál es tu nombre, muchacho?

Di un paso hacia adelante y acercando mis labios a su oído le murmuré mi nombre.

Después de escuchar mi nombre, el hombre me dio la espalda y en silencio retornó hacia el interior de la cabaña, para de inmediato planificar su regreso a la civilización con la ayuda Rogelio. Yo en cambio me fui acercando sigilosamente hacia el lugar en donde había arribado. Caminé hacia allí y me vi acostado sobre la cama de mi habitación. Esta vez no tuve necesidad de correr. Me fui acercando pacientemente y abrí la mano para verificar que tenía el pequeño dispositivo en mi poder. La volví a cerrar cuando la claridad de aquel otro espacio comenzó a arroparme con delicadeza para irme desvaneciendo de aquel mundo selvático en donde me encontraba. Volteé hacia la cabaña y la vi con melancolía. Imaginé al par de ocupantes planificando su travesía y en especial a aquel hombre que cargado de esperanza y gratitud, ahora podía soñarse libre.

Al encontrarme nuevamente en mi habitación, sentí una sensación de alivio y me senté al borde de la cama, abrí nuevamente mi mano y tomé el pequeño dispositivo con mis dedos; sin duda era una diminuta unidad de memoria».

Aldo

Luego de haber terminado de leer el artículo titulado «La Cabaña II» publicado en el diario El Eco; el profesor Ludovich, quien se encontraba en su oficina del Departamento de Psicoanálisis de la prestigiosa Universidad de Yélamon, cerró el periódico, lo dobló con cuidado, y lo dejó reposando sobre su escritorio. Era un hombre de cabello escaso, color blanco y siempre desordenado, un poco jorobado, y cuya apariencia infundía respeto al alumnado y profesores, no solo por lo avanzada de su edad, sino también por lo estrafalaria de su apariencia en general.

Echado hacia atrás sobre su asiento, le echó otra mirada al periódico que reposaba sobre su escritorio mientras su mente le llevaba a lejanos recuerdos, cuando aún era muy joven y trabajaba en conjunto con el investigador y científico Amilanitovich en aquellos salones malamente acondicionados como laboratorio a finales de la segunda guerra mundial. Allí trabajaron con hombres prisioneros de una guerra en donde habían quedado atascados, y que de sus vidas restaba muy poco, pero sus conciencias aún podían brindar mucho a la humanidad.

Se incorporó un poco sobre su asiento, giró, y se arrimó a su ordenador. Pulsó un par de teclas y buscó en Google; «Diario El Eco». En menos de un segundo, luego de haber pulsado la tecla *enter*, se desplegó en la pantalla la página web del diario. Luego se fue a la pestaña de información/periodistas/contactos y revisó la lista de todos. Finalmente encontró la dirección de correo que le interesaba: *cronicas.aldo@eleco.com*. Era la dirección de e-mail que le había creado el periódico para que por allí recibiera cualquier información pertinente con respecto a sus publicaciones. El profesor Ludovich escribió.

Asunto: Urgente y Confidencial.

Estimado Aldo.

Me dirijo a usted con la finalidad de invitarle a una clase muy especial que ofreceré el día pasado mañana 8 de Julio en el auditorio F de la escuela de Psicoanálisis de la Universidad de Yélamon en donde llevo más de tres décadas trabajando e impartiendo mis conocimientos.

Le aseguro que le será de mucha utilidad.

Atentamente

El Profesor

Luego de releer el mensaje escrito, sonrió para sí mismo y pulsó la tecla *enviar*.

34

A los sabuesos que buscaban averiguar la identidad de Aldo, les fue fácil averiguar primero quién era ese tal Parada que trabajaba en El Mundo. Bastó con indagar un poco en internet y allí estaba. Era un simple periodista que llevaba muchos años trabajando para el periódico y quizás buscaba hacerse con algunos méritos y algo de dinero extra.

Los pistoleros ya tenían claramente identificados a los tres personajes que giraban alrededor de Aldo. La más importante era la chica Rebeca ya que al parecer era ella la única quien le conocía personalmente. Pero no estaba de más darle una vuelta al tal Parada para conocerlo un poco más. Así que a horas tempranas se trasladaron a la dirección que encontraron en la web y se apostaron frente al deteriorado edificio en donde residía, en medio de un barrio de tercera clase. Allí había vivido desde que comenzó a trabajar en el periódico, y allí habían crecido sus hijos hasta que su mujer le abandonó junto con ellos.

Después que el periodista se marchó de su residencia para su trabajo en el periódico, dos de los hombres; el de chaqueta verde y el más joven, se bajaron de la camioneta negra, subieron hasta el cuarto y último piso, y luego de abrir con maestría la puerta identificada con el número 404, usando unos pequeños ganchos que llevaban, entraron en el apartamento en donde vivía el periodista, y no pararon de remover todo hasta revisar cada rincón del pequeño lugar. Algunas cosas que encontraron, confirmaban que el hombre había estado casado, ya que en medio de la mesa del comedor tenía una foto de él acompañado de una mujer y un par de niños. El jefe tomó el portarretrato en sus manos, sonrió con malicia, y luego de lanzarlo al suelo lo pisó con crudeza, hasta que escuchó crujir los cristales.

No encontraron nada adicional a un montón de ropa muy usada y pasada de moda, una cantidad de trastos sucios en el lavaplatos, y mucha basura acumulada. Sin duda que aquel hombre vivía solo y debía pagar poco alquiler por lo viejo y descuidado de la edificación.

Una vez terminaron su labor en el interior del apartamento del periodista, los dos pistoleros regresaron a la camioneta y se sentaron de igual manera que las veces anteriores. El jefe se dejó caer en el asiento trasero e intentaba acomodar las piernas, cuando el que hacía de chofer, preguntó.

—¿Encontraron algo?

—Nada… Solo basura —dijo el jefe con brusquedad—. Vamos a buscar a la chica… ¡Ya me duele la cabeza. Coño!.

Iban desplazándose por una calle residencial cuando el jefe vio una farmacia cerca de una panadería. De inmediato le dijo al que conducía.

—Párate allí… —estiró su mano hacia un lado, apuntando con el dedo índice—. Necesito algo para este dolor de cabeza.

El chofer se arrimó hacia un costado y se detuvo justo enfrente a la farmacia. Entonces le ordenó al más joven.

—Perico, ve y compra algo que me quite esta mierda de dolor… También algo de comer. Y no olvides el agua.

Una vez que el joven regresó con todo lo requerido por el jefe, se volvieron a poner en marcha y avanzaron sin perder tiempo. El de la chaqueta verde se tragó cuatro pastillas de ibuprofeno al mismo tiempo. Luego se tomó casi toda la botella de medio litro de agua.

Iban comiendo unos emparedados rellenos de queso amarillo y jamón, hasta que finalmente se incorporaron sobre la avenida Lanceros, allí avanzaron por más de veinte minutos y cuando ya estuvieron próximos a la torre El Eco, divisaron un lugar para estacionar a solo cincuenta metros de la fachada del edificio. Volvieron a apostarse con la camioneta encendida y el aire acondicionado en marcha. Afuera estaba haciendo calor como de costumbre.

Eran ya las once de la mañana cuando arribaron. Estuvieron pendientes de todo aquel que entraba y salía del edificio, pero no lograron descubrir nada especial, solo un montón de periodistas, fotógrafos, y hombres de maletín, que entraban y salían como si aquellas instalaciones fueran un bulevar. Allí estuvieron hasta que a las 5:25 pm vieron cuando Rebeca salió a pie, y no en su vehículo, por la puerta de cristal que daba acceso a la edificación.

—Ahí está —dijo el más joven al verla.

—Sí, es ella —agregó el otro, mientras le observaba con minuciosidad.

Santino permaneció callado por algunos segundos mientras la joven avanzaba hacia la esquina próxima. Finalmente le dijo a Perico, dándole un golpecito sobre el hombro.

—Vamos.

Ambos se bajaron de la camioneta, cruzaron corriendo la avenida y caminaron a prisa en busca de la joven. Le vieron doblar en la esquina y apresuraron el paso. Cuando miraron hacia el interior de la pequeña calle, observaron cuando ingresaba en un pequeño café que estaba a pocos metros de la esquina. Apresuraron aún más sus pasos y vieron a través del cristal del café cuando saludaba con un beso en la mejilla a un joven como de unos treinta años, cuyo aspecto físico no llamaba mucho la atención. Alex prendió su teléfono que traía apagado y verificó que tenía muy poca carga, pensó en apagarlo nuevamente para ahorrar la batería, pero no lo hizo. En ese momento le llegó un mensaje de Raquel: «Te deje algo con la señora María. Cuando puedas me llamas porfa».

Los dos hombres entraron al recinto y miraron a los lados en busca de un lugar apropiado para sentarse, caminaron por el corto pasillo en dirección al lugar en donde se encontraban sentados los jóvenes y cuando pasaron junto a ellos no los miraron, pero a Alex sí le llamó la atención aquel hombre mayor de tosco semblante que vestido con chaqueta verde, buscaba un lugar desocupado hacia ese costado del salón que a simple vista se veía totalmente colmado.

Cuando el mesero se acercó a la mesa que ocupaban los jóvenes, Alex le dijo, «tráeme otro igual para la joven».

El café a esa hora de la tarde siempre se llenaba, era el sitio predilecto de muchos periodistas y empleados del diario que solían departir allí en sus ratos libres. Alex había llegado con media hora de antelación previendo conseguir un lugar adecuado en donde poder platicar con su amiga Rebeca. Ya casi terminaba su primer café, cuando los dos hombres se tuvieron que sentar al otro extremo del pequeño salón muy cerca de los baños.

En ese momento Santino escuchó el tono de su teléfono que indicaba el arribo de un mensaje de texto. Leyó primero el nombre del remitente: «Gato Pardo». Luego pulsó la tecla para leer el texto. «El Comandante leyó la última publicación de Aldo y dice que definitivamente es el hombre que buscamos. Lo quiere vivo para interrogarlo personalmente».

—Alex… ¿Nunca has pensado en la posibilidad de escribir para otro periódico, sin dejar de hacerlo para El Eco? —le preguntó Rebeca, mientras le daba el primer sorbo al humeante café que recién le había traído el mesero.

—La verdad que no lo he pensado… Y creo que con El Eco tengo suficiente por ahora.

—Fíjate que la competencia parece que está interesada en ti.

—Ooh... No me lo imaginaba. ¿Y cómo sabes tú eso?

—Pues... —en ese momento la joven estiró su mano y la posó sobre la del joven—. Un pajarito me lo dijo esta mañana, jajaja.

—Jajaja... Tenía tiempo que no escuchaba esa expresión. Mi abuela solía usarla.

—Tengo un contacto y me dijo que escuchó decir eso... Que te querían.

—Pues la verdad, yo me siento muy bien como estoy ahora. Los ingresos que percibo me son suficientes, tanto así que pienso ir a ver algunos vehículos esta misma tarde para ver si me compro uno.

—¡Ooooh! ¡Qué bueno!... Me alegro mucho por ti, corazón. Me tienes que llevar a pasear cuando lo tengas —Rebeca le apretó la mano con cariño y luego le dijo mirándole a los ojos e insinuándose.

—¿Cuándo vamos a compartir como aquel otro día en mi apartamento?... La pasamos muy bien. No lo negarás.

Alex sabía que en algún momento de la conversación sacaría a relucir lo sucedido aquel día en que compartieron y disfrutaron de algunas caricias y besos... Pensó con inmediatez antes de agregar.

—Lo pasé estupendamente ese día, pero creo que aún no estoy preparado para algo formal con alguien.

—¿Y quién te dijo que yo quería algo formal?

—Siempre se comienza así; disfrutando algunos momentos... Y luego, poco a poco uno se va involucrando.

—Sabes... —agregó la joven luego de recordar a su madre—. Mi mamá llegó anoche para quedarse hasta el fin de semana. Así que si deseas algo adicional a un rico café y una linda charla, tendrá que ser en tu apartamento jajaja; al menos por estos días.

Alex sonreía ante la gracia e insistencia de Rebeca, cuando su teléfono vibró anunciándole que tenía un correo urgente sin revisar. Tomó el teléfono y bajó la vista hacia la pantalla de su equipo para leer. El semblante de su rostro cambió por completo al leer el texto del e–mail que le había enviado un *Profesor* de la prestigiosa Universidad de Yélamon, invitándolo a una conferencia.

—¿Algún problema, Alex?

—No, no, nada... Solo es una invitación —respondió Alex, retornando una forzada sonrisa a su rostro.

En ese momento el más joven de los dos hombres pasó nuevamente al lado de la mesa y Alex lo notó. Le observó con minuciosidad y notó un bulto debajo de su chaqueta del lado del corazón. De inmediato, se dijo en su mente: «Este hombre está armado en un café repleto de periodistas».

Cuando el hombre pasó de vuelta y se dirigió hacia donde había estado sentado en compañía de su jefe tomando un par de cafés; antes de sentarse volteó en dirección a los jóvenes periodistas y su mirada se cruzó con la de Alex.

—Creo que debemos marcharnos, Rebeca —le dijo.

—¿Cómo?... ¿Porqué? —Quiso saber la joven periodista.

—No sé. Presiento algo.

—Ok, vámonos. Creo entenderte.

Alex dejó un billete sobre la mesa y ambos se levantaron calmadamente para no llamar la atención, pero el par de pistoleros que no les habían quitado la vista de encima también colocaron un billete sobre su mesa cuando le vieron acercarse hacia la puerta de salida. Los jóvenes notaron el peso de aquellas miradas vigilantes y apresuraron sus pasos.

Al salir del café, emprendieron una suave carrera en dirección a la esquina próxima. Al cruzar, y luego de algunos pasos, Rebeca haló por el brazo a Alex, conduciéndolo hacia el interior de una tienda de ropa casual y prendas íntimas, que estaba a escasos cinco metros. Ambos se escondieron tras la cortina del último probador de ropas que se encontraba al final de un estrecho pasillo, luego que Rebeca le hiciera una seña a una de las dependientes que le saludó con confianza al verle entrar.

Cuando el par de hombres arribaron a la esquina no pudieron divisarlos por ningún lado. Revisaron visualmente por los alrededores pero el volumen de transeúntes era tal que se les hizo muy difícil encontrarlos entre tantas personas. Al más joven de los dos perseguidores le llamó la atención algo en una tienda de ropa íntima que estaba a un costado de donde se encontraban parados y se asomó por el cristal de exhibición para ver hacia el interior. Algo le dijo el nervioso rostro de la dependiente que se aventuró a entrar. Pero luego de darse unas vueltas entre las estanterías colmadas de ropa, y no encontrar nada adicional a vestidos femeninos y prendas íntimas, se dio la vuelta y salió para acompañar a su jefe.

35

La dependiente de la tienda de ropa íntima, en donde se había escondido la pareja de jóvenes tras salir en carrera del café, perseguidos por los dos pistoleros, se acercó al amplio ventanal y siguió con la mirada a los dos tipos hasta que se montaron en la camioneta que estaba estacionada a escasos cincuenta metros de la tienda. Luego se dirigió al pasillo que conducía a los probadores.

—Ya se fueron —les dijo

—Gracias amiga, de verdad te lo agradecemos —le respondió Rebeca.

—Por nada... Esos tipos tenían cara de malos.

—Pensamos lo mismo, amiga; pero no entendemos por qué nos estaban persiguiendo.

—Cuídense... Se montaron en una camioneta negra —agregó la dependiente antes de verles salir por la puerta y perderse entre los transeúntes.

Caminaron en sentido contrario del periódico. En aquel mismo momento Luis Sevilla venía por la misma acera y al ver a Rebeca en la distancia le gritó: «¡Rebe... Rebe!», pero al parecer la joven no escuchó. Apresuró sus pasos, mientras el par de jóvenes avanzaban tan rápido entre la multitud que le fue imposible alcanzarlos, y les perdió de vista en cuestión de pocos segundos. «Creo que andaba con aquel amigo con quien la encontré en el apartamento la semana pasada», se dijo, Luís.

La camioneta seguía parada del otro lado de la acera y prácticamente en frente de la torre de El Eco... Escondidos entre la multitud, los jóvenes avanzaron un par de cuadras.

—¿Quiénes serán esos tipos? —se preguntó Alex en voz alta.

—Pues la verdad no tengo idea, pero ayer creo que esa misma camioneta negra me estaba siguiendo cuando me dirigía a mi casa, después de salir del trabajo; gracias a Dios les pude perder. Y hoy están de nuevo aquí... No sé qué voy a hacer.

—Yo creo que lo mejor sería poner la denuncia.

—No tengo nada para poner una denuncia, solo sospechas. Creo que no me harían caso.

—Tienes razón... Una idea podría ser, que cambies de carro. Y así no sabrán cuando entres o salgas del edificio —le dijo Alex con suspicacia.

—¡Esa es una buena idea!. Puedo cambiar de vehículo con el de mi hermano que tiene los vidrios protegidos con papel oscuro.

En ese momento chocaron las manos.

—Bueno. Te dejo y seguimos en contacto. Estamos pendiente con la visita que me tienes prometida —agregó la joven brindando una dulce sonrisa a Alex—. Yo tomaré un taxi aquí y entraré al periódico, escondida en la parte posterior del auto. No te preocupes por mí. Y luego llamo a mi hermano.

Así hicieron. Alex esperó a que Rebeca pidiera un uber no identificado y se montara en él. Al cabo de algunos minutos después de dar la vuelta al par de manzanas, el uber entró al estacionamiento de la torre y Rebeca se bajó en el sótano para tomar desde allí el ascensor que le llevaría al último piso de la torre en donde trabajaba. Mientras tanto, Alex avanzó una cuadra adicional caminando cadenciosamente hasta tomar un autobús que luego de desplazarse a lo largo de la avenida le llevó a un concesionario de vehículos cuya dirección había ubicado previamente por el teléfono.

El joven periodista se paseó por los diferentes modelos de autos. Ya los había revisado en la web, pero la sensación de estar allí tan cerca de aquel convertible le pareció maravillosa. Posó su mano sobre las líneas laterales y con delicadeza dejó correr sus dedos sobre la superficie roja. Solo una voz femenina le sacó de su embeleso cuando escuchó a sus espaldas.

—Buenas tardes. ¿Le puedo ayudar en algo?

Volteó y se encontró con una elegante mujer muy bien arreglada que le sonreía amablemente.

—¿Le gusta?. Es un ejemplar muy hermoso, con un motor 2,5 / 194 CV capaz de desarrollar hasta 220 kilómetros por hora, su consumo de gasolina es muy bajo 0,09 litros por kilómetro… Y lo más importante es que tiene unas líneas muy modernas, además de hermosas.

—La verdad es que este modelo me encanta —agregó Alex mientras daba unos pasos adicionales alrededor del vehículo, con la mirada extraviada en su forma y color, mientras la mujer permanecía parada, guardando distancia, sin agregar nada adicional, solo observando con educación.

Al cabo de algunos minutos, luego que el joven se sentara en el interior del auto, acariciara con delicadeza el panel frontal y percibiera el confort de sus butacas; la mujer se atrevió a interrumpirlo.

—Si gusta, pasamos a mi oficina y le explico los detalles financieros. Le aseguro que podremos encontrar un acuerdo a su medida.

Así hicieron. Pasaron a las oficinas y degustaron de un par de cafés, mientras la vendedora le explicó a Alex los diferentes planes que tenían preparados para ese modelo de vehículo. El joven periodista no se pudo contener ante la oferta que le mostraba la mujer y en cuestión de media hora ya estaba firmando los papeles. Extendió un cheque por el monto inicial, y a continuación la mujer le dejó solo por algún momento para ir a hablar con el gerente de la empresa, quien aprobó la documentación luego de echarle un vistazo. Alex tuvo que esperar unos quince minutos adicionales mientras la vendedora conformaba el cheque vía telefónica y verificaba el poder crediticio del cliente. El joven periodista aprovechó aquellos minutos para revisar los detalles del auto; levantó el capó del motor y lo examinó visualmente, así como también la maletera y nuevamente sus espacios interiores. Finalmente la mujer volvió a interrumpirle cuando se acercó y le dijo.

—Tome. Estas son las llaves de su vehículo. Le felicito por su buena elección. Que lo disfrute —fueron las palabras que pronunció, mientras metía los documentos del auto en un sobre y le entregaba las llaves con sus respectivas copias—. Con este botón puede abrir o cerrar la cubierta. Y el manual de uso, se encuentra en la guantera.

En ese momento la mujer pulsó un botón del control y el techo que se encontraba replegado en la parte posterior de los asientos traseros, se comenzó a desplegar hacia arriba.

—Lo puede dejar abierto... Deseo sentir la brisa al conducir —agregó de inmediato Alex, interrumpiendo a la mujer.

—Perfecto. —Entonces la mujer volvió a pulsar el botón y el techo se recogió de inmediato.

Así que a las 6:15 de aquella misma tarde, Alex salió del concesionario con su nuevo Audi descapotable color rojo. Salió a la avenida y con mucho cuidado se incorporó a la calzada tras una serie de vehículos que habían avanzado desde el semáforo próximo. En su rostro se podía apreciar una amplia sonrisa, mientras sujetaba con ambas manos y los brazos extendidos al frente, el volante del deportivo. Encendió la radio, pulsó la tecla de sintonización automática varias veces hasta que encontró una música romántica que le acarició en sus entrañas. Siguió avanzando en busca de la autopista y a unas cuatro cuadras encontró la salida. Activó la señal de cruce y se dejó llevar por la suave curva que le incorporó en la amplia calzada. Allí aumentó el volumen de la radio y con sus dedos iba golpeando con armonía y delicadeza la parte alta del volante, al ritmo de la canción. Aceleró un poco más el vehículo sin exceder los límites de velocidad y se mantuvo ahí, sintiendo la brisa que desordenaba su cabello y le brindaba una placentera sensación de libertad.

Cuando llegó al conjunto residencial en donde vivía, se bajó del auto y siguió admirando la belleza de su adquisición. Pulsó un botón en el control y la cubierta del auto se comenzó a desplegar hasta cerrarse por completo. A continuación los cristales del vehículo subieron.

La señora María que desde el primer momento le observaba a través de la ventana de su apartamento en la planta baja, salió y se acercó a él, cuando aún estaba parado admirando su auto.

—Wow... ¿Es suyo?

—¿Cómo está usted, señora María?... Sí, lo acabo de adquirir. ¿Le gusta?

—Está precioso... Debe costar mucho dinero.

—Pues la verdad, sí es un poco costoso. Pero para eso trabajo.

—Pues te felicito. Eres un joven muy especial y te mereces todo lo que logras.

—Gracias señora María.

—Por cierto, muchacho. Hace un par de horas vino la joven amiga tuya, la del carro bello que el otro día te... bueno tu sabes. Y te dejó esto... —La señora conserje le extendió una bolsa de papel—. Y me dijo, que le avisaras cuando la recibieras.

Alex tomó la bolsa y revisó en su interior. Era comida china para dos. Entonces sintió vergüenza de no haber estado en su apartamento para recibir de sus propias manos aquel detalle tan especial. Sin duda Raquel le guardaba mucho cariño, ya que estaba pendiente de él todo el tiempo.

—Muchas gracias señora María. Qué pena, no haber estado cuando vino Raquel.

—Sí, ese es su nombre, Raquel. Ella me lo dijo pero se me había olvidado.

—Ahora que cargue el teléfono le llamo para darle las gracias... Linda tarde —le dijo finalmente a la señora María al verle alejarse.

Rebeca había hecho lo propio. Luego de haber terminado sus labores en el departamento de edición, había llamado a su hermano Víctor para que la fuera a buscar. Luego giró instrucciones a la seguridad del estacionamiento para que permitieran acceso al vehículo de su hermano Víctor Gutiérrez; un Ford fiesta color gris con vidrios oscuros. En aquel momento le esperaba parada en el sótano de la torre, próxima al pasillo que conducía a los ascensores. No tuvo que esperar más de quince minutos y al verle dar la vuelta en la sección C del estacionamiento, levantó su brazo para que le reconociera en la distancia. Su hermano se detuvo frente a ella y la recogió según lo acordado. La joven, no quiso darle mayores explicaciones del porqué dejaba su carro aparcado en el estacionamiento; solo le dijo que no había querido encender, y que al día siguiente iría el técnico a revisarlo.

—No te preocupes, aquí dentro del estacionamiento no le pasará nada, estará bien resguardado por los vigilantes —le dijo Rebeca a su hermano para que no se preocupara.

—Tienes razón. Está bajo techo y entre cuatro paredes —agregó Víctor—. Por cierto recibí un mensaje de mamá diciendo que está en tu casa. Que bueno.

Se incorporaron a la avenida y ninguno de los que vigilaban desde el interior de la camioneta, notaron cuando en aquel pequeño vehículo con vidrios oscuros salía Rebeca en compañía de su hermano Víctor. Ella miró hacia los alrededores y de inmediato vio la camioneta negra estacionada frente a la torre del otro lado de la acera.

—Sí, mamá llegó anoche… —Rebeca continuó la conversación sin demostrar ningún rasgo de preocupación o nerviosismo para que su hermano no lo notara—. Estará por el fin de semana.

—Hoy no podré bajarme, tengo a un cliente esperándome en el taller —se explicó su hermano—. Pero mañana iré a visitarlas.

Así, conversando sobre algunas trivialidades fueron desplazándose a lo largo de la avenida en dirección a la residencia de la joven periodista. Frente al periódico habían quedado los tres hombres en el interior de la camioneta, esperando ver salir el mazda de la joven, y al cabo de media hora adicional, aproximadamente, luego que ya no salieran más vehículos del estacionamiento. El jefe de los perseguidores, le dijo al más joven de los tres.

—Esto está raro, ya creo que salieron todos los empleados y no vimos por ningún lado a la jovencita. Creo que se nos escabulló... —El hombre pensó por algún corto momento y de inmediato, ordenó—. Perico, ve y date una vuelta por el estacionamiento para ver si encuentras el vehículo. Eso sí, sin llamar la atención

Así hizo el hombre que se encontraba sentado a un lado del chofer; se bajó, cruzó la avenida con pasos alargados para no llamar la atención, se acercó hacia la salida del estacionamiento y aprovechó un descuido del vigilante que atendía el acceso, para escurrirse por un costado y con agilidad esconderse entre un par de camionetas repartidoras que estaban identificadas con el logo del periódico, detrás de la garita de vigilancia. Avanzó agachado, apoyando su mano izquierda en el arma que llevaba resguardada bajo su chaqueta, hasta que divisó un pasillo que conducía hacia unas escaleras adjuntas. Luego de avanzar unos diez metros adicionales se sorprendió al ver que se abrían las puertas del ascensor y escuchó las voces de personas que conversaban. Se agachó y simuló estar amarrando la trenza de sus zapatos, mientras un par de periodistas que emergieron del pasillo, pasaron a su lado, conversando sobre los últimos sucesos que habían ocurrido cerca de la frontera.

El pasillo le dio acceso al otro lado del sótano identificado con la letra C, que a esa hora de la noche se encontraba prácticamente vacío a no ser por el vehículo mazda color azul que la tarde anterior estuvieron siguiendo y que pertenecía a la joven periodista Rebeca. Entonces, el hombre se acercó hasta el vehículo y abrió con maestría la puerta sin que se accionara la alarma. De inmediato se dedicó a buscar algo que le interesara y tomó de la guantera un par de documentos que identificaban la dirección y teléfono de la joven. Al salir y cerrar la puerta miró hacia las llantas del vehículo y sonrió con sarcasmo. Metió su mano en el bolsillo de su pantalón y extrajo una navaja que dejó relucir una punzante hoja plateada luego que accionara un pequeño botón. A continuación se dedicó a punzar las cuatro llantas que de inmediato dejaron escapar un silbido intenso que duró algunos segundos.

36

Luego de una hora aproximadamente, después que su hermano Víctor la dejó frente a su casa, y estando platicando con su mamá en la cocina, mientras la señora terminaba de preparar algo para cenar, el teléfono celular de Rebeca recibió una llamada entrante de un número desconocido. Lo dejó repicar varias veces y no tenía la intención de contestar hasta que finalmente se decidió.

—Sí diga —contestó la joven.

—Buenas noches. ¿Señorita Rebeca Gutiérrez? —preguntó una voz ronca, como de una persona de cierta edad adulta.

—Sí, soy yo.

—Será que usted puede salir un momento a la calle. Necesito una información que solo usted me puede dar.

—¿Cómo…? ¿Quién es usted?

Su madre, quien se encontraba tarareando alguna canción mientras daba vueltas entre las palmas de su mano a la masa cruda de una arepa que preparaba, pudo escuchar aquella pregunta y, en ese momento dejó de tararear para intentar prestar un poco más de atención a la conversación que sostenía su hija.

—Mi nombre es Santino —dijo el hombre—, y estamos estacionados justo frente a su residencia. Ya llevamos algunos minutos aquí y hemos notado que vive en una linda casa en compañía de su madre, si no me equivoco.

La joven guardó silencio por un momento y con cuidado se acercó a la ventana de la sala que daba vista hacia el exterior, sin apartar el teléfono de su oído. Cuando revisó, pudo ver la misma camioneta negra que le había estado persiguiendo el día anterior y también estaba estacionada frente a la torre de El Eco. En su interior debían estar aquellos dos hombres que le habían seguido hasta el café aquella misma tarde, cuando se reunió con Alex.

—Estamos ansiosos por conocerla personalmente y que nos proporcione la información que necesitamos... —continuó el hombre. Rebeca, al escuchar una especie de resoplido, le pareció que quizás, sonreía—. Y no se preocupe por su madre, nosotros también tenemos y sabemos lo que significan en nuestras vidas. Por cierto, se guardan mucho parecido. —Aquellas últimas palabras decían mucho de sus intenciones y a la joven le invadió un terrible temor.

Rebeca no salía de su asombro, no sabía qué hacer o cómo actuar. Si salía corriendo para algún lugar, dejaría a su madre totalmente desprotegida y en manos de aquellos hampones. Así que al parecer no tenía escapatoria. Se sintió atrapada por completo y los nervios empezaron a invadirle.

—Sí... Espere un momento por favor. Ya salgo —dijo, convencida de que no tenía ninguna otra alternativa.

Al cabo de algunos segundos Rebeca abrió la puerta y una suave corriente de aire fresco rozó su cuerpo adhiriendo la falda de su vestido a sus muslos. La brisa se desplazó a través de la sala hasta llegar a la cocina en donde se encontraba su mamá terminando de cocinar las arepas. La señora sintió también el fresco de la noche, al mismo tiempo que la llama de la estufa se balanceó debajo del budare.

—Rebe, ¿vas a salir? —Preguntó su madre.

—No mamá... Solo voy a hablar con alguien.

—¿Y quién es ese alguien? —Quiso saber la señora, pero no recibió respuesta.

La joven avanzó con paso lento hacia la camioneta, a lo largo de un estrecho andén que separaba en dos partes iguales el jardín que decoraba el frente de la edificación. Sintió un fuerte temor que le invadía por entero, y le enfriaba las manos con inmediatez. Sabía que nada bueno le esperaba, pero no tenía alternativa. Miró hacia los costados de la calle y pensó, nuevamente, en la posibilidad de correr desaforadamente pero en ese momento se abrió la puerta delantera del vehículo; la del copiloto.

Detuvo sus pasos, dominada ahora, por un miedo mayor que se había apoderado de sus reflejos, cuando vio al hombre. De inmediato reconoció a aquel mismo individuo que había visto, en horas de la tarde, pasar junto a la mesa que ocupó en el café, mientras conversaba con Alex. «Es el mismo tipo», se dijo en la mente.

—Buenas noches señorita —le dijo el hombre joven con una sonrisa en los labios que parecía más una mueca macabra.

El hombre extendió su brazo para abrir la puerta trasera de la camioneta y le hizo una seña a Rebeca para que avanzara en esa dirección. Como una autómata la joven periodista dio tres pasos más y, estando en frente de la puerta abierta, miró hacia el rostro y luego hacia el pecho del hombre quien abriendo la solapa de su chaqueta le hizo saber que estaba armado.

—Suba... Por favor, señorita. Tenemos prisa.

En silencio, Rebeca subió y el hombre del exterior cerró la puerta tras de sí y fue a ocupar su lugar en el asiento delantero. De inmediato se escuchó cuando los seguros del vehículo se accionaron. El motor de la camioneta estaba en marcha y el aire acondicionado enfriaba el interior.

—Mucho gusto —le dijo el hombre mayor de chaqueta verde que se encontraba sentado en el asiento trasero muy cerca de ella—. Me permite su teléfono. Es por seguridad —le dijo de inmediato, extendiendo su mano. Ella se lo entregó y el hombre lo guardó luego de apagarlo en uno de los bolsillos de su chaqueta.

Rebeca le miró a la cara en medio de la penumbra que reinaba en el interior del vehículo, pudiendo distinguir un rostro bastante maltratado por los años o quizás también, por la vida que había llevado aquella persona. Un destello de luz se reflejó del perfil del arma que reposaba sobre la pierna izquierda del hombre cuando este se reacomodó en el asiento; y la joven tembló de miedo.

—Vamos a ser directos en este asunto y espero colabores, para que no perdamos el tiempo. A mí en lo particular no me gusta perderlo... El tiempo es muy valioso y ya llevamos varios días en esto... —el hombre estiró su mano y acarició el rostro de Rebeca—. Además, eres muy joven y bonita... —de inmediato Rebeca echó su rostro hacia un costado con brusquedad, para apartarse de aquel áspero roce.

—En lo que yo pueda ayudarlos... Estoy a la orden.

—¡Eso... Eso era lo que quería escuchar!... Ven muchachos —dijo ahora, dirigiéndose a sus compañeros—. Yo les dije que esta chica era inteligente —agregó el jefe muy sonriente y complacido.

—Jajajaja.... Sí, jefe. Usted nunca se equivoca —respondió el que previamente se había bajado para abrir la puerta a la joven. El otro permaneció callado.

—Vamos a dar una vueltita, Camilo —interpuso el jefe.

—Como usted ordene, jefe.

El que estaba tras el volante de inmediato puso en marcha la camioneta a una velocidad cómoda, y la madre de Rebeca al escuchar la leve aceleración del vehículo, salió hacia el porche, secándose las manos con el delantal que llevaba atado a su cintura. Pudo ver cuando una camioneta negra de último modelo y vidrios oscurecidos, comenzaba a desplazarse. Levantó la mano, intentando llamar la atención de su hija para decirle algo, pero fue en vano, ya que ella no podía escucharle. La camioneta siguió por la calzada hasta perderse del alcance de la vista y al cruzar la primera esquina, las luces del vehículo alumbraron los ojos de un gato que desde el andén observaba el avance del vehículo. A Rebeca, los nervios, que ya se habían apoderado de su cuerpo por completo, le hicieron temblar las piernas y tuvo que apretar los dientes para evitar que su mandíbula tiritara.

Luego de haber avanzado unas cuatro cuadras, se incorporaron a una estrecha avenida y en silencio se trasladaban, hasta que finalmente el jefe volvió a intervenir.

—Lo que nos atañe en este asunto, es lo siguiente jovencita... Yo necesito saber, quién es Aldo.

—¿Aldo? ¿Qué Aldo? —respondió Rebeca, casi de inmediato, tratando de demostrar total desconocimiento.

—No te hagas la desentendida, porque tú muy bien sabes a quién me refiero, jovencita.

—Yo no conozco a ningún Aldo —agregó la joven, reafirmando su respuesta.

—Yo sé que sí le conoces, porque ya nosotros escuchamos una conversación que sostuviste con tu amigo del periódico, y le dijiste que sabías quién era.

Por un momento Rebeca se quedó callada. Jamás pensó que se referían a ese Aldo, al joven periodista que usaba ese seudónimo para publicar sus relatos. «¿Y por qué ahora todos querrán saber quién es él?», se preguntó en su mente; «primero Luis, y ahora estos tipos».

—Aaah... ¿Usted se refiere al del periódico? —finalmente agregó la joven.

—Sí... Ya vas comprendiendo, jovencita.

El silencio volvió a apoderarse por algunos cortos segundos de aquel turbio ambiente en el interior del vehículo que avanzaba, mientras Rebeca intentaba discurrir en algo que la dejara bien parada y poder salir ilesa de aquella situación tan peligrosa en donde se encontraba metida.

—Aldo es el seudónimo... —comenzó a explicarse la joven—, que utiliza un periodista que escribe para el periódico. Es la manera como algunos escritores se esconden para no ser tan públicos.

—Eso ya lo sé, jovencita.... No necesito que me des mayores explicaciones sobre ese asunto. Solo deseo saber quién es Aldo. —El hombre se comenzaba a exasperar y Rebeca lo notó en el tono de sus palabras y lo que pudo distinguir de su rostro.

—Pues... Él es un joven que recién escribe para el periódico y yo solo creo haberlo visto una vez y desde lejos. No podría describirles cómo es, pues podría equivocarme. Solo les aseguro que es joven y debe estar rondando los treinta años.

—Está muy interesante todo lo que me estas contando muchacha, se nota que eres periodista.

En ese momento el hombre tomó con su mano derecha el arma que reposaba en su pierna y la colocó debajo de la mandíbula de la joven apuntando hacia arriba y obligándola a levantar su rostro.

La joven no podía mover su cabeza y levantó sus manos, abriendo los dedos en señal de temor o tal vez en demostración de clemencia.

—No me gustan los jueguitos, muñeca... A mis amigos; esos que ves allí delante les gusta jugar y disfrutar de muñequitas como tú. Así que si quieres salir de esto bien parada, no continúes jugando más, conmigo... Solo dime, cuál es el verdadero nombre de tu amiguito Aldo.

En ese momento el jefe aflojó la presión que tenía aplicada con su arma, bajo la mandíbula de la joven, para que pudiera hablar.

—Lo que usted diga… —agregó con dificultad, Rebeca.

—¿Cómo se llama? —le volvió a preguntar, luego de acercar su rostro al de la joven, quien se encontraba ahora, mucho más nerviosa.

—Alex… Alex Dawson —confesó finalmente la joven.

—Ves… A veces hay que presionar un poco para que las personas entren en razón… ¿Cómo fue que dijiste? ¿Alex, qué…?

—Alex Dawson —repitió con amargura.

Gracias muñequita —agregó finalmente el jeje—. Búscalo por internet, Perico —ordenó al que iba al lado del piloto.

Siguieron avanzando hasta alcanzar una zona industrial que estaba bastante desocupada. Al final de una calle se detuvieron frente a un galpón abandonado cuyo aspecto dejaba mucho que desear. Allí se bajaron los dos hombres que iban sentados adelante. El que hacía las veces de chofer se fue para la parte posterior de la camioneta y luego de abrir la compuerta sacó varios enseres, entre ellos una buena linterna de esas que se usan para cacería, mientras el otro sacó a la fuerza, a la chica de donde se encontraba sentada en el asiento posterior.

Linterna en mano, el chofer avanzó hacia un costado de un hangar desocupado, llevando un balde, una pequeña barra, cadenas y un galón repleto con agua; mientras el otro, casi a rastra, llevaba sujeta por un brazo a la joven que entre berrinches y pataletas se veía forzada a avanzar junto a ellos.

Después de violentar la puerta lateral del galpón abandonado con la barra, ingresaron en la fuerte oscuridad que colmaba el recinto. Alumbrando con la linterna un estrecho camino que dejaban un montón de máquinas inservibles, y avanzaron con cuidado de no golpearse. El chofer iba adelante iluminando la senda, seguido lentamente por la pareja, hasta que a unos treinta metros más adelante y muy cerca de un rincón encontraron un pequeño espacio libre de objetos. Allí ataron a Rebeca con la cadena por uno de sus tobillos a un tubo grueso, la empujaron hacia el suelo y cayó sentada a un costado de una pesada máquina que yacía a poco más de metro y medio. Luego vertieron el agua en el interior del balde que dejaron a un lado. El más joven de los dos, mentado Perico, se acercó a la chica y le habló en voz baja, tan cerca de su rostro que Rebeca pudo percibir lo amargo de su aliento.

—Aquí estarás hasta que verifiquemos que el nombre que nos diste es correcto —le dijo, en medio de la fuerte penumbra, mientras le acariciaba la cara y ella hizo un intento para apartarse. Luego, Perico palpó uno de sus muslos y la joven los apretó, mientras se arrimaba hacia un costado pero tropezó con un gran objeto que parecía un motor—. Jajaja... Me gustas, muñequita. Después que regresemos serás mía, te lo prometo... —agregó, hablándole al oído. Afuera, una luna llena dejaba escurrir cierta claridad por los ventanales enmohecidos que en la altura se mostraban.

—Jojojo.... —rió sarcásticamente el chofer, simulando miedo o quizás terror, tal vez con la intención de infringir mayor temor en la joven—. Este lugar es terrible.

El par de hombres se marcharon entre risas, y a los pocos minutos Rebeca quedó sumida en un completo silencio; algunos ahogos se le escaparon sin poder evitarlo, mientras un par de lágrimas corrieron por sus mejillas. Sabía que no valía la pena gritar. Estaba muy alejada de todo y gritar sería perder el tiempo y energía. Así que se dedicó a revisar en los alrededores, en busca de algo que le pudiera ayudar a desprenderse de aquella cadena que le tenía prisionera. Pero por más que indagó en los alrededores cercanos, no encontró nada.

Pasadas un par de horas el calor sofocante en el interior de aquel recinto parecía haberse multiplicado y una resequedad en la garganta le llevó a mirar el balde con agua que reposaba a escasos metro y medio de su lado. Se acercó y con ambas manos recogió un poco. Se la llevó a la boca y sorbió con placer. «Menos mal me dejaron esto», se dijo en la mente.

37

Después que el trío de delincuentes dejara atada a la joven periodista en el interior del hangar abandonado, el jefe se dedicó a hurgar en su teléfono. No fue difícil hallar el número de Alex Dawson. Miraba aquel nombre en la pantalla cuando rió y los dos que iban adelante voltearon a verle. Al encontrarlo tan contento también rieron sin saber los motivos exactos.

El jefe pulsó la tecla para efectuar la llamada y escuchó el tono con impaciencia. Finalmente dejó de sonar, y escuchó.

—Hola Rebeca.

El jefe guardó silencio por algún instante, mientras se le escapaba una sonrisa maliciosa.

—¿Rebeca? —Insistió Alex.

—Uuuumm... —aclaró su voz el jefe—. No, no es ella. Es un amigo.

—¿Disculpe? —dijo Alex, totalmente desconcertado al escuchar una voz masculina, muy ronca, como de una persona de cierta edad.

—No te sorprendas Alex... Nosotros. Bueno, mis compañeros y yo, hemos estado conversando con tu amiga Rebeca y ella nos ha permitido llamarte... Deseamos verte.

—¿Verme...? ¿Y cómo para qué sería? . Disculpe, ¿cuál es su nombre?

El hombre guardó silencio por otro instante.

—La verdad que mi nombre no es importante en este momento —agregó con parquedad—. Pero la vida de Rebeca sí es importante. Corrígeme si me equivoco... Necesito que nos reunamos ahora mismo —dijo esto último con un tono imperativo.

Alex sintió una especie de frío que recorrió todo su cuerpo. Y en un primer momento no supo qué decir, y mucho menos que responder.

—Eeeeh... La verdad no entiendo nada. Y si esto es una broma, es de muy mal gusto.

—No, no, no es ninguna broma... jajaja. Solo queremos conversar contigo y nos devuelvas algo que posees... Una información muy importante que nos pertenece y necesitamos recuperar.

En aquel preciso momento vino a la mente del joven aquel pequeño dispositivo que tenía guardado y que contenía mucha información de los movimientos, ataques y proyectos de la guerrilla.

—No sé a qué se refiere. Yo no tengo nada que pudiera interesarle. Creo que está equivocado de persona.

—¿Eres Aldo?

Ante aquella pregunta, el joven se quedó sorprendido. Aquello, sí tenía relación con sus publicaciones, también tenía vínculos con sus incursiones en la selva y la guerrilla. Se sintió atrapado. Entonces era cierto que la vida de su amiga se encontraba en peligro, y todo por una información que él había obtenido fortuitamente, sin buscarla. Finalmente respondió.

—Pues... Sí. Soy Aldo.

—Ves. Tú eres la persona que buscamos... Me gusta tu franqueza, muchacho.

—Yo solo escribo ficción, fantasías, cosas que se cruzan por mi mente... Le juro que les digo la verdad.

—Pues tus ficciones coinciden demasiado con nuestra realidad. Y sabemos que tú tienes el chip que te entregó un huésped nuestro, antes de escapar... Y si no nos lo entregas hoy mismo, entonces despídete de tu amiguita. Y ten por seguro que luego te encontraremos.

En ese momento Alex cortó la llamada. Se encontraba muy nervioso y no tenía idea de cómo actuar. Su móvil volvió a sonar y no atendió la llamada que provenía del mismo número de Rebeca. «Dios Santo ¿qué hago?», se preguntó. «Creo que debo llamar a la policía».

Las manos le temblaban. Aunque en oportunidades anteriores había enfrentado aquellos peligros a los que sus alucinaciones le llevaban, ahora esto parecía ser más real, pero no tenía su cuerpo a pocos metros de distancia para escapar. Tomó su teléfono y llamó al 911.

—Buenas noches. 911 para servirle. ¿En qué puedo ayudarle?

—Acabo de recibir una llamada de amenaza.

—¿Cuál es su nombre, ocupación y ubicación?. Le explico que esta llamada está siendo grabada.

—Me llamo Alex, Alex Dawson, soy periodista y me encuentro en mi piso, en las Residencias Samanes A, en la avenida Asunción.

—Okey... Ahora explíqueme, en qué consistió la amenaza.

—Un hombre me llamó del teléfono de una amiga y me dijo que la tenía... —en ese momento se le quebró la voz y tuvo que tomar aire por un instante—. Y la podría matar si no me reúno con él.

—Y por qué querrá ese hombre reunirse con usted. ¿Usted lo conoce? ¿Sabe cómo se llama?

—No, no lo conozco, ni sé cómo se llama.

—Me puede indicar el nombre y número telefónico de su amiga.

—Sí, claro. Ella se llama Rebeca Gutiérrez y el número es 234 4325.

—Okey, relájese; le enviaremos una patrulla para que le tome todos los detalles de su denuncia y situación.

—Me indica el bloque y apartamento en donde vive.

—Si. Nave A, piso uno, apartamento A21

—En cuestión de quince o veinte minutos unos oficiales le visitarán.

De inmediato la operadora se comunicó con la estación de policía y pasó una nota escrita al Departamento de Investigaciones por ser un posible caso de secuestro y extorsión.

El oficial de turno del departamento en ese momento se encontraba entretenido mirando en un pequeño televisor, que se exhibía en la parte alta y a un costado del salón, una película que le tenía atrapado por completo. Cuando escuchó en su ordenador el triple tono que indicaba el arribo de un mensaje de la central del 911, no le dio importancia y continuó mirando su película.

Solo después de más de una hora, cuando la película arribó a su final, el oficial de turno se acercó al ordenador y revisó los mensajes entrantes. Solo había uno no leído, que había entrado hacía una hora y veintidós minutos.

«Periodista Alex Dawson recibió llamada amenazante de hombre desconocido, quien supuestamente tiene retenida contra su voluntad a su amiga Rebeca Gutiérrez y usó su mismo teléfono celular (234 4325) para llamarle»

Eran las once de la noche cuando Raquel sintió la necesidad de llamar a Alex. Primero le envió un mensaje para saber si estaba despierto a esa hora de la noche.

Raquel: Hola corazón, ¿estás despierto? Estaba pensando en ti.

Casi de inmediato el joven periodista le respondió.

Alex: Sí estoy despierto. No he podido dormir. Ni te imaginas lo que me ha sucedido esta noche.

Raquel: Oooh corazón. ¿Algo malo?

Alex: Sí. Terrible.

De inmediato la joven marcó el número de su amigo y le llamó.

—Corazón, cuéntame, ¿qué te ha pasado? ¿En qué puedo ayudarte? —preguntó alarmada la joven.

—Parece que secuestraron a Rebeca, una periodista de El Eco. Y los secuestradores me llamaron a mí.

—¿Para pedirte recompensa a ti? ¿Y por qué a ti?

—No, no me pidieron dinero... Quieren una información —respondió Alex.

—¿Cómo así? ¿Información de qué?

—Bueno... Algo que guardo desde un tiempo atrás.

—No entiendo nada, Alex. Que sepa yo recién acabas de comenzar a trabajar en El Eco... ¿Será que me acerque hasta tu casa para que me expliques bien? Sabes que te quiero y no deseo que te pase nada malo. Veré cómo puedo ayudarte.

—Pero es muy tarde para que estés por ahí en la calle, sola.

—No te preocupes. He estado hasta horas más tarde...

—Está bien, te espero.

Al cabo de veinte minutos Raquel se estaba estacionando frente a la nave A del conjunto Residencial Samanes. Alex pudo ver desde la ventana cuando se aparcó al lado de su nuevo convertible y de inmediato se fue a esperarla con la puerta abierta.

A Raquel le llamó la atención aquel vehículo convertible y se detuvo un par de segundos a mirarlo. Se acercó y lo palpó; «está bello», se dijo. A continuación se dirigió hacia las escaleras y subió a toda prisa. Al encontrarse con Alex, de inmediato le abrazó con fuerza y el joven sintió un gran confort al sentirse entre sus brazos. Luego de algunos segundos se separaron y Alex cerró la puerta luego que Raquel caminara hacia el interior del apartamento. El envase de la máquina de café estaba full y recién hecho. Alex lo había preparado para poder pasar el insomnio.

Raquel se sentó en el sofá y el joven se dirigió hacia la cocina.

—Cuéntame Alex. ¿Qué está pasando? —preguntó desde el centro de la sala.

—Cómo te dije... Un tipo de voz mayor me llamó desde el teléfono de Rebeca, una amiga periodista de El Eco. Y me exigió una información.

—¿Una información de qué tipo?

Alex pensó por un instante en cómo debía responderle a su querida Raquel. No podía mentirle en una situación tan seria y comprometida, así que decidió decirle toda la verdad.

—De la guerrilla —respondió secamente desde la cocina en donde se encontraba sirviendo un poco de café para ambos.

—¿De la guerrilla? ¿De qué guerrilla estás hablando, Alex? —preguntó totalmente sorprendida la joven.

—De la misma de mis relatos —agregó sin voltear para mirarla y terminando de servir las dos tazas.

—¿De tus relatos?... ¿Cuáles relatos? —aquella última pregunta la hizo en un tono más bajo, y de inmediato se quedó pensativa, tratando de recordar algún relato que Alex le hubiese mostrado.

255

Ella nunca había leído los escritos de Alex. Solo en una oportunidad habían comentado el asunto, y él le había prometido que algún día se los enseñaría, así que aquella situación no lograba encajar por completo.

—Alex, que yo sepa, tú solo corriges trabajos de grado y artículos para el periódico. ¿Acaso públicas en otro diario y no me lo has comentado?.

Alex, guardó silencio, mientras se acercaba con los dos cafés en las manos. Con la mirada clavada en las tazas, evitaba enfrentar los ojos de Raquel quien notó su actuar escurridizo. Luego de sentarse a un lado de la joven y ella agarrar la taza que le ofrecía; Alex le dijo.

—Tengo que confesarte algo.

—Dime, Alex... —En ese momento la joven estiró su brazo y colocó, sin probar, la taza de café sobre la mesita que estaba frente a ellos, y Alex la emuló. A continuación, Raquel tomó una de las manos de Alex entre las suyas, en un intento por brindarle confianza.

—¿Recuerdas a Aldo? —dijo Alex, finalmente.

—Como no recordarlo, si lo admiro tanto. Bueno, a ti también te admiro mucho y además... Siento algo muy especial por ti. —En ese momento, la joven apartó una de sus manos y se la llevó al rostro de Alex para acariciarlo.

—Bueno... Aldo soy yo —agregó el joven sin pensarlo demasiado..

Raquel quedó enmudecida por completo. No supo que agregar y solo se quedó mirándole a los ojos. En su mente se proyectó la imagen que ella se había hecho de Aldo: un tipo de mayor edad, aventurero y valiente, que era capaz de enfrentar los peligros con gran maestría, y que además, contaba con el gran talento de poder atraparla con su espectacular prosa... Al cabo de algunos segundos, luego que en su mente se fusionaran aquellas dos imágenes tan diferentes y que su imaginación le había forjado; pudo decir.

—¿En realidad eres Aldo, o me estás jugando una broma?

—Soy Aldo.

Ella separó sus manos de Alex, se levantó del sofá, dio unos pasos alrededor de la pequeña sala, pensando, o tal vez terminando de asimilar aquella situación.

—Okey, okey... Entonces tú eres Aldo el que escribe en El Eco... —Movió la cabeza hacia ambos lados, tragó grueso, mientras continuaba caminando en el pequeño espacio de la sala—. Y volviendo a nuestra conversación inicial... Unos tipos te llamaron y te solicitaron le entregues una información a cambio de no hacer daño a tu amiga Rebeca —agregó la joven intentando recapitular parte de lo conversado, buscando entender todo aquello—. Alex... Aldo; ya ni sé cómo llamarte... Todo lo que tú públicas es ficción. Eso lo sabemos todos tus lectores —dijo aquellas últimas palabras y se le quedó mirando a la cara.

—Pues... No es ficción... Me ha pasado —aclaró Alex.

—¿Cómo que te ha pasado?... Además... Nadie puede hacer eso de irse para otro lugar así como si nada. Nadie puede aparecer y desaparecer cuando quiere, ni cuando...

—Ya te dije que me ha sucedido y me sucede —la interrumpió.

—¿Te sucede...? No puede ser. Debe ser que sueñas esas cosas... O tal vez son simples alucinaciones. A muchos les pasa. No te preocupes.

—No, Raquel. No son simples alucinaciones... *Yo puedo viajar en el tiempo y espacio.*

En aquel momento, Raquel sintió una extraña sensación. Ella quería mucho a Alex, y todo aquello, además de confundirla, le causaba una sensación de vértigo, un vértigo más terrible que el miedo. Con los ojos enrojecidos, dio un par de zancadas y se abalanzó sobre el cuerpo de Alex, para abrazarlo con fuerza en una clara demostración de cariño.

—No quiero que te pase nada... —le dijo al oído con voz trémula y dulce al mismo tiempo, denotando todo el cariño que sentía por él—. Ni quiero que nunca faltes en mi vida... Tengo miedo.

—No te preocupes, amor. Siempre estaré para ti.

—Pero si un día desapareces y no puedes volver —agregó sin dejar de abrazarlo.

—Haré hasta lo imposible por regresar... Además, siempre viviré en ti.

En aquel instante se miraron a los ojos y sus labios se juntaron. Parecieron olvidar por algún momento todo aquello que minutos antes les angustiaba. Las manos de Alex dibujaron suaves caricias sobre la espalda de Raquel y ella se dejó llevar por la divina sensación que aquel roce de sus dedos le brindaban. Al cabo de algunos segundos, Raquel separó sus labios y dejó escuchar algunos leves gemidos producto del placer que sentía al sentirse tan deseada y acariciada en brazos de aquel joven que ahora era la suma de dos personalidades, que le ilusionaban sobremanera.

Raquel se echó para atrás sobre el sofá, y Alex se le fue encima con cierta impaciencia; colocó su mano izquierda sobre el muslo de la joven y mientras acercaba su rostro al de la joven fue deslizando sus dedos sobre su piel desnuda, paseando sus caricias bajo su falda, sobre sus muslos tersos, con la delicadeza que ofrece la primera vez. Los sintió suaves, cálidos, tiernos, apetecibles... Raquel estiró sus brazos y cruzándolos tras su cuello, arrimó su rostro para besarle nuevamente, ahora de manera más apasionada, se sentía libre y las sensaciones que le brindaban las caricias de Alex le provocaban un fervor alucinante... Alex finalmente llevó su mano hasta sus entrepiernas y le volvió a escuchar gemir pero ahora con mayor intensidad. Sintió su humedad, y la palpó una y otra vez, antes de acomodarse para con ambas manos, despojarla de su bikini mientras ella levantaba un poco su pelvis para ayudarlo.

Con apremio, Raquel soltó el cinturón de Alex y él mismo terminó de despojarse de sus jeans, de su franela, antes de volver a abalanzarse sobre el cuerpo, ahora desnudo de su amante. Sus labios no dejaban de besarse y pronunciar palabras sin sentido, o era tal vez la sensación de esos mismos gemidos que parecían pronunciar versos, frases de placer, mientras sus labios pretendían devorarse de una manera nunca antes vivida por ninguno de los dos.

La noche silente y enmudecida quedó en espera, mientras aquellos amantes se entregaban por completo al placer mutuo de la exquisita intimidad que les cobijaba. Sus cuerpos se movían al ritmo de sus emociones, sus almas se abrazaban en el ocaso de aquella interminable entrega, sus ansias se multiplicaban con cada segundo que transcurría, sus vidas se amalgamaban presas de una pasión que no daba cabida a nada más que el amor… Hasta que finalmente, sus entrañas se derramaron en un mar de plena satisfacción y sus cuerpos quedaron sudorosos y rendidos, uno encima del otro… Luego, Alex se acomodó a un lado de Raquel, y ambos, quedaron mirando hacia el techo, escuchando sus propias palpitaciones que se fueron apaciguando poco a poco.

Al cabo de un par de minutos, Raquel, con su cabeza apoyada junto al cuello de Alex, interrumpió el silencio que había quedado inundando el espacio del apartamento.

—Júrame que nunca me abandonarás —le inquirió, volteando su rostro y encontrándose con la mirada de Alex.

—Te lo juro, mi amor. Sería un estúpido si lo hiciera.

Se dieron un corto beso, como para terminar aquel encuentro y Alex se levantó del sofá. Para sorpresa de ella, él la tomó con sus brazos por la espalda y piernas, y haciendo un esfuerzo la cargó, mientras Raquel reía con gracias y se sujetaba a su cuello. Así la llevó a la habitación y la colocó sobre el mullido colchón. De inmediato la comenzó a besar nuevamente.

—Gracias por acercarte —le dijo Alex con cariño—. Me has cambiado un momento de mucha preocupación por otro muy hermoso e inolvidable.

—De nada corazón... Desde hace días que quería complacerte y complacerme.

—Igual yo, te deseaba demasiado... —En ese momento Alex se quedó observando el rostro de Raquel desde muy cerca—. Aaaah... Se me olvidaba algo; ¿ya viste mi auto?

—¿Cuál auto...? No sé de qué me hablas.

—El que está al lado del tuyo.

—¿Cuál...? No me digas que es ese...

—El convertible rojo —dijo muy sonriente y orgulloso Alex.

—¡Wow, pero si es precioso...! ¿Es tuyo, de verdad?

—Sí. Lo compré esta tarde... Bueno aun me quedan algunas cuotas por pagar, jajaja.

—Es espectacular. Mañana mismo me das una vuelta.

Se quedaron conversando, abrazados, hasta que a Raquel le venció el sueño. Al notar, Alex, que la joven se había quedado dormida entre sus brazos, la apartó con cuidado y la arropó con una sábana. Él se quedó pensativo a su lado, con la imagen de Rebeca y una serie de conjeturas que llegaban a su mente como ráfagas de viento... No supo a qué hora se quedó rendido.

38

Ya pronto amanecería y Rebeca solo pensaba en la manera de salir de aquel cautiverio en que se encontraba atrapada. Había golpeado el candado que sellaba el brazalete de hierro alrededor de su tobillo, con un pequeño tubo que encontró detrás de la base de una máquina fijada al suelo pero no había logrado hacerle más que un pequeño rasguño.

Su madre, no pudo conciliar el sueño aquella noche, algo en su interior le tenía muy preocupada y le producía angustia, ya que Rebeca no acostumbraba salir sin despedirse de ella, menos sin darle algún indicio de a dónde se dirigía. Además, había escuchado cuando, luego de recibir aquella llamada, ella había preguntado: «¿Quién es usted?»; eso indicaba que ella no conocía a la persona que le había llamado. Luego aquella camioneta en donde se fue.... Así que antes del alba, la madre de Rebeca llamó a su hijo para informarle que su hermana había salido sin decirle para dónde y a esa hora, aún no había podido comunicarse con ella.

Eran las 5:00 am, cuando Víctor, el hermano de la joven secuestrada, llegó a la casa de Rebeca. Después de escuchar toda la explicación suministrada por su madre, de inmediato trató de ubicarla por el celular, pero infructuosamente la contestadora automática de la empresa operadora, respondió informando que el equipo se encontraba fuera de servicio. Ella no acostumbraba apagar su teléfono, así que aquello aumentaba la terrible sensación que ya les angustiaba a ambos. A continuación, Víctor llamó a un amigo que trabajaba para el Cuerpo de Investigaciones Policiales.

Después de informarle a Sergio Mazzini; un hijo de inmigrantes italianos que desde muy joven incursionó en el cuerpo policial y con mucho esfuerzo y estudios, logró rápidos ascensos hasta alcanzar un excelente prestigio como detective; lo que había ocurrido con su hermana, este se apersonó a la vivienda en donde habían ocurrido los hechos, para escuchar de primera mano y con mayor detenimiento las explicaciones del caso, además de tomar las notas necesarias de lo acontecido a la hora del suceso.

Cuando el detective Sergio Mazzini arribó en compañía de Nico Carrasco, su compañero de labores, a la casa de Rebeca, fueron recibidos muy afectuosamente por su amigo Víctor Gutiérrez. De inmediato, el joven le presentó a su madre quien era la única testigo presencial de los últimos minutos anteriores a la desaparición de Rebeca. La señora se encontraba en un estado de nervios muy delicado y fueron muy pocos los detalles que pudo proporcionar de lo sucedido, ya que entre los sollozos y las lagunas mentales que se le formaban, no lograba concretar una descripción adecuada de los hechos. Finalmente, la señora, en medio de un llanto que no pudo contener, corrió hacia los brazos de su hijo, mientras oraba instintivamente en voz baja.

Los dos detectives observaron la escena y Mazzini le hizo una seña con su mano a Nico, dándole a entender que debían aguardar algunos segundos. Y así hicieron. Aguardaron callados e inmóviles por algún momento hasta que el llanto de la señora se fue disipando. Y cuando ya les pareció adecuado, Mazzini dijo.

—Disculpe señora, me gustaría, ahora, hablar con su hijo un momento —dijo el detective con delicadeza.

La madre dejó de abrazar a su hijo y se quedó parada frente a la cocina con los brazos colgando a ambos costados de su cuerpo, mientras les veía alejarse. Los tres, cruzaron la sala cadenciosamente, traspusieron el umbral de la puerta y se detuvieron en el porche mirando hacia la oscuridad que no parecía querer desvanecerse.

—Víctor... ¿Tú sabrás si Rebeca estaba saliendo con alguien? —Mazzini acabó con el silencio que les había acompañado hasta el porche.

Nico, el compañero de Mazzini sostenía su libreta entre sus manos y miró al rostro de Víctor luego que el detective le hiciera la pregunta. Pudo observar cuando, antes de responder, bajó la mirada hacia el engramado del jardín y negó con la cabeza.

—La verdad que nosotros no tenemos esa confianza. Ella nunca me ha contado de sus asuntos personales. Así nos criaron... —en ese momento miró hacia el rostro del detective—. Pero el cariño que le tengo es muy grande. Es mi única hermana, tú lo sabes muy bien.

—Sí, claro... A ella poco la conozco, pero recuerdo que me la presentaste en una oportunidad, y la verdad que me pareció una joven muy vivaz e inteligente. Si no me equivoco, para aquel entonces estaba estudiando periodismo —agregó el detective, buscando un mayor acercamiento y demostrando el aprecio que le tenía, también, a su hermana que poco la conocía.

—Así es... Ella estudió periodismo y ya hace un par de años que se graduó. Ahora está trabajando para El Eco en el departamento de edición y producción, como secretaria del jefe de producción.

—Y, ¿cuándo fue la última vez que la viste? —Preguntó de inmediato Mazzini, mientras Nico iba tomando nota de lo que escuchaba.

—Ayer mismo la vi, cuando la fui a buscar al periódico —respondió Víctor con dominio de sus palabras.

—¿Y la buscas todos los días al trabajo?

Ante aquella pregunta, de los labios de Víctor intentó escapar una leve sonrisa que se diluyó de inmediato.

—No, nunca. Me extrañó mucho que me llamara para que la buscara... La recogí en el sótano del estacionamiento como a las 5:30 pm.

—¿Y por qué allí? Y no por el frente... —Quiso saber el detective. Le llamó mucho la atención el hecho y arrugó el ceño.

—La verdad ni le pregunté, estaba tan ansioso de traerla y dejarla aquí, para luego irme a atender un cliente que me estaba esperando, que no le puse atención a ese detalle... Ahora creo que debí hacerlo.

—¿Cómo estaba vestida?

—Un vestido azul claro, si no me equivoco.

Nico iba tomando nota de todo lo que escuchaba pero en ningún momento interrumpía la conversación.

—¿Y, cómo se va y regresa ella a su trabajo todos los días?

—En su auto.

En ese momento el detective miró hacia el estacionamiento de la vivienda y no vio ningún auto guardado, solo en la acera estaban estacionados el vehículo de Víctor, un Ford fiesta, y su Chevrolet.

— ¿Por qué crees que ayer no regresó en su auto? —preguntó mirándole a la cara, esperando recibir alguna respuesta que le indujera algo.

—Ella dejó su auto en el sótano del estacionamiento de su trabajo... Recuerdo que me comentó que se le había averiado.

Una serie de interrogantes se fueron forjando en la mente del detective. Miró a su compañero Nico que no dejaba de tomar notas en su pequeña libreta, para luego voltear nuevamente hacia Víctor.

—¿Cuál es el modelo del auto de Rebeca?

—Es un Mazda azul metalizado del año pasado. Es muy bonito.

Nico tomó nota y sonrió. Cuando levantó la vista de su libreta se encontró con la mirada de Mazzini quien le observaba. Este de inmediato volteó hacia su amigo Víctor, y Nico remarcó el punto que había colocado al final de aquella anotación. A continuación el detective Mazzini colocó su mano sobre el hombro de su amigo y le dijo.

—Haré todo lo que esté a mi alcance para encontrar a tu hermana —Le dio un par de palmadas en su espalda y con un movimiento de su cabeza le dio a entender a su compañero que era hora de marcharse.

Una vez que el par de detectives se montaron en el Chevrolet, escucharon por la radio, que se encontraba fijada debajo del panel frontal del vehículo, una conversación que de inmediato les llamó la atención: «367, el apartamento del periodista se encuentra vuelto un desastre, y no se han encontrado rastros que indiquen algo. Cambio». De inmediato el comandante de la Jefatura Sur, agregó: «Bueno, tomen declaración al periodista y vecinos, antes de retirarse... Cambio y fuera».

Mazzini miró a su compañero y le dijo.

—Otro periodista. Algo me dice que va a ser un día interesante.

—Uno del sur y la otra del este —agregó el segundo detective.

A continuación Mazzini tomó la radio; «Aquí 525 en Prado Este. ¿Cuál es el nombre y ubicación del hecho?. Cambio». Se escuchó el ruido típico e intermitente que conlleva una comunicación por radio y al cabo de algunos segundos: «367 a 525. Periodista Julio Parada en Parque Residencial Valles de

María, torre E apartamento 404. Cambio»... «Gracias 367. Cambio y fuera».

De inmediato, Nico buscó en su teléfono y encontró alguna información del periodista Julio Parada.

—Tiene 48 años y trabaja en El Mundo desde hace más de veinte años... Y aquí está su foto.

Mazzini miró hacia la pantalla del celular de su compañero y dijo.

—Perfecto.

A las 7:45 de aquel nuevo día. Víctor Gutiérrez, el hermano mayor de Rebeca llamó al periódico El Eco y pidió comunicarse con la señora Gladys, secretaria del Jefe de Edición Samuel Campos. A esa hora aún no había llegado la recepcionista y el vigilante que atendió la llamada, al enterarse de lo urgente del asunto, fue muy amable y le hizo el favor de ubicarla. La había visto llegar a la torre y luego de intentar localizarla en varias extensiones, finalmente la encontró en el departamento de mantenimiento degustando de un café recién preparado en compañía del personal de técnicos.

—Buenos días,¿ en qué puedo ayudarle? —Atendió muy amable la señora Gladys.

—Usted disculpe que le moleste a esta hora tan temprana pero es que mi hermana Rebeca, la secretaria del señor Roberto Jiménez, ha desaparecido.

—¡¿Cómo...? ¿Rebeca Gutiérrez?! —agregó alarmada, luego de escuchar aquella última frase tan lapidante; «ha desaparecido».

—Sí. Mi nombre es Víctor Gutiérrez... Mi hermana salió ayer noche sin avisar para donde, ni con quien, y no ha vuelto.... Ella no acostumbra salir de esa manera y ya hemos avisado a la policía.

—La verdad que agradezco que me haya llamado, Víctor; pero, ¿cómo podría ayudarte?

—No sé... Pero quise informarle, y... No sé si el periódico podría colaborar de alguna manera.

Mientras Víctor conversaba con la secretaria del Editor en Jefe del diario El Eco. El Chevrolet de Mazzini ingresaba por la rampa del estacionamiento de la torre. Se detuvo frente a la garita de acceso y se acercó un vigilante uniformado e identificado con un carnet que colgaba en su pecho, a un lado de su corbata oscura. El hombre se dobló un poco para observar el rostro de los recién llegados y amablemente les dijo.

—Buenos días amigos. ¿En qué puedo ayudarles?

En ese momento el detective le mostró su placa al vigilante y este la observó con detenimiento y cierta sorpresa.

—Soy el detective Sergio Mazzini y mi compañero Nico Carrasco. Venimos por una investigación que nos atañe.

—Si me permiten hago una llamada y enseguida les atiendo —respondió el vigilante.

—Por supuesto.

—A continuación el uniformado ingresó en la garita, levantó su teléfono fijo y luego de marcar un código corto de tres dígitos, escuchó el tono de ocupado en la extensión del departamento de mantenimiento en donde sabía que se encontraba la señora Gladys, única persona autorizada y presente en ese momento para dar acceso a ese tipo de visitas. Volvió a intentarlo y continuó ocupado. En vista que no podía comunicarse con la señora Gladys, decidió dejar pasar adelante a los detectives.

—No he logrado comunicarme, pero pasen adelante —les dijo—, mientras levantaba la barra de acceso.

—Gracias... Una pregunta. ¿Usted sabe por dónde acostumbra estacionar la señorita Rebeca Gutiérrez?

—Claro. En la sección C detrás de los ascensores.

—Gracias, amigo.

El Chevrolet avanzó por el estacionamiento en línea recta, y casi al final, luego de internarse unos cincuenta metros, cruzó a la izquierda al ver una señalización que indicaba la ubicación de la sección C. Siguieron avanzando lentamente, revisando visualmente los vehículos que a esa hora se encontraban aparcados, hasta que Nico, dijo.

—Allá está... Logro ver la parte posterior de un mazda azul —señaló con su brazo extendido hacia una pared que debía ser el cuarto de ascensores.

Mazzini se condujo hacia el lado que le indicaba su compañero y en efecto, allí había un mazda color azul metalizado que a simple vista se mostraba con los cauchos desinflados. Ambos detectives se vieron las caras y Mazzini se estacionó a un lado del vehículo.

Al bajarse, el detective se agachó junto a uno de los neumáticos y con su mano palpó la abertura lateral que se podía apreciar con claridad, mientras su compañero tomaba nota de la placa y modelo del vehículo.

—Los neumáticos fueron penetrados por arma blanca —dijo Mazzini en voz alta para que su compañero tomara nota.

—Entendido jefe.

El detective se levantó y se acercó a la puerta. Notó que el seguro parecía estar desbloqueado y procedió a sacar un pañuelo del bolsillo de su chaqueta. Lo usó para abrir la puerta del lado del conductor. En ese momento Nico se acercó a su lado y le observó mientras el detective se sentaba en el interior del vehículo sin tocar nada. Casi de inmediato, le llamó la atención la punta de una servilleta que sobresalía de la puertita de la guantera que se encontraba cerrada.

—Al parecer no hay indicios de forcejeo; el interior del auto se encuentra en buen estado —iba diciendo el detective en voz alta para que su compañero fuera escuchando sus palabras, mientras hacía un recorrido visual por el panel frontal, debajo del volante, en el espacio entre los dos asientos frontales, en los diferentes rincones a su alrededor. Pero cuando el inspector dirigió su mirada, nuevamente, hacia la guantera y con el mismo pañuelo que aún sostenía en su mano derecha, la abrió; solo encontró un pintalabios, un pequeño espejo y un paquete de servilletas faciales. No encontró ningún tipo de documentos del vehículo.

—No hay ningún tipo de documentos del vehículo —dijo en voz alta—. Solo... —en ese momento enumeró los tres objetos personales, encontrados—. O es muy precavida esta chica o alguien ya se llevó lo que buscaba —agregó el detective.

—Creo que lo último, jefe... El carro estaba abierto.

—Sí. Yo también me decanto por lo segundo... Creo que se llevaron lo que necesitaban o buscaban.

—Pero, ¿por qué no se llevaron a la chica también?, cuando se llevaron la información

—Quizás porque la chica no estaba y por eso la fueron a buscar a su casa.

—Fíjese, jefe... Entonces, podría ser que lo que buscaban en la guantera, era su dirección de residencia.

—Eres muy inteligente, Nico... Esa es una muy buena suposición.

—Gracias, jefe... Esto, ineludiblemente, nos conduce a un caso de secuestro.

—Sí... Deben tenerla prisionera en algún lugar de esta ciudad.

El detective salió del interior del vehículo, dio algunos pasos hacia delante y mirando hacia el interior del auto a través del parabrisas frontal, quedó pensativo por algunos largos segundos, mientras su compañero le observaba en silencio, dejándolo razonar.

—Estoy de acuerdo contigo Nico... —dijo finalmente— Alguien muy escrupuloso, llegó, perforó los cauchos con arma blanca, luego abrió magistralmente la puerta sin que sonara la alarma, ya que los vigilantes no debieron enterarse, y luego de revisar en la guantera, se llevó lo que buscaba... —Mazzini no pudo contener una sutil sonrisa que escapó de sus labios, siempre le animaban esos casos que le exigían desde el primer momento de la investigación—. Bueno, vamos a desayunar algo que se me abrió el apetito... y luego regresamos.

39

Por la mañana, Alex se despertó y lo primero que vino a su mente fue la imagen de una Rebeca prisionera de unos tipos que la tenían atada y ella lloraba sin poder contenerse. Miró a un costado y vio el cuerpo de Raquel arropado casi por completo, su cabellera revuelta le cubría el rostro, mientras una de sus manos reposaba en el extremo de la almohada próximo a él. De inmediato se incorporó con cuidado para no despertarla y se dirigió al baño para lavarse la cara. Luego de asearse, se vistió con un jean, una franela, y se volvió a sentar a la orilla de la cama para colocarse los zapatos. Miró nuevamente hacia Raquel y vio que aún seguía dormida, entonces camino hacia la cocina con la intención de preparar café. Miró por la ventana para revisar su nuevo auto, y allí estaba, se encontraba estacionado al lado del de Raquel... Se veía hermoso. Era su primer vehículo y lo había adquirido luego de ahorrar por meses de su trabajo como corrector; y también, gracias a los sustanciosos pagos que le había realizado el periódico. Se sentía feliz de aquel logro material, aunado a la exquisita entrega de sincero amor que le había brindado la bella Raquel aquella noche... Pero todas esas sensaciones se veían turbadas por la preocupación que le ocasionaba la situación en que debía hallarse su amiga Rebeca.

Recordó que ese mismo día tenía una invitación pendiente en la Universidad de Yélamon... Miró más allá con la intención de observar el cielo, pero su atención se vio atraída por un vehículo que se paseaba a baja velocidad por un costado del estacionamiento; era una camioneta color negro con los cristales oscuros. El vehículo dio la vuelta lentamente, como revisando los alrededores, y al parecer se acercaba hacia el edificio en donde él residía. «Que rara esa camioneta; parece estar buscando alguna dirección», se dijo en voz baja. Cuando vio que se detuvo justo en frente a la zona de escaleras de su edificio, sintió una extraña sensación que le causó angustia. A su mente vino la voz de aquel hombre que le había llamado la noche anterior usando el teléfono de Rebeca, y quien luego de escucharle negarse a reunirse con él, le había asegurado que le buscaría y encontraría.

El que iba de copiloto en la camioneta, bajó el vidrio de su lado y asomó su rostro. Con la vista indagaba en los alrededores cuando en ese momento la señora María, la conserje, se acercaba con un cepillo para barrer en una de sus manos y con la otra arrastraba una pequeña carretilla en donde llevaba un envase para depositar el sucio que encontraba. Al verla acercarse, el hombre la increpó sin bajarse del vehículo y Alex se apartó un poco de la ventana como para esconderse, pero sin quitar la vista a lo que ocurría abajo.

—Buenos días señora. Sería usted tan amable —dijo el hombre desde la ventana del auto.

—Sí diga —contestó con amabilidad la conserje.

La señora María era una persona de más de cincuenta años y llevaba mucho tiempo trabajando en aquel conjunto residencial. Ella conocía los nombres de todos los residentes y estaba enterada de buena parte de la vida de algunos, en especial de la vida del joven periodista.

—¿Usted por casualidad sabrá en qué apartamento vive el periodista Dawson?

La señora María se quedó pensativa por algún momento, no porque no supiera donde vivía Alex, no, sino porque era la primera vez que le buscaban usando su título de periodista y su apellido. Hizo como si estuviera rebuscando en su memoria y respondió.

—¿Cómo dijo que se llama el periodista? —preguntó, como para darse un poco más de tiempo para pensar... «Estos tipos si no son policías, pueden ser peligrosos», se dijo en la mente.

—Alex Dawson —respondió el de la ventana.

La viveza de la señora le llevó a hacer la siguiente pregunta.

—La verdad es que no recuerdo ese apellido, Dawson... ¿Y cómo qué edad tendrá el periodista?, para ver si me ubico. ¿Es joven o viejo? ¿Usted sabe qué auto tiene, o si está casado y tiene hijos?

Al observar que aquellos hombres no conocían a Alex, y ver la cara que pusieron, tanto el conductor como el que tenía más próximo, ante aquellas preguntas, la señora María supo que algo estaba muy mal, y solo se le ocurrió agregar.

—En aquel edificio que está allá, he escuchado que vive un periodista pero en realidad no sé si es la persona que ustedes buscan.

Los hombres miraron hacia aquel lado y sin decir nada más, se desplazaron en esa dirección. La señora María al ver que se alejaban, de inmediato acomodó la escoba y la carretilla a un lado de la escalera y subió hacia el apartamento de Alex.

Cuando Alex abrió la puerta ante los fuertes golpes que la conserje le daba, Raquel que ya se encontraba despierta en la cama se levantó con prisa y cubierta con la sábana salió a la sala. La conserje la miró y la saludó, era la misma chica que le había visto acompañar a Alex en un par de ocasiones anteriores.

—Unos tipos te están buscando —dijo totalmente alarmada la conserje—. Andan dando vueltas en una camioneta negra preguntando por el periodista Alex Dawson, y no deben ser policías porque no mostraron ninguna placa.

Alex volteó hacia Raquel y le dijo.

—Debo irme.

—Yo te acompaño —respondió la joven.

—Creo que deben darse prisa muchachos —agregó la conserje con nerviosismo—. No habrás hecho nada malo, ¿verdad, jovencito?

—No señora María... No tengo tiempo para contarle, pero le aseguro que los malos son ellos.

—Yo les dije que había un periodista en el otro edificio, pero que no conocía a ningún Alex Dawson. Al parecer me creyeron, pero seguirán averiguando. No tardarán en volver —dijo la conserje antes de dar la vuelta y marcharse.

De inmediato, Raquel comenzó a colocarse su brasier y bikini a toda prisa. Alex tomó su laptop que reposaba sobre el escritorio y lo introdujo en su morral. Luego se dirigió hacia la habitación y tomó un diminuto dispositivo que tenía guardado en la gaveta de su mesa de noche, para también guardarlo en el interior del bolso, en uno de los pequeños bolsillos con cierre. En ese momento Raquel le preguntó a Alex, mientras se colocaba su vestido.

—¿A dónde piensas ir?

—No lo sé —respondió con el morral colgando de su hombro.

—Vamos para mi apartamento. Allí estarás seguro —agregó la joven mientras terminaba de ajustarse el vestido, y antes de empezar a ponerse las zapatillas.

Alex pensó con rapidez, y de inmediato le contestó.

—Creo que es la mejor opción. Yo te sigo en mi auto. No pienses que lo voy a dejar aquí.

—No hay problema. Allá hay suficiente estacionamiento —dijo mientras terminaba de colocarse la segunda zapatilla.

—Perfecto. Aaah, pero...

—¿Pero qué?

—Tengo una invitación para asistir a una conferencia en la Universidad de Yélamon en un par de horas.

—Bueno. Entonces dejamos tu carro parqueado frente a mi apartamento y seguimos en el mío para la universidad.

—¡Vámonos!

A continuación, ambos jóvenes salieron a toda prisa del apartamento, mientras la señora María les echaba la bendición. Ella vio cuando cada uno de los jóvenes se montaba en su respectivo auto y se marchaban.

A los pocos minutos la camioneta se volvió acercar hacia el edificio en donde se encontraba la señora barriendo los alrededores.

—Señora... —le llamó nuevamente el hombre con la ventana del lado del copiloto, abajo—. No era ese el periodista, pero me dijeron que aquí en el primer piso vive un tal Alex que al parecer es también periodista.

—¡Aaah...! Ese Alex salió temprano, creo. Él siempre sale temprano y llega tarde, casi nunca está aquí.

En ese momento se bajó el vidrio automático del asiento posterior del vehículo dejando ver el rostro circunspecto del jefe de aquellos dos hombres. Su aspecto ofrecía la severa impresión de un hombre intratable.

—Señora —dijo pausadamente el hombre—. No me gustan los jueguitos, y mucho menos las burlas. Así que compórtese como la mujer madura que parece ser y díganos dónde vive el joven Alex Dawson.

La conserje era también una mujer muy recia, la vida le había forjado de esa manera, a punta de trabajo arduo y superando un sin fin de adversidades.

—Usted no me va a intimidar a mí, señor. Y si no se van inmediatamente, llamo a la policía —dijo mientras daba un par de pasos hacia atrás y volteaba para irse al interior del edificio.

Aquellas palabras y reciedumbre parecieron imponerse. Y el jefe, solo, agregó.

—¡Muy bien, nos marcharemos…! ¡Pero estaremos pendientes! —respondió molesto y en voz alta el jefe del trío de malhechores.

40

Luego que saliera del estacionamiento en el sótano del prestigioso diario, los detectives Sergio Mazzini y Nico Carrasco se detuvieron frente a una pequeña venta de empanadas. Pidieron dos para cada uno y Mazzini le dijo a su compañero.

—Fíjate Nico. Si la joven llamó a su hermano para que la buscara y Víctor no vio el estado en que se encontraban los cauchos cuando la fue a buscar, ya que no lo comentó cuando conversamos con él, entonces eso quiere decir dos cosas... —en ese momento el detective le dio un gran mordisco a su empanada en demostración del buen apetito que tenía, y su compañero le emuló de igual manera—. Primero: Rebeca sabía que la estaban siguiendo y por eso no usó su carro sino que llamó a su hermano para que la buscara —su compañero asintió con la cabeza, mientras le daba otro mordisco a su empanada—. Y segundo:... —continuó el detective mientras masticaba con verdadero entusiasmo, quizás por la emoción de ir dilucidando algunos aspectos de la investigación, junto al gusto que le brindaba el sabor de la empanada que devoraba—. Sus perseguidores se introdujeron en el estacionamiento, luego que ella se escabulló escondida en el auto de su hermano.

—Es una buena teoría, jefe... Ahora queda por averiguar, qué tiene que ver ese otro periodista en este caso, o es solo una casualidad —agregó Carrasco.

—Para mí, está ligado, pero no me quiero adelantar a los hechos hasta que no conversemos con... ¿Cómo es que se llama el periodista?

—Julio. Julio Parada —respondió Carrasco de inmediato.

—Cierto.

Ya casi habían terminado con el desayuno. El detective sacó un billete de su cartera, lo colocó sobre el estrecho desayunador revestido de cerámica y dijo.

—Aquí tiene.

El joven que atendía el pequeño expendio, miró por algún instante hacia la lisa superficie y sin agregar nada continuó organizado en una bandeja que sostenía entre sus manos, las empanadas recién fritas que la cocinera le estaba pasando en ese mismo momento. Mazzini se encaminó hacia el vehículo y Nico se embutió la boca con lo que le quedaba de su rico manjar.

Eran pasadas las 9 am, cuando le sonó el teléfono a Julio Parada, quien para ese momento aún se encontraba en su apartamento tratando de arreglar aquel desorden que había encontrado la tarde anterior cuando llegó a su residencia.

—Sí diga —contestó el periodista.

—¿Julio Parada?

—Sí. ¿En qué puedo ayudarle?

—Soy el comisario Sergio Mazzini, y me gustaría hablar con usted. Quería saber si se encontraba en su residencia.

—Sí… Aún estoy aquí. Y ¿cómo para qué sería?

—Tengo entendido que unos extraños irrumpieron en su residencia y me gustaría hacerle algunas preguntas. No será mucho, no se preocupe.

—Bueno, pero tengo poco tiempo. Me esperan en el trabajo.

—No se preocupe, ya estamos cerca.

Al cabo de unos quince minutos, sonó el timbre del apartamento 404 de la torre F de las Residencias Valle de Maria al oeste de la ciudad en donde vivía el periodista. En ese momento se encontraba introduciendo una serie de papeles en el interior de una caja de cartón, y aún le quedaba por arreglar otro montón más. Al escuchar el llamado se acercó a la puerta y revisó primero por la mirilla. Los detectives al notar que alguien les observaba desde adentro, enseñaron sus placas de reglamento.

El periodista abrió parcialmente la puerta y volvió a encontrarse con las insignias de los detectives que las mantenían a la altura de sus pechos. Parada las revisó visualmente con detenimiento, y luego escudriñó en ambos rostros con sobriedad.

—Buenos días señor Parada —dijo el detective, rompiendo el silencio—. Soy Mazzini del Cuerpo de Investigaciones y mi compañero Nico Carrasco.

Luego de abrir la puerta, el periodista se echó hacia un costado y con un ademán de su mano les invitó a pasar adelante.

Ambos detectives cruzaron el umbral de la puerta y con su mirada fueron observando todo a su alrededor a medida que avanzaban hacia el centro de la sala. El revoltijo que hubo la tarde anterior ya se encontraba parcialmente acomodado; sobre una cómoda había un par de portarretratos partidos en donde se podía apreciar la imagen del periodista acompañado de su posible pareja e hijos; un cúmulo de papeles se encontraban en el suelo arrumados mientras otro lote yacía en el interior de dos cajas conjuntas; la mesa y la silla del comedor estaba acomodadas en el centro del pequeño espacio y más allá se podía observar una cama desordenada a través de la puerta abierta de la única alcoba visible.

—¿Es usted periodista? —preguntó Mazzini y Nico sacó su pequeña libreta que siempre llevaba guardada en uno de los bolsillos exteriores de su chaqueta.

—Sí… Llevo más de veinte años trabajando para El Mundo.

—¿Tiene alguna idea o sospecha de quien pudo irrumpir en su apartamento de esta manera? ¿Alguien tiene copia de la llave...? Pudimos notar que no está violentada la puerta.

—No, nadie tiene copia... Ni tampoco tengo idea de quien ha podido ser. Estuve toda la noche pensando en alguna posibilidad y la verdad que no se me ha ocurrido ningún nombre.

—Es extraño ¿verdad?

—Sí muy extraño —respondió el periodista pensativo.

—¿Le había sucedido antes, algo parecido?

—No nunca.

—¿Ha conocido a alguna persona en los últimos días, que pudiera haberle dejado alguna extraña impresión?

En ese momento, Parada se quedó callado, muy pensativo. Era periodista y sabía que las preguntas siempre conducían a algo. Y aquella pregunta le había traído la imagen de su amigo Carlos Ramírez y de Luis; aquel joven que contactó con la finalidad de obtener alguna información del tal Aldo... Nico, quien observaba todos los gestos del periodista pudo intuir algo en su rostro; entonces preguntó.

—¿Ha recibido alguna llamada de algún viejo amigo o colega en los últimos días, que tenía tiempo sin saber de él?

Parada lo miro y luego de un par de segundos, respondió.

—La verdad que siempre recibo y hago muchas llamadas. Mi trabajo me lo exige de esa manera. Y sólo hablé con un viejo amigo que tenía tiempo sin saludar. Pero ni pensar que Carlos Ramírez haya podido tener algo que ver; es una gran persona y maravilloso amigo. Además no sabe dónde vivo... Solo hablamos de maravillosos recuerdos de nuestra vida universitaria.

—Carlos Ramírez —se repitió en voz baja, Nico, mientras tomaba nota.

—¿Y a qué se dedica su amigo? —preguntó Mazzini.

—Es dueño de una pequeña editorial... la revista Sorbos.

Luego de revisar con minuciosidad la sala, el detective Mazzini se asomó a un pequeño balcón que daba hacia el estacionamiento y demás torres; miró hacia el exterior y pudo apreciar con cierta claridad el ambiente de aquella zona residencial... Era un conjunto de muchos edificios casi arrumados entre sí; de los balcones y pasillos internos, colgaban prendas de vestir recién lavadas, mientras algunos chicos muy jóvenes corrían en medio de aquellos mismos corredores, jugando y gritando. El detective miró un poco más allá y pudo apreciar a un grupo de jóvenes de color que jugaban basquetbol en una pequeña zona deportiva, en medio de dos bloques más largos que aquel en donde ellos se encontraban; más acá, pudo observar una especie de jardín muy descuidado que rodeaba con su maleza crecida a una plaza central cuyos bancos se encontraban rotos y enmontados. A simple vista se podría concluir que la vida que llevaba el periodista no era la más deseada, ni para él, ni para muchos de los que vivían allí. Mazzini volvió la vista hacia el interior de la vivienda y luego de dar un par de pasos en el interior de la sala, le preguntó.

—¿Le gusta este lugar para vivir, señor Parada?

—La verdad que nunca antes había tenido inconvenientes, hasta ayer.

—Mi pregunta es; ¿si le gusta este ambiente que le rodea?

—Bueno... —titubeó el periodista—. La verdad me gustaría vivir en otro lugar.

En ese momento Mazzini se acercó a la cómoda, tomó el portarretrato con el cristal destrozado, y observó la foto familiar, antes de preguntar

—¿Son su esposa e hijos?

—Sí... Pero no viven conmigo. Ellos se marcharon hace tiempo... Pero creo que eso no viene al caso.

—Claro que no, amigo. Solo es por curiosidad.... —dijo Mazzini antes de respirar profundo—. Bueno señor Parada, ha sido muy amable en atendernos —agregó, mientras colocaba el portarretrato nuevamente en su lugar y extendiendo su mano hacia el periodista

Los detectives se marcharon y desde lo alto del balcón Parada les estaba observando cuando se acercaban a su vehículo. Mazzini se sintió observado y miró hacia arriba, pudiendo ver cuando se metió.

Ya se habían encaminado hacia las afueras del conjunto de bloques, cuando Nico preguntó.

—Jefe. ¿Qué le pareció?

—Al final mintió —respondió Mazzini.

—Yo también lo pude notar, luego de la pregunta que si había conocido a alguien nuevo en los últimos días.

—Sí... Creo que conoció a alguien, y ese alguien pudiera tener relación no solo con este hecho, sino también con Rebeca.

—¿Para dónde vamos ahora?

—Vamos a visitar la redacción de El Eco, y luego visitaremos a ese empresario Carlos Ramírez.

41

La señora Gladys se encontraba sentada en su escritorio ordenando una serie de documentos cuando le llamó la joven recepcionista para anunciarle que habían llegado un par de detectives que deseaban conversar con ella. Se quedó callada por algún instante con el auricular del teléfono pegado a su oído y a su mente vino la llamada que a tempranas horas de aquel mismo día le había hecho el hermano de Rebeca, comunicándole sobre la desaparición de la joven.

—Sí, hágales pasar, por favor.

A esa hora de la mañana no había muchas visitas, y los dos detectives no tuvieron que hacer fila para ingresar al ascensor. Mientras subían hasta el último piso de la torre en donde operaba el departamento de edición del afamado diario El Eco, la ascensorista les observaba con curiosidad. Finalmente preguntó.

—¿Ustedes no son periodistas, verdad?

Ante aquel cuestionamiento, Nico miró a la ascensorista y no pudo contener una leve sonrisa. Quizás más por lo lindo de su figura que por otra cosa, mientras Mazzini ni volteó a verla, en su mente se confrontaban algunos aspectos de la investigación que ya iba por buen camino.

—Ni tampoco creo que sean abogados. No tienen cara —continuó la ascensorista, ahora mirando a Nico que no le había quitado la vista de encima.

En ese momento Nico Carrasco se metió la mano en el bolsillo interior de su chaqueta y sacó una pequeña tarjeta de presentación. Se la extendió a la joven y ella la tomó haciendo un gesto gracioso, enarcando sus cejas y brindando una pícara sonrisa, al leer debajo del nombre del detective, el título: «Inspector».

A continuación, guardó con cuidado la tarjeta en un pequeño bolso que llevaba a un costado de su cintura, y al cabo de algunos segundos, anunció.

—Piso veinte. Departamento de edición. Que tengan un buen día —dijo la joven de memoria y con amabilidad.

Los dos detectives ingresaron al departamento de edición, luego de halar la puerta de vidrio esmerilado que identificaba el amplio salón. Avanzaron por el medio de un montón de cubículos que se acomodaban ordenadamente a ambos lados del estrecho pasillo que conducía hacia un último y llamativo escritorio en donde se podía ver a la secretaria del jefe de edición, parada erguida, arreglada con un atuendo muy formal y su cabello recogido en un moño alto que le hacía ver aún más formal. La señora Gladys levantó su brazo y les saludó en la distancia para indicarles que era a ella a quien buscaban.

Algunos de los tantos empleados que laboraban en el departamento levantaron sus cabezas para mirar al par de extraños que caminaban con la vista al frente y rostro circunspecto, y por sus aspectos no guardaban ninguna relación con el medio periodístico.

—Muy buenos días oficiales. Son ustedes bienvenidos —les dijo con una amplia sonrisa la señora Gladys mientras extendía su mano para saludarlos.

Mazzini era de poco sonreír. Así que con sobriedad extendió su mano a la mujer, mientras se presentaba.

—Sergio Mazzini y mi compañero Nico Carrasco del Departamento de Investigaciones Policiales —dijo, identificándose el detective.

Carrasco se quedó un paso detrás de su jefe con sus manos a ambos lados de sus caderas. Solo hizo una especie de reverencia cuando la mujer le miró a la cara.

—Bueno, ustedes dirán en qué puedo ayudarlos.

—Solo hemos venido a hacer algunas preguntas sobre un posible caso de secuestro… No sé si está al tanto que la joven Rebeca Gutiérrez, quien trabaja para ustedes, ha desaparecido.

—Sí, estoy al tanto. Su hermano Víctor me ha llamado esta mañana para comunicarme la terrible noticia —Gladys hizo un gesto de pesar y preocupación al mismo tiempo.

Nico, sacó su libreta y con lápiz en mano se dispuso a tomar nota.

—Por favor, explíqueme en qué trabaja Rebeca.

De inmediato la señora Gladys le explicó las funciones que la joven desempeñaba en el diario y les llevó hasta su escritorio vacío.

Mazzini observó el cubículo y lo primero que le llamó la atención fue un portarretrato que tomó entre sus manos y pudo apreciar la imagen de la periodista en compañía de su madre. Se agachó un poco y acercó su vista a una serie de anotaciones que tenía pegadas alrededor del monitor de su ordenador. Hubo una que le llamó mucho la atención y la separó de donde se encontraba adherida. Se la mostró a su compañero. Decía: «Parada».

La señora Gladys hizo un intento por ver lo que decía la nota pero no pudo.

—¿Sabía usted que alguien seguía a Rebeca y que ella intentó evadirlos?

—Ooooh, no. Claro que no sabía nada de eso… Es terrible.

—No sé si seguridad le ha informado que su vehículo se encuentra estacionado en el sótano con los cuatro cauchos perforados con arma blanca.

—La verdad aún no me han informado nada de eso.

—¿Sabe usted si la joven Rebeca salía con alguien en particular, algún amigo que la frecuentara, o tenía novio?

—La verdad que nunca la vi salir con nadie... —guardó silencio por algún instante tratando de recordar algo.

—Solo la he visto salir a almorzar en muy pocas oportunidades con algunos jóvenes del departamento de producción. Ella es la secretaria del jefe de producción, el señor Roberto Jiménez.

—Así que es una persona que tiene relación con el departamento de edición y a la vez con el de producción.

—Sí, es una chica muy capaz y trabajadora. Nunca había faltado ni llegado tarde a su trabajo. Es la primera vez que se ausenta.

—¿Y con quién la ha visto salir a almorzar en los últimos días?

—Fíjese que sí la vi salir a almorzar con Luis, Luis Sevilla, creo que fue antes de ayer, él es un buen muchacho que trabaja como técnico de mantenimiento mecánico.

Carrasco iba tomando nota de todo. Era el primer nombre de algún amigo que le decían.

—¿Será que podemos hablar con Luis Sevilla?

—Sí claro —dijo de inmediato la secretaria.

Los dos detectives siguieron los pasos de la secretaria del director de edición y avanzaron hacia el exterior del departamento. Tomaron el ascensor nuevamente, y en esta oportunidad la joven ascensorista no miró, ni hizo ningún comentario a los detectives, sólo observó a Nico por el rabillo del ojo cuando pasó a su lado.

Bajaron al área de producción y desde el primer momento que ingresaron, pudieron apreciar el fuerte ruido de aquel mundo de imprentas y grandes bobinas de papel, además del olor a tinta y químicos que impregnaba el ambiente. Pasaron a un lado de la línea uno que para aquel momento estaba funcionando a alta velocidad. A simple vista era imposible atrapar alguna imagen de la impresión sobre la bobina de papel que se desplegaba a lo largo de *la calandria*.

La señora Gladys le preguntó algo a un operador que se cruzó en su camino y el hombre le señaló con su brazo extendido, hacia un extremo del espacioso galpón. Hacia aquel lado avanzaron los tres. La mujer con la vista al frente y los detectives mirando con curiosidad todo aquello que les rodeaba. Al cabo de unos cien metros llegaron a un pequeño taller en donde se encontraban dos jóvenes revisando unos equipos que se hallaban totalmente desarmados y rodeados por un montón de piezas más pequeñas.

Los dos detectives se quedaron parados en el interior del taller pero próximos a la puerta mientras la señora Gladys se acercó hasta donde se encontraban ocupados los dos técnicos. De inmediato Luis notó su presencia y volteó hacia la secretaria, luego cruzó miradas con los dos detectives que se encontraban cerca de la puerta.

Gladys habló en voz baja con el joven y luego ambos se acercaron hacia donde se encontraban parados los detectives. El joven traía un paño entre sus manos, limpiándose los dedos que se encontraban un poco sucios de grasa.

—Disculpen que no les ofrezca la mano... —en ese momento les enseñó sus manos sucias—. Es parte del trabajo.

—No se preocupe... —dijo el detective—. Mi nombre es Sergio Mazzini y mi compañero Carrasco —se presentó como de costumbre—. Solo queremos hacerle un par de preguntas.

—Sí, por supuesto. Estoy a la orden.

—No sé si está enterado que una empleada del departamento de nombre Rebeca Gutiérrez se encuentra secuestrada.

De inmediato el joven puso cara de asombro. No tenía idea de lo que sucedía y mucho menos que su amiga estuviese pasando por algún terrible momento. Sintió un pequeño bajón.

—Nooo... No puede ser. Cómo es posible eso.

—Sí. Anoche desapareció de su residencia. Al parecer se la llevaron en una camioneta color negro.

Luis totalmente consternado bajó la vista y miró hacia el suelo intentando sosegarse.

—No se imaginan como me siento.

—Usted es su amigo. Quizás sepa de alguien que le haya amenazado, o algún extraño con quien se haya reunido en los últimos días.

—La verdad no tengo ni idea de quien pudiera querer hacerle daño a Rebeca. Ella es una persona muy cordial, responsable y de pocos amigos... Yo me siento muy orgulloso de poder contar con su confianza y amistad.

—Creo que usted tiene razón en eso de pocos amigos... Así que, quizás, haciendo un poco de esfuerzo usted podría recordar el nombre o a alguien, quien pudiera tener alguna relación de amistad cercana con ella.

Luis guardó silencio por algún momento e hizo un esfuerzo por recordar algún nombre... Y a su mente llegó aquella imagen que se le plasmó con desagrado cuando luego de ir a visitar a su amiga la encontró acompañada con aquel tipo de quien no recordaba su nombre.

—Sí, hubo alguien que ella me presentó una tarde cuando la fui a visitar en su casa y ella se encontraba celebrando algo con él... Pero no recuerdo su nombre. Solo podría decirles que es como de treinta años, delgado, de aspecto extraño… Y leí en sus miradas, como si existiera entre ellos algo más que una simple amistad.

—¿A esa persona la había visto antes en algún otro lugar?

—La verdad que no lo había visto antes, y esa fue la única vez.

Luego de entrevistar a la señora Gladys y al joven Luis Sevilla, el par de detectives se retiraron de las instalaciones de El Eco. Iban en el Chevrolet, cuando Nico le preguntó a Mazzini.

—¿Qué te pareció el joven?

—Me pareció sincero. Y por su reacción al enterarse de lo que le pasa a su amiga, me da la impresión que gusta mucho de ella. Creo que está enamorado de la joven

—A mí también me dio esa impresión. Pero no tiene cara de ser un tipo tan celoso como para secuestrarla.

—No… No lo creo… Creo que esto gira alrededor del campo periodístico, más que de venganzas amorosas… Pero ahora sabemos que hay alguien más en medio de todo esto y quizás sea la persona clave.

42

La noche siguiente al secuestro, y en una refriega callejera, entre indigentes que acostumbraban reunirse debajo de uno de los puentes que conforman parte de un amplio distribuidor hacia el sur de la ciudad, uno de los involucrados, quizás el menos altanero, cayó al suelo, luego que un grandulón de color le golpeara en el rostro con fuerza. La disputa se había iniciado luego que las bebidas alcohólicas que consumían, se agotaran por completo. Del golpe recibido, el indigente dio algunas vueltas sobre el pavimento mientras con su mano intentaba palpar el lugar en donde había recibido el puñetazo. El mismo grandulón que le había golpeado le lanzó una bolsa que le pertenecía, justo cuando caía sobre la orilla de la calzada. El hombre agarró su pertenencia y siguió arrastrándose hasta que al verse un tanto alejado del grupo; que entre risas, burlas, y objetos arrojados, le apabullaban; se incorporó con dificultad, y cojeando se alejó hasta perderse en medio de la penumbra que arropaba los alrededores a esa hora avanzada de la noche.

Caminó unas tres cuadras y recordó que a escasos doscientos metros en dirección sur se encontraba la entrada a un complejo industrial pequeño en ruinas, en donde podría pasar la noche sin que nadie le molestara. En ese momento el estómago le rugió y se llevó las manos al abdomen. «Tengo hambre», se dijo. Hizo un gesto de malestar y rebuscó con su mirada en los alrededores. No vio nada que le interesara pero recordó que más adelante había una serie de pequeños restaurantes en donde podría encontrar algo. Caminó lentamente en esa dirección, arrastrando su pie izquierdo, y al cabo de algunos minutos divisó en la corta distancia un par de bolsas de basura que reposaban frente a un pequeño restaurante de comida china. A esa hora de la noche las luces del establecimiento se encontraban apagadas y solo algunas lámparas del alumbrado público iluminaban con dificultad los alrededores. De inmediato avanzó en esa dirección y al llegar, hurgó en el interior de las bolsas. Sacó todo el contenido de la primera bolsa y no halló nada que le interesara, solo en la segunda encontró algunas sobras de comida que de inmediato se las llevó a la boca; y al fondo, halló un buen trozo de pan relleno. Lo tomó entre sus manos, sonriente, y de inmediato comenzó a devorarlo. «Uuuumm, está divino», le encantaba los emparedados.

Con el estómago algo lleno, dejó atrás la reguera que había hecho en la acera y avanzó en dirección al complejo industrial. Al arribar, caminó por el medio de sus calles desoladas, envuelto en la penumbra que era aún mayor en aquellos silentes espacios, solo iluminados por la atenuada claridad de una luna llena que intentaba filtrarse entre las grises franjas que pintaban las nubes . Caminó por algunos minutos más, hasta que se detuvo y miró a su alrededor en busca de un lugar en donde terminar de pasar la noche. Le llamó la atención una puerta que por un costado de un hangar se veía forzada, y se acercó. La examinó con cuidado y al presionar un poco la puerta, esta cedió. Dio un primer paso hacia atrás pero de inmediato introdujo su cabeza hacia el interior del galpón y no vio más que una serie de grandes cuerpos inertes que parecían dormidos; eran máquinas y más máquinas antiguas y en desuso. Pasó al interior, se acercó aún más a aquellas grandes sombras y las palpó. Estaba en lo cierto; eran máquinas y motores muy deteriorados. Recordó cuando en sus años mozos trabajó en una industria muy grande desempeñándose como operario de una línea de enlatados. «Esto parece un cementerio jajaja», rió con fuerza y el eco de su voz rebotó entre las paredes del recinto.

Había encontrado un lugar seguro en donde nadie le molestaría. Así que siguió adelante y luego de avanzar algunos metros por un pasillo se sentó y acomodando como almohada la bolsa que llevaba, se echó en el suelo entre dos grandes motores que formaban como una especie de barrera a su alrededor, e intentó dormir.

Rebeca había quedado rendida por el cansancio, en medio de alguna pesadilla escuchó una risa que le perturbó. Abrió los ojos, y solo vio mucha oscuridad a su alrededor, además de las sombras que como guardianes, parecían custodiar su cautiverio. Estiró las piernas y la cadena que le sujetaba por el tobillo hizo un leve ruido, característico de los herrajes cuando se golpean entre sí. Estiró su mano y palpó el brazalete de hierro junto al candado. Se sentó y se fue arrimando poco a poco hacia donde sabía que se encontraba el balde con agua, hasta que lo tropezó. A continuación introdujo su mano en el recipiente, y luego se llevó los dedos humedecidos hacia sus labios resecos.

Volvía a introducir su mano en el agua, cuando le pareció escuchar algo. Un movimiento seguido de un sonido seco y estertóreo. Dejó la mano suspendida sobre la superficie acuosa y prestó mayor atención. Por algunos segundos no escuchó nada adicional, pero después volvió a escuchar aquella especie de ronquido. Se alarmó y pensó que podía ser un animal, pero también podría ser el ronquido de alguien.

Se quedó callada e inmóvil esperando su repetición, y efectivamente, ahora, al aumentar su intensidad y duración, parecía un fuerte ronquido de alguna persona que dormía. Entonces se animó y dijo en voz clara, que sus palabras rebotaron entre las alejadas paredes. «Holaaaa». Esperó alguna respuesta y al volver a escuchar el ronquido con la misma intensidad, repitió su llamado pero ahora con mayor fuerza, colocando las palmas de sus manos a ambos costados de su boca para darle más profundidad a su llamado; «¡Holaaaaaa...!». Notó que el ronquido se interrumpió y entonces volvió a decir con fuerza: «¡Hola...Hola…! ¡¿Quién está allí?!».

El indigente, acostumbrado a dormir en la calle, sobre suelos endurecidos como aquel, en medio de la soledad y tranquilidad de algún callejón; vio perturbado su sueño, cuando creyó escuchar en la lejanía, los gritos de una voz femenina. Se dio media vuelta sobre aquel piso polvoriento y rígido, y abrazó la bolsa que ahora acomodó sobre su pecho.

La joven al no escuchar respuestas adicionales al silencio que reinaba en el interior del hangar, buscó a tientas el trozo de tubo con el cual había intentado destrozar en vano el candado que sellaba el brazalete en su tobillo, y lo encontró por detrás de su espalda. Lo agarró con firmeza por un extremo, y luego de incorporarse lo arrojó con fuerza en dirección hacia donde ella pensaba que provenían los ruidos que había escuchado. Si era un animal se marcharía y si era una persona, quizás, atendería su llamado.

El objeto lanzado, al golpear la carcasa de un tablero eléctrico que en su tiempo controlaba el encendido de una línea de producción, hizo un estruendo muy fuerte, y el hombre que dormía imperturbable a escasos cinco o siete metros de donde cayó el trozo de tubo, dio un brinco del susto, que por poco le causa un infarto. Se sentó bruscamente llevándose la mano al pecho con los ojos abiertos de par en par, y percibió la fuerza y prisa con la que su corazón latía. «Dios Santo, qué fue eso», se dijo. Guardó silencio y prestó atención a todo a su alrededor. De inmediato volvió a escuchar la voz femenina que le pareció haber escuchado antes… «Hola… Hola… ¿Hay alguien allí?».

El indigente se levantó con cuidado y sigilosamente comenzó a desplazarse en dirección hacia donde pensaba que provenía la voz, intentando que sus pasos no se escucharan. Luego de desplazarse unos treinta metros en esa dirección pudo apreciar una sombra inmóvil muy diferente a las demás, y allí se detuvo. Rebeca, también, le había visto acercarse.

43

Cuando Rebeca supo que un hombre se encontraba parado a escasos seis o tal vez siete metros de distancia de donde ella se hallaba prisionera e indefensa, con una cadena atada a su tobillo, sintió una sensación de peligro. Antes, al escuchar los ronquidos que le sacaron del sueño pensó que aquello podría ser su camino a la libertad, pero ahora, el silencio que lo inundaba todo parecía decir demasiado sobre un posible peligro.

—Hola… —dijo ahora, Rebeca, en voz baja y nerviosa.

El hombre no respondió pero avanzó un par de pasos más, en su dirección.

—Ne... Necesito ayuda —agregó la joven periodista al verle acercarse, notándose el nerviosismo de sus palabras.

Estirando sus manos, la joven intentó buscar a su alrededor algún objeto que pudiera usar como arma defensiva en caso de que el hombre le intentara agredir; ya que el silencio que guardaba no le brindaba buenos augurios, pero infructuosamente no halló nada que pudiera usar para protegerse. Recordó que había lanzado el pedazo de tubo.

—Aquí hay agua, si tiene sed —dijo Rebeca buscando cordializar y ganarse su confianza, pero aun sin poder distinguir su rostro.

—¿Agua? —se preguntó el hombre, e hizo un gesto que Rebeca no pudo distinguir. Solo apreció un movimiento lateral de su cabeza.

—Sí, aquí tengo agua —respondió con inmediatez, reiterando su ofrecimiento.

—¿Quién eres?... Acaso un fantasma —agregó el hombre.

Aunque aquella pregunta hubiese podido causar gracia en cualquier otro momento. A Rebeca no le causó ninguna. Y se identificó con la intención de seguir buscando empatía.

—Me llamo Rebeca.

En ese momento el indigente avanzó más y se acercó a escasos metro y medio de donde ella se encontraba en cuclillas. Él se agachó lo suficiente, hasta que su rostro llegó a estar casi a la misma altura del rostro de la joven, y Rebeca sintió un fuerte aliento a alcohol. La tenue claridad de la luna que penetraba por los ventanales que en lo alto brindaban ventilación, le enseñó su rostro a la joven... Era un hombre de aspecto muy descuidado, de inmediato supo que era un indigente; en el pómulo izquierdo traía una fuerte contusión que le cerraba casi por completo el ojo de ese mismo lado, su barba rala le cubría las mejillas y mandíbula, su mirada era profunda, inquieta y curiosa.

—¿Qué te pasó en la cara? —le preguntó la joven con delicadeza, y el indigente se llevó la mano hacia el pómulo herido.

—Una pelea... Y creo que llevé la peor parte.

—Aquí tengo agua... Lávate la herida. Te sentirá bien.

El hombre miró hacia un costado y pudo apreciar el envase. Acercó su cuerpo en ese sentido e introdujo las manos en el balde. Bebió agua con ansias un par de veces y luego lavó su cara. El contenido se turbó y de inmediato adquirió un color ocre. Luego agregó.

—¿Qué haces aquí?

—Unos tipos me secuestraron. Y mira... —La joven tomó parte de la cadena con su mano y la levantó del suelo para que el hombre la viera. Luego la dejó caer y la cadena hizo un fuerte ruido metálico al golpear el suelo.

—¿Y por qué te han hecho esto? —En ese momento el hombre estiró su mano húmeda y palpó el rostro de la joven, mientras le observaba con cuidado. Rebeca se echó un poco hacia atrás al sentir lo áspero de sus dedos, pero se contuvo de apartar la cara, al percibir una cierta sensación de cariño.

El indigente le miró al rostro con minuciosidad y luego de apartar su mano, también se echó un poco para atrás, buscó la cadena en el suelo y recorrió su trayectoria hasta que llegó a palpar el candado que sellaba el brazalete en el tobillo de la joven. Se agachó sobre el candado y le escudriñó de muy cerca, en medio de la fuerte penumbra.

—Creo que podré ayudarte —dijo. Y la joven guardó silencio.

El hombre se llevó la mano a uno de sus bolsillos del pantalón y hurgó en su interior hasta que palpó una laminilla metálica que de inmediato sacó y sin necesidad de mirarla, terminó de darle forma entre sus dedos. Al cabo de algunos cortos segundos se volvió a inclinar sobre aquel punto en donde el candado sellaba el brazalete y con sus dedos fue siguiendo algún rastro sobre la superficie del cerrojo, introdujo la laminilla por derredor del pasador, y lo movió con minucioso cuidado hasta que sintió en sus manos un pequeño martilleo que le indicó que la cerradura había cedido; haló hacia arriba el gancho y desprendió el candado, que luego guardó en uno de sus bolsillos. De inmediato separó el brazalete de hierro y lo dejó caer al suelo.

—Listo —dijo el hombre sonriente. Y aunque ella no pudo ver sus labios, el golpe del brazalete en el suelo le hizo sonreír, también.

Aquel sonido de libertad, aunado a aquella sola palabra, produjo en Rebeca y también en el indigente una gran alegría. De inmediato la joven se llevó las manos hacia el tobillo y sintió la ausencia del brazalete. Se abalanzó sobre aquel cuerpo oscuro y le abrazó con fuerza.

—¡Gracias, gracias…! ¡Que Dios se lo pague! —dijo la joven entre lágrimas de felicidad.

—Ahora debemos salir de aquí, antes que alguien pueda venir a buscarte… —agregó el hombre.

Rebeca intentó levantarse con prisa apoyándose en sus brazos, pero cuando hincó el pie sobre el suelo y trató de dar un primer paso, un fuerte dolor le abarcó desde la planta del pie hasta la pantorrilla, haciéndole caer nuevamente al suelo. El hombre examinó el tobillo y vio que estaba muy hinchado y herido; una fuerte marca oscura y profunda, le rodeaba aquel extremo de la pierna.

—Ven… Apóyate en mi hombro y yo te ayudaré a caminar —le dijo mientras extendía su mano.

Así hicieron. Rebeca se levantó con dificultad y luego de cruzar su brazo sobre el hombro de aquel hombre maloliente, comenzó a desplazarse apoyada en él. Caminaron con cuidado entre las máquinas inertes que les habían acompañado durante aquellas horas aciagas, y luego de trasponer el umbral de la puerta del galpón hacia el exterior, respiraron del aire fresco de la noche. Siguieron adelante, escondidos entre las sombras que las edificaciones proyectaban sobre la desértica calle, siguiendo la ruta que el hombre había escogido.

Alguna vecina cuyo sueño se había visto interrumpido por la algarabía que tenían unos indigentes que gritaban, reían y también peleaban, debajo de uno de los puentes de un distribuidor que daba salida hacia la vieja zona industrial, llamó al 911 para informar de aquella juerga tan desproporcionada que tenían aquellos desalmados, y pidió le enviaran algún cuerpo policial que viniera a poner orden.

Al cabo de unos quince minutos aproximadamente la misma vecina que aún estaba sentada en la sala de su apartamento, esperando, escuchó cuando la sirena de una patrulla hizo su anuncio desde la esquina próxima. La señora se acercó a la ventana y gritó hacia el puente: «¡Ahora tendrán lo suyo, desgraciados!».

La patrulla bajó la velocidad y encendió el faro de 2500 watts que llevaba incorporado en la parte alta del techo, volvió a sonar la sirena y los dos policías pudieron apreciar cuando los indigentes recogían a toda prisa sus pertenencias. La patrulla se acercó en esa dirección y los hombres salieron en carrera en diferentes direcciones. Solo se escuchaban las fuertes pisadas cuando en carrera se perdían entre las sombras. Desde lo alto de la ventana la mujer volvió a gritar: «¡Corran, corran desgraciados!»

Los dos patrulleros se bajaron del vehículo luego que se detuvieron a un costado del lugar en donde se encontraban reunidos los indigentes. Linterna en mano revisaron los alrededores y solo hallaron basura, hasta que uno se agachó y vio un pequeño rastro de sangre.

—Como que hubo alguna pelea —dijo uno de los policías.

—Seguro... Creo que es su modo de diversión —respondió su compañero.

—Bueno, sigamos. Ya se han ido.

La señora en lo alto de la ventana sonrió y dijo en voz baja; «ahora sí podré dormir». Dio la espalda y se encaminó hacia su alcoba, rascando su cabeza. Los policías se montaron en la patrulla y el que iba manejando tomó la radio: « Aquí 887 en distribuidor Oeste sentido Sur. Cambio». De inmediato recibió respuesta: «Adelante 887»... «Era un grupo de unos cinco o seis indigentes. Ya evacuaron. Cambio»... «¿Alguna novedad?. Cambio»... «Rastros de alguna riña, pero nada más. Cambio»... «Ok. Cambio y fuera».

Los patrulleros siguieron su ronda y tomaron el sentido sur, pasaron frente a un pequeño restaurante de comida china y observaron el revoltijo de basura que posiblemente habría dejado algún indigente. Siguieron adelante iluminando con el faro los diferentes establecimientos comerciales, cuando vieron en la distancia un par de sombras que caminaban por la acera a escasos doscientos metros de donde ellos se encontraban, accionaron la sirena por un corto instante, en señal de aviso. Avanzaron en esa dirección y en poco segundos apuntaron el haz de luz hacia la pareja que continuaba caminando abrazada, pero con mucha dificultad. Pudieron notar que ambos cojeaban, y uno de ellos, de muy mal aspecto, llevaba casi a rastras a una joven.

Uno de los primeros indigentes, el de color, que había salido en carrera, luego que llegara la patrulla al puente, se encontraba escondido tras un contenedor grande de basura, y al escuchar nuevamente la sirena, se asomó por un costado y también vio a la pareja que avanzaba abrazada. Era alto y fuerte, parecía un exboxeador; fue el mismo que le había propinado aquel golpe que marcaba la cara del indigente que acompañaba a la joven.

Cuando ya estuvieron próximos a la pareja, el policía que conducía la patrulla volvió a accionar la sirena por un par de segundos y el indigente en compañía de la joven, se detuvieron de inmediato. La patrulla también se detuvo a escasos cinco metros por detrás de ellos, y ambos oficiales se bajaron. Con sus manos próximas a sus armas y separados, los dos policías se acercaron, rodeando a la pareja. Hasta que uno de ellos dijo.

—¿Qué hacen a estas horas por aquí?

La joven Rebeca, al voltear y ver la imagen de aquellos policías, se sintió protegida y quiso avanzar por sí sola, separó su brazo del hombro del indigente e intentó acercarse por sus propios medios hacia el policía que tenía más cerca.

—Ayúdenme por favor... —Pero en ese momento sintió que le faltaban fuerzas y se desplomó al suelo entre los brazos del indigente, quien no pudo sostenerla.

De inmediato, uno de los policías, le dijo al indigente.

—Manos en alto. No te muevas.

El hombre no sabía qué decir y levantó las manos como se le ordenaba. El otro policía se acercó por su espalda y luego de tomarlo por uno de sus antebrazos le obligó a bajarlo para de inmediato esposarle las muñecas por la espalda. Luego le dio una patada por detrás de las rodillas y le hizo caer al suelo arrodillado.

El primer policía que antes apuntaba con su arma al indigente, guardó su arma, se acercó con prisa a la joven y le observó la herida y fuerte inflamación que tenía en el tobillo. A continuación le tomó el pulso por el cuello... Al percibir las débiles pulsaciones, dijo.

—Está bien... Voy a pedir una ambulancia.

Se fue hacia la patrulla, mientras su compañero se quedó custodiando al detenido.

—887. Cambio

—Adelante 887 —respondió la voz femenina desde la central.

—Necesitamos una ambulancia en la 45 con 32 Sur... Una joven de unos veinticinco años aproximadamente, sin identificación ni pertenencias, delgada, vestido azul claro, al parecer en shock nervioso, con desmayo y herida en uno de sus tobillos, como si hubiera estado atada. Cambio.

—Entendido... De inmediato te la envío. Cambio

Mientras el policía en el interior de la patrulla conversaba por radio con la central de Policía. El otro le preguntó al indigente.

—¿Qué pretendías hacer con esa joven?... Dime. Desgraciado abusador.

—Na... Nada... Yo la encontré encadenada... y la liberé. No le he hecho nada, se los juro.

—Crees que me voy a creer ese cuento... —El policía levantó la mano para darle un golpe pero se contuvo cuando el hombre cerró los ojos y echó su rostro hacia un lado.

Habían pasado algunos minutos, cuando la joven se movió y comenzó a dar signos claros de recuperación. Ambos policías se acercaron a ella y uno de ellos levantó su cabeza del suelo cuando vio que abría los ojos.

—Ya pronto llegará una ambulancia... No te preocupes. Estarás bien —le dijo el policía que había pasado la información por la radio.

La joven intentó balbucear algo, pero no le salieron las palabras.

En menos de dos minutos adicionales se escuchó la sirena de una ambulancia que se acercaba a alta velocidad. Los frenos se hicieron notar cuando se detuvo justo por delante de la patrulla y frente al cuerpo de la joven que reposaba en el suelo. Al indigente lo tenían sentado en el suelo y a pocos metros, recostado a la pared.

El paramédico que conducía se bajó con prisa y luego de abrir la puerta trasera de la ambulancia sacó la camilla que se encontraba a lo largo de la cabina posterior, mientras el otro que se había bajado del asiento del copiloto se acercó a la joven y de inmediato le tomó el pulso, examinó sus ojos con una pequeña linterna que sacó de un estuche que portaba y entre ambos paramédicos la subieron a la camilla con la facilidad que les brindaba la experiencia y el entrenamiento... Luego, se fueron con la misma prisa que habían llegado.

Los policías subieron al hombre en la patrulla y se dirigieron a la comandancia. El copiloto tomó la radio y dijo.

—Aquí 887. La joven hallada ya va vía hospital. Nosotros vamos para la Central con el sospechoso. Cambio.

En ese momento el detective Mazzini y su compañero Carrasco se subían al Chevrolet, luego de terminar de atender un caso de homicidio que se había llevado a cabo en El Rosal. Al parecer un marido celoso luego de maltratar a su mujer, le había golpeado en la parte posterior de la cabeza con un objeto contundente, causándole la muerte de manera casi instantánea.

—¿Escuchaste, Nico?

—Sí... Al parecer hallaron a una joven.

De inmediato el detective tomó la radio.

—Aquí Mazzini... Saliendo del 324 de El Rosal... A qué joven se refieren. Cambio.

—Joven hallada junto a un indigente en Zona Industrial Sur.

—¿Cómo se llama?

—No lleva ningún tipo de identificación... Delgada. Edad aproximada veinticinco años. Vestido azul claro. Estaba muy afectada emocionalmente y herida en un tobillo. Como si hubiera estado atada.

—Gracias. Cambio

Mazzini terminó la conversación y le dijo a su compañero.

—Creo que nos interesa ver a esa joven.

44

La noche siguiente al secuestro, y luego de sus infructuosos intentos por encontrar a Alex, Santino decidió ir en busca de la joven que habían dejado encadenada en el interior del galpón abandonado.

Al llegar a la entrada del pequeño complejo industrial abandonado, avanzaron por la oscura vía principal hasta estacionarse en el mismo lugar de la noche anterior. El jefe se quedó en el interior del vehículo mientras sus dos secuaces fueron en busca de la joven. Al cabo de algunos minutos, Perico, en carrera y en compañía de Camilo regresaron con las manos vacías, y el jefe se enfureció al escuchar aquella odiosa palabra que oyó de sus labios: «Escapó».

—¿Cómo es posible? Acaso no le pusiste el candado… Seguro que no verificaste que estuviera bien cerrado. Son unos inútiles de verdad.

Dijo aquellas palabras enfurecido. Cómo era posible que se les hubiese escapado a ellos, que estaban tan experimentados en ese tipo de trabajos. Era inconcebible.

Los dos hombres revisaron a pie por todos los alrededores próximos al galpón antes de marcharse. Luego fueron avanzando muy despacio mirando cada rincón a medida que se dirigían hacia la salida de aquella pequeña zona industrial abandonada, hasta que finalmente arribaron a la avenida. Luego de avanzar unos doscientos metros adicionales, a Santino le llamó la atención un indigente muy robusto y de color, que por su contextura parecía un exboxeador y hurgaba en unas bolsas de basura.

—Detente junto a ese hombre —dijo Santino al que conducía.

—Sí jefe —respondió, obediente.

De inmediato la camioneta avanzó un poco más y cuando ya estuvo cerca del hombre de color se detuvo, Santino bajó el vidrio de su lado, sacó la cabeza, y le preguntó al indigente.

—Amigo... —en ese momento el hombre volteó a mirar hacia la camioneta—. ¿Has visto a una joven de vestido azul caminar por aquí?

El hombre se quedó callado por un instante y luego dijo secamente.

—Sí.

—¿Fue hace mucho?... ¿Hacia dónde camino?

El hombre se acercó hacia la ventana abierta de la camioneta y Perico bajó el vidrio de su lado con la pistola en la mano, enseñándola parcialmente. Entonces el indigente no avanzó más.

Santino aprovechó para sacar unos billetes y mostrárselos al hombre.

—Iban caminando hacia allá —dijo extendiendo su brazo hacia su lado derecho.

—¿Iban caminando?

—Sí, iba con alguien, quien la ayudaba a caminar... Hasta que llegó la policía y los detuvieron. Fue hace poco, como media hora.

En ese momento el indigente estiró la mano para tomar los billetes y Santino dijo.

—Espera... ¿Y para donde se la habrán llevado?

—A los heridos siempre los llevan al Hospital Central. Yo tengo mucha experiencia de eso jajaja.

—Toma, son tuyos —agregó Santino dándole los billetes.

Luego de escuchar por la radio, instalada en la parte baja de su Chevrolet, lo referente al hallazgo de una joven vestida de azul claro en las proximidades de la Zona Industrial Sur, un sector desértico y muy visitado por mendigos y distribuidores de estupefacientes, Manzzini se dirigió a toda prisa hacia el Hospital Central en donde sabía que llevaban a todos los heridos que se encontraban sin identificación ni seguro.

Una vez dejaron estacionado el vehículo en el parqueadero destinado para los visitantes, ambos detectives avanzaron a lo largo del pasillo principal que conducía desde aquel extremo de la zona hospitalaria hasta la sala de urgencias. Luego de abrir las puertas batientes y pasar hacia el interior de una primera sala en donde había un par de adultos mayores cada uno en una silla de ruedas, un vigilante uniformado se le cruzó en el camino. De inmediato los dos detectives se identificaron con su placa y el vigilante les abrió paso. Mazzini empujó la segunda puerta de madera y con lo primero que su mirada se topó, fue con el rostro de la joven con vestido azul que aguarda acostada sobre una camilla, acompañada por un policía de guardia quien le hacía algunas preguntas. Se acercó sin quitarle la vista de encima, secundado por su compañero, luego dirigió su mirada hacia el policía que estaba inmerso en sus anotaciones. Una vez estuvo frente a la camilla; dijo.

—Buenas noches oficial.

El policía sin levantar la vista de la planilla que llenaba en ese momento, respondió con desgano.

—Sí... Diga.

—Soy el detective Mazzini de investigaciones y secuestro, mi compañero el detective Carrasco.

Al escuchar aquella presentación, el policía dejó de escribir y volteó hacia los recién llegados.

—Disculpen, es que me acaba de llegar este caso y...

—No se preocupe usted... —le interrumpió Mazzini. Dio un paso más y se acercó junto a la joven que permanecía acostada sobre la camilla. Y le preguntó.

—¿Rebeca?

—Sí... ¿Usted me conoce?

—Quizás no me recuerdas pero tu hermano Víctor nos presentó en una reunión hace algunos años atrás... Comenzabas en la universidad.

El policía se apartó un poco e hizo un gesto de confianza.

—Ooooh... Gracias a Dios alguien conocido —agregó la joven, mientras extendía su mano hacia el detective, sin levantarse de la camilla. Él se la tomó con cariño.

Mazzini hizo un corto recorrido visual al cuerpo de la joven y al encontrarse con aquel tobillo maltratado, le dijo.

—No te preocupes. Ya estás a salvo... Veré cómo te sacamos de aquí. —Volteó hacia su compañero y le dijo—. Llama a la jefatura y diles que la joven hallada es Rebeca Gutiérrez, el caso que estamos trabajando. Y también les dices que necesitamos sacarla de aquí a un lugar más seguro.

El policía que inicialmente le estaba tomando los datos, se retiró para un cubículo que se encontraba en la parte interna y desde allí también se comunicó con la comisaría.

Mientras Carrasco le daba la espalda, Mazzini tomó su celular y buscó en su directorio el número de su amigo Víctor, hermano de Rebeca. No había terminado de sonar el tono de la llamada cuando obtuvo respuesta.

—Sergio. Dime. ¿Qué noticias me tienes?

—Ya encontramos a Rebeca. Está bien, amigo.

—Gracias a Dios… ¿Dónde está?

—Estamos ahora en el Hospital Central. Tiene una herida en un tobillo que no es grave pero sí delicada, por lo demás creo que está perfecta. Dime tú a dónde la podemos llevar que sea seguro y la revisen bien.

—A la Clínica Metropolitana. Tengo un par de amigos allí.

—Perfecto. Nos vemos allá. Déjame arreglar su salida.

Carrasco había salido por las puertas que antes cruzaron para entrar. Una vez en el exterior tomó su celular y llamó a la comandancia. Luego de conversar por algunos minutos y dar las explicaciones necesarias, volvió a entrar. No tuvieron que esperar más de diez minutos adicionales, cuando se presentó uno de los médicos de guardia acompañado por el mismo policía que le había tomado los datos a la joven periodista, y con un papel en la mano, les dijo.

—Buenas noches. ¿Es usted Mazzini?

—Sí, doctor.

—Con este pase puede llevarse a la joven. Afuera hay una ambulancia esperando.

—Muchas gracias doctor. Es una cuestión de seguridad.

—Comprendo, ya me explicaron los pormenores del caso.

En ese momento se acercó un camillero que tras recibir la orden del doctor, comenzó a empujar la camilla hacia el exterior. Luego de despedirse, Mazzini y Nico Carrasco caminaron detrás del camillero y enseñaron el pase de salida al vigilante que custodiaba la puerta. El uniformado ni revisó e hizo un gesto de fastidio.

Mazzini se montó en la parte posterior de la ambulancia acompañando a Rebeca y le arrojó las llaves del Chevrolet a Nico para que condujera detrás de la ambulancia.

—Síguenos hasta la clínica —le dijo Mazzini.

—Entendido.

Los vehículos avanzaron por la estrecha avenida que conducía hacia el exterior de la zona hospitalaria y se cruzaron con una camioneta negra que en sentido contrario hacía su entrada en dirección al estacionamiento de visitantes.

Al arribar por urgencias de la Clínica Metropolitana los detectives acompañaron a Rebeca hasta que un médico de cierta edad recibió a la joven, era un doctor amigo de Víctor y se haría cargo del caso.

Luego de unos diez minutos adicionales llegó Víctor con su madre. Ambos pasaron al interior del recinto y se abrazaron entre lágrimas con la joven periodista.

La camioneta negra que había llegado al hospital, se estacionó en la zona destinada para los vehículos oficiales, próxima a la entrada de emergencias. Uno de los vigilantes que custodiaban los alrededores, al no reconocer el vehículo como de uso oficial, se acercó hacia el auto cuando Perico, el más joven de los perseguidores, se bajaba. De inmediato el vigilante lo increpó mientras el otro que estaba detrás de la puerta batiente asomado por la ventana de vidrio y les observaba con detenimiento.

—Señor no puede estacionar el vehículo en esta zona destinada solo al personal de urgencias.

—Es solo un momento, amigo. Es cuestión de hacer un par de preguntas… ¿Usted sabrá si…?

—Por favor debe mover el vehículo —le interrumpió el vigilante con aspereza—, y después puede regresar para responderle cualquier pregunta.

En ese momento se bajó el vidrio trasero de la camioneta y el jefe llamó al vigilante. Tenía un par billetes en la mano con la que le hacía señas para que se acercara.

Inmediatamente el vigilante se acercó y le dijo.

—Sí, ¿dígame?

—¿Por casualidad ha llegado aquí una joven como de unos veinticinco años de edad que viste un traje azul claro?

El vigilante extendió su brazo para tomar el billete y el jefe lo echó un poco para atrás, mientras sonreía.

—Sí llegó pero ya se fue. Se la llevaron un par de detectives.

—¿Y para dónde se la llevaron?

—Creo que para la Clínica Metropolitana.

En ese momento el vigilante volvió a estirar su mano, agarró el par de billetes y lo introdujo en su bolsillo, mientras Perico se montaba en el asiento del copiloto.

Luego que la camioneta se fuera, el otro vigilante se acercó y le preguntó.

—¿Qué querían esos tipos?

—No era nada. Solo preguntaron por la joven que se llevaron los detectives

—¿Y le dijiste para dónde?

—No. Solo le dije que se la llevaron pero no sabía para donde —mintió

45

Aquel hombre aindiado de cabellos largos y contextura fuerte que trabajaba para El Mensajero, había llorado por toda una noche la muerte de su sobrino. Verlo suplicar por su vida y recibir a cambio un tiro de gracia en la frente, lo había herido a él también, pero en lo más profundo de su alma. Nunca había tenido un hijo y había querido a aquel huérfano de padre y primogénito de su hermana, como propio. Lo había criado desde muy chico, luego que su padre también muriera acribillado en un ataque a una localidad cercana en donde trabajó desde muy joven.

Cuando El Mensajero Teo le dijo a su ayudante que fuera a retirar cuatro cajas de aguardiente al principal expendio de licores del pueblo, como pago de impuesto a la guerrilla por la protección que le brindaba; el hombre fue de inmediato. Sabía para quienes eran todas esas bebidas, y cuando Don Escalona le entregó en las manos una botella de whisky dieciocho años, diciéndole: «Esta es para Chino, por su cumpleaños»; entonces, su mente se perturbó por completo y aquellas imágenes que habían quedado plasmadas en su mente para siempre, volvieron como vuelven las bandadas de pericos silvestres luego de la temporada de lluvias. Tomó la botella entre sus manos y vio que llevaba atada una pequeña tarjetita en donde el tendero le deseaba mucha salud y felicidad. La guardó con cuidado en el interior del ancho bolsillo de su pantalón y de inmediato comenzó a cargar las cajas de aguardiente sobre una carretilla.

Empujándola salió a la calle en dirección al pequeño galpón en donde El Mensajero guardaba toda la mercancía que debía llevar al campamento. En su mente se comenzaron a forjar muchas imágenes y cuando en el camino pasó a un lado de la única tienda agraria del poblado, recordó los venenos que su abuela solía esparcir por los rincones de su antigua vivienda, para controlar la cantidad de ratas que siempre pretendían roer los alimentos guardados. Se detuvo y sonrió con malicia.

Ya en el interior de la tienda, le dijo al dependiente.

—Necesito un veneno bueno para acabar con las ratas. En especial una muy grande.

A lo que el experimentado hombre le respondió.

—Aquí tengo lo que necesitas.

De inmediato, el dependiente le dio la espalda y al cabo de algunos segundos regresó con un envase grande de vidrio que dejaba ver un montón de pelotitas color rojo.

—Son quinientos mil pesos por kilo.

—Yo solo necesito un poquito —dijo el hombre de cabellos largos que se derramaban por los costados de su sombrero, mientras revisaba en su bolsillo desocupado. Sacó un par de billetes, algunas monedas adicionales y las colocó sobre el mostrador de madera. Entonces, el encargado tomó el par de billetes y él, recogió las monedas.

El dependiente, con una cuchara, sirvió del envase una porción del frasco y la vertió en el interior de una bolsita plástica que había colocado sobre el peso. Luego agregó un poquito más de aquellas pelotitas rojizas para completar el pedido. A continuación ató con un nudo la bolsa, y le dijo.

—Aquí tiene… Debe colocarlas en los rincones de su vivienda, alejado de los niños y mascotas, así evitará alguna tragedia.

Cuando el hombre llegó al galpón improvisado en las cercanías del Arauca, dejó la carretilla a un lado, se sentó sobre un pequeño taburete y luego de sacar la botella de whisky del interior de su bolsillo, la empezó a examinar cuidadosamente. Al cabo de unos minutos tomó una vela y la encendió; desprendió primero los sellos, y luego, con su filoso y puntiagudo cuchillo logró extraer con maestría el encapsulado de la botella sin maltratarlo. De inmediato fue introduciendo el contenido de la bolsa, poco a poco, en el interior del envase, a medida que lo iba batiendo para que los sólidos se disolvieran adecuadamente. Al cabo de veinte minutos ya tenía todo preparado, sin dejar rastros que indicaran alguna alteración del contenido. La apariencia del envase y el colorido de la bebida habían quedado intactos.

Cuando Teo llegó, contó las cajas y luego la cantidad de botellas en cada una; todo estaba completo. De inmediato le preguntó.

—¿Y el regalo de cumpleaños para Chino?

—Allí está —dijo el hombre aindiado señalando para un costado en donde había una mesa.

—¡Aaaah! —agregó con agrado El Mensajero al agarrar la botella y levantarla para verla—. Esto sí que le alegrará el día a Chino... Le encantan los dieciocho años.

El hombre permaneció inmutable, mientras Teo revisaba la tarjeta que colgaba del cuello de la botella. Finalmente le ordenó a su ayudante.

—Carga las cajas y aquellos cinco quintales, que salimos de inmediato.

El hombre atendió la orden y de inmediato llevó la carretilla hacia el bote que se encontraba sujeto a la orilla, amarrado a un palo clavado en la playa del río. Luego de colocar las cajas en el interior de la embarcación regresó con la misma carretilla en busca de los quintales. Una vez que todo estuvo organizado adecuadamente en la embarcación, navegaron sobre las corrientes del Arauca y al cabo de una hora y media arribaron a aquel muelle improvisado en donde habían estado dos semanas atrás.

Como las veces anteriores, el hombre aindiado fue pasando los quintales y toda la mercancía a un grupo de soldados que desde el muelle le extendían sus brazos para recibirlas y llevarlas a un almacén en donde guardaban las provisiones.

—¡Mira lo que te mandaron Chino! —dijo en voz alta y muy animado Teo, cuando le vio acercarse—. Feliz cumpleaños camarada jajaja.

—¡Ooooh!... Maravilloso —respondió entusiasmado, Chino, sujetando la botella con ambas manos y levantándola en alto para admirar la belleza de su contenido—. Se ve exquisita, y creo que este regalito lo compartiré con una niña que me está esperando en mi cabaña... jajaja.

—Disfrútala, Chino… Te lo mereces —agregó Teo.

—Gracias camarada. Hazle llegar mi agradecimiento al tendero —le respondió Chino, mientras le brindaba un fuerte abrazo.

El hombre observaba la escena desde el bote. Nunca se bajaba de la embarcación, ya que no lo tenía permitido, a menos que alguno de los jefes se lo indicara. Era solo un ayudante del Mensajero y no estaba calificado para compartir o cruzar palabras con los rebeldes.

Completada la entrega, Teo volvió a subir a su embarcación y encendió nuevamente el motor de su bote para navegar de vuelta al pueblo. Ahora, en sentido de la corriente y sin peso, solo le tomó una hora en arribar al mismo lugar de partida. El Mensajero apagó el motor del bote cuando ya estaban próximos a la orilla y el hombre que le acompañaba se lanzó al río con un extremo de la cuerda en la mano. El agua le llegaba casi a la cintura y caminó hacia la estaca que estaba dispuesta para el amarre. Una vez en la orilla empezó a halar con fuerza de la cuerda, y la embarcación se fue acercando hacia él a medida que sus fuertes brazos tiraban. Cuando la proa del bote hizo contacto con la arena humedecida de la playa del río, el hombre ató la cuerda a la estaca y El

Mensajero de un brinco, y sin mojarse sus calzados, bajó del bote.

—Aquí tienes —le dijo Teo, mientras sacaba un fajo de billetes y le extendía cinco al hombre—. Ya te puedes ir. Te mandaré llamar cuando te vuelva a necesitar.

—Gracias —fueron sus palabras.

—Gracias a ti... Eres un buen hombre... Siento mucho lo de tu sobrino.

Al escuchar aquellas palabras, el hombre volvió a sentir una terrible sensación que le estremeció por completo. Como pudo, dio la espalda e intentó caminar en dirección al pueblo, pero algo en su interior le detuvo. Se volvió hacia donde estaba El Mensajero aun de pie, y le dijo.

—Ellos lo mataron.

—Sí, lo sé amigo, pero ya no podemos hacer nada. Ya está muerto.

El hombre miró al cielo como suplicando o buscando consuelo tal vez, y luego volvió a mirar al rostro de Teo y le dijo.

—Solo espero que Dios escuche mis plegarias.

Dio la vuelta, y calladamente desapareció en la distancia.

Al cabo de unos quince minutos, el hombre aindiado llamó a la puerta de la humilde vivienda de su hermana viuda, y ahora solitaria. Al escuchar el llamado, la mujer se acercó, y al encontrarse con su hermano le abrazó con cariño. Se sentaron a la mesa y tomaron café... Ella era la que hablaba mientras él permanecía casi mudo. Finalmente le dijo.

—Debo marcharme por un tiempo.

—Nooo. No me dejes... No quiero quedarme sola por completo.

—Debo hacerlo. Cuando las noticias lleguen, sabrás mis razones.

La mujer se levantó y entre lágrimas lo abrazó con fuerza y amor de hermanos.

—¿Qué has hecho que debes marcharte? —le preguntó al oído sin dejar de abrazarlo.

—Vengué la muerte de tu hijo.

46

Chino entró muy contento a su tienda ubicada en la parte posterior a la del comandante Raúl. Tenía una pequeña radio portátil encendida que estaba sintonizada en una emisora local en donde solo se reproducían canciones vallenatas. Con la botella de whisky apretada a su pecho, que le había traído el mensajero, como regalo de cumpleaños de parte del tendero, bailaba con maestría a la vista de una joven india que le observaba desnuda desde el catre.

—Mira lo que me ha llegado —le dijo a la jovencita india, al mismo tiempo que le enseñaba la botella.

La jovencita solo sonrió.

—Es para los dos. Nos la tomaremos mientras nos amamos, jajaja... ¿Qué te parece? —agregó mientras le daba vueltas a la tapa para abrirla. Al segundo intento la tapa cedió y Chino dirigió el pico del envase hacia su boca, dejando derramar un chorro de aquella bebida sobre su garganta.

—¡Aaaah... Esto si es vida! —dijo animadamente.

De inmediato se abalanzó sobre la jovencita y le dijo, hablándole muy de cerca y con cariño simulado.

—Abre tu boquita...

La indiecita la abrió, y él vertió un poco de aquella bebida en su boca... Pero a la joven no le agradó el sabor para nada y de inmediato la escupió al suelo por completo.

—Eso es feo... —dijo con desagrado, arrugando cada músculo de su joven rostro.

—¡No hagas eso! ¡Estúpida…! —le gritó Chino, muy molesto, mientras le daba una cachetada—. Esto es oro… ¿No comprendes?

La joven se llevó las manos hacia el lado de su rostro en donde había recibido el golpe, y agregó con sumisión.

—Disculpe señor.

—Bueno, vamos a lo que te compete. Acuéstate y abre esas piernas para mí.

La jovencita obedeció y Chino volvió a empinarse la botella tomando un largo trago de aquel whisky. Cuando ya no le cupo más alcohol en su garganta, dejó caer el frasco que rodó desde la cama hacia el suelo. Se sintió muy mareado, y apoyándose sobre sus manos se fue dejando caer a un lado de la joven. La india al verlo perder el conocimiento se quedó quietecita y dio tiempo a que se recuperara, pero ella también se encontraba cansada, así que al cabo de algunos minutos, ella se quedó rendida a un lado del cuerpo inmóvil.

A tempranas horas de la mañana siguiente, un par de hombres armados se acercaron a la tienda de Chino para recordarle de una reunión prevista con El Comandante. Le llamaron desde el exterior, y la joven india, al escucharlos lo movió varias veces con la intención de despertarlo, pero Chino no reaccionó. Entonces, la india gritó de pavor y los dos hombres entraron a la tienda apuntando con sus armas, para de inmediato corroborar lo que la jovencita presumía… Chino estaba muerto.

Se corrió la voz de alarma y a la jovencita desnuda se la llevaron para un rincón y la ataron a un tronco con una cadena. Ella lloraba sin consuelo y solo decía que; «no sabía qué había pasado».

—Tú lo mataste… ¿Qué le hiciste? ¿Qué le diste?

—No, no, no… Yo no hice nada ni le di nada…

—Tú eras la única que estaba con él —le dijo uno de los hombres antes de darle dos fuertes golpes en el rostro, provocando que corriera un hilo de sangre por un costado de sus labios.

—Él solo bebió de la botella y luego se quedó dormido.

—¿Dormido?... ¡Tú nos crees estúpidos!.

De inmediato, El Comandante que observaba de cerca el interrogatorio, dijo a uno de sus hombres.

—Tráigame la botella.

El soldado fue en busca de la botella que yacía en el suelo de la tienda de Chino y a un lado de la cama. Se la trajo al Comandante de aquel contingente de hombres, y una vez que este la tuvo en sus manos, la observó minuciosamente. Al cabo de algunos segundos le dijo al mismo soldado que había permanecido a su lado esperando cualquier otra orden.

—Tráeme ahora a uno de los sabuesos... Al más viejo

Ante aquel segundo pedido, ya todos estaban arrimados alrededor de su jefe. De inmediato el soldado trajo a uno de los perros y lo plantó frente a él.

Con su mirada, El Comandante rebuscó en los alrededores y divisó una totuma.

—Tráemela —Y el mismo soldado obedeció de inmediato.

En ella sirvió el whisky al perro que de inmediato comenzó a beber. Y al cabo de algunos segundos el animal comenzó a mover la cabeza para todos lados, como buscando una salida. Luego intentó avanzar y no había dado dos pasos cuando cayó al suelo, muerto.

Todos los presentes quedaron callados e inertes observando la escena.

A continuación, El Comandante leyó la tarjetita que colgaba del cuello de la botella. La arrancó y dijo. Este señor debe dar explicaciones.

En cuestión de un par de horas, el pueblo estaba tomado por una docena de hombres, la mayoría eran de la escuadra del finado. Irrumpieron en la tienda de licores y dos de los rebeldes golpearon al tendero antes de preguntarle.

—¿Por qué lo hiciste?

—Hice ¿qué?... Yo no he hecho nada —trató de explicarse el tendero, sin saber a qué se referían.

Le propinaron varios golpes más, antes de volver a preguntar.

—¿Por qué envenenaste la botella de whisky?

—Yo no he envenenado nada… Y si se refieren a la botella que le regalé a Chino por su cumpleaños. Solo le mandé el mejor whisky.

—Pues resulta que nuestro jefe ahora está muerto, envenenado.

—No puede ser. Ese whisky es original, traído expresamente de las islas.

—Si tú no fuiste. Entonces, ¿quién fue?... Tú debes saber. La botella era tuya.

—No yo no sé… Yo le entregué toda la mercancía al indio que trabaja con Teo.

De un empujón lanzaron al tendero al suelo. El hombre quedó totalmente maltrecho y su corazón latía a mil. Se tomó el pulso y corrió a buscar sus pastillas. De inmediato se tragó dos píldoras de un solo golpe.

Al mismo tiempo otros rebeldes interrogaban a diferentes comerciantes para saber dónde se podría conseguir algún tipo de veneno y varios coincidieron que en la tienda agraria podrían encontrar algo para matar a insectos o roedores.

El dependiente de la distribuidora agraria al ver entrar aquellos hombres envalentonados y armados, de una vez se puso a su disposición.

—Caballeros... ¿En qué les puedo ayudar?

Uno de los rebeldes sacó su pistola y la colocó sobre el mostrador sin soltarla, antes de decir.

—Han envenenado a uno de nuestros mejores hombres, y usted debe saber quién ha sido.

El dependiente tragó grueso y preguntó

—¿Envenenado?

—Sí... Ha escuchado bien. Y usted es el único que ofrece venenos a cuanto loco se acerca a pedírselo.

—No, yo no... —El dependiente pensó rápidamente y para salir ileso de aquella terrible situación en que se encontraba metido, dijo de inmediato.

—El único que compró ayer, cien gramos de veneno para matar ratas, ha sido el indio que trabaja con Teo.

Los hombres armados se miraron a las caras y el que estaba frente al mostrador guardó su arma en su cinto.

—La próxima vez que vaya a vender veneno para ratas, fíjese muy bien a quién, porque le puede costar la vida.

Los hombres se marcharon y requisaron todos los bares, comercios y algunas viviendas en busca del indio, pero infructuosamente no lo encontraron. La ultima casa y quizás la más humilde que escrutaron minuciosamente fue la de su hermana, y lo único que hallaron fue un altar iluminado por cuatro cirios de colores, custodiado por un par de arcángeles armados con espadas, en donde había un par de fotografías; una del joven que había muerto la semana pasada en el atentado al puesto policial, y otra, de otro hombre que debía ser su padre; de inmediato comprendieron los motivos del asesinato... Venganza.

La escuadra de hombres armados regresó al campamento con la noticia de haber averiguado quién era el asesino, no así le habían encontrado, aun cuando habían revisado minuciosamente cada rincón del pueblo. El hombre, al que todos lo identificaban como el indio, se había dado a la fuga.

47

En el trayecto cuando Santino y sus hombres se dirigían a la Clínica Metropolitana sonó su teléfono celular que llevaba guardado en el bolsillo de su chaqueta verde. De inmediato lo tomó y dijo.

—¿Qué hay, Gato Pardo?

El jefe se dedicó a escuchar por algunos largos segundos hasta que finalmente dijo, molesto.

—¡Mierda! ¿Y cómo pudo ocurrir semejante descuido?

Siguió escuchando hasta que finalmente agregó.

—Cuando terminemos aquí, regresaremos de inmediato.

Concluyó la llamada y se quedó callado por algunos segundos más, hasta que finalmente Perico rompió el silencio que inundaba el interior del vehículo.

—¿Qué pasó, jefe?.

—Envenenaron a Chino.

—¿Cómo?... ¿Cómo ha podido pasar?

—Parece que fue el ayudante de El Mensajero... El indio que siempre va con él. Siempre me pareció demasiado callado.

—¿Y, ya lo agarraron?

—No. No lo han podido encontrar.

Hasta allí llegó aquella conversación. Siguieron avanzando y al cabo de unos veinticinco minutos redujeron la velocidad al leer el aviso en letras doradas que a nivel del suelo, indicaba que habían arribado a la Clínica Metropolitana. Se estacionaron y permanecieron en el interior del vehículo por un par de minutos más, mientras planificaban la manera cómo debían proceder.

El Chevrolet de Mazzini también se encontraba estacionado a unos treinta metros del frente de la clínica y acomodado tras el volante se encontraba apostado Nico. El detective observaba todo lo que acontecía y aquella camioneta que recién había llegado y se había estacionado con las luces encendidas sin que nadie se hubiese bajado, llamó su atención. Pero en ese preciso momento sonó el teléfono del detective, y leyó en la pantalla; «número desconocido». «¿Quién será?, se preguntó». No dudó en responder.

—Aló

—Disculpe. ¿El detective Carrasco? —escuchó del otro lado de la comunicación una voz femenina.

—Sí. Al habla.

—Eeeh... Soy yo, Elena, la ascensorista del El Eco —se identificó la mujer—. No sé si me recuerda.

—Claro que le recuerdo —contestó con amabilidad el detective.

—Disculpe que le moleste a esta hora pero es que aquel día quedé con mucha curiosidad.

—¿Curiosidad?

—Sí... Es que normalmente, al diario no llegan visitas de detectives. Usted sabe.

—Ah, entiendo. Tienes curiosidad de saber, qué hacíamos allí.

—Pues sí. Soy curiosa por naturaleza, jajaja... Y como usted me dio su tarjeta... lo estoy llamando.

En ese momento Santino se bajó de la camioneta en compañía de Perico. Ambos hombres, por su manera de caminar tan expedita, su vestimenta, llamaron aún más la atención de Nico quien no le quitó la vista de encima mientras avanzaban hacia las escalinatas que conducían al acceso principal de la clínica.

—Amiga, Elena. Te tengo que dejar. Hay unos tipos... Hablamos luego —le dijo Nico con la finalidad de terminar la conversación.

—Claro. No deseo interrumpir su trabajo. Esperaré su llamada.

Nico guardó su teléfono en el bolsillo de su chaqueta y de inmediato se bajó del Chevrolet. Caminó con prisa en dirección a las escalinatas y cuando estuvo más cerca, también revisó visualmente la camioneta estacionada. No pudo ver hacia el interior del vehículo ya que lo oscuro de los cristales se lo impidieron pero sí pudo escuchar que el motor permanecía encendido al igual que las luces, lo cual indicaba que alguien más estaría aguardando. A Camilo, también le llamó la atención aquel hombre que se aproximó, miró con curiosidad hacia la camioneta y con pasos apresurados avanzó por las escalinatas.

Nico subió con prisa y luego de pasar la puerta de cristal batiente, aminoró sus pasos al ver que a unos quince metros de donde se encontraba, los dos hombres preguntaban algo en información. Se sentó en una de las sillas de aluminio que ordenadamente y en fila, ocupaban el centro del lobby, se hizo el desentendido, y luego que el par de hombres pasaron caminando frente a él, en dirección al ascensor; con calma, se levantó, y se acercó hacia el mostrador de información, enseñó su placa al joven y le dijo.

—Buenas noches... ¿Qué preguntaron esos dos que se acaban de ir hacia el ascensor? —preguntó en voz baja para que solo le escuchara el mozo.

—Bu... Buenasss... Me preguntaron sobre una joven que acaba de ingresar por emergencia —respondió el joven de manera atropellada, invadido por el nerviosismo que le causó la presencia y pregunta del detective.

En ese momento se escuchó cuando las puertas del ascensor se abrieron y los dos hombres ingresaron en su interior.

—¿Y qué les dijo, usted?

—Que la habían pasado a revisión en el segundo piso.

Nico, en carrera, se dirigió hacia las escaleras. Ya había subido los primeros escalones cuando sacó su teléfono del bolsillo, pero con el apremio se le cayó al suelo. El aparato dio unos brincos y rodó hacia abajo, lo que le obligó a detener su avance y devolverse para agarrarlo. Una vez lo tuvo nuevamente en sus manos, lo revisó y estaba en perfecto funcionamiento, solo tenía una fisura en la pantalla. Busco en la agenda y encontró el nombre de su compañero.

Al cabo de dos tonos, escuchó.

—Dime, Nico.

—Van dos tipos para allá. Creo que son los sospechosos —dijo con la voz agitada. Yo voy subiendo por las escaleras.

De inmediato, Mazzini, quien se encontraba sentado justo al lado de la puerta de entrada al consultorio del segundo piso, donde el doctor examinaba a Rebeca en compañía de su madre y hermano, se levantó de la silla y se ubicó de pie, detrás de una esquina próxima que daba al pasillo lateral. Cuando escuchó que las puertas del ascensor se abrían, se asomó un poco y vio al par de sujetos que se aproximaban. Se echó para atrás, desenfundó su pistola que portaba debajo de la chaqueta, y cuando escuchó que los hombres sin llamar a la puerta del consultorio se disponían a abrir, se apresuró hacia ellos desde donde se encontraba apostado y con el arma apuntándoles les dijo.

—¡Alto!. ¡Policía!.

Los dos hombres se quedaron estáticos y voltearon hacia Mazzini. En voz muy baja Santino le dijo a Perico: «Cuento hasta tres y corremos hacia las escaleras. Uno, dos... y tres».

Así hicieron, corrieron hacia las escaleras y Mazzini a toda prisa y con su arma en la mano, corrió tras ellos. Justo cuando arribaron al acceso de las escaleras, estaba llegando Nico, quien chocó de frente con Perico. El detective cayó al suelo y Perico muy hábilmente pudo mantener el equilibrio para seguir adelante.

Cuando Mazzini llegó a donde Nico se encontraba levantándose, le dijo, eufórico.

—¡Vamos!. ¡Que no escapen!

Ambos hombres bajaron a saltos aquellos escalones y en algunos segundos ya estaban arribando a la planta baja, mientras los detectives en su persecución continuaron bajando las escaleras a toda prisa. Cuando arribaron y miraron hacia la salida, pudieron ver a los dos hombres que caminaban a prisa a través del lobby hacia el exterior, y continuaron su carrera en esa dirección.

Camilo, quien aguardaba en el interior del vehículo, al observar que sus compañeros empujaron con brusquedad la puerta de acceso a la clínica para salir a toda prisa y bajar en carrera las escalinatas, se alarmó y empuñó su pistola. Pero al ver a aquellos dos tipos armados que tras sus compañeros también corrían, entonces, se bajó del vehículo con su arma en la mano y apuntó hacia los detectives.

Se escuchó el primer disparo sin precisión que ejecutó el chofer, y ambos detectives se lanzaron hacia el engramado lateral de las escalinatas. La bala fue a impactar en los cristales de la puerta de entrada a la clínica, produciendo un fuerte ruido. Desde el suelo, con sus brazos extendidos al frente, Mazzini empuñó con ambas manos su arma, y cerrando uno de sus ojos apuntó hacia el chofer. Aguantó la respiración por algún instante de tiempo y accionó el gatillo. La bala fue a dar en el pecho de Camilo, quien de inmediato dobló las rodillas, soltó su arma y llevándose las manos hacia la herida de donde manaba un grueso hilo de sangre, cayó al suelo.

Los otros dos se protegieron detrás del vehículo y sacando sus armas empezaron a disparar en dirección a los policías. De igual manera lo hicieron los detectives. Se inició un intercambio de disparos que duró algunos segundos, hasta que los perseguidores ingresaron al interior de la camioneta con la intención de escapar.

—¡A los cauchos, Nico! ¡Dispara a los cauchos! —le gritó Mazzini a su compañero.

Así hizo Carrasco, y luego de algunas detonaciones adicionales se pudo escuchar el silbido del aire que escapaba de las dos llantas laterales de la camioneta.

Cuando los hombres hicieron el intento de avanzar, Mazzini apuntó su arma hacia un conductor que no veía pero podía intuir. Accionó su arma nuevamente, se escuchó el seco sonido de un disparo y el vehículo se detuvo por completo.

Mazzini levantó su mano en alto en señal de detener los disparos y Nico hizo caso. Ambos se quedaron quietos observando con atención hacia el vehículo y al cabo de un par de segundo se abrió lentamente la puerta trasera de la camioneta. Primero observaron una pierna que buscaba el suelo y luego vieron el cuerpo completo y de frente, de un hombre mayor de chaqueta verde que sostenía en alto su arma de fuego,

—¡Lánzala lejos! —ordenó Mazzini al hombre que se entregaba.

Santino hizo caso. Lanzó su arma a unos cinco metro de distancia y tanto Mazzini como Nico se levantaban de donde se encontraban apostados, cuando de la parte trasera de su cinturón, el hombre sacó otra pistola y con inmediatez apuntó hacia los detectives, antes de disparar. El primer impacto dio en la pierna de Nico quien de inmediato cayó al suelo engramado, mientras Mazzini logró lanzarse hacia un lado y disparar su arma, hiriendo en el hombro al jefe de la banda. Este se dobló e intentó seguir disparando, pero Mazzini no dejó de disparar y de inmediato otra bala se alojó, ahora en el pecho del jefe de la banda, cayendo al suelo de inmediato.

Mazzini, primero fue a socorrer a su compañero quien ya se levantaba con dificultad del engramado en donde se encontraba. Pudo observar una mancha de sangre en el pantalón de su compañero a la altura del muslo derecho. Luego miró hacia la clínica e hizo señas para que algún enfermero se acercara a auxiliar a Nico.

—¿Cómo te encuentras?

—No es nada. Creo que solo me rozó —respondió Nico.

A continuación, Mazzini se acercó hasta donde se encontraban los hombres abatidos y fue revisando uno a uno, sus pulsaciones. Los dos primeros no presentaban signos vitales, pero el último, el de mayor edad estaba inconsciente pero aún tenía pulsaciones a pesar de toda la sangre que ya había perdido.

Después de terminada aquella refriega tan escandalosa y abrumadora, todos los curiosos que se encontraban en el interior de la clínica observando a escondidas a través de las ventanas y rendijas, salieron a ver en la distancia aquel espectáculo tan aterrador. Dos fallecidos, tirados sobre sus propios charcos de sangre, uno de los malhechores con doble herida de bala e inconsciente, y un detective herido en una pierna que un par de enfermeros ya atendía y ahora llevaban en una camilla hacia el área de emergencias para atenderlo.

Desde la ventana del segundo piso, Rebeca observaba y cruzó miradas con Mazzini quien le saludó.

—Creo que ya ha terminado este tormento, hija —le dijo su madre mientras le abrazaba.

—Sí mamá, esos eran los tres hombres que me secuestraron en esa camioneta.

Víctor abrazó a su madre y hermana en conjunto, y les besó a cada una de sus cabezas.

48

Una Clase Magistral

Alex había llegado como con quince minutos de retraso de la hora fijada en el correo electrónico que había recibido el día anterior. Luego de haber viajado en el auto de Raquel por más de dos horas y media a lo largo de la autopista centro occidental, habían llegado a la prestigiosa universidad sin mayores contratiempos que el de hallar el auditorio en donde se llevaría a cabo la oratoria.

Lo más extraño del hecho de la misiva dirigida a Aldo, en el correo que le habían creado en el periódico, proveniente del departamento de psicoanálisis de la Universidad de Yélamon; era que, en el renglón *asunto* tenía como único texto: «Urgente y Confidencial»; en su contenido se extendía una invitación para que Aldo asistiera a aquella clase magistral, especificando el lugar exacto de la ponencia; y en su última línea venía suscrita con la firma: «El Profesor». Este último detalle le inquietó sobremanera ya que nunca antes había recibido un correo con invitación de alguna universidad y mucho menos de aquella, tan prestigiosa. Pensar en una broma de tamaña magnitud sería un absurdo por eso nunca se le cruzó por la mente que pudiera ser un simple juego de algún bromista y mucho menos una burla de algún amigo. Al repasar las líneas del e-mail en la pantalla de su celular y luego en su mente, una y otra vez, estas le provocaron una ansiedad e inapetencia tales que llegó hasta el lugar de la cita, con solo un par de tazas de café en el estómago.

Luego de abrir con cuidado la amplia puerta de madera y, tanto Alex como Raquel asomarse hacia el interior del auditorio F de la escuela de psicoanálisis, sintieron una sensación de profundidad; el aire eran tan límpido y claro como el vacío, los sonidos eran melódicos, los rostros de los tantos que se encontraban aglomerados prestando suma atención parecían estar perdidos en la diafanidad de las palabras que en ese momento expresaba el ponente... Observaron que en su mayoría eran jóvenes estudiantes, un par de fotógrafos, algún periodista, además de contados adultos que ocupaban la primera fila y que podrían ser profesores de la misma universidad. Todos prestaban total atención hacia un hombre jorobado de cabello totalmente encanecido y aspecto muy peculiar, o más bien extravagante, que escribía de espaldas al público en el pizarrón: «Frecuencia Omiónica».

Ambos bajaron por una de las escaleras laterales y se sentaron por un costado de los escalones más bajos en donde había otros jóvenes acomodados, ya que todos los asientos se encontraban ocupados.

—Creo que llegó la hora de explicarles —dijo el profesor, una vez que volteó hacia los presentes y advirtió la presencia de Alex en el recinto. Era un hombre bastante mayor, podría decirse que un anciano, aunque se veía entero a pesar de su espalda curvada. Por sus atuendos llamaba mucho la atención y desde el estrado, ubicado en la parte más baja del auditórium, apenas comienza su clase.

—¡Frecuencia Omiónica! —comenzó por explicar—. Es una frecuencia individual recesiva que posee todo individuo y cuya sintonización podría activar una o más Sinas de una misma microcélula de memoria ignota.

Alex notó cuando el profesor fijó su mirada en él por algún instante muy corto de tiempo, en cuanto le vio acomodado en aquel extremo de las escaleras. Luego le hizo una especie de reverencia que entendió como un cordial saludo. Ese simple hecho de reconocerle, le hizo sentir importante, logrando atraer toda su atención. Y como un mago o tal vez el mejor hipnotizador del mundo, aquel estrafalario personaje fue atrapando el interés de todos los jóvenes que se encontraban reunidos en el espacioso recinto, en donde se esparcía con perfecta claridad la voz del anciano, tan nítidamente como si lo escucharan a pocos centímetros de distancia, o tal vez desde el interior de sus mentes.

—Una vez que la membrana Ambilusoria, como la llamó en otros tiempos mi gran amigo y colega Amilanitovich, del cerebro de un individuo, permita el paso o deje permear la frecuencia Omiónica predeterminada de dicho sujeto, hacia el interior de la zona clara y luego la oscura o ignota de la memoria; en donde se guardan de manera clasificada los recuerdos y conocimientos que han sido importados desde el ente emisor o progenitor; se puede producir una atemporalidad en la vida interna y externa de la mente del individuo.

Todos los presentes guardaban silencio y prestaban máxima atención a las explicaciones y definiciones del profesor.

—Los conocimientos o recuerdos transmitidos por nuestros antepasados —continuó el profesor—, se encuentran atascados o resguardados en una cavidad oscura e inalcanzable a nuestras actuales tecnologías. Solo cuando la frecuencia Omiónica logra traspasar la membrana Ambilusoria y sintonizar la superficie clara o capa Laxia de la memoria, que nosotros normalmente conocemos como memoria cognoscitiva, esta capa superficial elonga sus fibras más finas dejando ver una mínima fisura por donde continúa penetrando la frecuencia hasta alcanzar la superficie de la zona oscura de memoria.

Guardó silencio por algunos segundos, sin dejar de desplazarse cadenciosamente a lo ancho del estrado. Luego continuó.

—Una vez lograda la sintonización de esas micro-células particionadas en millones de Sinas, que conforman la superficie oscura más profunda de la memoria, y cuyas estructuras son parecidas a las de un nano chip electrónico de nuestra época...

Esas formas planas llamadas Sinas, inicialmente empiezan a moverse de manera ondulatoria a una frecuencia baja, sin separarse del espacio que ocupan dentro de la celda principal de las micro-células de memoria comprimida. Esa frecuencia sería fácil de medir, si se pudiera introducir un sencillo Nanoscopio Laser Perimetral (NLP) dentro del cerebro por alguna ruta previamente conocida sin dañar el medio que se penetra. Cosa que sería una hazaña para el más preparado de nuestros científicos —en ese momento tomó aire con profundidad y volvió a mirar hacia donde se encontraba sentado Alex. Y continuó—. Al irse excitando la Sina en cuestión, dependiendo de la intensidad del estímulo y de su tiempo natural de respuesta, las ondulaciones se van haciendo más notorias hasta lograr que la nano partícula plana (Sina) se empiece a separar hacia arriba del total de Sinas que integran su celda dentro de la micro-célula de memoria ignota. Una vez la Sina se levante o separe por encima de la superficie total de su celda, esta empieza a cambiar su color de un negro u oscuro tono a otro levemente más claro de aquel original. Dependiendo de la intensidad de la frecuencia y la disposición natural del individuo como receptor. Si esta Sina logra separarse lo suficiente y romper con el campo que les mantiene subyugada a su micro-célula primaria, adquirirá entonces un brillo y un verdor intenso, al tiempo que empezará a girar sobre sus mismas ondulaciones y se despegará a gran velocidad hacia la capa más superficial de la memoria, aclarando cada vez más su color hasta llegar a la capa Laxia para fijarse permanentemente en ella con un color muy parecido al blanco, si no fuera por algunos destellos luminosos que le dan una leve tonalidad azulada y les distingue del resto de las células de esta otra capa. Ubicándose sin prejuicios por debajo y entre la porosidad de la capa Laxia que sería la zona de memoria que se encuentra accesible al control de nuestro sistema nervioso cerebral a través de las neuronas ya por ustedes muy bien conocidas...

El profesor caminaba metódicamente a lo ancho del salón con pasos comedidos, la mirada extraviada en el espacio más próximo frente a su rostro y, con leves movimientos de sus manos, parecía intentar dialogar con él mismo. Eventualmente miraba hacia los presentes pero en realidad su observación estaba dirigida hacia el interior de sus pensamientos. Luego de algunos cortos segundos y ante la mirada fija y expectante de todos los presentes, el profesor continuó.

—Al arribar, la Sina, a dicha capa o membrana, se puede proyectar fácilmente como un recuerdo cognoscitivo en la mente del individuo... —agregó bajando el tono de su voz—. Es importante aclarar que, la fibro fisura atemporal que se produce durante el momento en que la Sina se encuentra expuesta a la frecuencia Omiónica, sólo permanecerá abierta mientras dure la excitación que la produce —en aquel momento sonrió para él mismo—; y lo más grande de todo, no es el hecho que el ente receptor, desde ese preciso momento recordará todas esas experiencias vividas por sus antepasados en tiempos anteriores; sino que... el ente receptor pudiera viajar a través de esa pequeña *brecha* que se ha abierto en el tiempo y en una dimensión desconocida para nosotros... —volvió a guardar silencio y caminó con la mirada perdida por algún instante—. Y algo adicional... El ente, en un principio receptor, pudiera convertirse en emisor una vez alcanzado el control natural de su frecuencia.

Allí estaban, Alex y Raquel, sentados en la escalinata del auditorio F de la prestigiosa Universidad de Yélamon, escuchando una clase magistral que pronunciaba un hombre de edad madura y aspecto singular, quien notó su presencia desde el primer momento cuando se ubicó sobre los peldaños de la escalinata. Al llegar, Alex se había detenido por algún instante al umbral de la puerta de madera y había observado con curiosidad el interior de aquel deslumbrante escenario; el escritorio de madera por delante del alargado pizarrón que ocupaba casi todo lo ancho de la pared frontal; los bancos con mesa individual para los alumnos, ordenados metódicamente; la concavidad, acústica y resonancia del amplio lugar; la multiplicidad de rostros y cuerpos acomodados, que ahora en sus asientos escuchaban con asombro y admiración las apasionadas palabras del profesor. Todo aquel ambiente ofrecía una sensación de placer y confidencialidad que nunca antes había experimentado.

Mientras el profesor avanzaba en sus explicaciones, pasaban los minutos, los términos, la compleja teoría, las definiciones, y una infinidad de interrogantes se fueron formando en la cabeza de Alex, hasta que el profesor, aproximándose a la culminación de toda aquella ponencia, se detuvo en medio de su andar cadencioso y volvió a dirigir su mirada hacia un costado del auditorio, hacia aquel lado de la escalinata en donde se encontraba sentado el joven periodista. Entonces, agregó sin quitarle la vista de encima.

—Y ya para concluir... Esperando que haya sido de mucho provecho toda esta explicación con la que he intentado dilucidar *la brecha* que se forma en el tiempo a raíz de la frecuencia Omiónica —en ese momento le quitó la mirada—. No me resta nada más que agradecer a esta honorable casa de estudios por haberme permitido un espacio y tiempo, en esta fecha tan memorable para los fundadores de la Escuela de Psicoanálisis, como lo es el Trigésimo Quinto Aniversario de su creación... Muchas gracias.

De inmediato irrumpieron los aplausos que retumbaron entre las paredes del recinto. Ahora de pie, los escuchas continuaron la ovación por largos segundos adicionales hasta que al cabo de algunos minutos los presentes empezaron a recoger sus pertenencias antes de comenzar a marcharse. Levantando sus dos brazos, el profesor en un gesto por volver a llamar la atención de los presentes, agregó.

—Si alguna duda pudiera haber quedado al respecto, aquí tienen mi correo electrónico por medio del cual pudieran aclararla, si así lo deseasen. Se volteó y escribió en la pizarra la dirección de correo que había utilizado para comunicarse con Alex.

Una vez concluida la clase al cabo de unos cuarenta minutos luego de la llegada de Alex y Raquel, los alumnos que colmaban el salón, recogieron sus libros, cuadernos, bolsos, y empezaron a evacuar el recinto entre conversaciones, cuchicheos y comentarios. Un sudor frío que manaba de las axilas de Alex iba a parar hasta la orilla de sus pantalones, humedeciendo su correa y la goma de sus interiores. No sabía, si seguir allí sentado como un estúpido o sencillamente echar a andar entre la multitud, lo más rápido que le permitieran las piernas, para escapar de aquella trampa que, presentía, le había tendido el destino... Precisamente así se sentía, sentado con los dos pies puestos sobre el detonante de algo que podría cambiar por completo el curso de su existencia.

49

Cuando Alex, finalmente había tomado la decisión de levantarme de la escalinata y echarse a caminar con determinación hacia el exterior del auditorio, volteó hacia Raquel y le tomó la mano. Ella mirándole a los ojos y con rostro circunspecto, le hizo un gesto para que mirara hacia el estrado, y cuando el joven miró en aquella dirección pudo observar que el extravagante profesor se acercaba hacia él, con ambas manos resguardadas en el interior de los bolsillos de una chaqueta a rayas que le quedaba demasiado holgada, al igual que aquellos pantalones a cuadros tan raídos como sus años, cuyos bordes inferiores y deshilachados arrastraba con cada uno de sus pasos. De cabellos sin motilar, completamente blancos y revueltos por una brisa inexistente, caminaba en dirección hacia donde Alex se encontraba sentado, solo se detuvo cuando estuvo frente a la escalinata. De inmediato los jóvenes se levantaron de donde se encontraban acomodados y bajaron unos cinco escalones hacia su encuentro.

—Un placer conocerle, joven —extendió su mano, el profesor, con amabilidad, y Alex le correspondió de igual manera, estrechándosela.

Ahora de cerca le pareció que su semblante era el de un hombre de mayor edad, sus marcadas arrugas parecían guardar un cúmulo de experiencias y conocimientos, su mirada infundía profundo respeto. Para ese momento, el salón ya se encontraba casi desocupado por completo.

—Es un honor conocerle, profesor… —Alex le llamó por el mismo seudónimo que él había utilizado en el e–mail recibido, para de alguna manera identificarse. Pero era obvio que él ya le había reconocido.

—Disculpe lo inusual del mensaje pero me temo que ha sido la mejor manera de concertar con usted. Debo aclararle desde ahora, desde este primer momento, que no me vaya a confundir con algún desquiciado por lo que pueda yo sugerirle o recomendarle. Luego de haber leído sus publicaciones en el periódico y revisarlas minuciosamente, he llegado a la conclusión que usted es una de las pocas personas que ha logrado demostrar mi teoría.

Aquella última frase: «Usted es una de las pocas personas que ha logrado demostrar mi teoría», reverberó en el interior de la cabeza del joven, alterándolo de inmediato. Sintió un leve mareo muy pasajero que le obligó a mirar hacia el piso y posar una de sus manos sobre el hombro de Raquel, quien no le dejaba solo ni por un instante.

Cuando Alex volvió a mirar hacia el rostro del profesor, sus ojos se habían iluminado, ahora los encontró llenos de una vida que inicialmente le había faltado. Hizo nuevamente una especie de reverencia y apoyándose con dificultad se acomodó en un asiento próximo a donde los jóvenes se encontraban parados. Contuvo una leve sonrisa entre sus labios resecos en medio de un semblante cargado de cansancio y placer al mismo tiempo.

—Disculpen que me siente, pero los años ya no me permiten estar mucho tiempo de pie.

Los jóvenes se acercaron un poco hacia donde había tomado asiento el profesor.

—Soy el profesor Ludovich y tengo setenta y siete años trabajando en el comportamiento de los individuos; para ser más preciso, desde mi juventud, cuando fui hecho prisionero a la edad de quince años en 1944, durante el régimen de la Alemania nazi en mi querida Polonia. Trabajé como ayudante del doctor Amilanitovich y experimentamos con aquellas vidas ajenas antes que sucumbieran a las barbaridades del nepotismo. Logré escapar cuando la debacle gracias a la ayuda de una joven enfermera quien me permitió usar sus atuendos como disfraz y me maquilló lo mejor que pudo. Luego me escondí por un par de años en diferentes y pequeñas localidades europeas, hasta lograr cambiar de identidad y escapar a Sur América en donde he pasado la mayor parte de mi vida adulta. He vivido preso por el resto de mi vida en esta hermosa tierra que me ha brindado su hospitalidad y esplendor sin condiciones. Eso es lo que ha sido mi vida desde aquellos años cuarenta... Amilanitovich también logró escapar y venirse para Sur América. La última información que tuve de él, fue que se cambió de identidad y engendró un hijo.

En ese momento el profesor miró hacia la parte alta del auditorio luego de escuchar que alguien había abierto la puerta. Era una joven estudiante que se asomó y luego de verificar que el auditorio se encontraba vacío, se retiró inmediatamente. EL profesor continuó.

—Cuando estuve trabajando en los puntos de inflexión mínimos y máximos de los prisioneros de guerra, tabulándolos por edades, sexo, frecuencia, intensidad, horarios, duración, niveles de actuación, rechazo o fortaleza, y por supuesto clasificándolos por el tipo de tortura aplicada, todo eso bajo las directrices del renombrado Amilanitovich; en la sala contigua a los salones en donde se trabajaban a los prisioneros, laboraba sin descanso un gran científico alemán, quien fuera en su época uno de los más admirados hombres dentro del régimen, y a quien hoy día responsabilizo por no haber tomado las previsiones necesarias para resguardar los resultados que obtuvo. Él falleció durante la debacle pero por desgracia transmitió su legado de conocimientos a ciertos señores del medio oriente, de mucho poder económico y político, quienes lograron terminar de desarrollar, a escondidas, el arma de destrucción masiva más peligrosa conocida por pocos, y que podría terminar con la vida de millones de personas en cuestión de pocos días.

—Me parece muy interesante todo lo que me cuenta, profesor, y su charla es muy didáctica en todo sentido. Pero, ¿qué tengo que ver yo en todo esto?. Usted me está hablando de unos hechos que ocurrieron hace más de setenta años, y desconozco por completo todo ese asunto.

—Pero yo en ningún momento he dicho que usted debería conocer de estos casos o mejor dicho, de estos hechos. —Se rascó la cabeza, y sus canas parecieron relumbrar a la luz de los tubos fluorescentes que desde lo alto del techo aclaraban por completo el abovedado auditorio universitario—. Mucho menos recordarlos. Bueno, no por ahora.

—¿Cómo,…cómo, ha dicho?

—No… No se preocupe, amigo Aldo… Voy a permitirme aclararle algo. Quizá usted sí sepa o conozca algo de lo que yo le he contado.

Sacó del bolsillo de su pantalón varios recortes de prensa que llevaba cuidadosamente doblado y lo colocó sobre la mesa del banco que ocupaba. *Alucinación, La Cabaña, La Cabaña II.*

—Le he estado haciendo seguimiento a sus publicaciones, pero cuando leí el contenido de sus últimos relatos, comprendí que debía contactarlo… Leerlo era revivir las confesiones de aquellos hombres que bajo algún mecanismo de presión, o tortura, acompañado por algunas dosis de opio u otros alucinógenos, narraban una serie de situaciones que en algunos casos no habían vivido personalmente, pero habían ocurrido en realidad. En un principio, pensábamos que esas extrañas alucinaciones eran sólo producto de las dosis de estupefacientes usados, pero luego descubrimos que no. Que las drogas sólo servían para ablandar las capas de la memoria, y de esa forma facilitaban que las frecuencias que se generaban en el interior de aquellos cerebros pudieran irradiarse hacia la capa Laxia, trayendo recuerdos de sus antepasados que muchas veces ni habían conocido… Situaciones de épocas o momentos ajenos a aquellos individuos pero que habían llegado a sus cerebros de manera genética, a través de sus antecedentes… Esas experiencias alcanzadas, fueron las que nos llevaron a ahondar más sobre el asunto y al cabo de pocos años descubrimos, gracias a un prototipo de microscopio invasivo que el profesor Amilanitovich desarrolló y que luego desapareció durante la debacle, pero que sirvió para demostrar toda esa teoría que minutos antes he explicado en la clase que ustedes han escuchado con tanta atención.

El silencio lo inundó todo, cuando el profesor calló. Raquel sujetó la mano de Alex que estaba totalmente empapada de sudor y se arrimó hacia él, en un intento por brindarle algún tipo de apoyo.

—Comprendo todas sus explicaciones, profesor... —agregó Alex—. Y las acepto como verdaderas y acertadas, porque me esclarecen de manera científica todo esto que vengo padeciendo de años atrás... Mis publicaciones no son ficticias, profesor; son reales, las he vivido. Y le confieso que he llegado a pensar que me estoy volviendo loco y que quizás llegará un momento que pueda perder toda la cordura por completo, pero su clase de hoy me ha aclarado muchas dudas, además que me ha hecho sentir que no estoy solo y que todo lo que me ocurre es por algo.

El profesor, callado, prestaba toda su atención al joven.

—Una pregunta profesor... ¿Cómo supo que yo era Aldo? Porque noté que se fijó en mí cuando volteó de la pizarra y me vio sentarme, allí —Alex señaló hacia el lugar en donde estuvo sentado en la escalinata—. Entendí que me reconocía y me saludaba en ese momento.

Alex no supo si fue una leve sonrisa o un triste gesto de sus labios, lo que el profesor contuvo ante aquella pregunta. Solo le vio levantarse con dificultad del asiento en donde se encontraba sentado para de inmediato acercarse más a él, y mirándole a los ojos extendió su brazo derecho para posarlo sobre el hombro del joven. Alex volvió a notar aquel brillo que momentos antes, también había percibido cuando el profesor se acercó a ellos. De inmediato escuchó de sus labios.

—Tu rostro me es familiar, muchacho... Verte a ti, es volver a aquellos años de investigación... Tú sabrás encontrar las respuestas. —En ese momento el profesor revisó la hora en su reloj pulsera y dijo—. Ya debo marcharme

Finalmente intercambiaron números telefónicos y se despidieron con un fuerte abrazo y la promesa de volverse a ver.

50

Luego de despedir al profesor Ludovich en la Universidad de Yélamon, los jóvenes retornaron, ahora sin prisa, en dirección al apartamento de Raquel. El viaje fue calmo y agradable, repleto de una conversación interminable acerca de todas esas explicaciones científicas e interesantes que el profesor había expuesto en aquella clase tan magistral.

Raquel se sentía cómplice y partícipe de toda esa trama que le embriaga de curiosidad. Ella, ahora, no solo conocía la identidad de Aldo y la veracidad de sus relatos, sino que también había escuchado de manera directa de voz del científico, toda una serie de explicaciones que le hacían parte en aquella especie de trampa del destino en donde se encontraban inmersos, además de unidos sentimentalmente.

No podían ir al apartamento de Alex, suponían que estaría muy observado por aquellos hombres que le habían amenazado y obligado a huir. El único sitio que se les ocurría para seguir escondiéndose, era el apartamento de Raquel, ya que nadie, además de la señora María, le había visto en su compañía. Así que retornaron a la residencia de la joven.

Luego que Raquel estacionara su BMW a un lado del convertible rojo del joven periodista, frente a las residencias Río Bravo, Alex estiró su brazo hacia el asiento posterior para tomar su morral y se lo colgó al hombro una vez se bajaron del vehículo. Subieron las escaleras hasta el segundo piso de un conjunto residencial muy atractivo en la mejor zona de la ciudad. Luego que Raquel introdujo su llave y le dio un par de giros a la cerradura de seguridad con la cual estaba protegida la puerta del apartamento, pasaron adelante. El mobiliario era moderno y elegante, las paredes estaban pintadas con colores pasteles de diferentes tonalidades, en el centro de la mesa del comedor habían tres calas blancas depositadas en un alargado florero de cristal con un poco de agua, más allá un amplio televisor con accesorios electrónicos de música e internet junto a la puerta que daba hacia el balcón. Alex caminó en ese sentido y luego de quitar el seguro abrió la puerta corrediza. El balcón daba hacia la zona de esparcimiento en donde se podía apreciar una espaciosa piscina de varios niveles, rodeada por algunas sillas y mesas que hacían del ambiente un lugar acogedor, luego estaban las duchas y tras un largo jardín muy bien cuidado se podía apreciar el *gym*, además de un amplio salón techado con un mobiliario casual y muy bien distribuido alrededor de una especie de bar o mesa céntrica de granito en cuyo derredor se acomodan elegantes bancos de fina confección.

—Muy bello tu apartamento Raquel —dijo Alex cuando sintió que Raquel se acercaba a sus espaldas.

—Gracias… Te puedes quedar aquí todo el tiempo que necesites.

—Agradezco todo lo que haces por mí.

Alex percibió una sensación divina cuando sintió los brazos de Raquel que le abrazan desde su espalda. Volteó y le abrazó también. Casi de inmediato ella levantó su rostro que lo había depositado en su pecho y le ofreció una bella mirada. Él llevó sus labios a los de Raquel y se brindaron un apasionado beso.

Luego de separar sus labios, Alex le dijo.

—Me haces olvidar el resto del mundo

—Es una hermosa frase, corazón… Siempre estaré para ti.

Sin dejar de abrazarse, Raquel le dijo.

—¿Qué tal si tomas una ducha?.

—Sí, me hace falta… Pero hay algo que me preocupa un poco —sonrió el joven.

—¿Qué será?

—Que no tengo otra ropa, además de la que llevo puesta… jajaja.

—Jajaja… Eso se soluciona fácil; se compra. Es más... —pensó por un instante corto de tiempo—. Aquí cerca hay una tienda de ropa casual, y yo puedo ir a comprarte algo.

—Me parece buena idea.

En ese momento se separaron y Alex sacó su cartera. Tomó su tarjeta de débito y se la iba a dar a Raquel, cuando ella le interrumpió.

—Olvídalo. No puedes usar tu tarjeta. Le podríamos estar dando pistas a quienes te siguen. Mejor usemos la mía. A mí nadie me vigila.

—Tienes razón.

—¿Qué talla eres?

—32 en los pantalones y M en las camisas… ¿Qué más quieres saber de mí? —le preguntó con cariño.

—Creo que ya sé lo suficiente como para quererte siempre.

—Wow… Me impresionas y a cada momento me enamoro más…

Y ella le calló con otro beso de sus labios.

La joven salió a la calle y caminó hasta una esquina próxima. Instintivamente volteó varias veces para revisar si la seguían. Se sentía vigilada y al arribar a una pequeña avenida con semáforo, iba a cruzar por el paso peatonal, cuando vio un hombre de aspecto extraño que también cruzaba en sentido contrario y creyó que caminaba hacia ella; entonces su instinto, le obligó a apartarse y terminó cruzando la calle en diagonal, entre los escasos carros que en aquel momento circulaban.

Ya en el pequeño centro comercial, se encaminó directo a la tienda de ropa. No era la primera vez que la visitaba y se fue directo a la sección de caballeros. Revisó varias franelas, camisas, y terminó escogiendo dos y dos, que no fueran llamativas, de colores sobrios y sin estampado. Luego agarró un jean azul tradicional talla 32.

Se acercó a la caja para cancelar y una joven vestida toda de negro, con los labios y uñas también pintadas del mismo color, sonrió al ver lo que entregaba.

—Buenas tarde —le dijo la cajera.

—Buenas... —respondió con simpleza Raquel.

—En aquella cesta de allá hay oferta de ropa interior y medias. Son buenos —agregó la joven sin que Raquel le preguntara.

Raquel lo pensó por un instante y le dijo, antes de encaminarse en esa dirección.

—Tienes razón. Gracias.

Luego de cancelar con su tarjeta, Raquel salió y se dirigió a una pizzería que se encontraba del otro lado del centro comercial y donde acostumbraba hacer pedidos, regularmente. Con su bolsa bajo el brazo se acercó, abrió la puerta del pequeño local y un halo de distintos olores le golpeó en el rostro.

—¡Hola Raúl! —dijo en voz alta sin pasar adelante, solo asomando la cara y dirigiéndose a un tipo joven, uniformado, que tenía un gorro de tela cubriendo su cabello, y con sus manos manipulaba una oblea grande de masa que le hacía dar vueltas en el aire, como si interpretara un acto de malabarismo.

—¡Hola muñeca...! —Le correspondió el saludo en voz alta, luego de echarle una corta mirada y sin dejar de hacer su acto—. ¿Qué es de tu vida?... Días sin saber de ti.

—Todo bien, gracias... Mándame una con pepperoni, porfa... Grande —agregó.

—¿Grande?

—Sí. Grande.

—Como usted ordene muñeca.

Raquel regresó a su apartamento y Alex ya había terminado de bañarse. Se encontraba recostado sobre la cama de la habitación cubierto por una toalla que dejaba al descubierto buena parte de su cuerpo. En sus manos sostenía una revista que había tomado de la cesta que se encontraba a un lado de la cama.

Al verlo tan despojado de prendas, tan atractivo, y acomodado sobre su cama, llamó mucho la atención de la joven, y le dijo.

—¡Wow!. ¡Qué sexi te vez!

—Ooooh, gracias. No te escuché entrar... —Y mirando la bolsa que Raquel traía en sus manos—. Veo que conseguiste algo.

—Sí... Además te traje ropa interior. Gracias a la sugerencia de la cajera, jaja —se explicaba, mientras vaciaba la bolsa sobre la cama.

En ese momento Alex se levantó y de pie quiso revisar las prendas que ahora se encontraban sobre el colchón. Raquel le dio la vuelta y le abrazó por la espalda.

—Se siente duro —le dijo Raquel, mientras palpaba su abdomen y le daba un beso en la espalda.

—Y si sigues acariciándome... No respondo —agregó Alex sin dejar de revisar las prendas dispersas sobre la cama—. Creo que me quedarán bien estos interiores.

Raquel le soltó la toalla y esta cayó al suelo. De inmediato Alex se volteó y se comenzaron nuevamente a besar... El joven introdujo sus manos por debajo de la blusa de Raquel y palpó su espalda antes de desprender el broche posterior de su brasier. Sin separar sus labios, deslizó sus manos hasta sentir sus pequeños pechos y apretándolos con delicadeza, la escuchó gemir un par de veces. Él no esperó ni un instante más para quitarle la blusa y lanzarla sobre la cama.

Ella misma se desabrochó los jean que llevaba puestos y se los quitó con apremió para luego empujar a Alex sobre la cama y entre risas lanzarse sobre el cuerpo desnudo de su amor.

Una vez estuvo encima de él, le dijo.

—Ahora en mi apartamento, me corresponde a mí llevar la iniciativa; y tú, asumir las consecuencias... jajaja —rió con dulzura.

Le besó apasionadamente, mientras Alex le acariciaba la espalda, sus pechos, sus bellos glúteos, sus caderas; y al cabo de algunos segundos, ya aquellos cuerpos estaban lo suficientemente encendidos como para entregarse a esa pasión juvenil y desenfrenada que les colmaba y se apoderaba de ellos cada vez que la situación se prestaba.

Alex la volvió a amar con ese mismo deseo y pasión que desde días atrás tenía acumulado. Las veces que ella había ido a visitarlo a su apartamento, su sola presencia le había provocado una atracción sin igual que se volvía a repetir cada vez que la tenía cerca. En varias oportunidades pensó en abrazarla y besarla a la fuerza, y tal vez hasta aprovecharse de ella, pero algo en su interior se había interpuesto y advertido, que no era el momento.

Ya era la segunda vez que la poseía y ella se entregaba de una manera tan espontánea y completa, como él siempre pensó que sería, como ambos soñaron que sería.

Quedaron abrazados sobre la cama y mientras Raquel le acariciaba el cabello, él recorría con sus dedos la forma de sus senos, su vientre y sus caderas.

51

Una vez que interrogaron a Rebeca, quien ya se encontraba bastante recuperada de sus afecciones tanto psicológicas como físicas en el tobillo, los detectives se marcharon de la clínica sabiendo que Alex Dawson era el nombre de la persona que buscaban los secuestradores, y ahora ellos también.

Ambos detectives se encontraban dentro del vehículo comiendo unos emparedados que la madre de Rebeca les había llevado, cuando Nico escuchó el tono de su teléfono, anunciando un mensaje entrante.

Ascensorista Elena: Hola. Buenos días… Olvidaste devolverme la llamada la otra noche.

Nico: Sí, disculpa. Fue una noche terrible.

Ascensorista. Elena: Sí, me enteré por las noticias… ¿Y, cómo estás tú?

Nico: Yo bien, gracias. Me vas a disculpar, pero te escribo después. Estoy en un caso.

Mazzini le preguntó a su compañero, en vista que no le decía nada.

—¿Noticias de algún caso?

—No. No es nada… Era una chica.

—¿Una chica? —dijo Mazzini levantando las cejas.

—Sí, una chica. ¿Por qué te extraña?

—No, por nada… Una chica —agregó, intentando esconder una sonrisa.

Ambos dieron sendos mordiscos a sus emparedados y masticaron mirando hacia el frente, o tal vez más allá de donde alcanzaban sus miradas. Callaron por algún momento hasta que Nico rompió el silencio.

—Es la chica ascensorista de El Eco

—Aaah... Muy linda. Te felicito.

—Solo me escribe para saber cómo me encuentro.

—Entiendo. Felicitaciones.

Luego de terminar con sus emparedados. Mazzini encendió su vehículo y le dijo a Nico.

—Sabes, Nico... Entonces todo gira alrededor Aldo, o lo que es lo mismo; Alex Dawson.

—Así es. Rebeca era el eslabón que los tipos necesitaban para llegar hasta él.

—Ahora, la duda está en sí lograron atraparle, luego que ella les diera su número telefónico. —Avanzaron en dirección sur con el alivio de haber dejado a Rebeca y sus allegados, ya libres de peligro—. Porque de seguro lo extorsionaron de alguna manera, y la primera que se me ocurre es con la vida de su amiga Rebeca.

—Es lo más seguro... Voy a pedir a la oficina los reportes de las últimas horas, para ver si hay alguno que nos interese.

De inmediato marcó en su celular y dijo a la secretaria del departamento que le enviaran un correo con reportes de los últimos tres días.

Se dirigían hacia la jefatura del condado sur en busca del indigente que había ayudado a Rebeca, cuando arribó al teléfono de Nico el correo con la información solicitada. El detective fue leyendo una a una las diferentes denuncias y solicitudes, hasta que llegó a una que le hizo fruncir el ceño, y Mazzini lo notó.

—¿Qué pasa Nico? ¿Qué has leído?

—¡Coño!. Esto era importante y no nos lo pasaron a tiempo. Quizás Aldo, sí cayó en manos de los secuestradores.

Entonces Nico procedió a leer en voz alta la reseña de la denuncia... «Periodista Alex Dawson recibió llamada amenazante de hombre desconocido, quien supuestamente tiene retenida contra su voluntad a su amiga Rebeca Gutiérrez y usó su mismo teléfono celular (234 4325) para llamarle»

Mazzini hundió el pedal del acelerador de su vehículo y fue avanzando con rapidez.

—Luego que interroguemos al indigente, nos vamos a buscar a Aldo —agregó el detective.

Al cabo de unos veinte minutos llegaron a la estación policial. Saludaron a un par de policías que se encontraban parados frente a la entrada, se identificaron ante la mujer oficial que se encontraba tras el mostrador de información para de inmediato avanzar a lo largo de un pasillo que les llevó a la oficina del jefe del departamento. Lo encontraron revisando algunos expedientes.

—¡Detectives!. Les esperaba —les saludó con aprecio el jefe de la estación policial.

—Ya finalmente recuperamos a la joven —dijo Mazzini mientras le extendía su mano para saludarlo—. Y queremos cerrar el caso del indigente que no tuvo nada que ver con el secuestro, pero sí con la recuperación y libertad de ella.

—Sí, ya he sabido los pormenores y estaba justo terminando de levantar el informe, antes de liberar al hombre. Por eso les esperaba. Necesitaba su firma.

—Pero primero necesitamos hacerle algunas preguntas antes de liberarlo —agregó de inmediato el detective.

—Perfecto. Está en la celda.

Los detectives caminaron a través de otro corto pasillo que les llevó a la celda en donde se encontraban detenidos cuatro hombres. El oficial de custodia sacó al hombre que a simple vista era el indigente involucrado. Lo llevaron a una pequeña habitación en donde los detectives le interrogaron y todo lo que contó encajó perfectamente con lo narrado por Rebeca. Satisfechos por la declaración del indigente, Mazzini firmó la salida del hombre, y ambos le acompañaron hasta la calle. Una vez en el exterior, Mazzini le dijo.

—Toma... Es para ti —dijo el detective luego de sacar un sobre de su bolsillo y extenderlo al hombre.

El indigente lo recibió con mano temblorosa y lo abrió de inmediato, para revisarlo frente a ellos. Y al ver su contenido, no pudo contener su asombro. Con su dedo pulgar hizo correr los billetes como si fueran las páginas de algún libro, he intentó hacer un cálculo mental de la cantidad que se le estaba entregando. Pero no pudo, solo sabía que era bastante.

—Y esto, ¿por qué?

—Te lo envía la joven que ayudaste a escapar.

Al hombre se le enrojecieron los ojos y casi se echa a llorar. Pero extrañamente se lo volvió a extender a Mazzini con la intención de que el detective lo aceptara. Pero el detective no lo agarró.

—Se lo enviaron a usted; no a mí.

—Quiero que me haga un favor —agregó el indigente, aun con el brazo extendido y sin que Mazzini tomara el sobre—. Quiero que se lo haga llegar a mi hijo. Se acaba de graduar de abogado y este será mi regalo.

Ahora sí, el detective agarró el sobre.

—Tome nota de su número telefónico, nombre y dirección, por favor.

De inmediato Nico sacó su libreta de anotaciones y bolígrafo.

—Dígame, por favor.

Cuando El Comandante Raúl leyó la noticia que anunciaba el fallecimiento de dos de sus hombres y que Santino había quedado gravemente herido durante un enfrentamiento a una unidad de antisecuestro y extorsión en las inmediaciones de una famosa clínica de la capital, arrugó con ambas manos el ejemplar de El Eco y con rabia lo lanzó hacia un rincón de su tienda.

—¡Malditos! —blasfemó.

Un par de hombres armados que se encontraban apostados en el exterior, corrieron de inmediato hacia la entrada de la tienda y abrieron la lona para revisar. Solo vieron a su comandante parado y de espaldas, mirando hacia ese mismo rincón en donde había caído el periódico.

—¿Necesita algo mi Comandante? —preguntó uno de los hombres.

—Sí... Quiero ver al Mensajero.

Los dos hombres se marcharon y al cabo de un par de minutos el teléfono del Mensajero sonó.

—Hola Gato Pardo —dijo El Mensajero.

—Hola Teo.

—Ya supiste lo de los muchachos en Caracas.

—Sí, claro. No te imaginas cuánto lo siento. Mi prima. La mujer de Perico está inconsolable. Ahora me toca a mí velar por sus hijos.

—El Comandante preguntó por ti.

—Okey, ya lo llamo.

Casi de inmediato repicó el teléfono del comandante Raúl.

—Diga mi Comandante. Para qué soy bueno.

Por un par de segundos se escuchó un vacío en la línea telefónica y el mensajero Teo pensó que se había caído la llamada. Pero luego escuchó una especie de resoplido, indicándole que había alguien del otro lado de la comunicación.

—Necesito borrar cualquier rastro que indique, que estamos detrás de lo sucedido en Caracas.

—Tiene razón jefe. Santino ya hizo lo que pudo —agregó Teo.

—Quiero que te encargues personalmente de cerrar ese asunto.

—Entendido mi comandante.

Cuando los detectives arribaron a la residencias Samanes, ubicaron inmediatamente la nave A y se estacionaron enfrente del edificio. Parados delante del Chevrolet miraron los alrededores y luego hacia arriba, como indagando a través de las ventanas que daban hacia ese lado de la edificación. No había nadie por los alrededores pero Mazzini pudo percibir que alguien les observaba.

—¿En qué piso es que vive Alex Dawson?

—En el primero, apartamento A21

—Subamos.

Se dirigieron hacia las escaleras y subieron sin mucha prisa, observando todo alrededor. Cuando estuvieron frente a la puerta identificada con A21, Mazzini golpeó dos veces y dijo en voz alta.

—¡Policía!.

El silencio lo colmaba todo, y Nico volvió a golpear, ahora con mayor fuerza; repitió.

—¡Abran la puerta! ¡Ahora!

No se escuchaba ninguna respuesta desde el interior del apartamento, hasta que oyeron una voz femenina a sus espaldas.

—Buenas tardes.

Voltearon y se encontraron con un rostro femenino de más de cincuenta años que les sonreía.

—Ustedes no son los mismos de ayer, ¿verdad?

Los detectives se miraron uno al otro, y luego Mazzini le dijo a la señora.

—Claro que no somos los mismos de ayer. Acabamos de llegar.

—¿Son policías?

—Sí señora.

—¿Me podrían mostrar sus placas? Porque entiendo que ustedes siempre traen placas.

—Por supuesto.

—Ambos detectives enseñaron sus identificaciones y Mazzini agregó.

—Mi nombre es Sergio Mazzini y Nico Carrasco. Ambos pertenecemos a la división de antisecuestro y extorsión de la policía estatal.

La señora sonrió y les extendió la mano; primero a Mazzini y luego a Nico.

—María... Yo soy la conserje del edificio, y llevo trabajando aquí más de diez años.

Mazzini no pudo dejar de sonreír cuando estrechó la mano de la señora conserje.

—Sí buscan a Alex. Ya se marchó.

—¿Y usted sabrá para dónde?

—La verdad no tengo ni idea. Pero sí sé por qué se fue.

—Dígame entonces, porqué se fue.

—Pues, porque unos hombres raros con cara de matones le estaban buscando... Y no eran policías, porque yo les pedí que me mostraran las placas y no lo hicieron... Y para despistarlos, les dije que en la otra nave había un periodista con el nombre que ellos buscaban y así me di tiempo para avisarle a Alex.

—Perfecto. Creo que lo hizo muy bien, señora... —agregó Mazzini—. O sea que Alex debe estar bien, escondido en algún lugar.

—Eso pienso, también... ¿Vieron las noticias? Los tipos que aparecieron en las fotos; esos eran los mismos que estuvieron aquí.

Mazzini volvió a ver el rostro de su compañero y luego volvió a mirar el rostro de la señora conserje.

—Me imagino que usted quiere mucho a ese joven, Alex Dawson.

—Casi como a un hijo. Lo conozco desde que se mudó aquí hace como ocho años, y les aseguro que es un buen muchacho... Y la chica también.

—¿Cuál chica?

—La chica... Creo que su novia. La verdad no sé, pero es una buena chica también, y muy educada.

—¿Y usted sabe cómo se llama? ¿Podría describirla?

—Sí, claro. Es una joven muy linda, como de unos veintiséis años, cabello largo y ondulado, de una sonrisa preciosa y muy cariñosa.

Ambos detectives se miraron nuevamente a las caras.

—¿Color de piel?

—Blanca con un bronceado suave.

—¿Color de ojos?

—Creo que, castaños.

—¿Y cómo se fueron?

—Se fueron en los dos autos. El de ella que es un BMW dorado, y él, en su nuevo convertible rojo.

Podría recordar algunos números de las placas de los autos.

—No… Yo soy muy mala para los números jajaja.

Muchas gracias por toda su información señora —le dijo Mazzini—. Le voy a dejar una tarjeta mía por si recuerda algo adicional o desea comunicarse con nosotros.

Los detectives se encaminaban hacia su auto, cuando Mazzini le dijo a Nico, pide que nos manden un listado de todos los BMW color dorado que hay en la ciudad. No creo que sean muchos.

Se montaron en su vehículo y en poco minutos llegó un mensaje al teléfono de Nico con los tres BMW que estaban registrados en la ciudad. El primero pertenecía a un señor mayo de 75 años, el segundo a una señora de 52 años y el tercero a una joven de 25 años de nombre Raquel Naranjo; a continuación se indicaba la dirección de cada una de las personas.

—Esa es la joven —dijo Mazzini.

52

El periodista Julio Parada se encontraba en la oficina de su jefe Jesús Oviedo director de El Mundo. Ambos revisaban las noticias que reseñaba su competencia, y Oviedo había dejado sobre su escritorio el ejemplar del día de El Eco en donde se mostraba en letras mayúsculas y grandes lo acontecido en las afueras de la clínica.

—Ves... Eso es lo que yo les vengo diciendo —decía el director de El Mundo—. Cómo es posible que ellos tengan la noticia primero que nosotros —apretó los puños mientras se pronunciaba y se desplazaba de un lado a otro de la espaciosa oficina.

—Jefe, la joven secuestrada trabaja para ellos, de allí que se enteraran primero que todos —dijo Parada en un intento por excusarse.

—Nada, Parada. No hay excusas —agregó el jefe malencarado.

—Pero hay algo que mi instinto me dice —agregó con suspicacia el periodista—, y que lo percibo de la reseña que ellos mismo han hecho del caso... —respiró con profundidad, antes de agregar—. No lo contaron todo... Quizás no lo sepan todo.

En ese momento Oviedo aflojó sus puños, detuvo sus pasos, y volteó a ver a su periodista.

—¿Y qué será eso que sabes tú que ellos no sepan o no han querido divulgar?.

—Yo creo que esos tipos que fueron a mi apartamento, fueron los mismos que secuestraron a la periodista Rebeca... —calló por un corto instante, antes de continuar—. Y lo hicieron porque estaban tras la pista de Aldo, también.

—¿De Aldo?

—Sí, de Aldo, el mismo que escribe las crónicas.

—¿Y por qué dices eso? ¿En qué te basas?

—Pues, porque al día siguiente que yo me reuní con Luis para pedirle información, él me dijo que se reuniría con alguien de El Eco que sabía de la identidad de Aldo. Y si colocamos esa pieza junto a las publicaciones de Aldo, y en especial junto al detalle del dispositivo que le entrega el hombre de la cabaña, entonces todo eso junto indica que pudiera existir algunas mafias o tal vez la guerrilla misma, detrás de la información contenida en el dispositivo.

Oviedo escuchaba con detenimiento toda la explicación y conjeturas que hacía aquel periodista de vasta experiencia en asuntos investigativos. Se rascó con nerviosismo la cabeza y luego le dijo a Parada.

—Pero es que todo eso es ficción.

—Jefe… Eso no lo sabemos en realidad.

Oviedo volvió a guardar silencio y caminando a lo ancho de la oficina le dijo al periodista.

—Ve escribiendo todo lo que sabes con respecto a ese asunto y corrobora los aspectos que puedas... Si lo tienes listo hacia el final de la tarde, lo sacamos mañana en primera página.

Al escuchar aquellas palabras. Parada sonrió de complacencia. Le encantaba ser el mejor, destacarse entre tanto periodista de poca remonta e inexperiencia, y siempre daba el todo de sí. Esta era una excelente oportunidad para destacarse y ganar la mayor confianza posible del jefe... Deseaba escuchar los elogios de todos sus compañeros e imaginar a la competencia leyendo y admirando su labor periodística.

Se marchó de la oficina del director con la frente en alto, con una sonrisa dibujada en su rostro que no podía esconder. Así se sentó en su escritorio y buscó entre los papeles que guardaba en su gaveta aquella tarjeta que le había entregado el detective Mazzini luego que fueran hasta su apartamento para tomar los detalles de lo ocurrido.

Al encontrarla, tomó su teléfono y marcó.

En El Eco, su director en jefe, el afamado Samuel Campos abrió la puerta de su oficina y llamó a su secretaria la señora Gladys.

—¿Ya tiene la información? Venga por favor —le dijo, aun cuando la vio hablando por teléfono. Y de inmediato volvió hacia el interior de su oficina.

—En un momento, licenciado —respondió en voz alta a su jefe, tapando parcialmente la bocina del teléfono con sus dedos. A continuación dijo a su interlocutor—. Debo colgar, te llamo en cuanto me desocupe. Ya voy a salir.

Cuando Gladys pasó al interior de la oficina, vio a un señor Campos con semblante preocupado y a la vez nostálgico, sentado sobre su asiento y mirando hacia el exterior a través de la ventana que siempre a sus espaldas se hallaba cubierta por una cortina, pero que en esta oportunidad la tela gris aluminizada se encontraba corrida de par en par, permitiendo que permeara a través de los cristales una espesa claridad natural, que brindaba a las paredes y objetos sobre el escritorio, un matiz especial, muy distinto al que siempre les había ofrecido el blanco de las luces fluorescentes.

—Aquí estoy, licenciado —dijo Gladys con un tono de voz muy mesurado, para dejarle saber que se encontraba parada de pie frente a su escritorio.

—Ah... Disculpa. —Volteó el licenciado, y le dijo a su secretaria—. Estaba admirando lo grande y compleja de nuestra ciudad.

Desde el piso veinte en donde funcionaba el departamento de edición del prestigioso diario, se podía apreciar buena parte de la gran capital. Sus enormes y complejas edificaciones, que en su momento fueron recibidas por la mayoría de los ciudadanos como hermosas obras arquitectónicas, pero ahora, con el paso del tiempo y la desidia, se veían descuidadas pero nunca habían perdido por completo aquel *glamour* que en sus primeros años enseñaron.

Gladys estiró un poco su cuello, miró hacia el exterior, y también pudo advertir ese mismo aire embellecido que su jefe percibía. Entonces, sonrió.

—Sí licenciado. Desde acá se ve muy hermosa la ciudad.

Campos terminó de voltearse y acomodarse en su cómoda butaca, apoyó los codos sobre su escritorio y dejó a sus espaldas aquel panorama que le embriagaba de nostalgia.

—Gladys, he estado llamando a Alex y su teléfono continúa apagado.

—Yo también, licenciado. No ha habido forma de contactarlo.

—¿Ya tienes su dirección?

—Sí, jefe, la tengo aquí —levantó la mano y le mostró un pequeño papel en donde había anotado la dirección.

Campos se levantó de su butaca, se pasó la mano por su calva, tomó las llaves de su vehículo que tenía sobre el escritorio, sujetó un costado de la correa que fijaba su pantalón y la haló hacia arriba. A continuación, ambos salieron de la oficina... Al cabo de unos veinticinco minutos se estacionaron frente a la residencia Samanes. Se bajaron y subieron hasta el primer piso. Llamaron varias veces a la puerta del apartamento identificado A21 y luego cuando se disponían a marchar, el vecino de enfrente abrió la puerta.

—Ahí no hay nadie.

—Buenos días señor —le dijo la señora Gladys con amabilidad señalando hacia la puerta que llamaban—. ¿Es aquí donde vive el joven Alex Dawson?

—Sí. Así se llama él.

—Lo hemos estado llamando por teléfono y no nos contesta. Es por un asunto laboral —se explicó la señora Gladys

El vecino sacó aún más la cabeza por el estrecho espacio que dejaba la puerta entreabierta, y miró a ambos lados del pasillo. Luego dijo.

—Bueno. Lo único que les puedo decir es que varias personas han venido preguntando por él en los últimos días. Y si quieren más información, hablen con la conserje, estoy seguro que ella está más al tanto de todo.

—¿Y dónde podemos encontrar a la conserje? —preguntó la señora Gladys.

—La señora María vive bajando las escaleras, la primera puerta a la derecha —les explicó el vecino, señalando hacia el mismo lado por donde ellos habían subido.

María abrió la puerta de su vivienda tras escuchar el primer llamado. Y al ver aquel par de personajes tan bien arreglados, les miró de arriba a abajo, antes de decirles, amablemente.

—¿En qué puedo servirles?

De inmediato la señora Gladys dijo.

—Soy Gladys y el licenciado Campos. Trabajamos para el diario El Eco.

—¡Ooooh…! Periodistas.

—Bueno, algo así… Pero no venimos en función de ningún reportaje. No.

En ese momento intervino Campos, acomodándose el pantalón.

—Yo soy el jefe de Alex Dawson. El joven que vive allí arriba —dijo señalando hacia el primer piso—. Estamos preocupados por él.

—Ah, mi querido Alex.

—Exacto, Alex —agregó Gladys con una amplia sonrisa en el rostro y sus ojos brillaron a través del cristal de sus lentes empastados. Esperando algún comentario de la conserje.

—Él está bien —dijo la conserje.

—Sí, pero lo hemos estado llamando a su teléfono y no hemos podido hablar con él.

—Quizás lo tenga apagado. Después de...

—¿Después de qué?, señora María.

—Bueno, después del susto.

—¿Susto?

—Sí. Primero los matones esos que luego salieron en su periódico, porque yo los reconocí cuando vi las fotos que ustedes publicaron… Y luego los detectives.

—No sabíamos nada de que Alex conociera a esos tipos —agregó Gladys, preocupada.

—No, no los conocía… Ellos vivieron buscándolo. Y yo lo ayudé a escapar, por supuesto.

—¿A escapar? —preguntó la señora Gladys, ahora totalmente sorprendida, mientras Campos escuchaba con rostro circunspecto y se pasaba la mano por su notoria calvicie.

—Sí. Esos matones lo buscaban y no sería para nada bueno...

—Fíjese señora que nosotros no sabíamos nada de lo que nos está contando. Pero qué bueno que hemos venido hasta aquí y usted nos ha puesto al tanto de lo ocurrido —agregó la señora Gladys colocando su mano derecha sobre el hombro de la conserje.

Luego de indagar con más detalles todos aquellos acontecimientos de los cuales ni Campos ni Gladys estaban enterados, se despidieron de la señora María agradeciendo toda la información que les había confiado. Luego se dirigieron al vehículo para marcharse.

Sentados en el interior del vehículo, sonó un tono que anunciaba el arribo de un e–mail al teléfono de Campos. El director de El Eco extrajo el celular de su bolsillo y leyó, «correo entrante de cronicas.aldo@eleco.com». Miro la cara de Gladys, y ella le preguntó.

—¿Quién es?

—Aldo.

—¿Detective Mazzini?

—Sí. ¿Quién habla?

—Es el periodista Julio Parada. No sé si me recuerda.

—Claro que le recuerdo. El caso de usurpación de la vivienda en Parque Residencial Valles de María.

—Así es, detective.

—¿Recordó algo que pudiera agregar a su declaración?

—La verdad no le llamo para agregar nada a mi declaración. Le llamo como periodista que soy.

—Ah, entiendo… Entonces, dígame.

—He pensado que el enfrentamiento que hubo frente a la clínica en donde cayeron los delincuentes tiene que ver con las crónicas que escribe en El Eco un periodista cuyo seudónimo es Aldo... No sé si usted lo ha leído. Él escribe los martes y viernes.

—Sí. Sé de quién me habla. He leído sus publicaciones y me han parecido interesantes.

—Pues yo creo que el enfrentamiento no sólo está ligado al secuestro que sufrió la periodista Rebeca, sino también a la irrupción que hubo en mi apartamento y a las publicaciones de Aldo. Todos somos periodistas y los sucesos han ocurrido en los últimos días con cierta continuidad.

Luego de escuchar aquellas palabras, el detective guardó silencio, en su mente se cruzaron las palabras del periodista con algunas imágenes de Rebeca herida y luego en sus brazos, también la imagen de los pistoleros caídos... Sabía que Parada estaba en lo correcto pero no podía confirmar su suposición y debía guardar la confidencialidad de los avances investigativos.

—¿Está ahí, detective? —preguntó Parada, sacado de sus cavilaciones a Mazzini.

—Sí, claro… La verdad señor Parada que yo no puedo aseverar lo que usted me está conjeturando, son solo sus apreciaciones, y mi trabajo consiste en seguir las huellas que voy encontrando durante mis investigaciones... Pero debo agradecerle que se haya molestado en llamarme para ofrecerme su parecer.

—Tal como usted dice, detective, son las apreciaciones de un periodista que lleva más de treinta años de ejercicio. Hasta luego

Parada colgó el teléfono y se recostó hacia atrás en su silla. Miró hacia el techo y se dijo en voz muy baja, sonriente.

—Sí. Ahora estoy más seguro de mi teoría...

De aquel otro lado. En el interior del vehículo en donde se desplazaban los dos detectives; Nico le preguntó a Mazzini.

—¿Quién era?

—Parada, el periodista de El Mundo

—¿Y qué dijo?

—Tiene una teoría respecto al caso. Dice que los secuestradores de Rebeca podrían haber estado detrás de Aldo, también.

—Pero tiene razón. ¿Y cómo lo habrá sabido?

—Olfato periodístico, me imagino.

53

Luego de entrar al apartamento de Raquel, Alex sacó y colocó su laptop sobre el desayunador. Allí se acomodó y escribió un e–mail al licenciado Campos.

Estimado Señor Campos he tenido algunos contratiempos y por seguridad me he visto obligado a mantener mi teléfono apagado. No por ello dejaré de cumplir mis obligaciones con el diario. Anexo le envío mi próxima publicación.

Archivo adjunto: Unidad de Memoria

Atentamente

Aldo

Luego pulsó la tecla, enviar.

—¿Qué escribes? —le preguntó Raquel con cariño, hablándole muy cerca del oído.

—Estaba enviando mi próxima publicación al diario.

—Uuummm… le susurró la joven antes de darle un dulce beso a un lado del oído.

Él se volteó y le correspondió con un corto beso en los labios… De inmediato, Raquel le dijo con cariño antes de darle la espalda y dirigirse hacia la despensa.

—Me encanta tenerte aquí en mi apartamento.

—Eres una exquisita anfitriona —sonrió Alex, mirando su espalda y glúteos.

—Aquí tengo pasta... ¿Te apetece? —preguntó al abrir la puerta y revisar visualmente en el interior de la despensa.

—Me encantaría.

—Una pregunta, Alex... Ahora que conozco buena parte de tus secretos, será que me dejarás leer tus escritos. No se me olvida que en una oportunidad me lo prometiste.

—Por supuesto corazón. Ahora ya eres parte importante de mi vida.

En ese momento, al escuchar aquellas palabras, Raquel corrió hacia Alex y se le abalanzó encima para abrazarlo con fuerza y decirle.

—Aldo... También te amo a ti.

—Permíteme que me encargue de la pasta mientras tu lees mi próxima publicación en El Eco. ¿Te parece?

—Me parece una maravillosa idea

Y en ese momento Alex recibió respuesta a su e-mail.

Estábamos preocupados por ti, muchacho. Gracias por escribir. Cualquier cosa que necesites házmelo saber por favor. Cuenta con nosotros.

Lic. Samuel Campos.

Santino, el jefe de chaqueta verde y único sobreviviente del trío de secuestradores que se enfrentaron con los detectives frente a la clínica en donde estuvo recluida la joven periodista Rebeca, se hallaba confinado en el área de cuidados del Hospital Central de la ciudad, ese mismo en donde inicialmente estuvo Rebeca, luego de haber escapado de sus captores y rescatada por un indigente.

Era ya de noche cuando un hombre vestido con uniforme de mantenimiento, avanzó sin apuros a lo largo del pasillo principal de emergencias, empujaba un balde con ruedas, lleno de agua, en donde llevaba un trapero cuyo extremo superior descansaba sobre su hombro. Miraba con curiosidad a todas las puertas que a ambos lados del pasillo iba encontrando, y en algún momento se topó de frente con un par de médicos de guardia que traían en sus manos unas tazas de café. El hombre bajó la vista cuando uno de ellos le llamó luego de pasar a su lado.

—Amigo, por favor.

El hombre de mantenimiento detuvo su andar y volteó con cautela.

—Disculpe... ¿Es nuevo? No recuerdo haberle visto con anterioridad —preguntó el médico.

—Estoy haciendo una suplencia, doctor. Mi nombre es Eustoquio, para servirle —mintió habilidosamente.

—Entiendo... Le quería pedir un favor, y me va a disculpar; se me derramó al suelo un poco de café al momento de servirme y si no es mucha molestia le agradecería si lo fuera a limpiar.

—Sí, por supuesto. Voy de inmediato.

Ambos se dieron la espalda y el hombre de mantenimiento siguió avanzando. Hacia el final del pasillo leyó un pequeño letrero que colgaba del techo e indicaba, hacia la izquierda «Cafetín» y hacia la derecha «Cuidados Intensivos». Dobló hacia la derecha con prisa y siguió leyendo los avisos que ahora identificaban las puertas. Cuando leyó «Lencerías», allí se detuvo, miró para ambos lados e intentó girar el pomo de la puerta; al notar que no tenía llave, abrió con cuidado antes de ingresar. De allí salió vestido con una bata azul, gorro, mascarilla y zapatos desechables. Avanzó hacia la sala de cuidados y al no encontrar ningún guardia (ya que en ese momento se encontraba degustando de un café en el cafetín) empujó con delicadeza la puerta batiente. Desde allí, inspeccionó visualmente el lugar y vio que había varios pacientes. Se fue acercando uno a uno, hasta que finalmente encontró el rostro dormido de Santino. Estaba entubado, y tenía una serie de mangueras y cables que monitorean su cuerpo. El equipo electrónico que se acomodaba a un costado de la cabecera de la cama clínica dejaba ver los últimos signos de su precaria existencia.

El hombre se acercó y le miró por última vez. Luego, con ambas manos aprisionó su cuello con fuerza y Santino abrió los ojos, repentinamente. El paciente se estremeció y con dificultad levantó una de sus manos en un último intento por asir los brazos de aquel que en algún momento fue su compañero de armas y quizás también su amigo... Pero indefectiblemente sus signos vitales se fueron apagando en el monitor a medida que le faltó la respiración y con ello, se extinguió también, su existencia en este mundo.

Cumplida su misión, El Mensajero Teo salió a prisa de la sala de cuidados. Se metió en el primer baño que encontró y quedó vestido nuevamente con el uniforme de mantenimiento. Ya no empujaba el balde cuando cruzó la puerta de salida por emergencias. Y ya en el estacionamiento de vehículos abrió la puerta trasera de un auto de alquiler que le esperaba. Le dijo imperativamente al chofer.

—¡Vámonos! ¡Rápido!

En el mismo interior del vehículo se quitó el uniforme de mantenimiento que introdujo en una bolsa plástica y se vistió con otra indumentaria, sport. Cuando pasaron junto a un contenedor de basura, le dijo al chofer.

—Para junto al contenedor —El chofer se arrimó hacia un lado y disminuyó la velocidad. Allí, Teo lanzó la bolsa.

—Continúa —agregó de inmediato. Y avanzaron nuevamente.

Al cabo de un par de minutos, miró hacia el cielo y observó la luna llena que iluminaba la noche. Entonces tomó su teléfono y escribió un mensaje: «Mi Comandante. Misión cumplida».

Raquel tomó el laptop de Alex y se sentó sobre el sofá de la sala para comenzar a leer lo que sería la próxima publicación de Aldo, mientras este se dedicó a preparar la pasta blanca que almorzarían.

Al cabo de unos pocos minutos, una vez terminada la lectura del artículo, la joven se levantó y se dirigió a la cocina, abrazó a Alex por detrás y luego de besar su dorso en varias oportunidades, le dijo con su rostro recostado sobre su espalda.

—Todo lo que escribes es fascinante. Por eso es que has despertado la curiosidad de tantos y has alcanzado tanta sintonía con tus lectores.

Al escuchar aquellas halagadoras palabras tan llenas de cariño y cierta nostalgia por el tono en que las decía; Alex se dio la vuelta y quedaron frente a frente, ella abrazándolo, y él, ahora, también abrazándola.

—Gracias corazón... La verdad nunca pensé que se me iba a presentar esa gran oportunidad que me brindó el señor Campos, luego que me llamara aquella mañana solicitando un relato que impactara a sus lectores del diario... Jamás podré olvidar aquel momento.

—Sí. Ha sido una gran oportunidad para tu carrera como escritor pero también ha traído un sin número de dificultades y peligros, que han puesto en jaque tu vida... —le decía mirándole a los ojos—. Y esa es la parte que no me gusta y me da mucho temor... No quiero perderte —agregó con profundo sentimiento.

—Tienes razón. He corrido muchos peligros y nunca he dejado de sentir mucho miedo... Pero son cosas que no he podido evitar. Han estado fuera de mi alcance.

—¿Y sí te propongo algo? —dijo la joven.

—¿Qué será? —preguntó Alex. Intrigado.

—Que dejes de escribir sobre ese asunto del secuestro, que ha traído tantos problemas.

—Sabes... No es fácil... Esto ha sido más que una necesidad... Ha sido algo así, como una obligación de mi existencia. Si no lo hacía, mi vida estaría incompleta.

—Te entiendo, amor.

—Pero... Yo también lo he estado pensando. Y aceptaré tu propuesta

En ese momento Raquel sonrió de felicidad y le abrazó con fuerza.

—Gracias mi amor. Te quiero demasiado y no deseo por nada del mundo que te suceda algo. Quiero seguir compartiendo mi vida contigo.

—Ya no quiero que te sigas preocupando más y te prometo que este será el último capítulo de esta historia... Ya no habrá más —dijo Alex esbozando una sutil sonrisa.

Raquel llevó sus labios hacia los de Alex y se besaron con fervor, hasta que el sonido del agua hirviente que se derramaba de la olla e iba a evaporarse sobre la llama de la cocina, les obligó a separarse y voltear con inmediatez.

—Jajajaja —rió Alex al ver el agua derramarse.

—Jajajaja… Debes estar más pendiente, cuando cocinas.

—Ha sido culpa tuya jajaja. Me distraes con facilidad —agregó Alex

54

Unidad de Memoria
(Artículo publicado en El Eco)

«Aquella misma noche, luego de regresar a mi habitación y encontrarme sobre mi cama con el dispositivo apretado en el interior de mi mano, me dediqué a repasar en mi mente todo lo sucedido en la cabaña. Era obvio que aquel diminuto artilugio electrónico que ahora examinaba minuciosamente, era una pequeña unidad de memoria.

Me fui a mi escritorio y abrí mi laptop. Una vez que estuvo encendido introduje con cuidado la pequeña laminilla por el puerto correspondiente y de inmediato se desplegó en la pantalla una pequeña ventana que decía;

Se ha detectado un nuevo dispositivo

conectado al puerto VDX 28 de su equipo.

Favor escribir contraseña: _____

para dar acceso a la información.

No tenía idea de cuál podría ser la contraseña. En aquel momento cuando el hombre me hizo entrega del dispositivo no me pasó por la mente que debía pedirle alguna clave para poder tener acceso a su contenido. Me invadió una sensación de impotencia. Mis pocos conocimientos de informática tampoco me habían inducido a preguntarle; y sin esa contraseña, se perdería, quizás, todo el esfuerzo que habría realizado aquel hombre para conseguir aquella información de la cual me había hecho partícipe... «Maldición», me dije, recriminándome por no haber tenido la intuición necesaria para preguntar. «¿Ahora qué puedo hacer?»... «Solo hay una manera de averiguar la contraseña: Debo volver —me dije—, debo encontrarlo y pedirle la contraseña».

Nuevamente me recosté sobre la cama y entré en un estado de relajamiento profundo. No sé cuánto tiempo habría pasado cuando abrí los ojos y me encontré nuevamente sumergido en aquel mar de sombras que me arropaban e inmovilizaban por completo. Todo estaba oscuro y lo que antes era mi cama, mi habitación, ahora parecía un suelo endurecido y seco, en medio de un mundo de tinieblas. Aún permanecía acostado, cuando luego de algunos segundos, aquellas mismas sombras se empezaron a marchar y una tenue claridad me fue entregando un nuevo panorama. Intenté moverme y lo fui logrando con dificultad a medida que las sombras se iban alejando; ahora, me dejaban ver parcialmente un mundo repleto de espesa vegetación.

Cuando finalmente pude apreciar con claridad todo a mi alrededor, escuché la conversación de un par de hombres que platicaban en el interior de una amplia tienda de campaña, en cuya parte posterior me encontraba, ahora. Me levanté con cuidado y a través de una ranura que dejaba la unión de las lonas, observé hacia el interior del recinto y presté atención a lo que decían.

Eran dos hombres, vestidos con el atuendo verde que caracteriza a la guerrilla, botas, y pistolas al cinto.

—Que vaina Cristóbal. Cómo va ser posible que esta mierda no se pueda conectar —dijo el Comandante colocando un dispositivo *pendrive*, bastante pequeño, sobre la rudimentaria mesa—. No me cabe en la cabeza que estemos a punto de perder toda la información, por el simple hecho que esta vaina no sirve para hacer un respaldo adecuado.

—Ya le he explicado, Comandante... Necesitamos recuperar la conexión a internet para terminar de bajar los drives y entonces poder consolidar el ciclo de instalación y recuperación de toda la información.

—¿Y tú en realidad crees, que el prisionero pueda ayudarnos?

—Estoy seguro, Comandante. En varias oportunidades he hablado con él y me ha demostrado que posee muy buenos conocimientos.

Por las sombras que dejaban dibujadas sobre el suelo, los altos árboles que se encontraban diseminados por doquier, deduje que eran ya pasadas, las horas del mediodía. A escasos treinta metros hacia la cara frontal de la tienda de campaña, había un grupo de hombres armados que terminaban de preparar café y se disponían a servirse en unas tazas hechas con la concha del totumo. Di un par de pasos hacia atrás cuando otros tres hombres, dos de ellos armados, escoltaban a un tercero y se acercaban a través de una estrecha senda que se abría entre los matorrales hacia un costado de la tienda. Solo uno de los dos hombres armados, entró acompañando al que parecía un prisionero, por su aspecto y desgano.

—Aquí está el hombre, Comandante —dijo el que entró, a los otros dos que se encontraban reunidos, sentados frente a la rudimentaria mesa y junto al laptop. Luego dio la espalda y se marchó.

—¿Cómo has estado Alexander? —preguntó el jefe del comando.

—Usted sabe en qué condiciones me encuentro.

—Sí, es cierto, por eso te preguntaba… —Decía el comandante, mientras el técnico en informática al servicio del destacamento, callaba—. Necesito de tus conocimientos, y por eso te mandé traer. Tengo entendido que eres un experto en informática y comunicaciones. Te comento que nuestros técnicos no han podido dar con la solución a un problema que nos atañe desde hace varios días atrás... Así que se nos ocurrió que tal vez tú seas la persona indicada para solventar todo este asunto.

—Veré que puedo hacer... —dijo el hombre, mirando al laptop.

—Y además, te tengo una buena propuesta —agregó, mientras con las manos en los bolsillos se paseaba mirando hacia el suelo, a lo ancho del poco espacio que brindaba la tienda de campaña—. Y si logras resolver el problema que nos atañe, te recompensaré de una manera muy especial... —Tomó aire antes de continuar. Por su proceder se podía apreciar que estaba muy urgido con lo que solicitaba—. De hoy mismo y en adelante, podrías alimentarte de los mismos platos que comemos nosotros los oficiales y técnicos; y no, de lo que hasta ahora venías consumiendo... ¿Qué te parece?

—Me parece muy bueno su ofrecimiento —respondió el prisionero—. Haré todo lo que esté a mi alcance.

En ese momento El Comandante se acercó al prisionero y colocando su mano sobre su hombro, le dijo.

—Manos a la obra, entonces.

El prisionero trabajó por más de tres horas continuas. Primero tuvo que lograr la reconexión satelital a internet que se encontraba interrumpida debido al deterioro por calentamiento del módulo de salida del receptor de microonda de la antena direccional. Luego hizo unos ajustes en el sintonizador de satélite hasta lograr la frecuencia justa para obtener la mayor eficiencia de recepción. Finalmente se dedicó a bajar e instalar nuevamente los *drives* afectados por un virus que tuvo que eliminar previamente.

Cansados de ver maniobrar al prisionero, los diferentes aspectos del problema, tanto el comandante como el técnico, salieron de la tienda por algún corto momento. Avanzaron hacia donde se encontraba la jarra contentiva de café, se sirvieron en totumas, y sorbieron con calma mientras se felicitaban por haber tomado la buena decisión de haber llamado al prisionero para que les contribuyera a solventar el problema. Un par de veces, el guerrillero armado que custodiaba la entrada a la tienda, abrió la lona de la puerta antes de asomarse para verificar que el prisionero estuviese trabajando en la tarea encomendada.

Al verse solo, el prisionero no desaprovechó la ocasión que se le ofrecía. Así que aquel profesional de las comunicaciones e informática tomó el *pendrive* que posaba a un lado del laptop y lo introdujo por el puerto USB, luego de aplicar un sencillo programa de reconocimiento de contraseña; leyó: Ma$067surCOL82.

«¿Estás ahí?», escuché en mi mente. «Sí, aquí estoy, a tus espaldas», le dije, también en mi mente.

En ese momento el prisionero volteó y nuestras miradas se cruzaron. Yo pude ver su rostro por completo y comprobé que era ese mismo hombre que luego me encontraría en la cabaña. Sin duda alguna el momento que vivía en esta ocasión era anterior a aquel otro cuando me entregó la memoria.

«Recuerda esta contraseña Ma$067surCOL82», me dijo. «No la olvidaré Ma$067surCOL82», repetí.

Volvió su mirada hacia la laptop y de inmediato comenzó a revisar toda la información que se encontraba guardada en él. Ahora, aquel equipo tan indispensable para ellos, se encontraba totalmente rendido a su disposición. Revisó rápidamente los archivos, se detuvo en una carpeta identificada como «Documentos y Planificación Estratégica», y sonrió cuando en la pantalla del ordenador portátil se mostró una pequeña ventana que decía: «Descargar», luego de haber pulsado la tecla «Guardar copia en dispositivo». De inmediato se desplegó en el medio de la pantalla el siguiente texto.

Descargando...

Una vez que terminó de descargar toda la información. Sacó el *pendrive* del puerto USB y con un pequeño destornillador y una especie de diminuta ganzúa que sacó del bolso del técnico, desarmó el dispositivo de memoria para sacar de su interior el mini–circuito electrónico. A continuación y con sus propias uñas, hizo una pequeña rotura en el lado interno del doblez de su camisa, y por allí introdujo el corazón del dispositivo para guardarlo. Volvió a armar el encapsulado del *pendrive* dejándolo tal como lo había encontrado pero sin su contenido electrónico.

Repentinamente comenzó a escuchar las voces del comandante y el técnico, que retornaban hacia la tienda luego de haber tomado café. Una vez que entraron, El Comandante muy sonriente le preguntó, mientras avanzaba hacia el prisionero con el brazo extendido y en su mano una pequeña totuma con café.

—¿Cómo va todo?... Aquí tienes un poco de café. El café es siempre un buen reconfortante, además de mitigar el cansancio.

El prisionero extendió su mano y agarró la rudimentaria taza cuando estuvo a su alcance.

—Gracias... Ya todo está listo —respondió a la pregunta del comandante.

—¡Maravilloso! —exclamó en voz alta el comandante, mientras el técnico sonreía y a toda prisa se dirigió a teclear en el equipo.

—Excelente trabajo amigo... —dijo el técnico, después de algunos segundos y sin dejar de teclear y revisar—. Te has ganado un lugar entre nosotros —agregó luego de revisar que tanto la conexión a internet, como todos los diferentes programas del laptop estaban funcionando correctamente—. Después se metió en una carpeta de documentos y los fue revisando uno a uno con detenimiento.

—Todo está aquí, Comandante. No se ha perdido nada. La información está completa.

—Perfecto —agregó ahora el comandante mientras se acercaba al prisionero que se había parado y aguardaba escuchando—. Lo prometido es deuda. Y para que veas que mi palabra es honorable. Ve a la cocina y dile a Juan que te sirva lomito, legumbres, las que quieras, y papas en salsa, de la misma que comimos hoy nosotros.

—Voy a respaldar, señor —dijo el técnico, interrumpiendo al comandante cuando introducía el pendrive en el puerto USB. Pero notó que el laptop no reconoció el dispositivo de memoria.

—Señor. No lo reconoce —dijo el técnico un tanto angustiado. Debe ser que no sirve este pendrive —agregó mientras leía en la pantalla y antes de extraerlo.

«*Este equipo no reconoce el dispositivo*», leyó el comandante cuando se acercó a ver la pantalla.

—Habrá que pedir otro —dijo el comandante. Luego volteó hacia el prisionero y le dijo. Ya te puedes marchar. Ve a la cocina... Gracias.

Calladamente el prisionero salió y un soldado que se encontraba apostado afuera de la tienda le acompañó hasta la cocina. Cuando llegaron, vio un conglomerado de ollas y utensilios ordenados metódicamente, además de un hombre gordo que siempre había sabido que era el cocinero. El soldado le dijo a Juan.

—El Comandante ordenó que le sirvieras de lo mismo que él comió hoy.

En ese momento volví a escuchar en mi mente.

«Voy a comer como tenía años que no lo hacía», me dijo. «Buen provecho, amigo. Nos vemos en la cabaña»... «¿Cuál cabaña?» me preguntó. «Ya te enterarás», le respondí.

Miré hacia un costado y me repetí en la mente, «Ma$067surCOL82». Y de inmediato me fui hacia mi cuerpo que permanecía inerte sobre la cama de mi habitación.

Aldo.

55

Raquel conversaba con Alex en medio de la sala, cuando el joven periodista sintió un fuerte mareo que le obligó a apoyarse en el posa brazo del sofá, le ayudó a sentarse y Alex sintió cuando su cabeza cayó hacia atrás, mientras ella colocaba la palma de su mano sobre su frente sudorosa.

«Alex, ¿dónde te encuentras?», escuchó el joven en su cabeza, reconociendo de inmediato la dulce voz de su anciana abuela, que le hablaba... «Estoy en casa. ¿Qué sucede?», preguntó con la esperanza que le escuchara, también... «Necesito que vengas a verme. Me siento enferma»... «Iré enseguida, abuela. No temas. Espérame».

Repentinamente aquellas mismas sombras que siempre le habían llevado para aquellos inhóspitos parajes en medio de la selva, ahora le volvían a arropar, pero en esta oportunidad y después de un corto tiempo de mantenerlo enceguecido, le fueron presentando un ambiente muy diferente a aquel selvático... Y cuando pudo ir abriendo los ojos con cierta dificultad, se fue dibujando, en medio de la penumbra, la imagen de su abuela tendida en su cama, pronunciando palabras que escuchaba en su mente, mientras una vecina con quien ella siempre acostumbraba compartir, le atendía con esmero e intentaba distraerla de sus alucinaciones, evidenciadas por las palabras que pronunciaba.

—No. Sofía, soy yo, Carmen, tu vecina... Alex no está aquí, pero te prometo que lo voy a llamar para que venga a verte

—decía aquellas palabras mientras con un paño humedecido se lo pasaba sobre su frente febril y por sus pálidas mejillas.

—Alex, ven por favor —volvió a escuchar la vecina de labios de su amiga Sofía.

En ese momento la señora Carmen, meneó la cabeza para ambos lados, dejó sobre la frente de mi abuela el pañito humedecido con agua fresca, caminó hacia la sala, y se acercó a una mesita que se acomodaba hacia un rincón para de inmediato tomar en sus manos el teléfono fijo y una pequeña agenda telefónica que estaba a un lado. A continuación buscó el nombre de Alex en la agenda y procedió a llamar. Solo logró obtener como respuesta la voz metálica de una mujer que le decía: «El número que usted está llamando no se encuentra en estos momentos disponible».

Cuando la mirada de Alex se encontró con la de su abuela, ella sonrió de inmediato e intentó levantarse de la cama, pero las fuerzas no le correspondieron y tuvo que conformarse con verle desde la comodidad de su almohada.

Alex se acercó y se sentó con cuidado a la orilla de su aposento para de inmediato tomarle su mano. La sintió demasiado huesuda y febril. También sintió cuando intentó apretársela con cierta firmeza.

—Abuela... —le dijo con cariño—. Aquí estoy. —Y le vio esbozar una bella sonrisa.

—Gracias por venir, hijo. Necesitaba verte.

—Aquí estoy para ti, abuela —repitió con cariño, acercando más su rostro al de la anciana mujer.

—Hay algo que no te he dicho y que necesito confesarte... —respiró con profundidad y luego pareció suspirar— ... Tu padre siempre te quiso mucho desde el primer momento que supo que tu madre estaba embarazada... Estaba ansioso por conocerte. No veía el día en que nacieras... Pero él tenía a alguien más y por eso no podía venir a visitar a tu madre con frecuencia... —decía, brindándole connotación a cada una de sus palabras—. Él era un hombre casado y su esposa vivía en Caracas, pero no tenía hijos... Tú eres el único.

—¿Y cómo supo usted todo eso, abuela?

—Porque él siempre fue sincero con tu madre y todos los días la llamaba por teléfono, no solo para saber cómo se sentía, sino también para expresarle el amor que le guardaba a ella y al hijo que esperaban... Le decía que por nada del mundo se perdería el momento de tu nacimiento.

En ese momento la vecina regresó a la habitación y al encontrarse con aquella hermosa estampa de Alex tomado de la mano de su abuela, dijo.

—¡Dios Santo! ¡Qué sorpresa!... —Se notó bastante sorprendida la señora Carmen—. Qué bueno que has venido, muchacho. ¿Y cuándo llegaste? No te he visto entrar.

—Acabo de llegar, señora Carmen... Una vez me enteré de su estado. Me vine.

—¿Y quién te ha avisado? —preguntó la vecina con curiosidad.

—Ella misma me ha llamado.

—Bueno, es cierto. No ha parado de llamarte. Justo ahora yo te estaba llamando al celular pero no me cayó la llamada. No es fácil comunicarse en estos días —se explicaba la vecina con elocuencia—. Bueno, los dejo solos, un rato. Voy a esperar al doctor en la puerta. Me dijo que venía en camino —agregó la vecina antes de salir de la habitación.

La abuela Sofía se encontraba delicada de salud. Ya los años le comenzaban a pesar y los cambios de clima siempre le afectan sus pulmones. Pero como mujer del campo que era, podía más su reciedumbre que aquellas afecciones que de vez en cuando intentaban apropiarse de su días.

—Abuela. ¿Recuerdas cuando te conté de mis pesadillas, de mis alucinaciones, de mis extraños encuentros con otras personas?... Pues todo eso ha sido verdad. Un científico me dio explicaciones muy valederas. Y gracias a esas explicaciones estoy aquí.

—¿Cómo así, hijo? No entiendo. ¿Qué tiene que ver tu visita con tus pesadillas?

—Cuando te mejores por completo, te lo podré explicar con calma. Ahora solo deseo que te recuperes... Y gracias por contarme lo que me has dicho de mi padre.

La abuela Sofía volvió a respirar con profundidad y le dijo.

—Pero aún no he terminado...

—Cuéntame entonces, abuela.

Mirándole a los ojos, continuó.

—Bueno... Fue cierto que a tu padre lo secuestraron.

—¿Cómo? ¿Lo secuestraron? —preguntó sorprendido o más bien confundido. Y a la mente de Alex empezaron a llegar muchas imágenes que perturbaron y liaron su razonamiento.

—Sí... Y esa fue la razón por la cual no pudo llegar para tu nacimiento.

Alex no podía creer lo que sus oídos escuchaban. Prestaba atención a cada una de las palabras pronunciadas por su abuela, sin quitar la vista de su rostro.

—Cuando Begoña supo que era el momento de ir al hospital para traerte al mundo, ella lo primero que hizo fue llamarle por teléfono... Y él le dijo que se encontraba en El Amparo; eso es como a ocho horas de aquí... Dijo que de inmediato se vendría, que por nada del mundo se perdería conocerte.

—No puede ser, abuela. ¿Y entonces?

—Entonces, nunca llegó... —Alex vio, cuando de sus ojos enrojecidos una lágrima corrió por un costado de su rostro, y con sus dedos la recogió—. Y al día siguiente llegó mi amigo Ramón Peñaloza, que en paz descanse, con la terrible noticia que a un conocido hacendado de nombre Alexander lo habían secuestrado por los lados de El Amparo, mientras llevaba un ganado que había ofrecido en venta.

—No puede ser, abuela —dijo con tristeza, Alex.

—Esa es la verdad, hijo.

En aquel momento sentí que me desvanecía... Escuché en la distancia cuando la voz de la vecina le decía al doctor: «Es por aquí, doctor. Ella se encuentra en su habitación». Entonces le dije a mi abuela en su mente: «Sé que te recuperarás, abuela. Ya debo marcharme». Y ella sonriente, dijo a su nieto: «Ya me siento mejor, hijo».

Alex sintió la calidez de la mano de Raquel sobre su frente cuando repentinamente volvió a abrir los ojos y observó el rostro de su bella novia quien le observaba con preocupación.

—¿Por qué me miras así? —quiso saber Alex., levantando la cabeza de donde la tenía apoyada sobre la parte alta del respaldo del sofá.

—Te desmayaste. Pero qué rápido te has recuperado... Me he asustado mucho, de verdad —dijo la joven demostrando su preocupación.

—¿Cómo cuánto tiempo me he desmayado? —preguntó con serenidad el joven periodista, levantando la cabeza.

—Creo que solo uno o dos segundos, cuando mucho… Te has recuperado rápido, gracias a Dios.

—Si tú supieras… —sonrió Alex, mirándole a la cara.

—¿Si supiera qué? —preguntó Raquel, extrañada.

—Que he estado con mi abuela.

—¡Con tu abuela…! ¿Cuándo? ¿Cómo?

—Pues ahora mismo... —Alex miró hacia los lados y agregó, al volver su mirada hacia el rostro de la joven—. Mientras tú estabas aquí, junto a mí, hablé con ella... Se encuentra enferma pero sé que se recuperará. Ella es muy fuerte.

—Pero no puede ser. Todo ha ocurrido muy rápido —agregó totalmente sorprendida y confundida la joven. Luego le abrazó con fuerza… Es increíble todo lo que te ocurre mi amor. No quiero perderte.

56

En las oficinas del diario El Mundo, todo parecía una fiesta. Se respiraba un aire cargado de un gran entusiasmo y tanto su director el señor Oviedo como el dedicado periodista Parada se felicitaban mutuamente en el interior de la oficina de redacción.

—La reseña del secuestro y sus ramificaciones, ha sido un golazo, Parada. Te felicito de verdad —decía Oviedo a su periodista.

—Muchas gracias, señor. Yo sabía que no fallaríamos esta vez.

El director se sentía pleno y espléndido, al igual que Parada que no dejaba de sonreír y mirar dentro de sus pensamientos, viéndose recompensado de alguna manera muy gratificante por su jefe.

—Acabo de ver las tendencias y a esta hora, a las nueve en punto de la mañana, ya tenemos captada la atención de más de 80.000 lectores. Además que los comentarios que han dejado, son muy halagadores.

—Sí, señor. He revisado muchos de ellos, y nos felicitan por el desglose de la noticia y lo minucioso del trabajo de investigación llevado a cabo.

—Esto merece un brindis, Parada —agregó risueño, Oviedo.

—¿A esta hora, señor?... Creo que es muy temprano, y usted sabe que yo no... —decía Parada, cuando sus palabras fueron interrumpidas por el director.

—Déjate de tonterías, Parada. Es un solo trago —dijo Oviedo, mientras se acercaba a una mesita redonda y con ruedas que hacía las veces de un pequeño bar, en donde había tres de botellas comenzadas, una de whisky, otra de vino blanco y la última de ginebra, dos vasos, dos copas y un pequeño florero con una flor artificial acompañadas por un puñado de removedores de colores.

—Bueno. Si usted insiste. Brindemos.

—¿Whisky? —preguntó Oviedo.

—Sí, por favor.

Oviedo abrió la botella de whisky y sirvió en los dos vasos. Con ellos en sus manos y una amplia sonrisa en su rostro, se acercó al periodista.

—Por esta batalla ganada —dijo el director, mientras le hacía entrega a Parada de uno de los vasos.

El periodista contestó al director del diario, levantando su vaso en alto y dejando al descubierto la clara emoción que le invadía.

—La batalla de la victoria... No lo olvide, jefe.

Oviedo lo emuló, y levantando su vaso, ambos los chocaron con cuidado a la altura de sus miradas. A continuación se fueron a sentar en las dos sillas que se acomodaban frente al escritorio. Cruzaron sus piernas y sorbieron, complacidos.

—De ahora en adelante no podemos bajar la guardia. Debemos mantenernos atentos a todo y nunca desaprovechar ninguna oportunidad —decía, Oviedo.

—Las oportunidades nunca faltarán, jefe. Solo hay que estar atentos y darle vuelta al asunto para ver qué hay detrás de los hechos.

Ambos volvieron a sorber más de sus tragos y el director, estirando su brazo, abrió una caja de habanos que reposaba en una esquina de su escritorio; con su mano libre la levantó y la acercó al periodista en señal de ofrecimiento.

—No, gracias. No fumo.

Oviedo volvió a colocar la caja en el mismo lugar de donde previamente la había levantado, y antes de cerrarla, extrajo uno de los habanos que metódicamente se encontraban dispuestos en su interior. Con una pequeña tijera dorada que hacía juego junto a un elegante encendedor, cortó el extremo del tabaco para luego llevárselo a la nariz y percibir su aroma. A continuación lo sostuvo entre sus labios mientras tomaba el vistoso encendedor, que luego de accionarlo un par de veces desplegó una alargada flama que sirvió para encenderlo, luego de algunas caladas por parte del director. Oviedo miró hacia el techo de la oficina y expelió una bocanada de humo que Parada siguió también con su mirada, al igual que el director.

—Parada... La vida tiene sus momentos. Y no hay que dejar de disfrutarlos.

—Así es, señor. Y disculpe que adicione algo a sus sabias palabras... También la vida recompensa de alguna manera los grandes logros.

Oviedo volvió a echar otra bocanada de humo al aire, y agregó.

—Tendrás tu bono, Parada. Lo tendrás... Es más, a partir de este momento pasarás a ser Jefe de Periodistas. Y de aquí en adelante, todo debe pasar por tu aprobación antes de llegar a mis manos. Mañana a primera hora pasaré el comunicado.

Parada se llevó el vaso a sus labios y, sin pensarlo dos veces, vació su contenido a través de su garganta. Sintió un fuerte calor que le incendió el interior de su pecho y su rostro. Luego volteó hacia su jefe que se mantenía entretenido con su habano y las volutas de humo que expelía al aire.

—Señor. Usted es un gran hombre, de buen corazón.

—Sírvete otro Parada, que el día apenas comienza... Anda, sírvete otro que hoy es un día especial.

Cuando Rebeca regresó a la oficina, le esperaban con flores y una bella sorpresa. Eran las diez treinta y la recepcionista al verle acercar, había dejado de atender a un visitante para ir a abrazarla con cariño. Luego, al ingresar al ascensor, la joven ascensorista Elena le dijo mientras le brindaba un tierno abrazo: «Siento mucho todo lo que has pasado Rebeca. Bienvenida, nuevamente».

Una vez entró al departamento de edición y redacción del prestigioso diario, y mientras avanzaba por el pasillo central, todos los empleados se iban levantando de sus asientos y le brindaban palabras de apoyo, consuelo y cariño; uno que otro, quizás los de mayor confianza le abrazaron, antes de que arribara al escritorio de la señora Gladys, quien le esperaba con dos claveles blancos en sus manos.

En la ventana, fijada con cinta adhesiva, junto a su escritorio y por encima de un bello arreglo floral, había una especie de gran tarjeta, firmada por todos, en donde podían leerse los muchos y muy hermosos mensajes que sus compañeros de labores le ofrecían.

Al enterarse que Rebeca había llegado, el licenciado Campos salió de su oficina y fue a abrazarla con cariño. «Nos hiciste mucha falta, muchacha, pero gracias a Dios ya estás de vuelta», fueron sus palabras.

De regreso a su oficina, Campos volvió a tomar el ejemplar de El Mundo que había estado revisando, y con el ceño fruncido leyó nuevamente todo el artículo cuyo titular, en letras grandes y negras, coronaba la primera página del diario «El Fantasma de la guerrilla tras secuestro de periodista». Luego en segundo plano y a modo de subtítulo: «Lo que otros esconden nosotros lo informamos».

Aquel titular, aquel contenido que narraba meticulosamente todo el acontecimiento frente a la clínica, brindando detalles de los involucrados, tanto de los malhechores, como del par de detectives que arriesgaron sus vidas, estaba muy bien engranado y sustentado. También se exponían las razones o motivos por los cuales aquel brazo armado de la guerrilla había actuado de la manera como lo hizo, procediendo completamente fuera de la ley, secuestrando y afectando la vida de Rebeca y sus allegados. Todo aquello, porque iban detrás de un nombre, de un periodista que aún permanecía oculto tras una firma, un seudónimo: Aldo.

Campos se encontraba afectado. Ya era la tercera vez que leía el artículo, y no podía creer que todo aquello que su competencia vociferaba a voz populi, era verdad. Sí. Todo era cierto y él no podía creer que ni él, ni ninguno de sus periodistas lo hubiesen percibido primero, antes de la competencia. Sin duda aquel Julio Parada que firmaba el resultado de su investigación, había hecho un excelente trabajo y era merecedor de todo ese montón de elogios recibidos a través de las redes sociales. Le había sacado punta a un asunto que no solo le perjudicaba en algo sus ventas, sino que también le hería en su orgullo, pateaba su ego y le afectaba emocionalmente. Y lo peor... O quizás lo más importante; intentaban desprestigiar a su periodista más valioso: Aldo.

Luego que Raquel leyera algunos artículos escritos por Alex que no habían sido publicados, se encontró con un documento guardado como: «Confidencial».

—¿Qué es esto de «Confidencial», amor?

—Ese es el respaldo de la información del *nano–chip* que me entregó el hombre de la cabaña —respondió Alex acercándose hacia donde ella se encontraba sentada revisando en su laptop.

—Aaaah... ¿Y qué piensas hacer con esa información?

—Bueno, me gustaría entregarla a las manos adecuadas. Tú sabes, a alguien que en realidad le vaya a dar el uso adecuado y no se vaya aprovechar pidiendo recompensa o inventarse alguna manera de enriquecerse... El hombre que me dio la información deseaba que llegara a buenas manos. Es un asunto muy delicado.

—Tienes mucha razón... Sabes una cosa... —sonrió pensativa y con malicia Raquel, mientras se colocaba el dedo índice entre sus labios y la quijada—. Yo tengo un tío político que es Coronel y tiene buena relación con un General de alto rango que forma parte del AMM.

—Sí... Creo que esa sería una muy buena alternativa, porque yo no conozco a nadie que esté a ese nivel para poder hacerle llegar la información.

—Voy a llamarlo.

Cuando los detectives arribaron al elegante conjunto residencial Río Bravo en donde vivía Raquel, lo primero que vieron fue el BMW color dorado que se encontraba estacionado a un lado de un deportivo rojo. Parquearon a escasos quince metros y de inmediato se bajaron del Chevrolet para caminar en dirección al edificio. Se detuvieron sobre la acera por algún momento, mientras miraban todo alrededor. La tarde estaba fresca y nadie se veía en la cercanía.

—Un lugar hermoso y tranquilo para habitar —dijo Mazzini a su compañero, respirando con agrado de aquel aire vespertino—. Debe ser costoso vivir aquí.

—Sin duda... Y mantener un BMW de ese modelo también debe valer algo.

—¿Cuál es el número de apartamento, Nico?

—Segundo piso 2B.

—Okey. Subamos —dijo Mazzini con determinación.

Subieron por las escaleras de granito y una vez estuvieron frente al apartamento identificado con el número 2B, Nico procedió a llamar a la puerta, golpeando con sus nudillos; dijo.

—¡Señorita Raquel Naranjos! ¡Es la policía!

Raquel y Alex se encontraban sentados en la sala, conversando, y al escuchar aquel llamado tan inesperado se alarmaron de inmediato... Un temor les invadió a ambos y Raquel sujetó las manos de Alex con fuerza, denotando mucho nerviosismo. Guardaron silencio por algún instante, como esperando lo que vendría a continuación. Luego, la joven dijo en voz muy baja, acercando su rostro al de Alex para que no se escucharan sus palabras más allá del interior del apartamento.

—¿Escuchaste? Es la policía... —susurró a su oído—. ¿Cómo nos habrán encontrado?

—¿Y si no es la policía? —se preguntó Alex en voz baja, notoriamente asustado—. ¿Y si son más de esos tipos que me buscan?

—Sí, tienes razón. Podrían ser ellos.

—Pero hay que contestar. Yo me esconderé a un lado, mientras tú les atiendes con el seguro puesto.

—¿Y sí son tus perseguidores, qué hago? —preguntó Raquel.

—Creo que no tendremos escapatoria.

Ambos se acercaron hacia la puerta y cuando ya estaban a dos pasos, se volvió a escuchar la voz de Nico.

—Soy el detective Nico Carrasco, por favor abra la puerta señorita. Sabemos que se encuentran aquí.

Raquel colocó la cadena de seguridad mientras indagaba a los dos recién llegados a través de la mirilla. Casi de inmediato giró el pomo con cuidado para abrir la puerta con precaución y nerviosismo. Cuando Mazzini vio el rostro asustado de la joven que se asomaba parcialmente por el estrecho espacio que brindaba la puerta entornada, dijo de inmediato.

—No nos tema señorita. Somos agentes de la policía y venimos a ayudarles.

—¿Ayudarnos? Yo estoy sola.

—No necesita mentirnos, señorita. Sabemos que está acompañada por el joven periodista Alex Dawson. Y vinimos para ayudarlos.

Raquel, al verse descubierta, volvió a cerrar la puerta con fuerza y dijo en voz alta, recostada a la cara interior de la puerta, mientras miraba el rostro circunspecto de Alex.

—¡¿Y cómo sé que son verdaderos policías?!

De inmediato Mazzini contestó, sacando su placa al igual que Nico.

—Yo soy el detective Sergio Mazzini de la División de Antisecuestro y Extorsión. —En ese momento advirtieron que Raquel volvía a observar por la mirilla de la puerta—. Y mi compañero el detective Nico Carrasco.

Los detectives escucharon cuando la cadena de seguridad se deslizó y de inmediato la puerta se abrió, dejando ver el cuerpo entero de la joven Raquel.

—Pasen adelante, oficiales.

—Gracias.

Los detectives avanzaron hacia el interior del apartamento y rápidamente echaron un vistazo a su interior. Tras un mueble que se encontraba próximo a la puerta principal, salió Alex y Mazzini le dijo.

—Mucho gusto, Alex. Soy Mazzini del departamento de Antisecuestro —dijo el detective ofreciendo su mano extendida.

—Mucho gusto detective —agregó Alex, estrechando su mano.

Venimos haciendo seguimiento al caso de Rebeca Gutiérrez —dijo el detective mirando al rostro del joven periodista. Raquel se había acercado a él y le tomó de la mano, mientras prestaba atención—. Una periodista al igual que tú, que trabaja en El Eco... Tengo entendido que se conocen.

—Sí. Sí la conozco. Es mi amiga.

—Bueno, como ya te habrás enterado ella fue secuestrada y luego rescatada tal cual fue reseñado en la prensa. ¿Estabas enterado?

Nico había sacado su libreta y ya comenzaba a hacer sus anotaciones.

—Sí, estoy enterado.

—También estarás enterado que dos de los secuestradores fueron abatidos y uno quedó herido durante el enfrentamiento.

—Sí, también lo sé.

—Según lo expuesto por tu amiga Rebeca. —En ese momento Raquel miró al rostro de Alex—. La razón de su secuestro fue que sus captores querían ubicarte a ti. Y al enterarse que ella era una de las pocas personas que conocía tu verdadera identidad, procedieron a extorsionarla, obligándola a identificarte y que les proporcionara alguna información que les llevara a ubicarte.

El detective dio algunos pasos a lo ancho del apartamento y Raquel apretó la mano de Alex. Acercando su rostro le preguntó al oído: «No sabía que tú eras tan amigo de esa Rebeca»

—Ella, Rebeca, no tuvo otra opción que darles tu verdadero nombre y además tu número telefónico, ya que su vida corría peligro... Pero no contentos o del todo satisfechos con la información que ella les dio, sus captores procedieron a recluirla a la fuerza en el interior de un galpón abandonado en la zona industrial sur de la ciudad. La dejaron atada a una de sus piernas con una cadena y acompañada solo con un balde de agua que dejaron a su lado. Esto último indicaba que no pensaban volver para liberarla... Gracias a Dios un mendigo de la zona que escogió ese mismo galpón para pasar la noche, la encontró, y luego se dio a la tarea de liberarla.

—No conocía esos detalles —agregó Alex.

El detective hizo una pausa antes de agregar.

—Rebeca contó con la suerte de que un buen hombre la halló.... Ahora. Según palabras de la señora María, conserje de la residencias Samanes en donde resides; ella declaró, que unos hombres, que luego identificó como los mismos que habían sido reseñados en el periódico, te estuvieron buscando al día siguiente del secuestro... Suponemos que te llamaron por teléfono y de alguna manera ubicaron tu dirección de residencia.

—Sí, ellos me llamaron del mismo teléfono de Rebeca y yo les atendí pensando que era ella. Pero de inmediato me llevé la gran sorpresa que no era ella.

—¿Y qué te dijeron?

—Que necesitan reunirse conmigo y que si no les atendía su solicitud, entonces terminarían con la vida de Rebeca... Yo estaba muy nervioso y no sabía qué hacer. Lo primero que se me ocurrió fue negarme para luego llamar al 911... Y ellos me dijeron que de todas maneras me encontrarían.

—Y lo hicieron bien rápido. Por lo visto —agregó Mazzini.

—Sí… Jamás pensé que al día siguiente ya estuvieran rondando mi apartamento. Menos mal que Raquel se había acercado para acompañarme y la señora María nos avisó a tiempo para escapar.

—Contaron con la gran ayuda de la señora María, sin duda… —el detective calló por un par de segundos antes de continuar—. Ahora que ya casi todo está aclarado, por lo menos todo lo que tiene que ver con Rebeca, solo quedaría aclarar lo referente a ti.

—¿A mí?... —Alex se volvió a poner nervioso, y sintió que sus palpitaciones aumentaban de intensidad en medio de su pecho—. Bueno, me imagino que usted ya sabe que yo soy... El mismo Aldo que escribe para El Eco. Creo que eso no es ningún delito y es lo único que quedaría por aclarar.

—Por supuesto que no es delito. Usas un seudónimo como muchos otros… Pero queda algo más, muy importante, por aclarar, y es por qué esos individuos te buscaban.

En ese momento un vacío pareció envolver todo aquel espacio en el interior de la sala. Raquel no se apartaba de Alex, ni soltaba su mano sudorosa. También su frente reflejó un montón de gotitas de sudor que se había ido formando a medida que avanzaba la conversación.

—Mi compañero y yo, hemos leído todo lo que has publicado en las últimas semanas para el periódico, y desde que comenzaste a trabajar bajo el seudónimo de Aldo se puede apreciar con clara evidencia que tú has tenido algún contacto o relación con la guerrilla, un secuestrado, y alguna información de la cual nadie tiene ni idea, o por lo menos nosotros.

—Yo solo escribo ficción, señor Mazzini… Si le pregunta a la señora María, ella misma le podrá informar que llevo meses sin salir de la ciudad y la última vez que salí fue para visitar a mi abuela en los Andes.

Mazzini detallaba cada uno de los gestos del joven. Su experiencia e intuición, siempre le habían brindado buenos resultados. Y en esta oportunidad podía percibir algo más, algo tras bastidores que no se dejaba apreciar con claridad. Si era cierto lo que el muchacho decía, entonces cómo era posible todo aquello que narraba de manera tan detallada y explícita en sus publicaciones. Se llevó la mano a su quijada y la acarició mientras discurría sus palabras.

—Si es así, ¿por qué esos hombres que ya están identificados con vínculos con la guerrilla, te estarían buscando?

—Creo que todo ha sido un mal entendido, señor.

—¿Un malentendido…? —sonrió el detective con malicia—. Ósea que tú estás insinuando que ellos por error te buscan y por error secuestraron a Rebeca y casi la matan, y por error perdieron la vida. Jajaja… No nos creas tan ingenuos, muchacho.

—Creo que así ha sido.

—Una pregunta más, jovencito… ¿Fuiste a atender una invitación que te hicieron de la Universidad de Yélamon, hace un par de días?

En ese momento a Raquel le temblaron las piernas y los detectives lo notaron.

—Está usted muy nerviosa jovencita.

Raquel dijo, mirando a Alex

—Sí, si fuimos.

57

Cuando El General Sánchez recibió un e–mail de uno de sus coroneles, en cuyo asunto resaltaba en mayúscula y negrillas, la palabra URGENTE, frunció el ceño y de inmediato pulsó la tecla *enter* para revisarlo.

Totalmente sorprendido fue leyendo minuciosamente todo aquel cúmulo de información. Habían planes de entrenamiento, mecanismos de captación y reclutamiento; había un esquema organizacional completo, propaganda, estudios y análisis de adoctrinamiento, planes de expansión por regimiento; colaboraciones, protección y traslado de mercancía ilícita; había un completo esquema de estrategias y avances que se llevarían a cabo en los próximos veinticinco años con el fin de alcanzar las diferentes zonas y ciudades más importantes del país; además de mostrarse en detalle, toda la ayuda recibida y prestada a países vecinos, algunos incluidos entre los objetivos a alcanzar en corto, mediano y largo plazo.

Aquella información tenía un valor inconmensurable. Después de haber leído toda aquella larga data, repleta de detalles, números, estadísticas, planificación, y grandes montos de dinero registrados en dólares, escribió una respuesta al remitente.

Coronel

He quedado sorprendido por toda la información que me ha hecho llegar. Nuestro país queda en deuda con usted. Y como en previa conversación me lo ha solicitado; guardaré su nombre en secreto y procederé con todo los mecanismos necesarios para detener el avance de estos cuerpos subversivos, que en los últimos meses y años, han logrado importantes alcances en nuestro territorio.

Atentamente

Su amigo, General Sánchez

El general levantó el auricular del teléfono fijo que reposaba sobre su escritorio y de inmediato llamó al Ministro; le explicó de la información que había obtenido y de la apremiante necesidad de una reunión con el AMM. Aprobada su solicitud y una vez culminada su conversación con el Ministro de Defensa, se dedicó a llamar personalmente a cada uno de los generales que conformaban el Alto Mando Militar. Luego de haber realizado todas las llamadas, levantó nuevamente el teléfono y marcó la extensión de su secretario, que era un oficial de su entera confianza, para que se acercara a su oficina.

—Dígame mi General dijo el oficial una vez trasponer el umbral de la puerta, parándose firme con la mirada en alto, saludando erguido, con la punta de sus dedos rozando su frente.

—Acércate, por favor.

—Con su permiso, señor.

El oficial dio un par de pasos adelante y se detuvo de pie frente al escritorio. Ahora sí, dirigió su mirada al General.

—Esto que te voy a pedir es sumamente confidencial. Vas a imprimir diez copias del material que te voy a entregar en este *pendrive* —el General le mostró el *pendrive* que sostenía entre sus dedos—, y lo vas hacer en ese computador que está allí... —le señaló, ahora, un ordenador que se encontraba en una pequeña mesa dentro de su misma oficina, y que a un lado había una impresora de tinta—. Acabo de convocar para mañana a primera hora, a una reunión del AMM en donde también estará presente el Ministro. Luego que imprimas, lo llevas a encuadernar y no te apartes de los documentos ni por un segundo hasta que me los traigas de vuelta. Entendido

—Sí, señor. Entendido mi General.

—Así que manos a la obra.

De inmediato, el joven oficial recibió el dispositivo, se dirigió a una despensa que había en un rincón, extrajo una resma de hojas blancas tamaño carta y la colocó sobre el escritorio a un lado del ordenador. Se sentó, introdujo el *pendrive* y comenzó a realizar la labor encomendada por su jefe, quien le seguía visualmente mientras terminaba de hacer algunas llamadas por teléfono.

Luego de haber interpelado a Alex, Mazzini y Nico se retiraron en el Chevrolet. En un principio iban callados. En ambas mentes se iban forjando un montón de conjeturas a medida que avanzaban por la avenida Lecuna en dirección al Paraíso, una zona residencial y popular muy conocida de la capital, en donde reinaba el congestionamiento vehicular y muchas oficinas públicas. El silencio lo interrumpió Nico, cuando dijo.

—Mejor tomemos la calle 125 que está a dos cuadras y así evitaremos retrasos... —dijo señalando hacia delante. Para de inmediato, agregar—. ¿Y usted cree en todo eso?

—¿Creo en qué? Nico.

—Bueno, en todo eso que explicaron los muchachos. Lo referente a la memoria, recuerdos y luego el tiempo y espacio —respondió Nico con escepticismo.

Por algún otro momento adicional, Mazzini no respondió la pregunta de su compañero y se dedicó a observar todo a su alrededor. Leyó en un aviso de la esquina; «calle 124». Luego dijo.

—Sabes, Nico. De muchacho me la pasaba soñando en muchas fantasías... —en ese momento Mazzini sonrió con agrado y para sí mismo. Quizás recordando parte de alguna de esas fantasías. No dejó de sonreír y a continuación agregó—. Y mi fantasía preferida era verme como un famoso detective; atrapando malhechores, recuperando botines robados, portando armas modernas, lleno de medallas y méritos jajaja... Quizás, también, deseaba viajar en el tiempo.

Nico también sonrió y mirándole, dijo.

—Yo creo que todos, en algún momento, o en muchas ocasiones, hemos soñado con cosas grandes o maravillosas.

—Sí... Así es Nico. La mente humana parece no tener límites. Nos lleva a soñar, imaginar, investigar, crear, desarrollar... Y mira hasta donde ha llegado la humanidad, ya sea para bien o para mal. Y creo que ningún mortal podría juzgar toda la evolución que ha tenido.

—Y también hay mentes muy malvadas, como esos investigadores que mencionaron los muchachos.

—Sí. Tienes mucha razón, Nico... Y respondiendo tu pregunta inicial. Sí creo todo lo que dijeron los muchachos; y por eso, luego de terminar nuestra entrega, iremos a visitar al profesor Ludovich en la Universidad de Yélamon.

En cuestión de media hora, aproximadamente, los detectives habían cruzado buena parte de la ciudad. Ahora, en el oeste de la capital, avanzaron por una calle en donde no habían muchos vehículos, pero sí suficientes motos de diferentes modelos y cilindrajes. Unos cuatro jóvenes en camisetas sin mangas que dejaban ver una serie de tatuajes decorando parte de sus brazos y hombros, les miraron con curiosidad. Los detectives avanzaban a baja velocidad buscando la dirección que Nico llevaba anotada en su libreta.

—Creo que es aquí jefe.

Mazzini se orilló para de inmediato apagar el motor de su vehículo y bajarse. Ambos avanzaron hacia la entrada de la vivienda identificada con el número 43–62, y llamaron a la puerta.

Al momento, salió una señora de poco más de cuarenta años, vestida con una bata bastante gastada, el cabello desordenado y entre las manos humedecidas portaba un trapo empapado; un claro indicativo que debía estar lavando.

—Buenas tardes. Señora…. —decía Nico, verificando el nombre en su libreta—, Silvia Sandoval.

—Sí diga. Soy yo.

Desde el fondo de la casa también se escuchó una voz que casi a gritos y con entusiasmo decía.

—¡Mamá, mamá, me aceptaron…!

En ese momento Mazzini sacó el sobre del bolsillo interior de su chaqueta y se lo extendió a la señora. Detrás de ella se acercó un joven delgado de buen aspecto que se detuvo detrás de la señora. Debía ser su hijo.

La señora Silvia al revisar el sobre y ver aquella cantidad de dinero se sorprendió e intentó decir algo, pero sus palabras quedaron atoradas en medio de su garganta. También su hijo observó por encima del hombro de su madre y sonrió con los ojos muy abiertos.

—¿Qué es todo ese dinero? —preguntó el muchacho.

—Lo manda tu padre.

—¿Mi papá? Están bromeando —cambió el semblante del muchacho. Ahora se veía serio y apesadumbrado—. Mi papá vive en la calle y nunca podría haber reunido tanto dinero.

Nico leyendo en sus anotaciones, agregó.

—Él dice que te quiere y siempre te recuerda… También dijo —continuó Nico—, que este es tu regalo porque estabas por recibirte de abogado.

—Cierto… —respondió el joven con un semblante perturbado y nostálgico—. Ya soy abogado de la República… Pero no puedo recibir algo de lo cual no sé su verdadera procedencia.

En ese momento intervino Mazzini.

—Mi nombre es Sergio Mazzini y soy detective del estado. Y te puedo asegurar que este dinero que envía tu padre es bien habido y se lo ganó de una manera muy meritoria, luego de liberar y proteger una rehén, quien le recompensó de esa manera… Y tú, has sido el destinatario final a petición de un padre que se siente muy orgulloso de su hijo.

La señora Silvia apretó el sobre a su pecho, mientras su hijo le abrazaba entre sus brazos. Las palabras ya estaban de más. Mazzini, apartó la vista de aquella escena tan distinta a las que estaban tan acostumbrados a encontrar y, con un movimiento de su cabeza y sin pronunciar palabras, le hizo saber a su compañero que era el momento de marcharse. De inmediato los dos detectives dieron la vuelta para caminar en dirección a su vehículo, cuando escucharon a sus espaldas.

—¡Que Dios los bendiga! —dijo la señora en voz alta.

Luego, la madre le preguntó a su hijo.

—¿Qué era lo que gritabas?

Y él le respondió.

—Que me aceptaron en el bufete donde llevé los papeles. Debo presentarme el lunes a trabajar... Mi única preocupación es que no tengo un traje adecuado para presentarme, porque en esos bufetes hay que estar bien arreglado.

—Bueno —agregó la madre sonriente—, creo que con esto te podrás comprar dos, además de un par de zapatos nuevos, un buen maletín y un hermoso bolígrafo... Tu papá siempre fue un buen hombre y muy inteligente, lástima que no fue lo suficientemente fuerte para enfrentar todas las adversidades que la vida le presentó... Pero sabes una cosa, hijo... Creo que la vida le va a dar una nueva oportunidad.

Dos horas y media, después, los detectives avanzaban por el pasillo principal que nacía en el estacionamiento para visitantes en donde habían dejado el vehículo y que cruzaba de norte a sur la prestigiosa Universidad de Yélamon. Al principio y a ambos lados del pasillo, se podían apreciar muchos jardines; luego, algunas aulas repletas de estudiantes; más adelante se encontraron con un conjunto de oficinas, un amplio cafetín, estudiantes cargando sus mochilas y caminando en diferentes direcciones; más allá, otro estacionamiento que debía ser el de los profesores. Después de preguntar, los detectives siguieron avanzando, mientras disfrutaban de aquel ambiente tan bullicioso, lleno de tantos rostros juveniles, pláticas, risas, libros por doquier, y una música de fondo muy melodiosa que se propagaba por todos lados. Siguiendo las señalizaciones y preguntando aquí y allá, finalmente arribaron a la Escuela de Psicoanálisis que se encontraba luego de atravesar las escuelas de ingeniería y medicina.

Leyeron en la primera puerta a la derecha de un amplio pasillo muy bien iluminado con luces de neón: «Administración».

—Preguntemos aquí —dijo Mazzini.

Con sus nudillos hizo un delicado llamado y al cabo de un par de segundos la puerta se abrió. Era una señora de cierta edad, debía tener unos sesenta años, quien luego de mirarlos por encima de las gafas que colgaban en la punta de su nariz, muy amablemente les saludo.

—Buenos días señores. ¿En qué puedo ayudarles?

—¿Es esta, la Escuela de Psicoanálisis?

—Sí, están en lo correcto, señores. ¿En qué puedo ayudarles? —reiteró su pregunta la señora.

—Bueno... Quisiéramos reunirnos, con el profesor Ludovich —dijo Mazzini.

Ante aquella solicitud, la señora, en primer momento levantó las cejas, denotando mucha sorpresa, luego pareció pensar o recordar algo y de inmediato se llevó las manos hacia sus bocas en un intento por detener una risilla que se le comenzaba a escapar.

—Ja... Ummm... —pudieron escuchar los detectives.

Los detectives se miraron a la cara y no pudieron dejar de sonreír, mientras observaban el gracioso comportamiento de aquel rostro cuyas arrugas parecían reafirmarse, mientras intentaba aguantar la risa que le había causado la solicitud.

—Dis... Disculpen señores, no he querido ser grosera. Discúlpenme de verdad, pero es que no he podido contenerme.

—No se preocupe señora, reír hace mucho bien... —explicó Mazzini, al ver que para ese momento, la señora ya había podido contener su risa por completo, y se ajustaba el cuello de la blusa que le cerraba con una cinta fina, amarrada en forma de lazo. Agregó—. Aunque no sabemos con exactitud el motivo de su risa.

—Bueno... Ummm... —aclaró su garganta y con sus dedos subió un poco los lentes sobre el perfil de su nariz—. Resulta que el Doctor Ludovich quien fuera uno de los fundadores de esta maravillosa escuela tan reconocida a nivel nacional como internacional, falleció hace ya más de cinco años atrás, después de estar postrado en cama debido a una artritis general que le obligó a dejar de trabajar. Porque él trabajó hasta muy avanzada edad; si no me equivoco, tenía poco más de noventa y dos años, cuando dio su última clase magistral.

Tanto Mazzini como Carrasco sintieron como si el techo se les viniera encima. Toda posibilidad de ver o reunirse con el científico cayó repentinamente en un vacío inmenso, de donde jamás podría salir... Jamás pensaron que aquella visita a la universidad fuera a concluir de esa manera tan fantasmagórica e irreal. ¿Cómo era posible que Alex y Raquel hubiesen asistido a una clase magistral que había ocurrido cinco años atrás?. ¿Cómo era posible que aquello estuviera ocurriendo? No lo podían creer, pero todo aquello era parte de una realidad que parecía no existir, o existir solo, en una novela de ficción.

Así como llegaron se marcharon. Pero esta vez en completo silencio y con la vista puesta en frente de sus pasos, sin agregar nada más, sin disfrutar de aquel jovial panorama que les había acompañado a su arribo. No. Ahora, de regreso, no veían otra cosa que sombras, y en sus mentes se repetían las palabras de aquella señora que repetidamente se acomodaba las gafas sobre el perfil de su nariz y les decía; «falleció hace ya más de cinco años atrás, después de estar postrado en cama debido a una artritis general que le obligó a dejar de trabajar... noventa y dos años tenía cuando dio su última clase magistral».

58

Raquel se despertó alarmada y abrazó a Alex cuando le escuchó gritar sentado en medio de la cama, envuelto por la oscuridad del cuarto.

Aquel grito le había parecido un alarido venido de algún lugar muy remoto y, luego de encender la lámpara que reposaba a un lado de la cama, le había abrazado con ternura. Le sintió empapado de un frío y agobiante sudor, mientras su cuerpo temblaba aterrorizado, o eso era lo que parecía.

—¿Qué te ha pasado? Debiste estar soñando.

Con los ojos abiertos y mirando más allá de aquellas cuatro paredes, en la mente de Alex se repetía la escena una y otra vez.

—Mi padre ha muerto.

Aquella frase tan lapidante pareció quedarse flotando en el pesado espacio de la habitación, y Raquel no dejó de abrazarlo.

—Tranquilízate, amor. Estas aquí conmigo. Solo fue una pesadilla... ¿Quieres un poco de agua?

—Sí, por favor —respondió Alex, sintiendo que se iba relajando un poco.

Luego que Raquel regresó con el vaso, Alex tomó un trago largo de agua, y sintió que le refrescaba la garganta y el pecho. La joven le dio la espalda por algún momento mientras revisaba en su bolso y de su interior extrajo un lindo pañuelo blanco bordado en sus orillas, mientras en una esquina se podía apreciar que llevaba grabado su nombre: «Raquel», en elegantes letras cursivas. Lo dobló, y con delicadeza lo pasó por la frente de Alex para secarle un poco el sudor que se reflejaba en esa parte de su rostro. Luego, Alex dijo.

—Tuve un encuentro con el profesor Ludovich.

—Ah, ¿sí?... ¿Y qué te dijo? —preguntó con curiosidad la joven.

—Te contaré, todo... Después que las sombras me dejaron en paz, me vi caminando por un estrecho pasillo de la Universidad de Yélamon... Al final de aquel sendero pude distinguir la forma del cuerpo del profesor y avancé en esa dirección. Algo me decía que debía verlo. Cuando me di cuenta estaba dentro de la Escuela de Psicología sentado en un aula, frente al profesor Ludovich quien de espaldas a mí, escribía un nombre en el pizarrón. No había nadie más que yo. —Alex hizo una pausa y tomó un poco más de agua—. Al voltear, el profesor, y encontrarme allí sentado, le saludé, y él me dijo. «Te estaba esperando, muchacho. Finalmente encontré rastros de mi compañero Amilanitovich... —hizo una corta pausa, para de inmediato continuar—. Como te había comentado. Después que Amilanitovich arribó a Sudamérica se cambió de nombre a Alexander Santos... Un nombre peculiar y muy difícil de relacionar».

Ese era el nombre que recién había terminado de escribir en el pizarrón... «Como también te había comentado antes —continuó el profesor—, él tuvo un hijo a quien bautizaron como Jesús Alexander y fue criado prácticamente por su madre, luego que Amilanitovich falleciera cuando el niño apenas tenía ocho años de edad. Pero el jovencito contó con la suerte que su padre le había dejado una gran fortuna que mi compañero de ciencias había logrado reunir, o apropiarse, eso no lo tengo en claro, antes de venirse a vivir a Sudamérica... Pero en definitiva, al chico le quedó en el banco una herencia bastante sustanciosa, además de unas haciendas productoras de grandes cantidades de ganado, leche, queso y otros bienes de consumo».

—Yo le escuchaba callado. Cada palabra, cada vez que pronunciaba aquel Alexander iba sintiendo como que un puñal atravesaba poco a poco mi pecho... El aire me iba faltando, mi respiración parecía irse acabando como si alguien me estuviera apretando con fuerza en la garganta... Entonces volví a poner atención a sus palabras, y escuché cuando decía: «Pero lo triste de esta historia, fue que; ya hecho un hombre, casado, habiendo multiplicado su fortuna, pero sin hijos; Jesús Alexander fue secuestrado»... Entonces rompí en llanto y me llevé las manos a mi rostro. Y a pesar de que me veía llorando como un niño, el profesor no dejaba de hablar... «No sé supo de manera precisa, cómo logró escapar de sus captores, pero lo que sí es cierto, fue su triste final»

—Cuando escuché aquella frase «pero lo que sí es cierto, fue su triste final», hice un gran esfuerzo para contener mis lágrimas y poder prestar mayor atención a sus palabras.

Cuando lo volví a ver, tenía en sus manos un ejemplar de El Eco, que me ofrecía para que leyera. Estaba fechado 01 de julio de 1996, el titular principal decía. «FALLECE EMPRESARIO Jesús Alexander Santos». Luego agregaba en letras más pequeñas y oscuras: «Fue encontrado sin vida en el interior de su vivienda. Al parecer sufrió un infarto mientras dormía». Luego seguí leyendo: «...El reconocido empresario e ingeniero en comunicaciones e informática, se ha marchado de este mundo a los cinco días de haber recuperado su libertad, y después de cinco años de cautiverio. Una señora de avanzada edad y gran corazón, cuyo nombre no fue revelado, sería quien le dio albergue en sus últimos días, y explicó que el empresario había caído en una gran depresión, luego de enterarse que se encontraba en la ruina, ya que había perdido todos sus bienes materiales, su esposa le había pedido el divorcio porque se había enamorado de otro hombre con quien ya llevaba viviendo más de tres años y, —como explicó la señora—, se sentía muy solo y abandonado». La reseña venía firmada por un joven periodista de nombre Samuel Campos.

Raquel había escuchado con atención todo lo que Alex había escuchado del profesor Ludovich. Concluyó que no era para menos, la aflicción y dolor que sentía después de enterarse que aquel hombre con quien había compartido tantos momentos de angustia había sido su propio padre. Ella misma le propuso al joven.

—Que tal si intentas buscar ese momento final y te encuentras con tu padre.

—Tú muy bien sabes que el pasado no se puede cambiar, Raquel.

—Sí, lo sé. Pero al menos podrías despedirte de él.

En ese momento Alex tomó la mano de su novia, la misma que sostenía el pañuelo con el cual minutos antes le estaba secando y acariciando. Apretando el pañuelo, luego que ella soltara su mano, Alex se sumergió en su mente y repitiendo aquella lectura del periódico se fue dejando llevar por la misma reseña leída hacia un tiempo desprovisto de límites ni ataduras, pero sí repleto de maravillosos momentos y nostálgico pasado. La sombras se fueron apoderando de su vida y Raquel pudo ver cuando tembló por un instante y pareció dejar de existir allí donde ella se encontraba iluminada solo por la lamparita de noche que reposaba silente sobre la mesilla.

Al abrir la puerta que se encontraba enfrente, lo primero que Alex escuchó fue un lamento, seguido de un profundo silencio. La estrecha habitación se encontraba en penumbras. Afanosamente, el joven palpó la pared en busca de algún interruptor para encender la luz, pero al encontrarlo y accionarlo, nada cambió, al parecer no había electricidad.

Dio dos pasos hacia delante y pudo distinguir en la pared del fondo que se encontraba a sólo tres metros de distancia, una ventana cubierta por una cortina de tela, la corrió y una claridad de luna llena inundó con sutileza el lecho de un hombre que yacía sobre un pequeño camastro.

—¿Eres tú...? —preguntó el hombre.

—Sí, soy yo, nuevamente.

—Que bueno que has venido... Mírame.

A Alex le empezaron a correr las lágrimas desde el primer momento que le observó. Si cuando le encontró en la selva atado a un árbol le había parecido un hombre desgraciado y abandonado, ahora su imagen le era más desfavorable, ahora parecía haber perdido todo aliento de vida, como si sólo aguardara el momento de marcharse.

—Ya le estoy viendo —respondió el joven entre sollozos.

Se acercó más y se arrodilló al lado de su lecho. Con el pañuelo que traía empuñado en una de sus manos, se dedicó a secar su frente y rostro.

—Que suave se sienten las manos del cariño —dijo el hombre esbozando una sutil sonrisa.

En ese momento Alex no pudo contener su llanto y apoyando su rostro sobre el pecho de su padre lloró sin contención, mientras él levantaba su mano y enredando sus huesudos dedos entre el cabello desordenado del joven, le acarició con ternura.

—No necesitas decírmelo, hijo... Solo un hijo podría abrazar, llorar y amar a su padre de la manera como tú lo haces... Siempre te quise conocer y a Dios le pedía todos los días que me concediera la oportunidad. Y fíjate, jaja... —rió con dificultad—, fíjate todos los momentos que me había dado, y yo sin saberlo... Ahora sí me puedo marchar en paz. —Esas fueron sus últimas palabras.

Jesús Alexander Santos se fue sonriendo, complacido, en su mano sostenía el pañuelo de Raquel, y Alex, al dejar de escuchar los tenues latidos de su corazón, acomodó sus brazos en cruz sobre su pecho. Se levantó y casi de inmediato las sombras le fueron envolviendo para llevarlo de vuelta a su habitación.

59

Al día siguiente Alex fue al periódico para visitar al licenciado Campos. Cuando ingresó al ascensor en medio de un grupo de personas, la joven ascensorista le vio, le sonrió y sin preguntar pulsó el piso veinte, luego fue marcando los demás botones a medida que le iban indicando los usuarios. Una vez se cerraron las puertas, el aparato comenzó a subir y cuando la pantalla indicadora cambió del segundo a tercer piso, la joven escuchó un tono indicando que tenía un mensaje entrante, de inmediato revisó la pantalla de su celular y leyó.

Nico: Hola. Espero te encuentres bien... Hoy es mi día libre.

Elena: Maravilloso :)

Nico: Qué te parece si cenamos esta noche?

Elena: Me parece espectacular!!! Yupiii...

Nico: Entonces a las siete te paso buscando. Tú me dirás por dónde...

La joven siguió su plática en silencio a medida que las puertas se abrían para luego cerrarse en los diferentes pisos. Finalmente arribaron al último y Alex en compañía de Raquel, salieron. Cuando la joven ascensorista les vio alejarse, dijo en voz alta.

—¡Suerte!

Él le respondió.

—Gracias. Me ha sido de mucha ayuda.

A medida que la pareja avanzaba por el pasillo que separaba en dos partes el amplio departamento de redacción y edición del prestigioso diario, muchas miradas le siguieron, iba acompañado de su novia Raquel, quien lo observaba todo con curiosidad. En la distancia, Rebeca se levantó de su cubículo y de inmediato fue a saludarle. Ambos se abrazaron con cariño y luego de saludarse Alex le dijo.

—Gracias a Dios te encuentras bien. Estuve muy preocupado por ti...

Ella le contestó con cariño.

—También me alegra mucho que no te haya pasado nada. Solo un susto.

—Te presento a mi novia Raquel.

—Mucho gusto Raquel... Rebeca. Por aquí estamos a la orden.

—Gracias eres muy amable —respondió Raquel.

—Te has ganado un gran tipo —continuó Rebeca mirando, ahora, a Alex—, además de muy talentoso es dueño de un gran corazón... Les deseo lo mejor a ambos —agregó retornando la mirada a Raquel.

—Ya lo creo —interpuso Raquel, mientras le apretaba la mano y acercaba su rostro al hombro de Alex.

Cuando pasaron al interior de la oficina del licenciado Campos, este se encontraba platicando con Gladys. Ambos se alegraron mucho de ver a Alex tan bien acompañado. Luego de ponerse al día en algunos aspectos, el joven periodista le dijo al director.

—Lo otro que quería decirle, señor... es que necesito tomar unos días de vacaciones. Espero no le importe.

El licenciado Campos sonrió, dio un par de pasos hacia la pareja de jóvenes y le dijo a Alex.

—Creo que tienes muy bien merecidos esos días de descanso, muchacho. Tómate el tiempo que necesites y luego regresa, que te estaré esperando.

—Muchas gracias, señor... Una última cosa, señor.

—No sabía que usted en julio del año 1996 había reseñado la muerte de un empresario de nombre Jesús Alexander Santos.

—Sí, cómo olvidarlo. Fue mi primera gran reseña... Y fíjate que fue tan especial, no solo porque fui muy habilidoso para conseguir la noticia, sino también, porque hice una travesura que jamás volvería hacer... Resulta —comenzó a contar el editor con notorio entusiasmo—, que yo vivía en esa misma residencia en donde habían recluido al famoso empresario. Yo residía en el piso de arriba de la celadora, como en aquella época se le decía a las personas que cuidaban ciertas edificaciones. Y fui el primero en escuchar el lamento de la cuidadora, cuando se encontró con el cuerpo sin vida de Santos, aquel empresario que murió de pena y desdicha... Bajé a toda prisa y entré en la habitación de aquel huésped a quien ya todos los vecinos conocíamos por referencia, encontrándome con una imagen sombría, en donde la señora celadora con sus manos tapando su boca intentaba retener los lamentos que se le escapaban entre los dedos... Al verme me dijo, «espérate aquí un momento mientras aviso»... Cuando mis ojos se encontraron con el cuerpo inerte del empresario, la curiosidad me empujó a acercarme y revisarlo; ahí fue cuando noté que tenía un pañuelo en una de sus manos, cosa que me llamó mucho la atención y tuve el atrevimiento de tomarlo. No sé por qué motivos, quizás por lo bello del pañuelo, me lo llevé a la nariz y sentí un dulce aroma que nunca podré olvidar... Y si no me crees, aun guardo el pañuelo.

—¿Guarda el pañuelo? —dijo Alex en voz clara, totalmente sorprendido.

—Sí, siempre lo he llevado conmigo, lo guardo como un amuleto. Y fíjate que me ha funcionado... Hasta he llegado a ser el principal director de este prestigioso diario, jaja.

—Y si no es mucha molestia, ¿usted me podría enseñar ese pañuelo, señor Campos?.

—Claro que sí, muchacho. Ya se los muestro.

En ese momento, Campos se dirigió a su escritorio, abrió la gaveta inferior y buscó hacia el final. En cuestión de pocos segundos, sacó una pequeña tela blanca doblada con esmero, que extendió con delicadeza tomando dos de sus puntas con las yemas de sus dedos. Una vez expuesto frente a la mirada de los presentes; los jóvenes, al igual que la señora Gladys que había permanecido callada, pudieron apreciar: *un hermoso pañuelo blanco, finamente bordado por sus orillas y en cuya esquina se podía leer con claridad el nombre Raquel.*

Luego de despedirse, el par de jóvenes bajaban por el ascensor. Dos periodistas comentaban de los últimos reveses que había sufrido la guerrilla en los últimos días. Las bajas habían sido muchas y habían perdido parte de sus territorios y cultivos de coca.

—Parece que finalmente tendrán que aceptar las condiciones ofrecidas por la AMM —dijo uno de ellos.

—Creo que sería lo más conveniente para todos —agregó el otro.

Made in the USA
Middletown, DE
20 November 2022

15557593R00248